매구를
죽이려고

매구를 죽이려고

조선희 장편소설

네오픽션

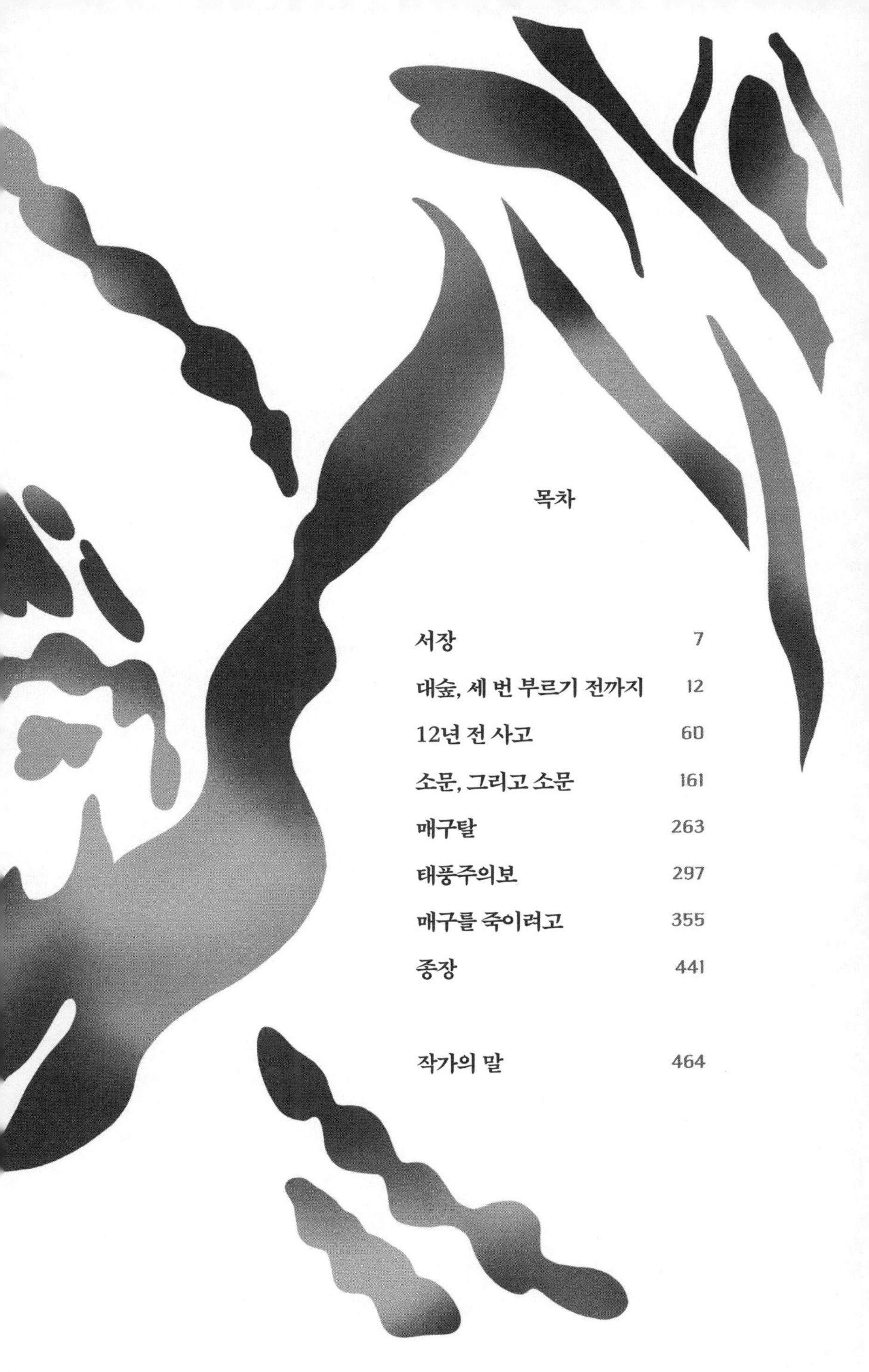

목차

서장

하늘이 억수 같은 비를 퍼부었다. 그는 주먹을 불끈 쥔 채 빗줄기 너머를 주시했다. 뒷걸음치던 수연이 젖은 바위 위로 올라섰다. 아, 안 돼. 위험해. 그는 튀어나오려던 말을 삼켰다. 바위 아래로 바람과 뒤엉킨 호수의 수면이 시커먼 아가리를 벌린 채 거칠게 일렁였다. 그는 어떻게 해야 할지 곤혹스러웠다. 무거워진 심장이 추가 되어 그의 발을 땅에 붙박았다.

수연은 더는 물러설 곳이 없었다. 침착해져야만 했다. 정신 차려. 저건 헛것이야. 수연은 눈을 찔끔 감았다가 다시 떴다. 두 발로 우뚝 선 짐승은 여전히 눈앞에 버티고 서 있었다. 오금이 저리고 배 속으로 차가운 기운이 번졌다. 그때 짐승이 손을 뻗었다. 깜짝 놀란 수연이 움찔하며 몸을 틀었다. 순간 수연의 발이 젖은 바위에서 미끄러졌다. 호수는 기다렸다는 듯 삽시간에 수연의 몸을 삼켰다.

"수연아!"

숨죽이며 지켜보던 그가 그제야 목소리를 쥐어짜며 수연의 이름을 외쳤지만 세찬 빗소리에 묻혔다. 물살에 휩쓸린 수연의 몸이 호수 한가운데로 점점 밀려 들어갔다. 그는 어쩔 줄 몰라 하면서 발만 동동 굴렀다. 애가 탔지만 지켜보는 것 말고는 아무것도 할 수 없었다. 그가 알고 있는 이야기에 의하면 그래야만 했다.

사람들이 말했다. 매구호수라고 알지? 거기 사람이 빠지면 매구가 구해준대. 그러니까 절대 구하려들지 마. 사람이 뛰어들면 매구는 물에 빠진 사람을 호수 바닥으로 끌어당겨 죽게 해. 여태 벌어진 사고 중 예외는 단 한 번도 없었어. 그 이야기를 해주는 사람은 늘 거기서 문제를 냈다. 어쩔래? 매구를 믿고 지켜볼래, 아니면 구하러 뛰어들래?

그는 이러지도 저러지도 못한 채 숨을 헐떡였다. 그는 언제나 둘 중 하나를 선택하는 것이 어려웠다. 엄마가 좋아, 아빠가 좋아? 짜장면 먹을래, 짬뽕 먹을래? 치킨 먹을래, 피자 먹을래? 친구를 택할래, 애인을 택할래? 시험 문제를 풀 때도 아닌 보기를 골라내고 나면 늘 아리송한 보기 두 개가 남아 애를 먹였다.

하지만 매구호수에 빠진 사람을 구하느냐 마느냐 하는 문제만큼 곤란하고 사악한 선택은 없었다. 그는 이 문제를 받을 때마다 매번 고민하면서도 답을 정하지 못했다. 이제 그 답을 내놓아야만 했다. 그런데 답은 생각이 아니라 몸에서 나오는 것임을 깨달았다. 그는 자기도 모르게 뒷걸음을 치고 있었다.

나올 때 신었던 슬리퍼 한 짝은 어디서 벗겨졌는지 맨발이었다. 잃어버린 슬리퍼나 까지고 쓸린 맨발의 상처 따위는 아무래도 상관없었다. 도움이 필요했다. 그는 젖은 머리를 쓸어 넘기며 사방을 둘러보았다. 천지가 뿌옜다. 번개가 희번덕거리고 천둥소리가 한바탕 공기를 찢어 놓을 때마다 그는 몸을 떨며 수연의 이름을 목 놓아 불렀다. 하지만 이름을 백날 불러봐야 소용없다. 매구가 와야 한다. 아니면 수연은 죽는다.

그는 수연의 머리가 아직 수면 위로 보이는지 살폈다. 아무것도 보이지 않았다. 심장이 방망이질을 해댔다. 이럴 수는 없어. 그는 젖은 얼굴을 훔치며 눈을 크게 뜨고 이미 시야에서 사라진 수연을 찾아 호수 주변을 맴돌았다. 바람이 자꾸만 그를 호수 쪽으로 밀어냈다. 그는 움찔거리며 저항했다. 그러다 문득 그런 생각이 들었다. 혹시 내가 지켜보고 있어 매구가 꿈쩍하지 않는 건 아닐까.

그는 걸음을 멈추고 호수를 등진 채 돌아섰다. 양 손바닥을 펼쳐 숨바꼭질의 술래가 된 것처럼 두 눈을 가렸다. 그러곤 간절히 소망했다. 매구야, 매구야, 수연이를 구해줘. 제발… 부탁이야.

그는 이야기가 현실이 되기를 바라고 또 바랐다. 얼마나 기다렸는지 알 수 없었다. 아주 잠깐이면서 긴 시간이었다. 눈앞을 가린 폭우와 빗소리 때문에 시간을 헤아릴 수 없었다. 그저 영원의 한 귀퉁이에 아슬아슬하게 서 있는 기분이었다.

이 위태로운 순간은 결국 지나갈 것이다. 그러나 그는 평생 이 순간에 서 있을 것을 예감했다. 귀가 멍멍했다. 그를 두고 세상 모든 것이 달려나가는 것 같았다. 혼란스럽고 시끄러운 와중에 뒤에서 기척이 느껴졌다. 거친 숨소리가 다가오고 있었다.

매구다!

등골이 당기며 몸이 덜덜 떨렸다. 그는 제 눈을 가린 손바닥을 뗐다. 눈앞이 흐릿했다. 그는 뭐에 홀린 듯 천천히 돌아보았다. 보면 안 된다는 것을 잊었다.

빠각빠각, 빠각빠각.

이 소리가 좋다. 단단한 바위에 뼈가 갈리는 소리. 자장가처럼 들린다.

누렇게 익어 제대로 삭은 뼈다귀들.

부서져 날리는 뼛가루들은 푸른 먼지가 되어 까맣고 잔인하고 후덥지근한 밤공기 속을 정처 없이 뱅뱅 돌다가 땅에서 하늘로 오르는 잿빛 눈이 된다.

이쯤이면 될까나.

잘 갈린 두개골을 머리에 덮어 써본다.

안 맞아! 너무 작아!

뒤통수 뼈를 완전히 갈아내고 마루뼈와 관자뼈를 잘라낼까, 아님 아래턱뼈를 쪼갤까.

대숲, 세 번 부르기 전까지

버스에 오르자마자 아버지는 멀미를 핑계 대며 눈을 감았다. 이하는 어이없고 가소로웠다. 그러든가 말든가. 그렇지 않아도 아버지의 구차한 장광설에 질린 참이었다.

아버지는 세상 모든 교통수단이 야기하는 두통, 어지럼증, 구토 같은 것과는 담을 쌓은 체질이었다. 신체적 내성이 심리적 내성으로 이어졌는지 사람들과 부대끼며 받는 감정적 충격에도 돌덩이처럼 꿈쩍하지 않았다.

이하는 아버지가 긴장하거나 흥분하는 것도 본 적이 없었다. 심지어 그가 물에 빠져 죽기 일보 직전이었는데도 손 놓고 침착하게 바라보기만 했다. 그래서 이하도 아버지를 그냥 내버려두기로 했다. 여기서 아버지를 다그친다 한들 상황은 이미 엎질러진 물이었다. 버스는 출발했고 차창 밖의 풍경은 매 순간 과거를 향해 쏜살같이 물러났다. 자는 척하다가 진짜 잠이 들었는지 아버지는 작게 코를 골았다. 아버지의 머리가 창 쪽으로 기울었다.

그렇게 계속 잘 거면 창가 자리는 나한테 양보하지. 수그린 고개가 몹시 불편해 보였지만 쉽게 깰 것 같지는 않았다. 아버지는 늘 그랬다. 그런 척하다가 결국 그렇게 되고 마는. 모가지 속으로 머리를 감추고 싶은 거북이처럼 아버지의 턱과 목에 여러 겹 처진 주름이 잡혔다. 짓눌린 아버지의 희끗한 머리칼은 밟히고 밟힌 낡은 카펫 털처럼 추레했지만, 잠에 푹 절은 얼굴은 평화로웠다.

역시 이런 상황에서도 동요하지 않는다. 천하태평 늘어진 아버지의 잠든 얼굴과 죄의식 없는 코골이 소리가 이하의 화를 돋웠다. 눈물이 질금 나왔다. 차창으로 쏟아지는 햇빛 때문에 눈이 부셨다. 이하는 좌석 등받이를 조절해 아버지가 머리를 제대로 기댈 수 있도록 자세를 바로잡아준 후 차창 커튼을 내렸다.

때 이른 무더위가 기승을 부리는 6월 초순, 오전 8시에 서울 강서구를 출발해 이 삭막하고 꼬질꼬질하기 짝이 없는 목적지에 도착한 시간은 오후 5시 반경. 꼬박 아홉 시간 반이 걸렸다. 누가 들으면 서울에서 남해 벽지 어촌까지 종단한 줄 알겠지만 실제로는 겨우 경기도 문턱을 넘어섰을 뿐이었다. 토요일이라 도로가 도심 외곽으로 빠져나가는 팔자 좋은 차량들로 꽉 막힌데다가 버스를 네 번이나 갈아타야 했는데 와중에 세 번을 놓쳤기 때문이다.

아침을 굶고 나선 터라 허기가 져서 퍼진 우동과 김밥을 사 먹느라 한 번, 갑자기 아버지가 배가 아프다고 화장실에 가는 바람에 또 한 번, 아버지가 오락실에서 하던 게임을 중도에 끊지 못해

한 번 더. 거기에 차편이 닿지 않아 굽이굽이 걸어 들어간 도보 시간이 더해졌다. 다난한 하루 여정 끝에 마침내 아버지의 고향집에 도착했다.

경기도 북음군 매구면 남바리.

낡은 폐가 한 채가 그들을 기다리고 있었다. 당연히 저녁밥은 준비되어 있지 않았다. 보통 이런 극한의 상황에서 일반적인 아버지라면 미성년자 아들을 위해 전사라든가 사냥꾼처럼 굴지 않던가. 하지만 아버지는 매사를 대비해 옴니암니 따지고 챙기는 보호자가 아니었다. 그의 주장은 언제나 한결같았다. 뭘 그렇게까지. 걱정 마, 어떻게든 되게 되어 있어.

경황없는 출발에 이하는 그만 그 사실을 간과하고 말았다. 웬만하면 내게도 그럴 듯한 아버지를 주시지. 하지만 하늘이 그에게 준 아버지는 벌칙에 가까웠다. 대체 나한테 왜 이러는 건데? 이하는 억울함에 골이 뎅뎅거렸다.

트렁크 두 개와 배낭 한 개를 좁은 마당 한가운데 놓여 있는 평상 위에 던져두고, 부자는 각자 대청을 사이에 두고 있는 큰방과 작은방의 방문을 열어보았다. 마당은 잡초들로 무성했고 방과 마룻바닥은 온통 흙투성이였다. 벽지는 찢어지고 너덜거려 손으로 잡을라치면 그거 내 옷자락이야, 하고 외치며 뭔가가 불쑥 튀어나올 것만 같았다.

"돌겠네, 이런 그림 같은 집에서 살게 될 줄이야."

이하는 사흘간 양치질도 하지 않은 채 히죽거리고 있는 저 초라한 어른 때문에 미쳐버릴 지경이었다. 말 그대로 그림 같은 집이었다. '흉가로 전락한 경기도 두메산골의 어느 폐가'라는 머리말에 한 줄 더 붙여 '실제로 이 폐가에서 귀신을 봤다는 목격자도 있다' 하고 인터넷에 올리면 순식간에 거기가 어디냐고 물어보는 댓글들이 쫙 달리겠지. 호러 마니아들의 핫 스팟으로 뜨겠네 아주.

이 집은 이하의 할아버지가 죽은 후 8년간 버려져 있었다. 전망은 그럴듯했다. 앞이 탁 트인 산비탈을 따라 수수밭이 있고 멀리 부른 배를 내놓은 산등성이들이 이어졌다. 하지만 근처에 집이 한 채도 보이지 않았다. 의지할 이웃이 없는 것이다.

집은 대청을 두고 왼쪽으로 작은방 한 칸, 큰방 한 칸이 툇마루를 따라 연결되어 있었다. 아궁이가 있는 부엌은 부뚜막 위쪽으로 난 샛문으로 큰방과 통했다. 가스레인지는 들여놨지만 수도는 연결되어 있지 않았다. 벽에는 오래된 소쿠리들이 걸려 있었고 시커멓고 투박한 나무 찬장 안에는 유물처럼 보이는 그릇들이 차곡차곡 쌓여 있었다. 부엌 뒤꼍으로 돌아나가니 창고였다. 창고 옆으로 빨간 전구가 매달린 화장실이 보였다.

이하는 그저 웃음만 나올 뿐이었다. 처마 밑에 드리워진 거미줄을 눈으로 훑으며 다시 앞마당으로 돌아왔다. 아버지는 평상에 엉덩이를 걸치고 다리를 쫙 벌린 채 두 손을 뒤로 뻗은 그야말로 세상에서 가장 느긋하고 한심한 자세로 콧노래를 부르고 있었다. 이하는 불끈거리는 분노를 누르며 말했다.

"화장실이 푸세식이잖아요. 저 이런 데서 못 살아요."

"못 살면 어쩔 건데? 여기 말고 갈 데 있어? 있으면 가. 안 말려."

"아버지."

이하의 콧등에 주름이 잡혔다. 아버지를 쳐다보는 눈빛에 날이 섰다. 아버지는 겁먹은 척 고개를 뒤로 빼며 말했다.

"그렇게 쳐다보지 마라. 네 눈에 베여 죽겠다."

"대체 이런 데서 어떻게 살라는 거예요."

"암담함은 심리적인 거야. 이삿짐 풀고 나면 금방 사람 사는 집이 될 테니 너무 걱정할 거 없어. 익숙해지면 다 괜찮아진다니까."

이삿짐은 월요일 오후에 도착할 예정이었다. 거창하게 포장이사를 할 필요는 없었다. 장롱 두 짝과 책상, 냉장고와 세탁기, 텔레비전과 이불, 밥솥을 포함해 부엌살림 몇 가지와 옷이 전부였다. 이하는 아버지와 직접 박스를 구해와 자질구레한 살림살이들을 정리하고 포장했다.

짐들이 다 꾸려지자 아버지는 이삿짐센터에 전화를 했다. 그때까지 한 번도 제 손으로 이사를 해본 적이 없던 그들은 음식을 배달시키듯 이사도 전화 한 통이면 바로 할 수 있는 건 줄 알았다. 그렇지 않다는 것을 알았을 때 이하는 자신의 무지를 반성했지만 아버지는 오히려 큰소리로 상대를 나무랐다.

그럴 리가 없다고, 우리의 이삿날을 위해 이삿짐센터의 1톤 트럭 한 대 정도는 반드시 대기하고 있어야 마땅하다고. 아버지는 계속 고집을 부렸고 이삿짐센터의 직원은 참을성 있게 설득했다.

"죄송합니다. 그냥 다른 데 알아보시는 게 좋겠어요."

"싫어요. 난 꼭 당신네서 할 거예요."

아버지는 거절당하면 매달리는 타입이었다. 아버지의 무례함과 집요함에 이삿짐센터 직원이 겁을 먹으면 어쩌나 이하는 걱정했다. 다행히 그 직원은 산전수전 다 겪은 나이 지긋한 아줌마였고, 대화가 통하지 않는 고객이 이번이 처음은 아닌 듯 어디 갈 때까지 가봅시다, 하는 태도로 담담히 대처했다.

"그럼 평일 이사로 하세요. 다음 주 월요일 오후에 시간 빠지네요. 그날 하시겠어요?"

"우리보고 이틀이나 먼저 가서 이삿짐을 기다리라고요?"

"그럼 이삿짐과 함께 월요일에 출발하세요."

"하지만 난 내일 당장 출발하고 싶은데요."

"그건 고객님 사정이고요. 그러니까 그냥 다른 데서 하시라니까요."

"그러지 말고 그냥 내일 해 줘요."

"아, 진짜 이 아저씨 왜 이렇게 사람 말귀를 못 알아들으실까. 내일이랑 모레는 미리 견적받고 예약해두신 다른 고객님들 이사 스케줄로 꽉 차 있다구요. 그렇게 바득바득 우기지 말고 상식적으로 생각해보시라니까요."

인내심이 똑 떨어진 직원은 결국 짜증이 왕창 묻어나는 목소리로 언성을 높였다. 고객님에서 아저씨로 호칭을 강등당한 아버지는 그제야 서둘러 꼬리를 내렸다.

"알았수다. 그럼 월요일에 합시다."

아버지는 전화를 끊고 나서 상대가 여자라서 양보한 거라고 말했다. 자고로 남자는 여자를 이겨먹는 게 아니라고, 무조건 져 줘야 하는 거라고, 그게 진짜 남자라고.

어디서 핑계는. 아버지는 목소리만 크지 여자가 아니라 그 누구도 이기지 못했다. 개가 짖으면 길을 돌아가고 하루살이들이 붙으면 옷을 바꿔 입는 인간이었다.

어차피 버려진 지 오래된 집이라 손도 보고 청소도 해둬야 이삿짐을 들일 수 있을 터였다. 그들은 가방을 간단히 싸서 이삿짐보다 이틀 먼저 출발했다. 이하는 노트북을 챙기며 아버지에게 물었다.

"거기 인터넷은 되죠?"

"글쎄, 좀 산골이라서 어떨지 모르겠다."

"인강 못 듣겠네."

아버지의 얼굴이 우그러졌다. 이하는 속으로 쾌재를 불렀다. 아버지는 대학에 갔지만 자퇴를 하는 바람에 졸업장이 없었다. 그래서 이하의 대학 졸업장에 목을 맸다. 입학을 해야 졸업을 하든가 말든가. 그렇게 대학을 강요하면서 어느 날 갑자기 고등학교 2학년 아들을 이런 산골로 데려오는 건 무슨 심보인지. 언행불일치다.

언제부턴가 아버지는 모순과 비상식이 판을 치는 삶을 벌이고 있었다. 가끔 이하는 그런 아버지에게 보란 듯 맞서서 삐뚤어지고 싶은 충동을 느끼곤 했다. 하지만 그 결과는 장기적으로 봤을 때 자신이 손해였으므로 참았다. 곰곰이 생각해보면 더욱이 지금 이 상황은 훗날 그에게 딱히 불리할 것이 없었다. 나중에 대학에 떨어지면(어차피 백발백중 그렇게 될 텐데) 그때 가서 사태의 책임을 아버지에게 미룰 수 있었다.

내 인생이니까 내 맘대로 살 자유는 있어야지.

물론 이 세상에서 내가 그렇게 살긴 틀렸다. 그러니 다른 세상에서, 다른 놈이라도 그렇게 살게 만들 계획이다.

무엇이든 내가 그리는 대로 이루어지리라. 아직은 엉성한 인물과 서툰 액션을 끼적이지만 머잖아 굉장한 히어로를 창조해내고 말 테다. 그 히어로가 나를 이 구렁텅이에서 구할 때까지 무조건 버틴다. 학교는 삶이 지나가는 중간역일 뿐이다. 선생이라면 몰라도 학생은 평생 학교에서 살지 않는다. 곧 다음 행선지를 향해 떠나야 한다. 학교를 떠난 후 다음이 어떻게 될지는 아무도 모른다. 그런 생각으로 아무리 무장하고 있어도 매번 성적에 좌절하고 흔들리는 건 어쩔 수 없었다.

"남자 둘이 살기에 이 정도면 도전해볼 만하지. 안 그러냐? 늙은 남자 혼자서도 살았는데 거기에 비하면 우린 둘인데다가 젊기까지 하잖냐."

아버지는 평상에서 일어나 신발을 벗고 툇마루 위로 올라섰다. 흙먼지가 소복하게 쌓인 툇마루에 아버지의 발자국이 찍혔다. 아버지는 큰방으로 들어가 천장 구석의 거미줄을 손으로 휘휘 저으며 웃음을 흘렸다.

이하는 아버지의 멍청한 웃음이 꼴 보기 싫어 고개를 돌렸다. 그래, 젊어서 좋겠다. 그러니까 가진 거라곤 가난한 몸뚱이뿐이란 거잖아. 어차피 귀찮은 일은 몽땅 나한테 미룰 거면서.

그는 눈에 보이는 모든 것을 쥐어뜯고 싶은 심정이었다. 아버지의 말대로 아버지는 젊었다. 머리카락은 이미 반백이었지만 아직 마흔도 되지 않았다. 아버지 말로는 사랑의 결실인 이하를 하루빨리 보고픈 마음에 그랬다지만 사실은 사고를 친 것뿐이다.

아버지가 말하는 늙은 남자는 이하의 할아버지 윤이평이다. 그는 백이십 살까지 살 수 있을 정도로 팔팔했지만 8년 전 갑작스러운 심장마비로 군청 앞에서 쓰러져 죽었다. 예순네 살이었다. 아무리 죽음이 예고 없이 찾아오는 불청객이라지만 점잖은 분이 그런 식으로 길바닥에서 구경거리로 죽다니. 그러나 역시 운이 좋았다고 볼 수밖에 없었다. 아무도 찾지 않는 산골짝 오두막에서 적어도 몇 주는 홀로 썩어갈 뻔한 것에 비하면 거리의 행인들일지라도 누군가 지켜보는 가운데 임종을 맞았으니 말이다.

한 가지 기묘한 점은 틀림없이 갑작스러운 죽음이었는데 이미 모든 장례 준비가 되어 있었다는 것이다. 할아버지는 보란 듯 자신의 영정 사진과 수의를 꺼내놓고 외출했다. 그날 할아버지는 군청에서 아무런 볼일도 보지 않았다. 그저 자신의 죽음을 알리기 위해 거기 나와 있었던 것처럼 말이다. 나이가 들면 죽을 날을 대비해 신변을 정리해두기도 한다지만 할아버지는 먼저 간 할머니와 달리 지병도 없고 딱히 고령이라고 할 수도 없었다.

할아버지는 금슬 좋게 지내던 할머니가 돌아가시자 서울로 올라와 함께 살자는 자식들의 권유를 거절하고 남은 생을 이 집에서 보냈다. 그래도 1년에 세 번은 꼭 상경했다. 설과 추석, 그리고 할머니의 제삿날. 그래서 이하의 가족이 고향에 내려올 일은 없었다.

할머니는 선산의 납골당을 마다하고 바람을 따라가겠다고 했다. 할아버지는 혼자 선산에 들어갈 엄두가 나지 않았다. 그래서 생전에 선산 대신 할머니에게 보내달라고 당부해두었다. 하여 몇 년 후 잎 지는 늦가을, 아버지는 할아버지를 이곳 산비탈 자락에서 바람에 실어 보냈다. 한 줌 재가 된 그들이 바람을 따라 어딘가 먼 곳으로 떠났을지 여전히 이곳 남바리 언저리를 맴돌고 있을지 그 누가 알까. 바람이 불 때마다 콧구멍을 간질이는 것이 마른 먼지가 된 죽은 자의 뼈라고 여기면 그런 것이고 흙먼지라고 하면 또 그런 것이고. 벌초할 무덤이 있는 것도 아닌지라 할아버지가 죽은 후 아버지는 이곳에 내려온 적이 없었다.

"그러고 뾸난 고양이마냥 발톱 세우고 있지 말고 좀 씻어라."

"어디서요?"

전기는 들어왔지만 욕실은커녕 수도꼭지 하나 보이지 않았다.

"요 아래 우물이 있어."

"그럼 씻을 때마다 매번 요 아랜지 어딘지로 내려가야 한단 말이에요?"

"몇 걸음이야. 그 자리에서 한번 넘어져 볼래? 그럼 거기 바로 네 코밑에 우물이 있을 거야. 그야말로 우물물에 코 박기지."

"봄빛이 다니던 어린이집도 엎어지면 코 닿을 데라고 했죠. 버스로 네 정거장이었는데."

이하는 빈정거렸다. 봄빛은 다섯 살 난 이하의 늦둥이 여동생이다. 이하와는 열세 살 차이가 나지만 유일하게 말이 통하던 가족이었다. 봄빛은 지금쯤 외할머니의 집 밥상 앞에 앉아 어설픈 젓가락질로 생선 가시와 전투 중일 것이다.

엄마가 일을 하러 다녔기 때문에 봄빛은 첫돌이 될 때까지 외할머니가 키웠다. 아버지는 금요일 저녁이면 외가에 들러 봄빛을 집으로 데려왔다. 외할머니의 허리가 좋지 않아 봄빛을 보는 것이 힘에 부치자 봄빛은 어린이집 종일반에 맡겨졌다. 봄빛을 데리러 가는 일은 전적으로 이하의 책임이었다.

어린이집에 제일 마지막으로 남아 있던 아이는 언제나 봄빛이었다. 또래들이 모두 가버린 텅 빈 현관 앞에서 봄빛은 제 몸뚱이만한 가방을 멘 채 엄마와 아버지 대신 오빠를 기다렸다. 집으로 돌아오는 길이면 봄빛은 이하의 손에 매달려 폴짝거리며 종일 있었던 일을 마냥 떠들어대곤 했다. 하나같이 말도 되지 않는 이야기들. 이하는 봄빛의 이야기를 들으며 웃었다. 그가 웃으면 봄빛은 양손으로 반원을 그리며 말했다.

"오빠가 웃으면 입이 이만해져."

"못생긴 하마처럼?"

봄빛은 고개를 크게 저으며 말했다.

"아냐, 아냐. 입이 이렇게 커지면서 잘생겨져. 텔레비전 주인공 같아."

그에게 잘생겼다고 말해주는 여자애는 이 세상에서 봄빛뿐이었다.

"통학 차량 타면 그렇다는 거지."

아버지는 대수롭지 않게 말했다.

"아침엔 통학 차량을 탔죠. 하지만 저녁엔요? 하원하는 통학 차량에서 내리는 봄빛이를 받아줄 사람이 없어서 제가 늘 허둥거리며 데리러 가야 했어요. 봄빛이랑 저, 매일 집까지 걸어 다녔다고요."

"왜 그랬냐? 버스 타지."

"버스 노선이 애매하다고 말했잖아요."

"그랬냐? 근데 난 왜 기억이 없지?"

"됐어요. 아버지가 그렇지 뭐."

"그래, 내가 좀 그렇지. 부엌에 물독이 있으니까 내일부터는 내가 물을 길어다 놓을게. 근데 조심해야 한다. 나 어릴 때는 허구한 날 물을 푸다 거기 빠지곤 했거든."

"어릴 때라면서요. 지금은 제가 아버지보다 더 크거든요."

몸뿐 아니라 마음도 아버지보다 컸다. 이하는 일찍 철이 들었다. 봄빛에게 그는 오빠이면서 동시에 엄마이자 아버지였다. 누군가를 책임지게 되면 본의 아니게 어른이 될 수밖에 없었다. 어른처럼 행동해야 일이 진행되기 때문이다. 다행히 이하는 큰 덩치 덕에 또래보다 빨리 어른 비슷한 대접을 받았다.

"그러고 보니 우리 아들이 언제 이렇게 컸지?"

대견해하는 아버지의 시선을 밀어내며 이하는 떠보듯 말했다.

"이젠 깊은 호수에 빠져도 혼자 헤엄쳐 나올 수 있어요. 아무도 구해주지 않아도 말이에요."

"네 엄마가 없는 돈을 털어서 수영 강습을 시킨 보람이 있네."

아버지는 여전히 이하가 매구호수에 빠졌던 일에 대해 모른 척했다. 엄마도 그는 매구호수에 빠진 적이 없다고 말했다. 모두 거짓말이다. 그 사고가 없었다면 아버지의 말마따나 엄마가 없는 돈을 털어 굳이 그에게 수영 강습을 시켰을 리가 없기 때문이다. 무엇보다 그가 가진 기억이 그 증거였다.

하지만 이하는 이전에 이곳에 온 적이 없었다. 그럼에도 매구호수에 빠졌던 기억만큼은 얼룩 한 점 없는 새빨간 사과처럼 또렷하게 남아 있었다. 아버지는 구겨진 얼굴로 죽어가는 그를 그저 바라보고만 있었다. 그 호수에서 전해지는 불문율 때문이었다.

거기 빠지면 매구가 구해줘. 사람이 뛰어들면 매구는 나 몰라라 하지. 그럼 어른이고 애고 간에 물귀신이 되는 거야.

그래서 그 호수는 매구호수로 불렸다. 매구는 천 년 묵은 여우가 변해서 된다는 무서운 짐승을 말한다. 매구가 어떤 것인지는 아무도 몰랐다. 천 년 묵은 이무기가 용이 되어 승천하듯 천 년 묵은 여우도 변신의 최종체로 무엇인가가 되어야 했는데 그것이 매구였다.

이야기는 그저 이야기인 것이다. 대체 어느 부모가 자식이 물에 빠졌는데 그런 정체불명의 매구 이야기 따위를 믿고 구경만 할 수 있단 말인가. 그러니 아버지는 그 일에 대해서 무조건 숨기고 싶겠지.

내가 살아나오길 바란다면 아무도 나를 구하려 들지 않아야 했다. 그런데 아무도 나를 구하려 들지 않았다는 바로 그 사실 때문에 배신감이 드는 것이다. 이하는 괜찮은 척했지만 사실은 상처받았다. 그 상처가 발작을 일으키려고 할 때마다 삐뚤어지려는 그의 정신을 두들겨 깨운 것은 빗속에서 울고 있던 아버지의 눈물이었다.

하지만 가끔 그 얼굴이 아버지의 얼굴이 아닐 수도 있다는 생각이 불쑥 들기도 했다. 빗줄기로 모호해져버린 풍경의 단면이거나, 젖은 나무토막의 고랑과 결을 착각했거나, 혹은 다른 낯선 존재의 얼굴이었거나. 이는 아마도 죽어가는 나를 지켜보기만 했던 사람이 아버지이기보다는 다른 어떤 것이기를 바라는 무의식적 소망 때문일지도 모른다.

"얼굴 좀 펴. 여기 이 마당에 수도 하나 놔줘? 그럼 마음이 좀 풀리겠냐?"

"언제요?"

"곧."

"됐어요."

이하는 분노를 느끼며 아버지의 말을 일축했다. 아버지는 이하의 기분 따위 전혀 아랑곳하지 않은 채 말했다.

"그럼 말고. 일단 오늘은 이쪽 큰방에서 같이 자자. 내가 방을 치우고 잠자리를 만들 테니 넌 먹을 것을 구해와라."

의욕에 넘쳐 말하기에 청소라도 할 요량인가 싶었는데 아버지는 흙이 자글자글한 바닥에 벌렁 드러누워 눈을 감았다. 뭐야? 또 자? 버스 타고 여기까지 오면서 내리 잠만 잤던 주제에. 이하는 보란 듯 신발을 신은 채 방으로 들어가 발밑에 뻗어 있는 아버지를 내려다보며 다그쳤다.

"뭐 하세요? 방 치운다면서요?"

"치울 거야."

아버지는 눈을 감은 채 말했다.

"방은 제가 치울 테니 아버지가 먹을 걸 맡아요. 대체 이 산속 어디에서 먹을 걸 구해올 수 있는지 전 모른다고요."

"요 앞 비탈길을 따라 똑바로 내려가면 작은 슈퍼가 하나 있어. 보자, 컵라면하고 소주 두 병, 봉지 김치도 같이. 라면 국물에 밥 말아 먹어야 하니까 즉석밥도 몇 개 집어 와라."

"산골 구멍가게에 무슨 즉석밥과 봉지 김치가 있어요?"

이하는 짜증을 냈다.

"시대가 시대인데 아무리 산골 구석이라고 해도 있을 건 있겠지. 안 팔면 좀 달라고 해. 밥하고 김치는 어느 집에나 있는 거니까."

"전 그런 말 못해요. 제가 거지예요?"

"무슨 상관이냐? 필요한 것을 얻을 수만 있다면 말이다."

아버지는 녹슨 드럼통 속에서 기어 나와 제자를 맞는 거지 철학자처럼 초탈한 표정을 지어보이며 일어나 앉았다.

"여기 올라오면서 슈퍼는커녕 사람 사는 집이라곤 못 봤어요. 도대체 어디에 슈퍼가 붙어 있다는 거예요?"

"내려가다 갈림길이 나오면 거기서 오른쪽으로 꺾어. 우리 아까 올라올 때 봤던 맞은편 길 말이야. 조금 가다가 비탈을 따라 왼쪽 내리막길로 접어들면 호수가 나와. 그럼 대숲이 보일 거야. 거기서부터는 그냥 대숲 길을 따라 쭉 가면 돼."

"얼마나 가야 하는데요?"

"그 슈퍼가 거기 그대로 있다면 한 시간 정도."

아들이 머리를 쥐어뜯고 있는데 아버지는 본 척도 않고 계속 떠들어댔다.

“거기까지 가기 귀찮으면 그냥 옆집에 가서 빌려와도 돼.”

“옆집은 어디 있는데요?”

근처에 이웃이 있다는 사실에 이하는 조금 안도하며 물었다.

“내려가다 갈림길이 나오면 거기서 오른쪽으로 꺾어. 거기까진 똑같아. 조금 가다가 비탈을 따라 오른쪽 오르막길로 50분 정도 가면 나올 거야. 근데 그 집 식구들이 아직 거기 살고 있을지 모르겠네. 나도 네 할아버지 돌아가시고 근 8년만의 귀향이라서 말이야.”

이하는 거친 숨을 들이켰다. 거기나 저기나. 어느 쪽으로 가든 왕복 두 시간이다. 여름이라 해가 길다고 해도 돌아올 때쯤이면 날이 저문다. 게다가 초행이라 길을 잃을 수도 있다.

“그냥 제가 모든 방을 깔끔하게 치우고 짐을 풀 테니까 아버지가 다녀와요. 이웃집이 슈퍼보다 10분 가까우니 그쪽으로 가시든가. 옛날 이웃이니 아버지 얼굴을 알아보겠네요. 그러니까 구걸하기엔 아무래도 저보다 아버지가 낫겠어요.”

“글쎄다. 내가 스마트한 비주얼을 잃은 지 좀 됐잖아. 그 사람들 야밤에 날 보면 충격받을 거야.”

“야밤이 아니라 초저녁이에요.”

“까칠하긴, 들어봐라. 아저씨와 소년 중 누가 구걸하는 게 더 측은해 보이겠냐.”

아버지는 음모를 감춘 음흉한 눈빛으로 물었다.

“아버지, 절 보세요.”

키 184센티미터에 체중 105.3킬로그램, 짧게 깎은 스포츠머리와 투실투실한 살집, 아무렇게나 꿰어 신은 지저분한 삼선 슬리퍼까지. 이하는 열여덟 살이다. 열여덟 살이면 아직 소년이 맞다. 1318 청소년. 소년의 끝자락. 하지만 누가 봐도 이하는 소년처럼 보이지 않았다. 아버지도 그 사실을 잘 알고 있었다. 아버지는 혀를 찼다.

"일단 학생의 상징인 삼선 슬리퍼를 신고 있잖아."

"이건 누구든 신을 수 있어요."

"근데 주로 학생들이 신잖아."

"좋아요, 학생이라고 쳐요. 그럼 덩치 큰 낯선 남학생과 머리에 새집을 진 추레한 옛 이웃 중 누가 더 가련해 보일까요."

"나라면 학생에게는 밥을 주고 추레한 옛 이웃은 모른 척 내쫓을 것 같아. 요즘은 이웃 사람이 더 겁나는 세상이잖아."

"자기 몰골에 대한 자각은 있네요. 그래도 아버지가 가요."

"알았다. 그럼 우리 과학적으로 답을 내보자. 네 다리가 나보다 8센티미터 더 기니까 네가 가라. 시간을 단축시킬 수 있다."

"하지만 아버지 걸음이 저보다 빠르잖아요. 제가 한 걸음 걸을 때 아버지는 두 걸음 반을 가니까요."

"그렇게 따져서 어디 한번 계산해볼까."

아버지는 주머니를 뒤져 볼펜을 꺼내고 종이를 찾다가 찢어져 너덜거리는 벽지 한쪽을 북 잡아 뜯었다. 아버지가 그 벽지 쪼가리에 대고 계산을 시작하자 이하는 결국 백기를 들고 말았다.

저렇게 방바닥에 찰거머리처럼 딱 붙어 있으니 내보내긴 틀렸다. 이렇게 실랑이를 벌이는 시간이 아까웠다. 뭘 어떻게 계산하는지 몰라도 아버지가 마음을 바꾸지 않는 한 어차피 결과는 달라지지 않는다.

"됐어요. 제가 갔다 올게요."

"고맙다, 아들아. 후딱 갔다 와라. 배고파 죽겠다."

아버지는 계산하던 벽지 쪼가리를 집어던지고 문지방 밖으로 몸을 기울이며 손을 흔들었다. 뭐가 저렇게 행복한 거야? 이하는 불행의 한가운데 있었다. 그러므로 아버지도 불행해야 했다. 함께 불행을 극복하려면 그래야만 했다.

그러나 아버지는 그가 알지 못하는, 또 알고 싶지도 않은 행복을 혼자 만끽하며 즐기고 있었다. 이하는 인상을 쓰며 구불구불 이어진 비탈길을 내려다보았다. 한숨이 나왔다.

"돈 주세요."

"없는데."

아버지는 어깨를 으쓱해보였다.

"그럼 어떻게 먹을 걸 사와요?"

"나는 모르지. 너만 믿는다."

"차라리 대놓고 도둑질을 시키시죠."

"그거보단 구걸이 낫지 않을까."

더는 아버지와 말을 섞고 싶지 않았다. 이하는 대문을 나섰다.

"소주 잊지 마라."

"술은 안 돼요."

"나한텐 약이다."

"아무튼 안 돼요."

"나 죽는다."

"그러세요."

"진짜야. 소주 안 사다주면 네 할아버지가 남기신 도화주 마실 거야. 그게 사람은 행복하게 취하지만 짐승은 냄새만 맡아도 기절하고 귀신은 흠향 한 번에 생전을 망각한다는 물건이거든. 내가 그거 건드리고 사흘 밤낮을 실실거리며 취해 굴러다니는 꼴을 보고 싶냐, 아니면 잘 보관했다가 팔아서 거금 쥐고 싶냐? 그거 물려받고 싶으면 소주 꼭 사와라."

젠장. 이하는 대답하지 않고 그냥 걸어 내려갔다.

"이하야!"

아버지가 이하를 불러 세웠다.

"왜요?"

이하가 못마땅한 얼굴로 돌아보았다.

"깜빡 잊을 뻔했는데 대숲을 지날 때 말이야, 누가 네 이름을 부르더라도 세 번 부르기 전까지는 결코 돌아보지도 대답해서도 안 된다. 알겠지?"

"뭔 소리예요?"

"게임의 규칙이지. 돌아보면 잡아먹힌다."

"쓸데없는 소리 좀 하지 말아요."

"내가 이런 말 하니까 무섭지?"

무서운 건 대숲이 아니라 아버지였다. 아버지의 희극적인 초탈과 구제불능의 무능, 무엇보다도 아버지로부터 벗어날 수도 아버지를 버릴 수도 없는 이 고약한 상황이 이하를 옥죄었다. 공포는 아버지로부터 오고 있었다. 그는 고립됐다. 세상으로부터, 엄마와 봄빛으로부터, 그리고 그가 누리던 현재와 미지의 미래로부터.

*

걸음을 옮길 때마다 반바지가 사타구니 쪽으로 말려들었다. 땀에 젖은 티셔츠는 살갗에 달라붙어 끈적였고 배 속은 더부룩했다. 이하는 발에 걸리는 돌멩이들을 툭툭 차며 이웃집과 슈퍼 중 어느 쪽으로 갈지 고민했다.

이웃집이 슈퍼보다 10분 가깝다. 왕복으로 치면 20분이다. 하지만 이웃집이 비었을 경우 헛걸음이 된다. 거기서 갈림길까지 돌아오는 데 한 시간, 다시 슈퍼까지 가는 데 한 시간, 나중에 집으로 돌아오는 데 걸리는 한 시간까지 보태면 세 시간이 소모된다.

이웃집과 슈퍼 중 어느 쪽이 산골에서 살아남을 확률이 높을까. 손님을 상대로 생계를 유지하는 슈퍼보다는 뭐라도 농사를 지어가며 사는 이웃집이 유리해 보였다. 그래도 슈퍼로 결정했다. 구걸하지 않아도 되니까.

바지 주머니 속에서 휴대폰이 울렸다. 이하에게 전화할 수 있는 사람은 오직 한 사람뿐이었다. 이곳으로 오기 전에 휴대폰을 사준 사람. 먼저 쓰던 휴대폰은 잃어버렸다. 이참에 번호를 바꾸고 친구들과도 연락을 끊었다. 원래 친구도 별로 없었지만. 아무튼 이

상황에 대한 질문도 대답도 귀찮았다. 잠시 사라지고 싶었다.

"잘 도착했니? 불편한 건 없고?"

피곤함이 묻어나는 엄마의 차분한 목소리. 기쁘지도 슬프지도 않은 무감각하고 나른한 엄마 특유의 어조가 귓가에 떨어지는 순간 그는 울컥했다.

"몽땅 불편해요. 특히 아버지가…."

"그래도 잘 지낼 거지?"

엄마가 이하의 말을 자르며 물었다. 이하는 대답하지 않았다.

"이하야, 내 말 듣고 있니? 나도 어쩔 수 없어. 이해하지? 학교는 어때? 아참, 오늘은 토요일이니까 다음 주 월요일에 가겠구나. 방학하면 한번 올라와. 봄빛이 기다려, 응?"

"…알았어요."

이하는 뜸을 들이다가 마지못해 대꾸했다.

"근데 엄마."

"그래, 또 전화할게."

이하가 뭐라 더 말하려 했지만 엄마는 전화를 끊으려 했다. 그때 전화기 너머에서 봄빛의 목소리가 들렸다.

"엄마, 나도, 나도."

전화기를 받아든 봄빛의 목소리가 재잘재잘 쏟아졌다.

"오빠, 오늘 찐구가 봄삐시 가방 만졌어. 봄삐시 찐구를 가방 안 둘 거야."

일단 앞의 가방은 가방이고 뒤의 가방은 가방이 아니라 가만 안 둘 거야의 모자란 발음이다. 이하는 웃음을 삼켰다. 이하의 진짜 웃음이 터지는 순간은 늘 봄빛의 이야기를 들을 때였다.

"그리고 오빠, 넌냉니가 나 간장 안 시켜줘."

넌냉니? 이하는 찐구가 친구인지 진구란 이름을 가진 남자아이인지 여전히 알 수 없는 상태로 이번엔 넌냉니의 정체에 대해 고민하기 시작했다. 이하는 봄빛의 발음을 일일이 고쳐주지 않았다. 대개는 듣다보면 저절로 의문이 풀렸고 무엇보다도 봄빛의 이야기를 끝까지 들으려면 그래야만 했다. 아니면 봄빛은 여태 제가 했던 이야기를 홀랑 까먹고 거기서부터 금세 또 다른 이야기로 옮겨가기 때문이었다.

"왜 안 시켜주는데?"

이하는 자신의 얼굴을 우러러보며 종알종알 떠드는 봄빛의 조그마한 얼굴을 떠올렸다. 조잘거리는 어린 여동생의 천진한 미소가 눈에 밟혔다. 잔뜩 굳어 있던 이하의 마음이 조금씩 풀렸다.

"내가 교실에서 막 돌아다닌다고."

여전히 넌냉니와 간장이 뭔지 알 수 없었다.

"근데 봄빛아, 넌냉니랑 간장이 뭐야?"

"으응? 오빠가 그것도 몰라? 넌냉니는 여자야. 우리한테 인사하고 줄 서라고 해. 간장은 뭐냐면 넌냉니랑 말을 많이 해."

봄빛은 자랑스럽게 설명했다. 그제야 알아들은 이하는 키득거렸다.

"봄빛아, 넌 어떻게 선생님이 넌냉니로 들리냐? 그리고 간장이 아니라 반장이겠지. 그러니까 선생님이 너 반장 안 시켜준다고?"

봄빛은 약이 바짝 오른 어조로 우겼다.

"아냐. 간장이야, 간장!"

억울한 표정으로 입을 부풀린 봄빛의 세찬 고갯짓이 보이는 것 같았다. 갑자기 봄빛이 소리쳤다.

"와, 얼룩말이다! 오빠, 텔레비전에 얼룩말이 나왔어. 근데 우유가 나온다."

"얼룩말이 아니라 젖소야. 이 바보야."

"나 바보 아니야. 근데 얼룩말은 우유가 안 나와?"

이하가 대답을 하려는데 봄빛의 말소리가 일순 멀어졌다. 엄마가 전화기에 대고 말했다.

"미안하다. 봄빛이가 만날 너 붙잡고 쓸데없는 소릴 늘어놔서. 짐 정리하고 그러려면 바쁠 텐데 그만 끊자. 잘 지내고. 또 전화할게."

이하가 뭐라고 대꾸할 새도 없이 엄마가 먼저 전화를 끊었다. 그는 고요해진 휴대폰을 멍하니 들여다보았다. 하고 싶은 말들이 툭툭 잘린 조각이 되어 머릿속에서 어슬렁거렸다.

근데 엄마. 왜 하필 나예요? 왜 내가 아버지랑 있어야 하는데요? 나도 그냥 엄마한테 가면 안 돼요?

그렇게 물어보려고 했다. 하지만 엄마는 물어볼 기회를 주지 않았다. 행여 그렇게 물어볼까 봐 서둘러 끊어버린 것 같기도 했다. 엄마의 고의를 의심하자 갑자기 비참함이 몰려왔다. 다시 전화해서 따지고 싶었지만 소용없는 짓이다. 이제 그는 무기력하게 가던 길을 가는 수밖에 없었다.

다행히 슈퍼는 거기 있었다. 왼쪽으로 약간 기울어진 흰색 아크릴 간판에 커다란 검정색 글자로 '박가네슈퍼'라고 쓰여 있었다. 슈퍼 부부는 가게 안에 붙어 있는 쪽방에서 저녁을 먹으려던 것처럼 보였다. 후덥지근한 선풍기 바람을 타고 가게 안은 온통 비린 육수와 고소한 기름 냄새로 진동을 했다. 이하는 땀이 비척비척 나는 와중에 식욕이 올라왔다. 그제야 그는 지금까지 품고 있던 배 속의 불편함이 배고픔이라는 것을 깨달았다. 주인 여자가 들었던 젓가락을 놓고 방에서 나오며 물었다.

"뭐 줄까? 처음 보는 얼굴이네."

주인 여자는 용케도 이하를 애라고 했다.

"저도 아줌마 처음 보거든요."

이하는 슈퍼 안을 대충 훑어보며 시큰둥한 어조로 대꾸했다.

"하긴 내가 널 처음 보니 너도 날 처음 보겠네. 이사 왔니?"

그런 건 왜 묻는데? 이하는 주인 여자의 관심이 껄끄러웠다. 그는 짧고 퉁명스럽게 대답했다.

"네."

"어디로 왔는데?"

"저 위요."

그냥 그렇게만 말했는데 주인 여자는 바로 정확한 장소를 짚었다.

"남바리?"

"네."

갑자기 주인 여자는 침을 꿀꺽 삼키곤 이하를 뚫어져라 쳐다보며 물었다.

"거긴 집이 딱 한 채밖에 없는데, 혹시 거기?"

"네."

"그 집 내놨다는 이야기 못 들었는데?"

주인 여자는 고개를 갸웃거렸다. 방 안에서 주인 남자의 목소리가 대꾸했다.

"뭐 내놨어도 팔릴 자리는 아니지. 비어 있으니까 일단 들어간 것 같은데. 하필 그 집을… 쯧쯧."

"그러게. 왜 하필…. 근데 아무리 빈집이라고 해도 주인이 버젓이 있는데 허락 없이 들어가 사는 건 아니지."

주인 여자가 말했다.

완전 버려진 폐가던데 무슨. 이하는 속으로 코웃음을 쳤다. 그는 감자칩 봉지를 집어 들고 보란 듯 먼지를 훅 불었다. 사실 먼지 같은 건 없었다. 주인 여자는 그걸 보면서도 기분 나빠하기는 커녕 우려 섞인 어조로 말했다.

"그런 거야 서로 잘 이야기하면 되니까. 그보다 학교 가려면 매번 거길 지나다녀야 할 텐데."

"여기 사정을 잘 모르나 보지. 그러니까 왜 하필 그 집에…."

방 안에서 다시 주인 남자의 목소리가 나왔다. 이하는 속으로 발끈했다.

아, 뭐야, 이 사람들. 왜 자꾸 '하필' 그 집이래. '하필'은 무슨. 할아버지가 돌아가실 때 그 집을 날려버리지 않고 남겨뒀기 때문이야. 그 바람에 아버지가 최후의 보루로 사용하게 된 거고. 그 거지 발싸개 같은 집만 없었다면 아버지는 굳이 여기로 돌아올 생각을 하지 않았을 거야. 그럼 내가 이 구멍가게에 발을 들여놓는 일도 없었을 거고. 슈퍼 좋아하시네. 이게 어딜 봐서 슈퍼야. 슈퍼라고 달아놓은 간판을 확 부숴버릴까보다. 이거 완전 사기야.

그런 속사정과 제 기분을 굳이 꺼낼 필요는 없었다. 이 사람들은 남바리 폐가의 주인에 대해 알고 있다. 당연히 아버지와도 아는 사이일 것이다. 이하는 살 것들을 카운터 위에 올려놓았다. 주인 여자가 물었다.

"거기 지나올 때 괜찮았어?"

"어디요?"

"대숲."

"대숲이 왜요? 제 이름 안 불렀어요."

"어, 누가 벌써 알려줬나 보네. 그럼 매구호수 이야기도 들었겠구나. 대숲에서 홀린 사람들이 정신 못 차리고 가끔 거기 빠지곤 하거든."

"알아요. 오면서 호수도 봤고 대숲도 지나왔어요. 근데 여기 즉석밥이나 봉지 김치 같은 건 없어요?"

"밥이랑 김치? 그런 걸 뭐 하러 팔아? 다들 집에 있는 건데. 왜? 집에 밥해주는 사람이 없니?"

이하에게는 그 질문이 엄마가 없냐는 말처럼 들렸다. 당혹스러워진 이하는 대답 대신 얼굴을 찌푸렸다. 안에서 주인 남자가 나무라듯 소리쳤다.

"거참, 남의 집 사정을 뭐 하러 꼬치꼬치 캐묻고 있어. 얼른 계산해주고 들어와. 국수 다 불어."

이하는 주인 남자의 말 속에 숨어 있는 의미를 풀어보았다.

거참, 남의 집 사정을 뭐 하러 꼬치꼬치 캐묻고 있어. 산골의 버려진 빈집에 들어와 살 작정한 거 보면 모르겠어? 보나 마나야. 빚쟁이와 사채업자들한테 쫓기는 신세겠지. 마누라는 벌써 도망갔을 거고. 이 시간에 대가리에 피도 안 마른 자식에게 술 심부름 시킨 거 보면 뻔하잖아. 얼른 계산해주고 들어와. 국수 다 불어.

짜증나. 이미 꼬인 심사였다.

"그딴 거 묻지 말고 아줌마네 슈퍼나 챙기세요. 밥하고 김치를 왜 파냐고요? 서울에서는 동네 구멍가게에서도 다 팔거든요. 이런 데가 무슨 슈퍼라고."

"아이고, 미안하구나. 서울의 동네 구멍가게만도 못해서. 그래도 종종 이용하게 될 거야. 이 동네엔 여기 말고는 아무것도 없거든."

주인 여자는 이하의 무례함을 넉살 좋게 받아쳤다. 그녀는 이하가 골라놓은 물건들을 비닐봉지에 담으며 손때 묻은 낡은 계산기에 숫자를 콕콕 찍었다.

빌어먹을. 그제야 이하는 현실을 깨달았다. 주인 여자의 말이 옳았다. 여기서 주인 여자가 그럼 사지 마, 나도 너한텐 안 팔아. 하고 나오면 곤란해지는 건 그였다. 그래도 이하는 사과하지 않았다. 하지만 주인 여자는 마치 사과를 받은 것처럼 말했다.

"괜찮아. 도시에서 나고 자란 애가 이런 데서 살려면 암담하지. 스트레스가 밀려드는데 어쩔 거야. 그치?"

이하가 못들은 척 그녀의 말을 무시했지만 주인 여자는 상관하지 않았다. 그녀는 이하에게 괘씸죄를 걸어 복수할 생각이 추호도 없는 듯했다. 신분증을 보이라며 미성년자에게는 술을 팔 수 없다고 딱 자를 수도 있었는데 봐줬다. 어쩌면 동정심이 발동했을지도 모른다. 그가 사가는 소주 두 병이 상거지가 되어 도시에서 쫓겨난 어느 가장의 목구멍으로 들어갈 것을 알기에.

활짝 열려 있는 방문 안으로 부부의 저녁상이 보였다. 칼국수 두 그릇과 동그랗게 부쳐낸 녹두부침개, 맛깔나 보이는 겉절이와 시원한 열무 물김치. 밥상 아래 놓인 냄비에는 아직 칼국수가 남아 있었다. 하마터면 거기 있는 음식들도 사고 싶다고 말할 뻔했다. 가져가는 동안 퉁퉁 불어터져 곤죽이 될지언정 먹고 싶었다.

이하는 입을 꾹 다문 채 비상금을 털어 계산을 끝내고 슈퍼를 나왔다. 꼬깃꼬깃한 지폐를 받아든 주인 여자의 눈동자에 안쓰러움이 배었다.

해가 넘어가고 있었다. 이하는 허기진 배를 달래기 위해 봉지에서 감자칩을 꺼내 뜯었다. 4차선 차도에 면해 있는 슈퍼에서 왔던 길로 다시 산길을 걸어 올라가는데 머리 위로 쏴아아, 하고 빗소리가 지나갔다. 하늘을 쳐다보았다. 비구름은 보이지 않았다. 바람 소리였다.

감자칩을 씹으며 걸어가던 중 문득 주변 풍경을 자각했다. 양옆으로 빽빽하게 들어선 대나무들이 꼿꼿한 시선으로 그를 경계하고 있었다. 아까 올 때도 이 길을 지났다. 그때는 아버지의 억지에 떠밀려 나온 불만과 엄마에게 못다 한 말을 삼키느라 대숲이고 뭐고 의식하지 못했다. 그런데 지금은 묘한 위압감을 느꼈다.

대숲을 지날 때는 누가 네 이름을 부르더라도 세 번 부르기 전까지는 결코 돌아보지도 대답해서도 안 된다. 알겠지? 아버지가 쓸데없는 소릴 했다. 아침에 학교 갈 때 차 조심하라는 말과 다를 바 없는 소리였다. 무슨 말이든 아버지의 입에서 나오면 하나 마나한 말로 들렸다. 하지만 슈퍼 부부의 말은 신경이 쓰였다.

모르는 게 약이라더니. 주위가 너무 조용해 절로 귀가 기울여졌다. 처럭처럭 슬리퍼 끄는 소리가 그림자처럼 따라붙었다. 제가 내는 소리라는 것을 알면서도 거슬렸다. 소리를 줄이기 위해 뒤꿈치를 최대한 슬리퍼 바닥에 붙인 채 걸었다. 그러자 이번엔 입 안에서 씹히는 감자칩 소리가 너무 크게 들렸다.

어느 순간 등 뒤가 쭈뼛해져 걸음을 멈췄다. 아무 소리도 들리지 않았다. 동시에 모든 소리가 들리는 듯했다. 고요가 공포를 자아냈다. 이럴 땐 대개 큰 소리로 노래를 부른다지. 그럴 용기가 나지 않았다. 노래가 적막 속에 숨어 있는 뭔가를 깨울 것 같았다.

대숲이 흔들리면서 다시 쏴아아, 하고 빗소리를 닮은 바람 소리가 몰아쳤다. 바람 소리는 숲을 빠져나가지 않고 술래잡기를 하며 뛰어다니는 어린아이들의 웃음소리처럼 뱅글뱅글 주변을 맴돌았다. 이하는 불쑥 치솟는 서늘한 기분을 누르며 다시 감자칩 한주먹을 입 안에 쑤셔 넣고 걸음을 서둘렀다.

저무는 해가 대숲 위로 보이는 하늘을 발갛게 물들였다. 어느새 발밑으로 그늘이 어둑어둑 번졌다. 밤은 하늘에서 장엄하게 내려오는 것이 아니라 땅에서부터 슬금슬금 다가온다. 지는 해의 권능이 다가오는 시간에 그림자를 덮어씌우는 것이 아니라 침묵을 지키고 있던 대지가 품고 있던 시간의 모호함을 안개처럼 풀어내는 것이다.

한밤에 벌어졌던 현실이 날이 새면 일장춘몽처럼 아득해지는 것도, 한낮의 햇빛을 분사시키는 나뭇가지들이 밤이면 깡마르고 아물거리는 초자연적 존재의 손아귀처럼 불온하게 여겨지는 것도 모두 그 때문이다.

아무리 걸음을 다투어도 대숲의 끝이 보이지 않았다. 이하는 초조해졌다. 이 길이 이렇게 길었던가. 문득 무슨 소릴 들은 것 같았다. 심장이 미친듯이 뛰었다. 감자칩 봉지를 움켜잡고 멈춰 서서 가만히 귀를 기울였다. 바람 소리뿐이었다. 잘못 들었나? 다시 걸음을 옮기려는 순간 소나기 내리는 것 같은 대숲의 바람 소리가 돌아왔다. 이어 희미한 소리가 들렸다.

"… 희… 야…!"

바람소리에 실려 대숲이 누군가의 이름을 불렀다. 머리칼이 곤두서는 것 같았다. 대숲이 이름을 세 번 부르기 전까지는 절대 돌아보거나 대답해서는 안 된다고 했던 아버지의 말이 놀랍게도 그 순간 믿어졌다. 백에 아흔아홉은 헛소리에 잠꼬대에 허풍에 거짓 약속이라고 해도 하나쯤은 진실일 수 있었다. 이곳은 아버지의 고향이다. 아버지가 뭔가 알고 한 말이었다면? 아버지는 매구가 구해줄 거라는 철썩 같은 믿음으로 물에 빠져 죽어가는 아들을 구경만 하고 있었다. 그 깊은 믿음의 근거가 실제로 있다면?

"윤… 희… 야…!"

이번에는 분명하게 들렸다. 설마? 자지러지게 놀란 이하는 정신없이 달리기 시작했다. 땀이 비오는 듯 쏟아졌다. 아무리 달려도 대숲은 끝나지 않았다. 사방이 점점 어둠으로 채워졌다.

"윤… 희… 야…!"

틀림없이 이하를 부르는 소리였다. 그의 이름은 성을 붙여서 윤이하, 하고 부르면 윤희야, 하고 부르는 것처럼 들렸다. 이를 알아챈 친구들이 툭하면 놀려먹었다.

"윤… 이… 하…!"

이제 정확하게 들렸다. 누구야? 누가 내 이름을 알고 있는 거야? 대숲일 리가 없었다. 아직 전입 신고도 하지 않았다. 아니, 그보다 대숲이 어떻게 사람의 이름을 부를 수 있어? 다리가 후들거렸다.

삐걱삐걱.

어디선가 이상한 소리가 들려왔다. 이건 또 무슨 소리지? 소리는 마치 이하를 쫓는 듯 점점 더 가까워졌다. 가슴이 벌렁벌렁 뛰었다. 근데 대숲이 내 이름을 몇 번 불렀더라? 세 번인가, 네 번인가? 그럼 이제 돌아봐도 되지 않나? 젠장, 누가 그런 걸 믿어. 그럼에도 차마 돌아볼 수가 없었다.

갑자기 뒤쪽에서 강한 힘이 날아들었다. 무언가에 등을 후려맞은 이하가 앞으로 고꾸라지며 넘어졌다. 허겁지겁 몸을 일으키며 돌아보려는 순간 지독하게 차갑고 물컹거리며 소름끼치는 무엇인가가 이하의 이마를 퍽하고 때렸다. 자지러질 듯 놀란 이하는 꼭 그러쥐고 있던 감자칩 봉지와 함께 소주와 라면이 담긴 비닐봉지를 놓치며 그 자리에 도로 주저앉았다.

시커먼 덩어리가 키 큰 대나무들 사이를 휙휙 날아다녔다. 저도 모르게 정신없이 시선이 따라갔다. 여우가 재주넘기를 하며 사람을 홀리듯 그 움직임은 마치 최면을 거는 것 같았다.

이하는 정체불명의 비행물에 혼이 빠져 바짝 따라온 삐걱삐걱 소리가 바로 뒤에서 멈췄다는 것을 깨닫지 못했다. 누군가 그의 어깨를 툭 쳤다. 순간 정신이 퍼뜩 든 그는 짧은 신음을 내지르며 돌아보았다.

"쉿. 소리 지르지 말고 빨리 타."

검정색 크로스 가방을 둘러멘 여자가 자전거에 앉은 채 집게손가락을 입술에 대며 말했다. 하늘색 반바지에 흰색 민소매 블라우스, 시원스레 뻗은 가무잡잡한 팔다리. 검정색 선 캡을 푹 눌러 써서 코끝과 입밖에 보이지 않았지만 느슨하게 앞으로 내려 묶은 양 갈래 머리 모양새나 통통 튀는 앳된 목소리는 또래로 보였다. 이하는 멍청한 얼굴로 눈을 끔벅였다.

"뭐해? 얼른 타라니까. 계속 그러고 있으면 잡아먹힌다."

여자가 숲을 향해 턱짓을 했다. 이하는 머리끝이 쭈뼛 섰다. 그는 황급히 사방을 돌아보았다. 고요했다. 그저 대나무 잎들만 가벼운 바람에 살랑이고 있을 뿐이었다.

"뭐였지?"

"뭐가?"

"방금 뭔가 있었잖아. 그래서 네가 잡아먹힌다고 말한 거 아냐?"

"있긴 뭐가 있어? 그냥 겁주려고 농담한 거야. 여기가 원래 좀 으스스한 곳이거든. 충고하는데, 이 길은 최대한 빨리 지나가는 게 좋아. 집이 어디야? 데려다줄게."

한바탕 공포의 오르막을 경험한 터라 이하는 여자의 제안을 마다할 수 없었다. 그는 바닥에 떨어진 비닐봉지와 감자칩 봉지를 냉큼 주워 들고 자전거 뒤에 엉덩이를 실었다.

여자가 페달을 밟았다. 자전거 바퀴가 굴러가면서 삐걱삐걱 소리를 냈다. 크고 오래된 자전거였다. 제 아버지나 삼촌이 타던 것이리라. 이 자전거 소리가 뭐라고 겁을 먹어. 진짜 한심하다. 근데 그건 뭐였을까?

"대나무들 사이로 시커먼 덩어리가 날아다니는 걸 봤어."

여자는 아무런 대꾸도 하지 않았다.

"내 말을 안 믿는 거야?"

이하는 따지듯 물었다.

"믿어, 믿으니까 말 시키지 마. 힘들어."

여자가 숨을 헐떡이며 말했다. 그제야 상황을 파악한 이하는 미안해졌다. 여자는 100킬로그램이 넘는 그를 뒤에 싣고 죽어라 달리는 중이었다.

"많이 힘들면 자리 바꾸자."

"됐어. 내 자전거는 내가 몰아."

단호히 거절하고 한참을 달리던 여자는 갑자기 자전거를 멈추고 말했다.

"내려."

"여기다 버리려고? 집에 데려다준다면서?"

여자에게 매달릴 의도는 없었지만 진심이었다. 아직 대숲을 다 빠져나가지 못했다. 해는 이미 졌고 사위는 어두컴컴했다. 가로등이 드문드문 있었지만 전혀 위안이 되지 않았다. 여자는 이하를 밀어내며 말했다.

"오르막이잖아. 나 혼자서는 문제없는데 널 태우고는 죽어도 못 올라가. 뛰어오든지 기어오든지 아무튼 저 위에서 만나자. 걱정 마, 기다려줄 테니까."

눈앞에 나지막한 오르막길이 보였다. 길을 따라 양옆으로 대나무들이 창살처럼 빼곡하게 박혀 있었다. 이하는 지나온 대숲길을 돌아보았다. 하얗게 드러난 외길이 깊은 상처에 드러난 뼈처럼 보였다. 오싹했다. 대숲이 다시 그를 부르는 소리가 들리는 것 같았다. 자기도 모르게 어깨가 들썩거렸다. 그가 긴장한 것을 눈치챈 여자는 말했다.

"이 언덕만 넘으면 돼. 그다음엔 대숲이 네 이름을 불러도 들리지 않을 거야."

여자는 웃고 있었다.

"무슨 소릴 하는지 모르겠네. 그냥 바람 소리일 뿐이야."

"정말 그렇게 생각해?"

여자의 물음이 의미심장하게 들렸다. 진짜 뭐가 있는 걸까, 아니면 단순히 나를 놀리려는 걸까. 이하는 헷갈리기 시작했다. 그는 여자에게 휘둘리지 않기로 했다.

"아니면? 대숲이 진짜 내 이름을 불렀다고? 그럼 너도 내 이름이 뭔지 들었겠네. 말해봐, 내 이름이 뭐야?"

여자는 자전거를 끌고 앞으로 나가면서 말했다.

"지금 여기서 이러고 노닥거릴 시간 없거든. 난 갈 테니까 넌 따라오든가 말든가."

여자의 자전거가 삐걱거리며 멀어졌다. 여자가 가기만을 기다렸다는 듯 대숲이 다시 그의 이름을 부르기 시작했다. 심장이 오그라들었다. 소리가 이미지로 그려졌다. 커다란 공허가 빈 자루 모양을 한 채 비척거리며 다가와 그를 한입에 집어삼키는.

이하는 움켜쥔 비닐봉지를 부스럭거리며 자전거 꽁무니를 쫓아 허겁지겁 뛰기 시작했다. 여자는 약속대로 언덕 위에서 자전거를 멈춘 채 그를 기다리고 있었다. 이하는 다시 여자의 자전거 뒤에 엉덩이를 실으며 물었다.

"저거 귀신 숲이지? 저 아래 슈퍼에서도 은근히 겁주던데."

"바람 소리라면서?"

"바람이 어떻게 사람 이름을 불러? 뭘 갖다 붙여도 말이 되지 않으니까 그냥 바람이라고 한 거지."

"그럼 귀신은 어떻게 네 이름을 알고 부르는데?"

"어?"

"헛소리 그만 하고 떨어지지 않도록 꼭 잡아."

"뭐?"

여자는 두 다리를 쭉 펴며 페달에서 발을 뗐다. 자전거는 내리막길을 따라 쏜살같이 굴렀다.

"앞에 호수!"

이하가 소리쳤다.

"알아."

여자는 한쪽 발로 땅바닥을 끌며 속도를 조절해 자전거가 호수에 처박히기 일보 직전에 핸들을 돌렸다. 자전거가 방향을 트는 순간 이하의 엉덩이가 들썩하더니 한쪽으로 쏠렸다. 균형을 잃은 엉덩이가 툭 미끄러지면서 자전거에서 떨어졌다. 땅을 짚으려다 팔꿈치를 돌멩이에 부딪쳤다. 눈물이 쏙 빠질 정도로 아팠다. 이하는 고통을 참으며 아무렇지도 않은 듯 일어섰다. 무릎이 흙바닥에 쓸려 따끔거렸다.

"괜찮아?"

여자는 물안개가 뽀얗게 깔린 호숫가에서 자전거를 잡은 채 뭐가 그렇게 재밌는지 키득거렸다.

"그냥 크게 웃어도 돼. 근데 뭐야, 저 대숲은?"

이하는 화가 났지만 어디에 대고 화를 내야 할지 알 수가 없었다. 여자 때문도 대숲 때문도 아니었다. 자전거에서 떨어진 것 때문도 팔꿈치가 아픈 것 때문도 아니었다. 그냥 화가 울컥울컥 올라왔다.

"처음엔 다들 그래. 다니다보면 너도 익숙해질 거야."

"하지만 분명히 내 이름을 불렀어. 똑똑히 들었다고. 너도 그랬잖아. 대숲이 내 이름을 불렀다고."

"난 내 이름으로 들려."

여자가 두 손을 나팔 모양으로 만들어 입에 대고 말했다.

"황… 아… 리…."

"이름이 항아리야?"

"짜증나게 굴래? 황.아.리.라고."

여자는 또박또박 제 이름을 말해주며 눈을 흘겼다.

"그래서 우리 이름을 부르는 게 대체 뭐라는 거야?"

"넌 이 동네 이름이 뭔지 모르니?"

"알아. 매구면."

"그럼 저 호수 이름은?"

"매구호수."

"그래, 매구면 매구호수. 그 이름이 어디 하늘에서 뚝 떨어졌겠어?"

"그게 무슨 매구 같은 소리야?"

"알았어. 그냥 바람 소리라고 해두자."

"됐어. 관심 없어."

이하는 비닐봉지 속 물건들이 무사한지 확인했다. 컵라면 용기는 찌그러졌고 과자는 부스러기가 되었지만 먹을 수 없게 된 것은 아니었다. 소주병도 깨지지 않은 것 같았다. 여자는 호기심을 보이며 물었다.

"뭐니?"

"오늘 저녁거리."

"가련하네. 이거라도 가져가서 먹을래?"

여자는 메고 있던 가방에서 은박지에 싼 덩어리를 꺼내 내밀었다.

"뭔데?"

"개떡이야."

개떡? 엉망진창일 때 개떡 같다고 말하는 건 들어봤다. 이하는 개떡이 정확히 뭔지 몰랐다. 한 글자씩 떼어내면 개는 개고 떡은 떡이다. 그는 개떡이 개껌처럼 개가 먹는 떡이라고 결론을 냈다.

"너 지금 날 개 취급한 거야?"

여자의 웃음보가 터졌다. 어스름 속으로 울려 퍼지는 젊은 여자의 청묘한 웃음소리에 이하는 기분이 이상야릇해졌다. 내가 무슨 웃긴 말을 했는데? 웃느라 고개를 젖힌 여자의 희고 매끄러운 턱이 허공에서 반짝반짝 춤을 췄다. 여자는 웃음을 멈추고 선캡을 벗었다.

선 캡 뒤로 넘겼던 앞머리가 흘러내렸다. 여자는 이마에 찬 땀을 닦으며 쏟아진 앞머리를 쓸어 올렸다. 그 순간 이하는 심장이 졸아들면서 무릎이 구부러질 뻔했다. 그는 뒷걸음질을 치다가 몸을 돌려 호숫가를 따라 뛰기 시작했다. 여자는 한숨을 내쉬며 중얼거렸다.

"아, 쟤 진짜 왜 저래?"

여자가 자전거에 올라탔다. 삐걱삐걱. 소리가 따라붙자 이하가 흠칫 놀랐다. 삐걱삐걱. 남바리 가는 길로 들어서려면 호숫가를 돌아 반대편으로 가야 했다. 삐걱삐걱. 소리는 점점 더 크게 다가왔다. 아아, 미치겠네. 오늘 일진이 왜 이러냐. 삐걱삐걱. 뒤통수에 눈이 달려 있지 않아도 여자의 자전거가 거의 따라붙었다는 것을 알 수 있었다. 순식간에 여자의 자전거가 그의 앞을 가로막았다.

이하는 멈춰 섰다. 여자의 새까만 눈동자가 그를 빤히 쳐다보고 있었다. 처음 느껴보는 낯선 시선이었다. 갸름하고 우아한 눈매를 두른 채 숨죽이고 있는 그 눈동자가 무엇을 말하고 싶어 하는지 전혀 읽을 수가 없었다.

"왜 도망가?"

여자가 나긋하고 부드러운 어조로 물었다. 그 지나친 다정함에 이하는 오히려 등골이 오싹했다.

"그러니까…."

"그러니까 내가 눈썹이 없어서 도망간 거야?"

"아니, 그게…."

"너, 도대체 날 뭐라고 생각한 거야? 왜? 내가 매구로 보였니? 누가 그래? 눈썹이 없으면 매구라고?"

이하는 대꾸할 말을 잃었다. 대숲이 진짜로 그의 이름을 불러대는 바람에 가뜩이나 긴장한 상태였다. 거기에 그 대숲에서 만난 여자가 모자를 벗고 얼굴을 드러냈는데 눈썹이 없었다. 흡사 달걀귀신을 보는 것 같았다. 이런 마당에 어떻게 놀라지 않을 수가 있나. 엉겁결에 뛰었다.

여자는 돌아서서 자전거를 끌고 저만치 걸어갔다. 이하는 괜히 미안해져 재빨리 여자를 따라가며 변명했다.

"미안. 그냥 순간적으로 조금 놀랐을 뿐이야."

왜 여자에게 눈썹이 없는지 궁금했지만 그건 지금 물어볼 게 아니었다. 여자는 돌아보지 않은 채 담담하게 말했다.

"대숲에서 우리 이름을 부르는 건 바람이 아니야."

"바람이라면서?"

"네가 무서워해서 그냥 그렇다고 한 거야."

"내가 언제 무서워했는데?"

"무서워하고 있었잖아. 그래서 뭔지도 모르면서 무조건 바람 소리라고 우겼지."

여자의 말이 옳았다. 바람 소리겠거니 여기면 덜 무서울 것 같았다. 그럼에도 무서웠다. 그 공포는 예기치 못한 사고를 아슬아슬하게 피했을 때 느끼는 서늘한 전율이나 고층 건물 옥상에 섰을 때 사지를 잠식해오는 마비증과는 달랐다. 그것은 악몽이나 가위눌림에서 막 깨어났지만 여전히 따라붙는 미지의 두려움과 비슷했다. 끈적이는 거미줄에 묶인 채 언제 닥칠지 모르는 불운한 미래를 기다리며 버텨야 하는 불편한 고통이었다. 대숲은 거미줄이었고 그의 이름을 부르는 정체불명의 소리는 고장 난 경고등이었다.

"그래서 바람이 아니면 뭔데?"

"매구지."

"그런 게 세상에 어딨어?"

"장담해?"

여자는 크고 새까만 눈동자를 굴리며 이하를 물끄러미 쳐다보았다.

"장담이고 뭐고 그런 이상한 것은 현실이 아니야. 그냥 이야기일뿐이지."

"본 적도 없으면서."

"그럼 넌 봤어?"

여자는 빙긋 웃으며 확신에 찬 어조로 말했다.

"매구는 있어. 나는 알아."

"뭘 아는데?"

그러고 보니 이 여자… 대숲이 내 이름을 부르자마자 등장했다. 설마?

"혹시 네가 내 이름을 불렀어?"

"내가 매구냐고 묻는 거야?"

"네가 장난친 거냐고 묻는 거야."

"난 네 이름이 뭔지 몰라."

그렇지. 오늘 처음 본 이 여자가 내 이름을 알 리가 없지. 하지만 이하는 여전히 의심스러웠다.

"대숲 길을 벗어나 북쪽으로 깊숙이 들어가면 여우 무덤이라고 불리는 데가 있어. 옛날에 거기 애장터가 있었대."

"애장터가 뭐야?"

"어린아이들의 시신을 묻는 곳이야. 거기 전해지는 이야기가 있어. 어떤 애가 밤마다 없어졌다가 새벽에 돌아왔대. 옷에는 개흙을 잔뜩 묻히고 입에서는 끔찍한 냄새를 풍기면서 말이야. 사람들이 그 애 뒤를 밟았더니 애장터를 파헤쳐서 썩은 시신을 꺼내 먹더래. 무덤을 파헤치는 것도, 썩은 고기를 묻어놨다가 먹는 것도 여우의 습성이지. 사람들은 그 아이를 여우의 자식이라 여겨 가둬서 굶겨 죽인 후 시신을 멀리 갖다 버렸어. 근데 사실은 죽지 않았던 거야. 아이는 애장터로 돌아가 개흙을 뒹굴며 대숲에서 천 년을 살았어. 그리고 호수에 몸을 씻은 후 매구가 됐대."

"대체 그딴 이야기를 왜 하는 거야?"
"네가 물었잖아. 매구는 세 번 부를 때까지 상대가 대답하지 않으면 그냥 가버려. 남은 소리는 메아리일 뿐이야."
"대답하면 어떻게 되는데?"
"발목을 잡아채서 순식간에 제가 사는 호수 속으로 끌고 들어가지."
"매구는 호수에 빠진 사람을 구해준다고 하지 않았나?"
"모두 구해주진 않아. 아무도 구하지 않는 사람만 구해주지."
여자는 호수 쪽으로 시선을 돌렸다. 마치 매구와 오랫동안 알고 지냈던 사람처럼 아련한 표정을 지으며.
"그거야 사람이 구해주지 않아야 매구가 구해주는 거니까."
"그렇다고 사람이 호수에 빠졌는데 구경만 하는 사람이 정상이야?"
"아니."
"그치? 너도 그렇게 생각하지?"
"하지만 매구를 믿는 것도 정상은 아니지."
"내가 정상이 아니라고 말하는 거야?"
"매구를 믿는다면서 구경하는 사람이 정상이 아니라고 말하면 어쩌라는 건데?"
"그러네. 근데 너한테서 술 냄새 난다."
"뭐?"
이하는 당황했다. 설마 그럴 리 없어. 그런 말 한 번도 들어본 적 없다고.

"진짜야. 그래서 매구가 따라붙었나 봐. 자, 받아!"

여자는 은박지에 싼 개떡을 그에게 던졌다. 내키지 않았지만 받아야 했다. 더는 여자의 기분을 상하게 만들고 싶지 않았다.

"먹어봐. 내가 만든 거야. 생각보다 맛있어. 집에는 안 데려다줘도 될 것 같네. 간다."

여자의 자전거가 삐걱삐걱 소리를 내며 남바리 반대편 길로 사라졌다. 이하는 입을 벌린 채 멍하니 서 있었다. 술 냄새라니, 정말 내게서 술 냄새를 맡은 걸까? 그럴 리가 없었다. 그건 오직 수치상의 결과일 뿐이었다.

이하는 혼란스러워하며 집에 도착했다. 그가 좁은 마당으로 터덜터덜 걸어 들어가자 아버지는 주인을 기다리던 강아지처럼 문지방 위로 재빨리 얼굴을 내놓았다. 그러곤 굶주린 목소리로 말했다.

"왜 이렇게 늦었냐? 배고파 죽겠다. 시킨 건 다 사온 거냐."

아버지는 떡 진 머리를 벅벅 긁어대며 방에서 나와 이하의 손에 들린 비닐봉지를 빼앗다시피 채갔다. 아버지는 비닐봉지 안의 물건들을 꺼내 죽 늘어놓고 살펴보더니 물었다.

"슈퍼가 험한 꼴을 당했던? 물건들이 왜 이 모양이냐?"

"몰라요. 속만 멀쩡하면 되는 거잖아요."

"멀쩡하지 않으니까 그렇지. 아까운 술을 다 흘리며 왔네. 옛날 같으면 술 냄새 맡고 도깨비가 열은 따라붙었겠다."

소주병 하나가 바닥의 둥그런 경계를 따라 깨져 있었다. 깨진 틈으로 액체가 질질 흘러나오고 있었다. 언제 이렇게 됐지? 나한테 술 냄새가 나서 매구가 따라붙었다는 말이 이거 때문이었나? 어쨌든 여자는 그걸로 그를 놀렸다. 그때 갑자기 아버지가 무릎을 치며 말했다.

"아이구, 이를 어쩌냐. 지금 생각났는데 불이 없다. 뜨거운 물이 있어야 라면을 먹을 수 있을 게 아니냐."

"부엌에 가스레인지 있던데요."

"가스통을 배달시켜야 해. 여긴 도시가스 공급 지역이 아니거든."

"그럼 전화해서 가져오라 해요."

"전화번호 모르는데?"

"어디 스티커가 붙어 있겠죠. 좀 찾아보세요."

이하는 그새 시커멓게 멍이 든 팔꿈치를 살피며 말했다.

"있기야 어디 붙어 있겠지. 근데 언제 기다려. 그냥 내일 하자, 내일."

"도대체 지금까지 뭐하셨어요? 제가 슈퍼에 간 동안 그런 건 미리 살펴보고 시켜뒀어야죠. 방도 하나도 안 치워놓고, 에이 진짜…."

아버지는 아들의 치미는 울화를 아는지 모르는지 은박지 덩어리를 가리키며 물었다.

"어쩌다 보니 그렇게 됐다. 근데 이건 뭐냐?"

"개떡이래요."

"개떡! 오, 이런 게 어디서 났냐?"

"대숲 지나면서 만난 매구가 지가 만든 거라며 줬어요."

"그으래?"

아버지는 이 동네 출신답게 매구라는 말에 토를 달기는커녕 그렇구나 하는 어처구니없는 반응을 보였다.

"근데 네 몰골은 또 왜 그러냐? 그 매구랑 무슨 일 있었냐?"

아버지는 은박지를 벗기고 개떡을 입에 쑤셔 넣으며 물었다. 이하는 아버지가 먹고 있는 덩어리를 유심히 보았다. 건포도와 강낭콩이 붙어 있었다. 그제야 그는 개떡이 손으로 아무렇게나 주물러 빚은 떡이라는 것을 알았다.

"한판 붙었어요."

"애꿎은 데 자꾸 성질부리지 마라. 그러다 진짜 매구 만날라."

아버지는 생라면을 우적우적 씹고 스프 봉지 귀퉁이를 찢어 입 안에 조금씩 털어 넣기를 반복하다가 소주병 뚜껑을 땄다. 단내를 맡고 모기들이 극성을 부리며 달려들었다.

"진짜 매구는 무슨. 근데 대숲에 뭔가 있긴 있었어요."

"박쥐일 거야. 날이 저물면 거기서 박쥐가 가끔 나온다더라."

"잡아먹힌다면서요?"

"그럼 피를 빨린다고 말하랴."

아버지는 끅끅거리며 웃었다. 아들을 골탕 먹인 게 꽤나 재미있었나보다. 잠깐만, 그렇다면 그 여자도 대나무 사이를 날아다니던 그 시커먼 덩어리가 박쥐라는 것을 알고 있었다는 건데 모른 척했단 거지. 하지만 그 여자가 잡아먹힌다고 말한 것은 박쥐가 아니라 매구였다.

"근데 왜 한 마리뿐이에요? 박쥐는 원래 떼로 서식하잖아요."

"그러니까 괴이한 거지. 어쩌면 세상을 등진 고독한 존재의 변신체일 수도 있어."

뭐라는 거야? 이하는 땅이 꺼져라 한숨을 내쉬었다. 아버지에게서 명확한 설명이 나오길 기대한 내가 멍청이다.

그들은 그렇게 대강 저녁을 때운 후 우물가로 내려가 씻었다. 그러곤 이불도 없이 흙가루가 자글거리는 방바닥을 뒹굴며 모기에게 뜯기는 처절한 첫날 밤을 보냈다. 밤새 뒤척이던 이하는 새벽녘에야 간신히 잠이 들었다.

다음 날 아침 일어나보니 아버지가 그의 머리맡에서 밥상을 차리고 있었다. 다시 보니 밥상이 아니라 묵직한 바둑판이었다. 옆에는 갖은 김치통과 반찬통이 쌓여 있고 한쪽 구석에는 빈 소주병들이 비닐봉지 속에 얌전히 담겨 있었다.

이하는 불편한 잠을 자고 난 탓에 눈을 뜨고 있긴 했지만 여전히 비몽사몽이었다. 아버지는 겨우 일어나 앉은 그의 등짝을 철썩 때렸다.

"아, 아파요."

하필 어제 박쥐가 때리고 간 자리를. 거기도 멍이 제대로 든 모양이다.

"얼른 세수하고 와. 밥 먹게."

"됐어요."

일요일에 세수는 무슨. 얼굴 보러 올 사람이 있는 것도 아니고 우물까지 내려가기도 귀찮았다. 이하는 뻗친 머리칼을 이리저리 쓸어 넘기며 밥상, 아니 바둑판 앞에 다가가 앉았다.

"어디서 났어요?"

"다락에 있더라. 이래 봬도 골동품까지는 아니지만 꽤 오래된 물건이야. 이거랑 거기 있는 도화주랑 나중에 임자 찾으면 비싸게 팔 거야."

아버지는 자랑스러운 얼굴로 바둑판 모서리를 쓸어댔다. 이하는 인상을 썼다.

"바둑판 말고 이 밥하고 반찬들 어디서 났냐고요?"

"아는 사람한테 얻었다. 근데 야박하게 이것밖에 안 주더라."

누가 봐도 성의를 다해 챙겨준 반찬들인데 아버지는 하찮게 말했다. 이하는 이걸 어젯밤에 얻어 왔으면 좋았을 게 아니냐고 따지려다 그만뒀다. 바둑판 위의 녹두부침개와 겉절이, 열무 물김치가 낯익었다.

"아는 사람 누구요?"

"그 여자 못 본 사이에 폭삭 늙었더라. 누렇게 뜬 그 얼굴이라니, 절인 오이지가 따로 없데. 인생무상이야."

아버지가 막말하고 있는 그 여자는 슈퍼 주인 여자가 틀림없었다. 누가 누굴 보고 누렇게 뜬 절인 오이지래? 절인 오이지는 아버지면서. 그 여자는 아버지보다 열 살은 어려 보였다. 아니, 아버지가 자기 나이보다 열 살은 늙어 보이는 것이다.

북쪽의 여우가 우니 너희 마을에 초상이 난다. 앞산의 여우가 우니 너희 집에 부음이 들어간다. 뒷산의 여우가 우니 너희 중에 누가 죽을까.

그러니 울리지 마라.

울리지 않는다고 아무도 죽지 않으리라는 보장은 없다만.

헝클어진 누런 머리칼을 더 헝클어뜨리고 섬세하게 다듬은 뼈다귀를 관처럼 머리 위에 얹는다. 사슴처럼 잘생겼다. 이리하고 내 새끼 얼굴이나 보러 갈까나.

동네 개들이 어지간히 짖어댄다. 거슬리는구나. 위를 찢어주랴, 아래를 찢어주랴. 쉿, 조용히! 그래, 착하지.

12년 전 사고

지난밤부터 추적추적 내리는 비로 버스 정류장까지 가는 길은 진창이었다. 시내로 출근하는 직장인과 등교하는 학생들 몇이 묵묵한 얼굴로 버스를 기다리고 있었다. 그들 중에서 아버지를 알아보는 이는 없었다.

버스 정류장은 박가네슈퍼 바로 앞에 있었다. 슈퍼 안채에서 들리는 개 짖는 소리가 요란했다. 뭣 때문에 저렇게 짖는 걸까. 조용한 새벽 한적한 시골, 음침한 빗소리와 개 짖는 소리. 곧 불길한 일이 일어날 것 같은 영화의 한 장면 같았다. 멍하니 비를 바라보고 있던 사람들 중 하나가 도리질을 치며 침을 뱉었다.

"망할 개새끼! 시끄러워 죽겠네."

경기도 북음군 매구면과 양화시 이원동은 산을 뚫어 만든 터널을 통해 이웃했다. 희뿌연 조명을 따라 긴 굴을 빠져나가면 몇 분 사이에 산골에서 시내로의 공간 이동이 끝난다. 매구면의 인구는 터널을 따라 이원동으로 빠져나갔다. 밤이 되면 이원동은 불야성이었고 매구면은 가로등 불빛을 제외하고는 마을 전체가 어둠에 묻혔다.

이하는 아버지와 함께 버스를 타고 터널을 지나 이원동으로 건너갔다. 그제야 깨달았다. 이원동에서 매구면까지 바로 가는 교통편이 있다는 것을. 그런데도 아버지는 일부러 버스를 갈아타고 먼 길로 굽이굽이 돌아오기를 택했다. 아버지는 언제나 그랬다. 물건을 사야 할 때도, 할 말을 해야 할 때도 차일피일 미루다가 결국 물건도 기회도 놓쳤다.

정류장 팻말에 적힌 대로 배차 시각에 맞춰 바로 버스에 승차했을 경우, 터널을 지나 학교 앞 정류장에서 내려 교문까지 걸어 들어가는 데 걸린 시간은 대략 20여 분이었다. 물론 그 전에 남바리의 집에서 버스 정류장까지 한 시간을 걸어 나와야 했다.

등교 시간은 8시 20분까지. 집에서 7시에 출발하면 아슬아슬하게 도착할 수 있다. 서울에서도 대개 그 시각이면 집을 나섰다. 하지만 한 시간을 걸어서 등교하지는 않았다. 아버지에게 통학 사정을 들은 후부터 이하는 한마디도 하지 않고 있었다.

곧 여름방학이다. 기말고사를 보고 이사했더라면 이쪽 학교는 2학기부터 다녀도 됐을 텐데. 아버지는 딱히 할 일도 없는 백수 주제에 당장 이사를 하지 않으면 숨이 끊어질 것처럼 서둘렀다. 가뜩이나 성적도 나쁜데 시험 범위와 출제 유형마저 달라졌으니 망했다. 됐어, 신경 쓰지 말자. 이렇게 된 건 다 아버지 탓이니까.

"삐졌냐?"

아버지가 이하의 속내를 눈치채고 자꾸만 말을 시켰다. 이하는 못 들은 척 고개를 돌렸다. 아버지는 그의 옆구리를 쿡쿡 찌르며 헤벌쭉 웃었다.

"에이, 삐졌구나."

"됐어요, 좀!"

짜증이 물밀듯 올라왔다. 첫날부터 구질구질한 날씨였다. 게다가 혼자 갈 수 있다는데 굳이 따라오는 아버지도 마음에 들지 않았다.

"그냥 집에서 이삿짐이나 받아요."

"걱정 마라. 너 돌아올 때까지 대강 집 꼬락서니는 만들어 놓을 테니."

"통학하기 좀 편한 학교 없어요?"

"선택의 여지가 없어. 여기가 매구면에서 갈 수 있는 유일한 고등학교야."

이하는 솟구치는 욕지기를 삼켰다. 전부 다 아버지 때문이다. 아버지만 아니면 그가 지금 여기 있을 이유가 없었다.

"너무 심란해하지 마라. 집에서 슈퍼 앞 버스 정류장까지는 자전거를 타고 다니면 돼. 자전거는 터널 진입 금지니까 슈퍼에 맡겨두고. 이야, 그러고 보니 옛날 생각난다. 내가 학교 다닐 때도 그 슈퍼에 자전거를 맡겼는데. 난숙이 어머니가 참 잘해줬어. 외상도 잘 주고. 그 할망구 속내야 빤했지. 우리 중에 한 놈을 잡아서 사위 삼으려고 그랬어."

"난숙이가 누군데요?"

"박난숙, 박가네슈퍼 딸 말이야. 아니지, 지금은 난숙이가 주인이지."

아버지는 키득거리며 계속 말했다.

"아주 노골적이었어. 나중엔 대놓고 말했다니까. 난숙이 데려가는 놈을 슈퍼 후계자로 삼겠다며. 아, 글쎄…."

아버지는 이하가 듣든 말든 혼자 어쩌고저쩌고 떠들어댔다. 이하는 삐걱거리는 자전거를 타고 나타나 애장터가 어쩌고, 여우 자식이 저쩌고 하면서 매구를 운운하던 그 눈썹 없는 여자를 떠올렸다.

"우리 집에 자전거가 어디 있는데요?"

이하는 아버지의 말을 끊으며 물었다. 폭발하기 일보 직전이었다. 아버지는 아들의 냉랭한 분노를 전혀 느끼지 못한 채 느긋하게 대답했다.

"기다려. 금방 한 대 사줄 테니."

"금방 언제요?"

"곧."

또 '곧'이다. 아버지는 늘 '곧'이라고 말했다. 그러나 그게 무엇이든 '곧' 해준 적은 한 번도 없었다. 해주기 싫어서가 아니라 해줄 수 없어서라는 것을 그도 모르지 않았다. 이 후미진 산골로 굳이 그를 데리고 들어와 살 수밖에 없는 것도 달리 방법이 없어서였다.

아버지는 이하가 서울에서 다니던 학교를 계속 다닐 수 있도록 방 한 칸 얻어줄 경제적 여력은 물론이고 친척이나 아는 이에게 맡길 주변머리도 없었다. 물론 아버지의 변명은 달랐다.

"굳이 남에게 폐 끼칠 필요 없잖아. 내가 죽고 없는 것도 아닌데 내 아들은 내가 키워야지. 그리고 네 할아버지께서도 평소 말씀하시기를 아무리 배가 고파도 눈칫밥은 먹지 말라 하셨다."

"그래놓고 할아버지도 아버지를 서울에 있는 친척 집에 부탁했잖아요. 덕분에 아버지는 고등학교도 대학교도 모두 서울에서 다녀놓고는."

"모두는 아니지. 고등학교 절반은 여기서 다녔어. 그리고 그건 시골 노인네 입장에서 그나마 공부 좀 하는 아들을 어떻게든 서울로 보내 출세시켜보려고 그랬던 거지. 그 시절엔 그랬어. 지금은 세상이 바뀌었잖아. 어디서든 저만 잘하면…."

"시끄러워요. 그럼 출세할 궁리나 하지 왜 딴짓을 했어요?"

"자연의 섭리를 거스를 수가 없었던 거지."

"성적 충동을 조절할 수 없었던 거죠."

"그렇게 노골적인 표현은 쓰지 말고. 어쨌든 그 덕에 지금의 네가 있는 거니까."

"전 별로 태어나고 싶지 않았거든요. 그리고 아버지의 아들일 줄 알았으면 무조건 거부했을 거예요."

"내가 어디가 어때서? 네가 잘 몰라서 그러는데 세상엔 나보다 후지고 무책임한 아버지들이 널리고 널렸어."

"아래 말고 위를 보고 살 수는 없어요?"

"보면 뭐 하냐? 어차피 뚫고 올라갈 수도 없는데 마음만 아프지. 네가 금수저를 물고 태어나지 못한 건 내 잘못이 아니야. 알

다시피 피라미드형 사회 계층의 상위는 자리가 좁잖아. 그러니 거기 당첨될 확률이 낮은 건 어쩔 수 없는 거지. 그건 전적으로 네 운이야. 그래도 넌 아직 오를 수 있는 가능성이 있잖아. 아무튼 내가 그 눈칫밥을 좀 먹어봐서 아는데….”

아버지는 자신도 결국 포기해버린 것을 당당하게 가능성이라고 말했다. 가능성은 가능한 구석이 눈곱만큼이라도 있어야 가능성이다. 그러니까 그 눈곱을 사다리 삼을 수 있었던 어느 한 시절에나 통하는 말이다.

이제 그 가능성은 물려받은 것의 범위를 지칭하는 것으로 바뀌었다. 아버지는 세상이 바뀐 것만 알고 가능성의 정의가 변질된 것은 깨닫지 못했다. 또 변질된 그 가능성이 정보와 돈으로 만들어지고 있다는 것도 알지 못했다. 아버지가 아는 가능성은 거의 불가능했다. 낙타가 바늘구멍을 통과하는 것만큼은 아니지만.

“알았어요. 그렇게 눈칫밥 먹이기 싫으면 그냥 방이나 한 칸 얻어줘요. 저 혼자 어떻게든 살아볼 테니까.”

“안 돼. 넌 덩치만 크지 아직 애란 말이야. 자기 자신을 보호하고 책임질 능력이 없잖아.”

“알바하면 돼요.”

“거기 시간 뺏기면서 공부는 언제 해? 대학 가야지.”

“뭐 하러요? 대학 졸업해도 알바하고, 고등학교 졸업해도 알바하기는 마찬가진데.”

“그래도 대학은 가야 해.”

“붙여주기만 하면 아무 데나 갈게요.”

"네 인생인데 꼭 그렇게 아무렇게나 말해야겠냐?"

"아무렇게나 말하고 있는 거 아닌데요. 콩 심은 데 콩 나고 팥 심은 데 팥 나요."

"그러니까 네 말은 시시한 아버지한테서 태어났기 때문에 시시한 아들일 수밖에 없다는 소리냐?"

"자식을 보면 부모를 알 수 있다고 했어요. 누구든 절 보면 아버지가 보이겠죠. 아버지가 어떤 사람인지 좀 봐요. 그럼 저한테 욕심부리는 게 얼마나 부질없는 짓인지 깨닫게 될 테니까."

아버지는 납득은 하지만 인정은 할 수 없다는 얼굴로 말했다.

"주어진 고난이 어떻든 모든 부모는 자식이 자기보다 잘되기를 바라지."

"뻔뻔한 마인드예요."

"너의 나약한 의지에 아버지로서 일말의 책임을 느낀다. 그래서 더더욱 너 혼자 두고 못 가겠다."

"그냥 아들의 독립심을 키워준다 여기고 절 가차 없이 버려요."

"그 무슨 천벌 받을 소리. 언젠가는 너도 내 곁을 떠나 독립하겠지. 근데 지금은 아니야. 부모의 간섭과 잔소리가 자기 밥그릇 위에서 오락가락 까부는 파리처럼 귀찮고 가증스럽다 해도, 훗날 돌이켜보면 네 나이 때 들어야만 했던 그 징그러운 목소리가 실은 네가 넘어질 때마다 똑바로 설 수 있도록 균형을 잡아 주던 세 번째 발이었다는 것을 깨닫게 될 거야."

"사족이에요."

"우린 뱀이 아니야."

"그러니까요. 사람이잖아요. 정상적인 사람은 두 발로 서야 한다고요. 도대체 무슨 소릴 하는지 모르겠네."

"네 할아버지께서 내게 하셨던 말이야. 그땐 나도 흘려들었는데 나이 먹으니까 새록새록 떠올라서 말해주는 거다. 내 아들이라서 특별히."

아버지는 '특별히'란 단어를 특별히 강조했다.

"아버지와 할아버지 사이의 이야기를 왜 저한테 하는데요? 저랑은 상관없어요."

"왜 상관이 없어? 네가 내 아들이라서 싹수가 없는 거라고 자학하고 있잖아. 그러니까 내 말은 내가 없으면 넌 늦잠 자고 결석하고 성적 관리 안 되고 기타 등등 나락으로 빠질 거란 뜻이다."

"저보다 일찍 일어나지도 못하면서 무슨."

"아무튼 넌 나랑 사는 거야. 그냥 나하고 이인삼각 경기에 출전했다고 생각해."

"아버지하고 조 짜기 싫어요. 이미 넘어졌고 얼마 못 가서 또 넘어질 테니까요. 그냥 제 두 발로 가게 내버려둬요."

"두 발보다는 세 발이 균형을 잡는 데 유리하다니까. 옛날 술잔 봐라, 전부 다리가 세 개잖아."

"제 발로 잘 갈 수 있다는데 왜 자꾸 남의 발을 달고 가라 하는데요?"

"내가 남이냐?"

"남보다 못해요."

"그건 네 복이고. 사는 게 원래 그런 거야. 조금만 참아. 파트너는 또 바뀌니까."

이하는 가출을 결심했지만 결국 실행에 옮기지 못하고 산골로 끌려왔다. 그는 이 사달을 이렇게 결론 냈다. 혼자된 삶에 겁먹은 아버지가 나를 물고 늘어진 것이다. 나는 아버지 삶의 인질이다.

그들이 교문 진입로에 막 들어섰을 때 흰색 승용차 한 대가 미끄러지듯 다가와 멈췄다. 자동차 뒷바퀴에서 경쾌한 소리가 나며 흙탕물이 튀어 올랐다. 아버지는 펜싱 선수 같은 자세로 재빨리 쓰고 있던 우산을 내밀어 그의 앞을 막았다. 그 덕분에 이하는 무사했지만 아버지의 구겨진 면바지와 후줄근한 셔츠에는 누추한 흙물이 뿌려졌다. 아버지는 젖은 옷자락을 툭툭 털어내며 말했다.

"그래, 뭐 날이 궂으니 이럴 수도 있지."

아버지는 화를 내는 대신 실실댔다. 이하는 그런 아버지가 한심해서 미칠 지경이었다.

인동고등학교. 어질 인(仁) 아이 동(童). 그러니까 어진 아이를 길러내는 것이 이 학교 교육의 목표란 말이지. 이하는 혀를 찼다. 그래서 이 학교를 다녔던 아버지는 여태 이래도 끄덕거리고 저래도 끄덕거리며 철딱서니 없는 삶을 살았나 보다.

아버지는 옛날 일이라도 회상하는 듯 감격에 겨운 표정으로 교정에 들어섰다. 흙탕물 범벅이 된 아버지의 앞뒤 옆모습을 골고루 보고 있노라니 부아가 치밀었다. 이하는 정문 진입로에 정차해 있는 흰색 승용차를 노려보았다.

눈을 어디에 달고 다니는 거야? 아침부터 재수 없게. 날씨 구질구질한 거 안 보여? 알아서 조심했어야지.

이하는 운전자를 끌어내려 실컷 패주고 싶었다. 그러다 문득 아버지는 이제 차도 없는 초라한 주제가 됐다는 것을 깨달았다.

아버지는 여기로 오기 전에 신혼 때부터 끌고 다니던 낡은 똥차를 이별의 선물이랍시고 엄마에게 줬다. 진심으로 엄마를 위해 준건지 폐차가 귀찮아서 미룬 건지는 알 수 없었다.

승용차 뒷좌석에서 말끔하게 생긴 여학생이 우산을 받쳐 들고 내렸다. 그 여학생을 보는 순간 이하는 흰색 승용차가 저지른 실수를 그냥 용서해야겠다는 생각이 들었다.

"아버지, 자전거 말고 차는 필요 없어요?"

"있으면 좋겠지."

"새 차 살 거예요?"

"사야지."

"언제요?"

"곧."

또 '곧'이란다. 허구한 날 얼렁뚱땅 '곧'이다. 서울에서도 그놈의 낡은 똥차 언제 바꿀 거냐고 물을 때마다 아버지는 '곧'이라고 대답했다. 휴대폰이 구형이다 못해 유물 취급을 받고, 친구들의 비웃음을 견디다 못해 바꿔달라고 했을 때도 '곧'이었고, 운동화 밑창이 닳아 새로 사달라고 했을 때도 '곧'이었다.

이하는 전학 수속을 하기 위해 앞장서서 행정실로 들어가는 아버지를 붙잡고 말했다.

"이제 제가 알아서 할 테니까 그만 가세요."

"가만있어봐라."

학교에 무슨 일이 있을 때마다 네가 알아서 해라, 혹은 엄마에게 말하라던 아버지였다. 그 무심했던 아버지가 대체 왜 저렇게 변한 거지? 에라, 모르겠다는 심정으로 이하는 아버지가 하는 대로 입을 다물고 따라다녔다. 행정실 교직원이 이름을 물었을 때 아버지는 이하 대신 윤이합니다, 하고 대답했다. 이하는 좋을 대로 하라는 표정으로 마냥 천장만 쳐다보았다. 어차피 여기 이사 온 것도 아버지 좋을 대로 한 것이니 학교에서라고 다를 건 없었다. 아버지는 반 배정표를 들고 교무실로 들어갔다. 이하는 아버지의 뒤를 느릿느릿 따라갔다.

"2학년 2반 전학생인데요."

아버지와 비슷한 연배로 보이는 땅딸막한 남자 선생이 자리에서 일어서며 말했다.

"이쪽으로 오세요. 제가 2학년 2반 담임입니다. 국어 과목 맡고 있습니다."

"네, 윤이합니다."

아버지가 인사를 했다. 이하는 기가 막혔다. 아버지 이름이 왜 윤이하야? 아버지가 나야? 아버지가 여기 전학 왔어? 왜? 아예 학교를 다시 다니겠다고 하시지. 회사는 힘들어서 못 다니겠다, 가게는 장사가 안 돼서 문 닫아야겠다, 일자리 알아보러 돌아다니는 건 너무 피곤하다며 늘 찡찡거리던 인간이 새삼 왜 저리 성실하게 나대는데.

학교 다니던 시절로 돌아가서 다시 시작하면 뭐 뾰족한 수라도 생길 줄 아나본데 그가 보기엔 틀렸다. 현재의 문제를 해결하기 위해서는 문제가 없던 과거의 자신을 붙들고 아쉬워할 게 아니라 문제가 생긴 현재의 자신을 수선해야 한다. 하지만 아버지는 모든 것이 망가진 현재를 피해 과거로 달아나는 중이었다. 남바리로 돌아온 것도 그런 이유였다.

"교복은 언제부터 가능하죠?"

"곧 됩니다."

담임의 질문에도 아버지는 여전히 '곧'을 남발하고 있었다. 어차피 이번 학기는 그냥 넘길 거면서. 교복이 한두 푼도 아니고 주머니에 천 원짜리 한 장도 없는 주제에 무슨 재주로 곧? 나중에나 애먹이지 말고 그냥 다음 학기부터 입힌다고 털어놔. 아님 졸업 때까지 개길 수도 있다고 불던가.

'곧'의 시간상 허점을 알지 못하는 담임은 '곧'이 빠른 시간 내, 즉 며칠 안에 해결되는 것으로 알아들은 눈치였다. 아버지와 담임이 몇 마디 나누는 동안 이하는 창을 치는 빗줄기만 물끄러미 바라보았다.

차임벨이 울리자 담임은 출석부를 챙기며 자리에서 일어섰다. 아버지는 담임에게 아들을 잘 부탁한다며 몇 번이나 머리를 조아리곤 아쉬운 걸음으로 교무실을 나갔다. 이하를 데리고 교실로 향하며 담임이 물었다.

"집이 저쪽이라면서?"

이하는 곱슬머리로 울창한 그의 정수리를 내려다보며 되물었다.

“저쪽이 어딘데요?”

“터널 저쪽 말이야.”

“네, 매구면 남바리 어쩌고래요.”

“통학하기 조금 멀겠지만 새벽 운동한다 생각해라. 근데 말이야.”

담임이 이하를 힐끔 올려다보며 말했다.

“남바리라면, 너희 집 혹시 거길 지나야 하냐?”

“네. 대숲 지나요.”

“어라, 난 그냥 거기라고만 말했는데 어떻게 알아들었냐?”

“전 한 번 말하면 알아들어요. 근데 여기 와서 벌써 두 번째 듣는 거거든요.”

“오호. 그 정도 귀썰미면 수업은 잘 따라가겠다. 성적은 좀 되냐?”

“아뇨.”

“어째서? 한 번 말하면 알아듣는다면서?”

“제 전학 서류 아직 안 넘어왔어요? 그거 보세요. 거기 다 기록되어 있어요.”

담임이 요놈 봐라, 하는 표정으로 피식 웃었다.

“너 원래 그렇게 까칠하냐?”

“아뇨.”

“까칠하네. 솔직히 초장부터 불뚝거리는 그 말투 좀 거슬린다만 낯선 환경에 대한 경계심이라 생각해서 오늘만 봐준다. 오.늘.만. 알았냐?”

"그러세요."

"내가 말 시키는 거 귀찮냐?"

"네."

"귀찮다면서 좋다 싫다 대답은 잘하네."

교실 문을 열고 들어서자 학생들의 시선이 일시에 사복 차림인 이하에게 꽂혔다. 낯선 얼굴들을 훑어보던 이하의 눈에 흰색 승용차 여학생이 들어왔다. 순간 그는 그런 생각을 했다. 이건 어떤 운명적 암시지? 담임이 말했다.

"서울에서 전학 왔다. 이름은 윤이하. 성적은 별로고 성격은 방금 5분간 접촉해본 결과 상당히 새침하다."

학생들이 키득거렸다.

"집은 매구면 남바리다. 거 왜 대숲 지나면 나오는 호수 알지? 그 위쪽 동네. 나중에 짬 나는 사람들은 한번 찾아가 보도록. 뭐 거들 만한 일이 있으면 거들어주고. 자, 이제 전학생이 자기 소개해봐."

이하는 약간 쭈뼛거리며 입을 열었다.

"잘 지내보자."

더 할 말이 없었다. 담임이 물었다.

"끝이냐?"

"끝인데요."

"싱거운 놈이네. 아쉬우니까 전학 첫날 소감 같은 거라도 한마디 남기고 들어가."

"없어요."

"왜 없어? 네 앞에 새 얼굴들이 이렇게 많은데 어떻게 아무런 감흥이 없어?"

"강요하니까 더 아무 생각이 들지 않아요. 죄송한데 그냥 저기 빈자리에 들어가 앉으라고 해주시면 안 될까요."

"그놈 참, 알았다. 그냥 저기 빈자리에 들어가 앉아라."

담임이 졌다는 듯 들어가란 손짓을 했다. 그러자 흰색 승용차 여학생이 눈살을 찌푸리며 말했다.

"선생님, 전학생이 거기 앉으면 제 눈이 불편해지는데요."

"문간 뒷자리라서 네가 돌아보지만 않으면 문제없는데 왜?"

"문을 가로막잖아요."

"얘가 덩치가 좀 크긴 하지만 네 앞길을 막을 정도는 아니잖아. 홍정연, 월요일 아침부터 괜한 트집 잡지 마라."

홍정연. 이하가 낯선 세상에 도착해 처음 알게 된 이름이었다. 정연은 대답 대신 뿌루퉁한 표정으로 눈을 내리깔고 자기 책상 위에 있는 문제집을 뒤적였다.

시골 텃세인가. 눈이 불편하다는 게 뭔 말이야? 아마 꼴 보기 싫다는 뜻이겠지. 내가 뭘 어쨌다고? 이하가 빈자리로 가기 위해 정연의 옆을 지나는데 갑자기 정연이 말했다.

"선생님, 전학생이 절 위협했어요."

출석부를 넘기던 담임이 고개를 들고 물었다.

"걔가 언제 그랬냐? 난 못 들었는데?"

"주먹을 내보였어요."

아, 망했다. 이하는 속으로 한숨을 삼켰다. 정연의 말대로 주먹을 쥐긴 했다. 그건 시도 때도 없이 떨어대는 집게손가락을 숨기기 위해서였다. 하지만 그 사실을 지금 이 자리에서 설명하고 싶지는 않았다. 어차피 조만간 다들 알게 될 테니까.

이하를 바라보는 담임의 표정이 뭔가를 지적하고 있었다. 그는 곧 뭐가 잘못됐는지 깨달았다. 주먹이 아니라 그가 드러낸 삐뚠 눈빛 때문이었다. 모든 것이 불만이었다. 엉망진창이었던 이사, 엄마의 부재, 넌더리나는 아버지, 귀신들린 대숲, 멀고도 먼 통학길.

그럼에도 그는 잘 참아내고 있는 중이었다. 그렇다고 생각했다. 하지만 다 감출 수는 없었던 모양이다. 자신이 얼마나 불량해 보일지 생각해보았다. 이하의 이마에 주름이 생겼다. 그는 이죽거리는 여학생 하나 때문에 새 학교에서의 첫날을 망치고 싶지 않았다.

"죄송합니다."

담임이 고개를 끄덕였다. 그러곤 갑자기 막대기로 교탁을 탁 치며 소리쳤다.

"황아리, 해 떴다. 아침이야. 얼른 일어나."

창가 책상에 엎드려 있던 머리 하나가 벌떡 고개를 들었다. 순간 담임이 흠칫 어깨를 떨며 말했다.

"뭐냐? 그 얼굴은? 얼른 눈썹부터 그려라. 너 우리 반 되고부터 내가 달걀만 봐도 깜짝깜짝 놀란다."

이하야말로 깜짝 놀랐다. 대숲에서 만났던 그 여자가 하필 우리 반이라니.

“넌 도대체 밤에 뭐하고 다니느라 학교만 오면 자냐?”

“밤엔 책 읽어요.”

“책을 그렇게 읽는데 성적은 왜 그 모양이야?”

“제가 읽은 책에서는 시험 문제가 안 나오거든요.”

“나한테 반항하는 거냐?”

“물어보셔서 그냥 대답한 건데요.”

“책 종류를 바꿔 봐. 교과서나 참고서로.”

“그럼 바로 자게 되는데요.”

“그러니까 바꾸라고. 전학생 소개는 들었냐?”

“누가 전학 왔어요?”

아리는 두리번거리다가 이하와 눈이 마주쳤다. 이하를 보는 아리의 눈동자는 반쯤 감긴 눈꺼풀 안에 잠겨 있었고 표정은 어딘가 먼 곳을 헤매는 꿈을 꾸다 깨어난 듯 나른했다.

이하는 아는 척하지 않았다. 아리도 모른 척 다시 앞을 보고 돌아앉았다. 정정해야겠다. 그가 낯선 세상에 도착해 처음 알게 된 이름은 홍정연이 아니라 황아리였다.

*

점심시간이 되자마자 이하는 가방을 들고 교실을 나왔다. 무료해서 더는 앉아 있을 수가 없었다. 원래도 수업을 열심히 듣는 편은 아니었다. 아이들은 그에게 별 관심을 보이지 않았다. 식당으로 가지 않고 남아 있던 몇몇 아이들이 흘깃 쳐다보았고 바로 앞자리에 앉은 남학생이 “가방은 두고 가지” 하고 말하며 돌아본 것이 전부였다. 이하는 그의 왼편 가슴에 달린 이름표를 보았다. 장현승.

비는 첫 수업과 함께 그쳤다. 구름이 걷히자 강렬한 햇볕이 무자비하게 내리쬐었다. 변덕스러운 여름날의 한복판에서 땅이 부글부글 끓었다. 이하의 속은 더 부글거렸다. 어디로든 도망치고 싶었지만 갈 곳이 없었다. 뭘 어떻게 해야 할지 그저 막막하기만 했다.

누군가와 이야기하고 싶었다. 이하는 그가 하는 말의 절반도 알아듣지 못하면서 무조건 고개를 끄덕여주던 봄빛이 그리웠다. 멀뚱히 서서 버스를 기다리고 있는데 길 건너편에 현승이 보였다. 신호가 바뀌자 현승은 건널목을 건너 이하가 있는 쪽으로 걸어왔다.

“여태 여기밖에 못 왔냐?”

현승이 싱긋 웃으며 스스럼없이 말을 건넸다.

“어느 위치에서 담장을 넘었느냐의 차이일 뿐이지.”

“담 넘었냐? 학생이 교문을 이용해야지.”

“잡히잖아.”

“그러니까 정당하게.”

“정당하게 어떻게?”

“조퇴. 사유는 만들기 나름이고. 근데 넌 무슨 배짱으로 무단 땡땡이냐?”

“전학생 부심이지.”

이하의 말에 현승이 또 웃었다. 이하는 웃지 않았다. 그는 어릴 때부터 웃는 것에 인색했다. 입을 꽉 다문 채 웃을지 말지를 생각하느라 늘 미간에 긴장이 감돌았다.

그러다가 어느 순간 그도 모르게 웃는 경우가 있었다. 얼굴의 경직이 풀리고 입이 일자로 벌어지면 좋은 날씨에 내놓은 잎사귀처럼 표정이 활짝 폈다. 하지만 이하는 그런 제 얼굴을 본 적이 없었다. 그가 보는 거울 속에는 꼬깃꼬깃 접힌 우거지상의 코끼리 한 마리가 답답해하며 갇혀 있을 뿐이었다. 현승이 말했다.

"앞으로 종종 버스 같이 타겠네. 나도 매구면에 살거든. 우리 집은 하죽리에 있어. 대숲 들어가기 전 갈림길 알지? 언제 기회가 되면 그쪽으로도 한번 와봐. 이원동에 비할 수는 없지만 그래도 남바리 산골짝보다는 놀 만해."

현승은 훤칠한 체격에 도시 아이처럼 피부가 하얬다. 오목조목 균형이 잘 잡힌 단정한 생김에는 외골수의 숨은 고집이 엿보였고, 똑 부러지는 시선에는 어딘가 짓궂은 장난기가 배어 있었다. 살다보면 가끔 부러움과 질시의 대상이면서 흉내 내고 싶은 녀석이 등장한다. 바로 현승 같은. 그런 녀석이 친구를 하겠다고 다가오는데 굳이 마다할 이유는 없었다.

버스에서 내린 그들은 길을 건너 박가네슈퍼 앞으로 갔다. 현승이 슈퍼 옆 공터에 세워놓은 자전거의 체인을 풀고 있는 동안 이하는 정류장 팻말 밑에 서서 기다렸다. 그때 난숙이 물바가지를 들고 나오다가 이하를 보았다.

"어, 형본이 아들이네."

난숙이 알은척을 했다.

"이름이 뭐라 했더라. 그래, 이하, 윤이하. 그제 저녁에 왔을 때 내가 얼른 알아봤어야 했는데, 어제 새벽에 네 아버지가 8년 만에 나타나서 우리 집 반찬을 싹 쓸어갔지 뭐냐. 진짜 놀랐다니까."

이하의 표정이 일그러졌다. 난숙은 그 얼굴을 보고 웃음을 터뜨렸다.

"인상 쓰니까 딱 네 아버지네. 이거 칭찬이다."

"저한테는 아니에요."

"왜? 네 아버지 잘생겼는데. 학교 다닐 때 인기 많았어."

그렇다는 이야기를 본인 입으로 귀가 닳도록 들었지만 그게 뭐? 지금 아버지를 보면 아무짝에도 쓸모없다.

"네 아버지랑 나랑 우리 집 양반이랑 셋이 어릴 적 친구야. 근데 환한 데서 보니 네가 네 아버지보다 천만 배 더 잘 생겼다. 형본인 좋겠다. 너처럼 듬직한 아들이 있어서."

난숙이 너무 대놓고 쳐다봐서 이하는 몹시 민망했다. 슈퍼 안채 쪽에서 계속 개 짖는 소리가 들려왔다.

"좀 시끄럽지? 우리 산삼이가 가끔 저렇게 아무 이유도 없이 짖을 때가 있어. 어쩌면 그럴 만한 이유가 있는데 우리가 모르는 걸 수도 있고."

그 이유가 뭐라고 생각하는지는 말하지 않아도 알 것 같았다. 보나 마나 매구겠지. 이 동네 공기에는 매구가 내쉬는 숨이 섞여 있고 개들은 가끔 그 냄새를 맡는 것이다. 자전거를 끌고 온 현승이 물었다.

"아줌마, 얘 알아요?"

"응. 나랑 이하 아버지랑 동창이야. 친하게 지내라."

"근데 산삼이 왜 또 저래요?"

"그러게. 가서 좀 달래줘야겠다. 너희들도 가봐."

난숙은 그새 바짝 마른 길바닥에 바가지의 물을 휙 뿌리곤 산삼이를 부르며 안채 쪽으로 사라졌다.

"어, 길군 형 차다."

현승의 시선이 저만치 달려가는 검은색 벤틀리를 따라갔다. 이런 시골에 저런 차를 가진 사람이 있다니. 이하가 물었다.

"누군데?"

"옛날에는 좋은 놈이었는데 지금은 나쁜 놈으로 불리는 우리 학교 선배. 이 근방에서 모르는 사람이 없는 유명 인사지."

현승이 걸음을 옮기면서 말했다.

"네 아버지가 매구면 사람이었구나."

"응. 여기 아버지 고향이야."

"그래서 남바리구나. 통학하기 쉽지 않을 텐데. 그쪽이 매구면에서 제일 외지거든."

"어쩔 수 없어. 집이 거기 있으니까."

"자전거부터 장만해야겠다."

현승은 대강 어떤 상황인지 짐작한다는 듯 턱을 주억거리며 말했다.

"오늘은 대숲까지 내가 태워줄게."

"난 걸어가도 돼."

"그럼 같이 걸어가자."

현승은 자전거를 끌고 앞서 걷기 시작했다. 녹색 빛으로 뒤덮인 나지막한 산등성이들이 멀리서 꿈결처럼 아른거렸다. 비탈진 밭 사이로 굴곡을 그리며 뻗어 있는 산길을 걷자니 이하는 새삼 자신이 처한 현실이 실감났다.

"참, 아침에 정연 누나가 한 말은 신경 쓸 거 없어. 그 누나가 원래 좀 예민해. 오늘은 네가 새 얼굴이라서 시비 걸린 거야."

"누나라고?"

"우리보다 두 살 많아."

"그럼 스무 살인데."

고작 두 살 차이라고 해도 10대와 20대는 앞자리 숫자가 구분해주는 특별한 경계가 있다.

"응, 어릴 때 겪은 사고로 심인성장애를 앓고 있대. 그것 때문에 2년 꿇었어."

"무슨 사고?"

"실제로 사고를 당한 건 그 누나의 사촌인 수연 누나야. 매구호수에 빠져 죽었어. 그때 정연 누나는 여덟 살이었는데 그걸 고스란히 지켜봤대."

"어린애한테는 끔찍한 기억이었겠네."

매구호수에 빠져 죽을 뻔했던 기억이 있는 이하로서는 정연에게 동정이 일지 않을 수 없는 이야기였다.

"거기다 매구까지 봤대."

"뭐?"

"그래서 정연 누나가 맛이 간 거야."

"말도 안 돼. 그게 진짜 매구였다면 수연 누나라는 사람은 살았어야지. 매구호수에 빠지면 매구가 구해준다며?"

"그건 아무도 구해주지 않았을 때지. 누가 수연 누나를 구하려고 뛰어들었어. 수연 누나는 익사했고 여태 시신도 못 찾았지. 근데 매구가 살려놨다고 해도 수연 누나는 딴 데 가서 결국 죽었을 거야. 자살이었대."

"자살? 왜?"

"입시 스트레스 같은 거였다고 들었는데 나도 자세히는 몰라."

뭔가 이상하게 들렸다. 매구호수는 자살하기에 적합하지 않다. 매구가 있다는 전제하에서 혼자 뛰어들면 매구가 살려준다. 그러니 정말 죽고자 한다면 누군가 자기를 구해줄 사람과 함께 가야 한다. 그걸 해줄 사람이 과연 있을까.

그래서 정연 누나를 데려간 건가? 그랬을 리가 없다. 여덟 살짜리가 호수에 뛰어들어 사람을 구하는 건 애초에 불가능하다. 그렇다고 어린 동생에게 자기가 죽는 걸 보여주려고 했을 리도 없고. 현승이 이하의 어깨를 툭 치며 말했다.

"무슨 생각하는지 알아. 근데 결론이 그렇게 났어. 다 왔다. 그럼 나중에 보자."

대숲 앞 갈림길에 이르자 현승은 자전거에 올라탔다. 이하는 아쉬운 듯 말했다.

"그 이야기 좀 더 듣고 싶은데…."

"어떡하지, 오늘은 좀 바쁜데. 진짜 집에 일이 있어서 조퇴했거든.”

“할 수 없네. 내일 학교에서 보자.”

“며칠 결석할 거야.”

“무슨 일인데?”

“나중에 말해주면 안 될까.”

“아, 미안. 말하고 싶지 않으면 안 해도 돼.”

“그게 아니라 지금 말고 다른 상황에서 이야기하고 싶어.”

“그래, 알았어.”

이하는 현승의 자전거가 보이지 않을 때까지 그 자리에 서 있었다. 현승 앞에서는 아무렇지도 않은 척 굴었지만 속으로는 대숲이 가까워질수록 몸이 움츠러들었다. 아침에 아버지와 함께 지날 때는 별생각이 없었다. 그런데 지금 막상 혼자 지나려니 영 꺼림칙했다.

대나무들로 에워싸인 길의 입구가 마치 다른 세계로 통하는 터널처럼 열려 있었다. 안쪽에서 불어오는 고요하고 서늘한 바람이 작은 파도처럼 그의 주변으로 몰려들었다. 그늘진 대나무 그림자들 사이로 오후의 햇살이 반짝반짝 떨어졌다. 이하는 에라, 모르겠다는 심정으로 대숲 속으로 뛰어들었다.

냉랭한 대숲을 통과해 반대편으로 빠져나오는 순간 뜨거운 공기가 달려들었다. 머리가 아득해졌다. 숨을 헐떡이며 고개를 들었다. 바짝 달궈진 열기 속에서 매구호수가 보란 듯 안개 걷힌 선명한 전경을 드러냈다.

호수의 북쪽 가장자리는 썩은 나뭇가지들이 잔뜩 밀려와 진을 치고 있었다. 바위들은 이끼에 뒤덮여 온통 녹색과 청색 빛깔을 띠고 있었으며 물빛은 탁한 회녹색이었다.

이하는 12년 전 여기서 자기 또래의 여학생이 죽었다는 사실을 애써 무시했다. 또 그 광경을 바라보며 정신적 충격을 받은 여덟 살짜리 아이의 매구 목격담에 대해서도 생각하지 않으려 했다.

그는 호숫가를 돌아 비탈길을 올라갔다. 비탈 위에 서서 호수를 내려다보았다. 멀리서 바라보는 호수는 수면 위로 부서지는 햇빛의 찬연함에 뒤덮여 더할 나위 없이 아름다웠다.

*

마당에 들어서니 크기와 모양이 제각각인 박스들이 나 좀 어떻게 해달라며 옹기종기 모여 있었다. 이삿짐을 받아 집안 꼬락서니를 갖춰놓겠다던 아버지는 코빼기도 보이지 않았다. 방문마다 활짝 열려 있기에 들여다보니 그나마 도배는 끝나 있었다.

양쪽 방 벽지는 우중충한 회색 바탕에 10센티미터 길이의 갈색 작대기들이 군데군데 조잡하게 찍혀 있는 걸로 통일했다. 골라도 어째 이런 걸, 자다 깨서 보면 영락없이 벽에 대벌레들이 붙어 있는 걸로 착각하게 생겼다. 아마 이게 가격이 제일 싸서 고른 거겠지. 어쨌거나 장판도 새로 깔았고 가스통도 배달시켜 연결해뒀다. 가구와 가전제품 들도 제 자리를 찾았다. 장롱을 비롯해 안방에 있던 물건들과 텔레비전은 큰방으로, 이하의 방에 있던 것들과 책상은 작은방으로 들어갔다.

대청 한쪽에 떡하니 자리 잡은 냉장고 옆에는 라면 두 박스와 10킬로그램짜리 쌀 포대가 놓여 있었다. 냉장고를 열어보니 아버지가 슈퍼에서 새로 얻어놓은 것이 틀림없는 반찬통들이 꽉꽉 차 있었다.

이하는 박스들을 하나씩 풀어 살림살이를 정리했다. 이불이며 옷가지를 서랍과 장롱에 차곡차곡 개어 넣고 그릇 같은 부엌 도구들도 찬장의 빈자리를 찾아 집어넣었다. 내친 김에 청소도 했다. 낡은 티셔츠 한 장을 찢어 걸레로 쥐고 방과 대청과 툇마루의 먼지를 말끔히 닦아냈다.

일을 끝내고 나니 갈증이 났다. 물독은 비어 있었다. 매일 물독을 채우는 일이 만만치 않아 보였다. 아무래도 그 만만치 않은 일이 곧 그의 의무가 되지 싶었다. 이하는 물독 옆에 있는 커다란 물통을 집어 들고 우물로 내려갔다.

비탈길 30여 미터를 내려가면 왼편에 덮개가 있는 우물이 있다. 우물 주변은 벽돌과 시멘트로 깔끔하게 발라 놨다. 모두 할아버지의 솜씨였다. 근처에 우물을 함께 쓰는 다른 이웃이 없었으므로 그의 집 욕실이겠거니 생각해도 무방했다.

이 우물이 마당에 있었더라면 좋았을 것을. 아니면 처음부터 이 우물을 끼고 집을 짓던가. 물 찾고 집을 지어야지, 집 짓고 물을 찾다니. 그러니 문명과 거리가 멀어졌지.

날이 추워지면 불편해지겠지만 그땐 그때 나름대로 방법이 생길 것이다. 부엌 아궁이에 가마솥을 걸고 물을 데워 물독의 찬물과 조금씩 섞어가며 고양이 세수를 하는 걸로 겨울을 나겠지.

21세기에 잘하는 짓이다. 나만 시간을 거꾸로 살고 있네.

이하는 배 속이 출렁일 정도로 물을 마시고 몸을 씻은 후 물통을 채워 집으로 돌아왔다. 저녁 8시가 넘어가도록 아버지는 돌아오지 않았다. 기다리다 지친 이하가 혼자 상을 차리고 막 수저를 드는데 때마침 아버지가 들어섰다.

"네 몫으로 남겨둔 걸 싹 해치웠구나. 잘했다."

"일부러 남겨뒀던 거예요?"

"그래야 함께 이사했단 느낌이 들 거 아니야."

"저녁은요?"

"먹었다."

아버지가 신발을 벗고 대청 위로 올라서는 순간 시큼하고 구린내가 확 풍겼다. 밥맛이 뚝 떨어졌다. 이하는 코를 쥔 채 수저를 내려놓으며 말했다.

"씻고 와요."

"좀 이따가."

아버지는 밥상 앞에 다리를 쭉 뻗고 앉아 이사 무용담을 늘어놓기 시작했다.

"그놈의 냉장고가 어찌나 무겁던지 팔 빠지는 줄 알았다. 장롱 들다가 발등도 찍혔다. 요만한 살림에 짐꾼 둘이서 하도 허덕거려서 내가 힘 좀 보탰지. 암튼 포장 이사 아니라고 큰 거만 넣어주고 나머지 짐들은 죄다 여기 그냥 버려놓고 가버렸어. 그건 그렇고 오늘은 밖에서 자야겠다. 도배한 방에서 바로 자면 죽을 수도 있다더라."

"내내 방문 열어놨잖아요. 환기 다 됐어요."

"그러다 풀 중독으로 죽으면 어떡해?"

"좋을 대로 하세요. 전 제 방에서 잘 거니까. 그리고 냄새 나요. 제발 좀 가서 씻어요. 저 밥 좀 먹게 해달라고요."

"사내자식이 까다롭기는."

아버지는 미적거리며 자리에서 일어섰다.

"인터넷 될 거다."

마법의 주문이었다. 아버지의 그 말 한마디에 종일 이하가 품고 있던 독기가 쏘옥 빠져나갔다. 아버지가 씻으러 간 사이 이하는 후딱 저녁밥을 먹어치운 후 방으로 들어가 노트북을 켰다.

아버지는 그날 밤늦게까지 잠자리에 들지 않았다. 이하 역시 잠이 오지 않기는 마찬가지였다. 툇마루에 나가 앉아 있던 아버지가 부스럭거리며 주머니를 뒤지더니 담배를 꺼냈다. 이하는 모른 척했다. 아버지는 원래 하루에 담배를 한 갑씩 피웠다. 엄마가 진저리를 치자 끊어보려고 했지만 결국 실패하고 숨어서 피웠다. 그러다 직장 상사가 폐암으로 죽자 그제야 정신을 차리고 끊었다. 하지만 결국 여기서 무너졌다.

아버지는 담배를 문 채 휴대폰을 가만히 들여다보더니 마루에 내려놓았다. 조금 후에 다시 휴대폰을 집어 들었다가 주머니에 넣었다. 1분도 되지 않아 주머니에서 휴대폰을 꺼내 이번엔 손에 꼭 쥐었다. 누군가의 전화를 기다리는 눈치였다. 아버지는 다 태운 담배의 잿불을 손가락으로 톡 털더니 꽁초를 주머니에 집어넣었다. 새 담배를 입에 문 아버지는 다시 휴대폰을 보았다.

이하는 아버지에게로 향해 있던 시선을 모니터로 돌렸다. 벽지 위에서 꿈틀대던 막대기들이 노트북의 하얀 바탕으로 미끄러져 들어와 깜박이는 커서가 되었다. 이하는 훗날 그의 밥벌이가 되어줄 히어로를 만드는 데 집중했다. 일단 시작은 이랬다.

〈한 소년이 있었다.〉

*

난숙은 눈을 뜨자마자 뭔가 평소와 다르다는 것을 느꼈다. 산삼이 짖지 않는다. 어쩐 일이래? 아침잠이 없는 산삼은 먹성도 좋아 늘 난숙보다 먼저 일어나 밥을 달라 짖곤 했다. 난숙은 아침에 일어나면 가장 먼저 산삼의 밥부터 챙겼다. 사료 봉지를 들고 마당으로 나간 난숙은 그 자리에 주저앉고 말았다.

"여보…."

한참 만에야 난숙은 간신히 남편을 불렀다. 하지만 목소리는 그녀의 입 안에서만 웅얼거릴 뿐 밖으로 튀어나오지 못했다. 난숙의 눈에서 눈물이 툭 떨어지면서 마침내 목소리가 터졌다.

"여보!"

난숙의 남편인 학준이 아내의 눈물 섞인 외침에 달려 나왔다. 학준의 눈이 커졌다. 산삼은 제집 쪽으로 머리를 두고 죽어 있었다. 마치 출산 중에 하혈이 멈추지 않은 듯 찢어진 구멍으로는 여전히 식지 않은 피가 줄줄 흘러나와 웅덩이를 이뤘다. 산삼은 수

컷이다. 자식이 없는 부부는 산삼을 아들처럼 예뻐했다. 특히 난숙이.

"매구가…."

"바보 같은 소리 마. 매구는 없어."

학준은 단호하게 말했다. 난숙이 허겁지겁 찢어진 상처 안으로 손을 집어넣어 산삼의 속을 더듬었다.

"뭐 하는 거야?"

"간이 있는지 보려고."

"쓸데없는 짓 하지 마."

학준은 아내의 팔을 당겼다. 짐승의 뒷구멍으로 손을 집어넣어 간을 빼 먹는다는 여우 전설은 옛날이야기다. 산삼의 몸에서 빠져나온 난숙의 손이 붉은 피에 젖어 역겨운 냄새를 풍겼다.

"비었어."

"그럴 리가 없어."

"배 속에 아무것도 없다고."

학준은 피에 젖은 산삼의 납작한 배를 보았다. 아내의 말이 맞았다. 학준은 신발을 바꿔 신었다.

"당신 들어가서 손부터 씻어. 산삼인 이대로 놔두고."

"어디 가려고?"

"경찰에 신고해야지. 우리 산삼이를 이렇게 만든 정신병자를 잡아야 할 거 아냐."

"하지 마."

난숙은 뻣뻣해진 산삼의 머리를 피투성이 손으로 쓸며 중얼거렸다.

“어차피 못 잡아. 매구가 한 짓이야. 난 알아.”

“매구는 없댔지. 매구를 흉내 낸 변태 짓이야.”

학준은 아내가 매구 이야기만 하면 예민해졌다. 난숙은 말했다.

“당신 말대로 매구가 아니라고 해도 여기 사람들은 매구라고 말할 거야. 알잖아? 그리고 매구 짓이 맞아.”

경찰에 신고하면 매구면 전체로 소문이 퍼질 것이다. 경찰은 범인을 찾고 사람들은 산삼이 죽은 모습을 두고 떠들어대겠지. 온 동네가 얼마나 흉흉해질지 그도 모르지 않는다. 학준은 초점 없는 눈을 부릅뜬 채 장기를 잃고 네 다리가 제멋대로 꺾여 있는 산삼을 보았다.

확실히 이상했다. 산삼은 부부가 주는 것 외에는 절대 받아먹지 않았다. 누군가 완력을 썼다는 건데 저렇게 될 때까지 산삼이 짖지 않았을 리가 없었다. 하지만 그들은 산삼이 짖는 소리를 듣지 못했다. 산삼은 짖을 새도 없이 당했다. 단박에 산삼의 뒤를 찢어놓은 모양새부터 사람이 한 짓이라고 보기 어려웠다. 게다가 산삼의 내장을 어디에 쓸까. 매구가 먹어치운 게 아니라면.

매구 흉내를 낸 놈이라면 차라리 다행이지. 학준은 뻗친 머리를 북북 긁었다. 매구가 아니라고 장담할 수 없었다. 매구면 토박이인 그 역시 입으로만 매구를 부정했다. 목소리는 아내보다 크지만 한 번도 그녀를 이겨본 적이 없는 학준은 말없이 방향을 틀어 뒤곁으로 갔다. 난숙은 산삼의 앞에 퍼질러 앉아 하염없이 눈물을 흘렸다.

"불쌍한 내 새끼…. 네가 나쁜 일의 시작이라는 말을 듣도록 놔두지 않을 거야."

뒤꼍에서 돌아온 학준은 비닐과 삽을 든 채 한참 동안 아내의 흐느낌을 그저 듣고만 있었다.

*

"아버지. 좀 일어나봐요."

응, 응, 거리면서도 아버지는 좀처럼 눈을 뜨지 않았다. 이하는 한숨이 푹푹 나왔다. 이럴 줄 모르지 않았다. 아버지가 그를 관리하기는커녕 그가 아버지를 관리하게 될 것을.

"어제 일찍 잤잖아요."

아버지는 잠에 절어 대답이 없었다. 이부자리 옆에 아무렇게나 벗어놓은 옷이 보였다. 흙투성이에 여기저기 찢어져 엉망진창이었다. 어제 잠자리에 들 때까지만 해도 멀쩡했던 옷이었다.

"아버지, 어제 저 잘 때 나갔다 왔어요? 정신 차리고 대답 좀 해요."

이하의 어조가 올라가자 그제야 아버지는 입을 열었다.

"아니."

"근데 아버지 옷이 왜 저래요?"

응? 아버지는 실눈을 떴다가 다시 감았다.

"아, 그래, 잠깐 누가 불러서…."

"누구요? 혹시 그 사람이랑 싸웠어요?"

"아냐, 아냐. 밤길이 어두워서 덤불에 걸리고 비탈길에 미끄러졌어. 네 나이 때는 나도 날아다녔는데 이젠 늙어서 눈도 어둡고 다리에 힘도 빠져가지고."

아버지는 말하면서 다시 잠 속으로 흐물흐물 빠져들었다. 하긴, 아버지가 누구와 싸울 그릇은 아니지.

"식사하실 거예요? 아버지 것도 차려요?"

"아니, 아니."

"그래도 일어나요."

"싫어, 더 잘 거야. 더 자고 싶어. 제발 5분만, 아니 1분만…."

아버지는 낙지 빨판처럼 이부자리에 달라붙어 떨어지지 않으려 했다.

"이렇게 아침잠이 많으면서 무슨 농사꾼을 한다고. 7시 반까지 어디 가야 한다면서요?"

아버지는 눈을 감은 채로 간신히 일어나 앉으며 투덜거렸다.

"아이구, 죽겠네. 늙으면 아침잠이 없어진다는데 난 왜 이 모양이냐."

"언제는 저하고 묶어서 젊은 남자 둘이 어쩌고 하더니 왜 갑자기 늙은 사람 흉내를 내고 그래요?"

아버지는 내가 언제 젊다고 그랬냐는 둥, 이제 내 인생은 끝났다는 둥 한탄을 시작했다. 늘 반복되는 아버지의 하릴없는 넋두리가 듣기 싫어서 이하는 아침밥이고 뭐고 그냥 집을 나왔다.

아무리 피곤해도 엄마는 아침밥만큼은 꼭 차렸다. 아버지는 아침 잠보라서 코앞에 차려다주는 밥상도 걸렀다. 늘 아침밥을 받았던 배 속이 공복을 견디지 못하고 계속 신호를 보냈다. 박가네슈퍼엔 가기 싫고 학교 근처 편의점에라도 들러야겠다. 평소보다 일찍 나왔더니 정류장에는 아무도 없었다. 슈퍼는 문을 닫았고 산삼이 짖는 소리도 들리지 않았다. 현승은 그 주 내내 학교에 나오지 않았다.

*

새벽 1시, 두산은 장례식장에 다녀오는 길이었다. 군청 복지과에서 누구 하나 대표로 다녀와야 했는데 만장일치로 그가 지목됐다. 장례식장이 있는 이원동 백화병원에서 그의 집이 제일 가까웠기 때문이다.

"걸어서 15분이잖아. 김두산 씨가 다녀오는 걸로."

그의 직속 상사인 홍 계장이 콕 찍어 말했다.

사망자는 매구면 하죽리 시장에서 정육점을 하는 장대남의 아내 김연진이었다. 김연진은 도박에 미쳐 있어 집에 붙어 있는 날이 거의 없었다. 김연진이 종적을 감춘 지 한 달이 지났지만 장대남은 경찰로부터 연락을 받기 전까지 아내가 범죄의 피해자가 됐을 거라고는 꿈에도 생각하지 않았다. 서울에 사는 친구를 만나러 간다며 나간 아내의 휴대폰은 내내 꺼져 있었지만 그러려니 했다. 자주 그랬으니까 또 어디 처박혀서 도박을 하고 있겠지.

도박에 빠진 아내 때문에 장대남은 오랫동안 말 못 할 고통을 겪었다. 그녀는 몇 번이나 도박을 끊겠다고 맹세를 했다. 경찰서

와 병원 신세도 졌다. 그럼에도 끝내 헤어나지 못했다. 손을 끊어내면 눈과 입으로라도 하지 않고는 배기지 못할 중병이었다. 죽어야만 끝날 집착이었다. 장대남은 거의 포기한 상태였다. 그래도 아내가 죽기를 바란 적은 없었다.

김연진의 시신은 연고가 없는 서울 어느 골목 쓰레기 수거지에 버려져 있던 가방 속에서 발견되었다. 시신의 부패 상태로 보아 한 달 정도 되었다니 집을 나가고 얼마 되지 않아 살해된 것이다. 사인은 익사였다.

그녀의 기도에서 남조류 세균인 시아노박테리아가 검출되었다. 욕조 물이 아니라 오염된 호수에서 죽은 것이다. 그보다 더 섬뜩한 것은 김연진의 양 발목에 선명하게 남아 있는 압박흔이었다. 그 흔적은 끈 같은 것이 아니었다. 기이할 정도로 큰 손자국이었다. 발목을 움켜잡았던 손아귀의 힘이 얼마나 셌는지 발목뼈가 모두 으스러져 있었다.

매구호수에는 어떤 생물도 살지 않는다. 시아노박테리아는 호수의 생물을 모두 죽게 만든다. 김연진의 시신에 남은 손자국은 발목을 잡아채서 호수로 끌고 들어간다는 매구 이야기와 일치했다. 사람들은 말했다. 딱 매구 짓이네.

경찰은 도박판에서 벌어진 살인 사건인지, 아니면 도박판 근처에는 가보지도 못한 채 당한 것인지 아직 알아내지 못했다. 도박 빚 대신 떼어간다던 장기들이 멀쩡히 남아 있는 걸로 보아 후자일 가능성이 높았다. 게다가 범인은 김연진의 핸드백에는 손도 대지 않았다. 지갑이 고스란히 남아 있었으므로 신원은 이내 밝혀졌다. 서울에서 발견된 김연진의 죽음은 여러모로 석연찮은 점이 있었다.

두산은 12년 전 매구호수에서 죽은 수연을 생각했다. 그는 동급생이었던 그녀를 잘 알지 못했다. 한 번도 같은 반이었던 적이 없었고 동아리도 달랐다. 하지만 그녀에게 관심이 있었던 다른 친구들과 함께 늘 멀찍이서 바라보곤 했다.

누가 먼저 말을 걸어보느냐, 혹은 여자 친구로 삼느냐 하는 따위의 내기를 벌인 적도 있었다. 아무도 성공하지 못했다. 아직도 그는 가끔 수연의 꿈을 꾸었다. 그러고 나면 좋아하면서 말 한마디 제대로 건네 보지 못했던 것이 죽도록 후회됐다. 많은 것을 해볼 수 있었지만 결국 아무것도 해보지 못하고 흘려보낸 어색하고 어리석었던 그 시절이 사무치도록 그리워졌다.

수연의 시신은 아직 발견되지 않았다. 매구호수 바닥은 진흙과 개흙 수렁이다. 늪지처럼 잘못 빠져들면 운 나쁜 시신은 끝내 떠오르지 못한다. 어쩌면 매구가 보내주지 않는 건지도 모른다.

당시 수색을 시작한 지 30분도 되지 않아 잠수부는 저도 모르는 힘에 이끌려 호수 바닥으로 끌려 들어갔다. 매구호수에 전해지는 이야기대로 잠수부는 혼자 살아나왔다. 죽다 살아난 잠수부는 새파랗게 질린 채 장비를 벗었다. 도저히 말로 설명할 수 없는 경험이었다고 고백하면서 더 이상의 잠수를 거부했다. 수색은 그것으로 중단됐다. 잠수부는 이후 다시는 물에 들어가지 못했다.

지징. 휴대폰이 울렸다. 문자를 확인한 두산은 미간을 찌푸렸다.

〈만져보고 싶었지? 만져보게 해줄까? 답장하면 만져보게 해줄게.〉

이런 문자들이 올 때마다 매번 번호를 차단하고 삭제하지만 발신 번호를 바꿔가며 보내면 소용 없었다. 망할 스팸들!

*

자정이 다 된 늦은 시각, 이하는 툇마루에 앉아 라면을 먹는 중이었다. 어느 정도 허기가 가실 때쯤 비탈길 아래에서 아버지의 흥얼거림과 비틀거리는 발걸음 소리가 들렸다.

"잠 안 자고 이 시간에 뭘 먹고 있냐?"

아버지는 거나하게 취한 듯 혀가 꼬였지만 정신은 말짱해 보였다.

"출출해서요. 어디 다녀오세요?"

"장례식장에서 고깃국 한 그릇 먹고 왔다."

"그런 자리 있으면 저도 좀 데려가지 그랬어요."

"그럴 만한 자리가 아니야. 꺼림칙한 흉사라 앉아 있을수록 기분만 나빠져서 그냥 밥만 먹고 나왔다. 다들 그 이야기만 해대는데 더는 듣고 있을 수가 있어야지."

"무슨 이야기요?"

"하죽리에서 정육점하는 장 씨 마누라가 살해됐어. 시신이 서울에서 발견됐는데 다들 매구가 죽인 거라잖아. 아, 끔찍해."

아버지는 어깨를 잘게 떨었다. 하죽리의 장 씨? 집에 일이 있다고 조퇴한 현승은 그 이후 학교에 나오지 않고 있었다. 혹시 하는 마음에 이하는 물었다.

"그 집에 아들 있어요?"

"응. 허여멀끔하게 잘생긴 아들 하나 있더라. 아, 인동고등학교 다닌다니까 너도 알지 모르겠다. 여기 매구면에서는 유명한 수재라던데."

현승이 맞다. 이하의 심장이 쿵쾅거렸다.

"언제 죽었는데요?"

"그건 모르겠고 지난주 월요일 새벽에 시신이 발견됐대. 부검하고 어쩌고 하다 보니 장례가 늦어졌지."

지난주 월요일이라면 이하가 전학 온 날이다. 그랬구나. 현승이 선뜻 이야기하지 못한 까닭을 이제 알겠다.

"아, 그리고 학준이 그러는데 산삼이 죽었다더라. 난숙이 아들처럼 예뻐했던 개라는데. 쯧쯧… 안됐어. 앞산의 여우가 울지도 않았는데 이게 다 무슨 일인지."

아버지는 끝도 없이 혀를 찼다. 어쩐지 요즘 슈퍼 안채에서 개 짖는 소리가 안 들리더라니.

"산삼이 갑자기 왜요?"

"뭘 잘못 먹었나 봐. 근데 산삼이 아무거나 주워 먹는 놈은 아니라 했는데. 아이고, 나 때문에 스트레스 받아서 그랬나. 생각해보니 미안하네. 내가 괜한 소릴 했어."

"무슨 소리예요?"

"산삼이 날 끔찍하게 싫어하더라고. 여기 내려와서 난숙이 집에 처음 갔을 때 하마터면 물려 죽을 뻔했어. 그 이후에도 나만 보면 지랄이었지. 열받아서 내가 녀석에게 언젠가 아무도 모르게 네 목을 따버리겠다고 속삭여줬지. 꼭 알아듣는 것처럼 귀를 바짝 세우며 나를 노려보더라고."

*

"재주 좋네. 헛갈리지 않냐? 어떻게 그렇게 쉬지 않고 손가락이 움직이냐? 요령 좀 알려줘봐."

마침내 현승이 이하의 집게손가락이 떠는 오두방정을 알아차렸다. 장례식이 끝나자 현승은 아무 일도 없었다는 듯 다시 등교했다. 대단한 강철 멘털이거나 아직 실감하지 못하고 있거나 둘 중 하나일 것이다. 학교로 다시 돌아온 현승은 이하가 위로의 말조차 꺼낼 수 없도록 단단한 벽을 쳤다.

어차피 이하는 위로의 말을 하고 싶어도 어떻게 해야 하는지 몰랐다. 그날 이하가 물었을 때 현승은 나중에 다른 상황에서 이야기하고 싶다고 했다. 이하는 현승이 말하고 싶어 할 때까지 기다리기로 했다.

근데 이렇게 모른 척해도 되나? 이하는 판단이 잘 서지 않았다. 담담한 현승에게 혼자 애도의 표정을 짓는 것도 이상할 것 같고. 모르겠다. 그냥 현승에게 맞추는 수밖에.

"나도 몰라. 그냥 지가 알아서 떨어대는 거야."

요령이나 재주가 아니라 병이었다. 전학 온 첫날 이하가 정연의 자리를 지나가며 주먹을 쥘 수밖에 없었던 이유. 그때 이하는 평소처럼 그의 약점을 꽉 움켜쥔 주먹 속에 숨기려고 했다.

"징그럽냐?"

"나 잠깐 볼래?"

현승이 갑자기 눈을 사시처럼 떴다. 눈동자가 양쪽으로 벌어지는 것이 괴상했다. 저러다 뒤통수로 넘어가겠다.

"어떻게 그게 되냐?"

"그러니까. 징그럽냐?"

"아니."

"마찬가지야."

하지만 이하의 엄마는 징그럽다고 말했다.

"그만 좀 떨어라. 꼭 벌레 같잖아."

그럼에도 이하는 떨고 있는 집게손가락을 멈추게 할 수 없었다. 결국 엄마는 이렇게 말했다.

"부전자전이지. 애비는 다리를 떨고 아들은 손가락을 떨고. 아이구, 징그러, 이놈의 집구석!"

아버지는 앉아 있을 때면 늘 다리를 떨었다. 그래도 서 있을 때는 떨지 않았다. 이하는 앉으나 서나 집게손가락을 떨었다. 언제부터 시작된 증상인지 이하도 엄마도 알지 못했다. 그가 다섯 살일 때 엄마가 처음 발견했는데 그때가 시작은 아니었다.

엄마는 손톱을 깨무는 습관처럼 나이를 먹으면 점차 나아질 거라 여겼다. 가끔 이하는 엄마의 처방에 따라 철분제를 먹었다.

습관이라면 고칠 수 있어야 했다. 고칠 수 없는 습관이라도 그의 의지가 작용하는 순간만큼은 멈출 수 있어야 했다. 그러나 집게손가락은 그의 통제를 벗어나 다른 개체처럼 굴었다. 그는 체육 시간에 공을 놓치고 글씨를 쓰다가 펜을 쏘아 올리기 일쑤였다. 그런 멍청한 행동들은 아이들의 놀림거리가 되었다.

가끔은 집게손가락의 떨림이 팔과 어깨로 퍼지고 눈꺼풀과 뺨에 경련을 일으키기도 했다. 한 번 시작되면 진정되기까지 두 시간 이상 걸렸다. 문제는 그 증상을 자신만 자각한다는 것이다. 원숭이 다이어트를 하는 케니 도체스터처럼.* 이하가 경련으로 인해 불룩거리는 불쾌한 느낌에 시달리는 동안 사람들은 아무도 그의 상태를 눈치채지 못했다.

이하가 중학교 1학년이 되었을 때 엄마는 더는 집게손가락의 산만함을 두고 볼 수 없었다. 엄마는 이하를 병원으로 데려갔다. 몇 가지 검사 후 의사는 말했다.

"혈중 알코올 농도 수치가 0.07입니다."

"그럴 리가 없는데요. 우리 애는 이제 열네 살이에요."

엄마는 의사와 싸울 태세로 따졌다. 철석같이 아들을 믿고 있다는 증거였다.

"뭐 그럴 나이니까요. 괜찮으니까 어떻게 된 건지 말해볼래?"

의사의 질문에 이하는 그때까지 술이라곤 마셔본 적이 없노라 극구 부인했다. 의사는 믿어주지 않았다. 결국 엄마조차 손을 들

* 조지 R. R. 마틴의 단편소설에 등장하는 뚱보 케니 도체스터의 목에 올라탄 원숭이는 매번 그의 음식을 모두 뺏어 먹지만 사람들의 눈에는 보이지 않는다.

고 그를 심문했다.

"엄마라 해도 아들 속을 다 알 수는 없는 거니까. 말해봐. 엄마 몰래 술 마시니? 나쁜 친구들이랑 어울려 다니는 거야?"

이하는 그의 몸 안에서 흐르는 알코올이 어디서 왔는지 알 수 없었다. 하지만 수치는 증명했다. 의사가 그렇다면 그런 것이다. 이하가 비록 이 괴상망측한 증상을 내보인 신체의 주인이라고 해도 의사보다 의학적으로 더 잘 알 수는 없었다.

이하는 모든 결과에 원인이 있지 않다는 사실이 그저 신기할 따름이었다. 아니 땐 굴뚝에도 연기가 날 수 있다. 불을 때지 않아도 방이 따뜻해질 수 있고 맑은 날 구름 한 점 없어도 비가 쏟아질 수 있다는 것을 알았다.

손을 떠는 것은 알코올 의존증 말기 증세였다. 이하에게는 손가락, 그것도 오직 오른손 집게손가락을 떤다는 것 말고는 다른 어떤 증상도 없었다. 기억상실, 과장이나 공격적인 태도, 질투, 의심, 대인 관계, 사고력 장애, 그 어느 것에도 해당되지 않았다.

이하는 결백했다. 엄마는 일주일간 그를 꼼꼼히 감시한 후에 다시 검사를 받게 했다. 여전히 혈중 알코올 농도 수치는 0.07이었다. 엄마는 의기양양하게 따졌다.

"이럴 줄 알았어, 내 아들이 술을 마실 리가 없지. 이건 검사 과정에 문제가 있는 거예요."

"아님 아직 밝혀지지 않은 혈액병일지도 몰라요."

이하가 거들었다. 의사는 고개를 갸웃거렸다. 그렇게 해서 그의 집게손가락은 나쁜 습관이나 음주 증상이 아닌 진짜 병이 든 것으로 판명이 났다. 자율 신경계의 이상. 원인불명. 그러므로 심인성.

이하는 청소년 정신 상담사에게로 인계되었다. 그가 가진 혈중 알코올 농도 수치에 대해서는 누구도 설명하지 못했다. 그는 의사가 자기를 대상으로 희귀병에 관한 논문이라도 쓰지 않을까 생각했지만 그런 일은 없었다. 의사는 늘 피곤한 눈을 하고 있었다. 이하는 이 불가사의한 혈액병이 이대로 묻히게 될 것을 예감했다.

기왕이면 왼손 집게손가락을 떨든가, 꼭 오른손 집게손가락을 떨어야겠다면 왼손잡이로 태어나든가. 어쩔 수 없었다. 이하는 병을 극복하기 위해 왼손잡이가 되기로 했다. 엄마도 왼손 사용을 장려했다.

"왼손잡이들 중에 천재가 많다더라."

열심히 연습한 덕에 이하는 양손잡이가 되었다. 아버지는 말했다.

"0.07. 아무리 생각해도 그 수치 생체 인식 암호 같아. 그래, 007. 임무가 뭐냐?"

"이거 첩보물 아니고 의학물이에요. 심각하다고요."

"어쩌면 그날 내가 마셨던 술 때문일 수도 있겠다."

"그게 이때까지 남아 있을 리가 없잖아요."

"어쨌든 나는 그날 술을 마셨다."

"고등학생이 술 마시고 사고 친 게 자랑이에요?"

"그거야 자랑이라고 할 수 없지만 너는 확실히 내 자랑이지.

내 생각에 그날 내 혈액 속에는 딱 그 정도 수치의 알코올이 있었던 것 같아. 그러니까 그 수치는 네가 내 아들이란 증거지. 그리고 그 아들이 당신과 날 맺어줬고. 그치, 여보?"

엄마는 입을 꾹 다물고 얼굴을 찌푸렸다. 엄마의 표정을 보면 아버지는 분명 입조심을 해야 했다.

이하는 심리 치료 센터에서 그림을 그렸고 설문지에 체크를 했고 상담을 받았다. 테스트 결과는 정상이었다. 딱 그 또래 아이들이 받는 만큼의 학업 스트레스와 교우 문제에 노출되어 있었다. 정서적으로 메말라 있었고 약간의 우울증이 있었지만 그건 다른 아이들도 마찬가지였고, 그 외엔 더한 것도 덜한 것도 없었다.

이상 수치를 나타내는 피가 초인의 증거이기를 이하는 소망했다. 하지만 의사는 이를 증명할 의욕이 없었다. 그의 피가 품은 비밀이 무엇이든 간에 현실에서 그것은 그저 불편함일 뿐이었다. 일종의 눈에 보이는 장애인 것이다. 그래서 모두가 힘을 합쳐 집게손가락 떨기를 고쳐보기로 했다. 상담사는 이하에게 물었다.

"네가 억지로 집게손가락을 잡아 멈추게 할 때 말고 집게손가락이 자발적으로 떨지 않는 것을 본 적이 있니?"

"그림을 그릴 때요."

"심리 치료 센터에서 그림 그릴 때 보니까 떨던데?"

"시키는 그림 말고 제 그림을 그릴 때요."

"그래? 그럼 네 마음대로 그리고 싶은 것을 그려봐."

이하는 그의 머릿속에 떠오르는 이런저런 이미지들을 그리기 시작했다. 곤충, 물고기, 나뭇잎, 물결…. 집게손가락이 거짓말처럼 멈췄다.

"아이가 그림을 그릴 때는 집게손가락을 떨지 않네요."

그들이 발견한 것이 아니라 이하가 말해준 것이었다.

"긴장성 스트레스 때문일 수도 있겠어요. 그림으로 치료해보죠."

석 달 정도 센터에서 그림을 그렸지만 집게손가락은 이하가 그리고 싶은 것을 그릴 때만 멈췄다. 센터가 별 소용없다는 것을 알게 된 엄마는 말했다.

"넌 이미 왼손잡이로 변신했으니 앞으로 사는 데 크게 지장은 없을 거야."

이하는 앉아 있을 때면 집게손가락을 허벅지 밑에 넣고 눌러 두었다. 걸을 때는 주먹을 쥐어 숨기거나 주머니를 이용했다. 그러나 어떤 경우에도 끝까지 감출 수는 없었다.

이야기를 들은 현승이 말했다.

"재밌네. 근데 그 대숲은 지나다니기 괜찮냐? 나도 몇 번 가봤는데 좀 으스스하더라."

이하는 남바리에 도착했던 첫날 대숲에서 겪은 오싹한 경험을 현승에게 털어놓을까 생각했지만 그만뒀다. 그 이야기를 하려면 아리가 등장해야 하는데 내키지 않았다. 아리를 빼면 그가 할 수 있는 이야기라곤 너무 놀라 미친 듯이 달아나려고 했다는 것뿐이다.

"별거 없어."

"별거 없다니? 대숲에서 매구가 지나가는 사람의 이름을 부른다던데."

"아, 그거."

"들어봤냐?"

"들어봤지."

"진짜 매구 같아?"

"모르지. 바람 소리일 수도 있고."

이하는 아리를 슬쩍 쳐다보았다. 아리는 책상에 뺨을 붙인 채 자고 있었다. 흐트러진 앞머리가 아래로 쏠리며 이마가 드러났다. 아무렇게나 그려 넣은 짝짝이 눈썹이 기괴하면서도 우스꽝스러웠다. 누구도 아리에게 눈썹이 잘못 그려졌다는 것을 말해주지 않았다. 보다 못한 현승이 말해줬지만 아리는 신경 쓰지 않았다.

며칠간 아리를 지켜보던 이하는 몇 가지 이상한 점을 눈치챘다. 현승과 담임 말고는 아리가 말을 시키기 전에는 누구도 먼저 아리에게 말을 걸지 않는다는 것을. 현승이 하품을 쩍 하며 따분하다는 어조로 말했다.

"찐따 박쥐 한 마리도 돌아다닌다던데?"

"그것도 봤어."

"야, 이 운 좋은 자식!"

현승이 몹시 부러워해서 이하는 순간 그날 박쥐에게 얻어맞은 것이 정말 행운인가 싶었다.

"뭐가 운이 좋다는 거야?"

"쉽게 볼 수 없는 거잖아. 넌 박쥐를 봤고 정연 누나는 매구를 봤어."

"세상에 매구가 어딨냐."

"하긴, 어쩌면 매구탈일지도 모르고."

"매구탈이라니?"

현승이 턱짓으로 아리를 가리키며 말했다.

"12년 전 수연 누나를 구하려고 호수에 뛰어든 사람이 누구냐면 아리의 오빠인 길군 형이야."

"그 벤틀리?"

"응. 재네 집이 원래…."

그때 교실 문이 드르륵 열리며 담임이 들어왔다. 현승이 얼른 팔을 뻗어 아리의 어깨를 툭툭 쳤다.

"황아리, 해 떴다. 아침이야. 얼른 일어나."

아직 잠이 덜 깬 아리가 고개를 들며 손으로 이마를 쓱 문질렀다. 가뜩이나 삐뚤게 그려진 눈썹이 반쯤 지워져 더욱 해괴해졌다. 창을 통해 비쳐 든 햇빛이 눈부신지 아리는 미간을 찌푸렸다. 솜털이 보송보송한 어린 피부에 뜬금없이 그어진 주름이 우스꽝스러우면서도 한편으로는 안쓰러워 보였다.

무방비로 드러난 아리의 얼굴에는 소복하게 쌓인 눈 위에 어지러이 찍힌 발자국처럼 길을 놓친 흔적이 역력했다. 혼자 눈밭 위에 서 있는 아이. 어디로 가야 할지 알 수 없어 누군가를 기다리는 아이. 그래서 이하는 그 아이에게서 눈을 뗄 수가 없었다. 몹시 외로워 보이는 그 아이는 이상하고도 이상했다.

*

2교시 수업이 끝나고 이하는 현승과 함께 매점으로 향했다. 텅 빈 배 속이 내지르는 요란한 냇물 소리를 더는 간과할 수가 없었다.

"아까 하다 만 이야기 마저 해봐."

"뭐 말이야?"

"매구탈하고 아리네 집 이야기."

"아, 그거. 아리의 아버지와 할아버지가 원래 대를 이어 탈을 만드는 장인이었어. 그러니까 정연 누나가 본 게 매구가 아니라 매구탈을 쓴 사람일 수도 있다는 거지. 정연 누나가 봤다는 매구의 얼굴이 아리의 집에 있는 매구탈과 똑같았거든."

"그럼 수연 누나가 죽던 날 밤에 누가 그 집에 있던 매구탈을 훔쳐 쓰고 거기 있었단 거잖아? 수연 누나가 죽는 걸 정연 누나 말고 매구탈을 쓴 자도 봤다는 거고. 잠깐, 그 자리에 길군 형도 있었으니 길군 형도 그 매구탈을 봤겠네. 아니, 길군 형이 그 매구탈을 쓴 인물인가?"

"정연 누나는 매구와 길군 형을 따로 봤어. 그리고 매구탈은 밤새 그 집 공방 벽에 딱 붙어 있었고. 아무도 건드리지 않았단 거지."

"누군가 가져갔다가 다시 제자리에 가져다 놨을 수도 있지."

"그날 비가 억수같이 왔어. 매구탈은 종이탈이라서 젖으면 흔적이 남아."

"그럼 왜 매구가 아니라 매구탈을 쓴 누군가일 수도 있다고 말한 거야?"

"어차피 둘 다 말이 안 되기는 마찬가지니까. 암튼 사람들이 길군 형을 엄청 욕하고 원망했어. 쓸데없이 나서서 수연 누나를 죽게 했다고."

"웃기고 있다. 만약 그 형이 매구호수의 불문율을 지켰는데도 수연 누나가 죽었다면 그땐 어떻게 했을 건데? 구해주지 않고 빤히 구경만 했다고 또 욕하고 원망했을 거야. 이 경우가 더 끔찍하지 않냐?"

이하가 호수에 빠졌을 때 아버지는 구해주지 않고 지켜만 보았다. 그는 아직도 거기에 대한 서운함이 분명 남아 있었다. 하지만 이하는 살았고 수연은 죽었다. 선의도 도리도 필요 없다. 오직 결과만 중요하다.

"그러네."

"그래서 길군 형이 옛날엔 좋은 사람이었는데 지금은 나쁜 놈이 됐구나."

"그 일로 그 형은 인생이 완전히 꼬였지. 살인자라고 손가락질을 받으면서도 꿋꿋이 학교를 다녔지만 결국 그만두고 매구면을 떠났어. 나비회에 들어갔다는 소문이 있었는데 거기서 무슨 험한 일을 겪었는지 오른손 집게손가락 두 마디가 잘리고 없더라고."

"나비회? 그거 혹시 폭력 조직 같은 거야?"

"아마도. 이원동 개발 초창기 때 있던 용역업체인데 지금은 나비캐피털이야."

"대부업체?"

"응, 꽤 큰 회사가 됐지. 사람들이 이젠 길군 형을 무서워해."

이하는 떨고 있는 제 오른손 집게손가락을 꽉 움켜잡았다. 없는 것보다는 떠는 게 나을까. 잠깐 그런 생각을 했다.

현승은 콜라 한 캔과 초코칩 과자 한 봉지를, 이하는 크림빵과 흰 우유 한 팩을 사 들고 교실로 돌아오면서 다 먹어치웠다. 이하는 속이 울렁거렸다. 흰 우유를 마시면 언제나 속이 좋지 않았다. 상관없었다. 유당분해효소가 있든 없든, 위장이 이의를 제기하든 말든 그는 흰 우유를 먹기로 결정했다. 흰 우유는 그가 넘어야 할 수많은 관문 중 하나였다. 이런 망할, 그렇다고 이렇게 금방 반응이 오면 어쩌자는 거야.

"야, 너 먼저 들어가. 난 화장실 좀."

수업 시작 벨이 흘러나오고 아이들이 썰물처럼 빠져나간 복도는 고요했다. 남자 화장실이 있는 위층으로 올라가려는데 여자 화장실 쪽에서 훌쩍이는 소리가 들렸다. 코를 팽 풀며 한탄하는 목소리는 아리였다.

"눈썹 없는 거랑 공부 못하는 거랑 무슨 상관인데? to부정사의 용법이 내게 뭐가 중요해? 수학이 내 머리를 얼마나 아프게 하는지 알아? 내가 우리나라 말도 아닌 영어와 아라비아 숫자들 때문에 쌤들에게 바보 취급을 받고 잠을 빼앗기는 고초를 겪을 이유가 대체 뭐냐고?"

이하는 아리가 읊고 있는 대사와 비슷한 문구를 어디선가 본 기억이 있었다. 생각났다. '알렉산드리아가 유명했었다는 사실이 내게 뭐 중요한가. 라틴 민족이 존재했는지 안 했는지 아는 것이 내게 대체 왜 중요한데? 내가 선생들에게 빰 맞고 고초를 겪을 정도로 잘못한 게 뭐냐고?' 학교 수업에 적응할 수 없었던 천재 시인 랭보의 말이었다.

아리는 오전 수업 내내 졸았다. 할아버지 수학 선생은 벌칙으로 아리를 칠판 앞으로 불러내 문제 풀이를 시켰다가 급기야 머리를 콩콩 쥐어박으며 "아이구, 이 맹꽁아! 정신 좀 차려라." 하고 외치기까지 했다.

밤에는 책을 읽느라 잠을 잘 시간이 없다고 했던 아리의 말이 변명은 아닌 모양이다. 고등학교 2학년 학생 중에 랭보의 이름을 들어본 아이는 있겠지만 랭보를 제대로 읽어본 아이는 거의 없을 것이다.

아이들은 어딘가 이상한 구석이 있는 아리를 대놓고 따돌리지는 않았다. 하지만 이하는 아리를 보는 아이들의 시선에 은밀한 비밀이 있다는 것을 알아챘다. 아이들은 의도적으로 아리에게 거리를 두고 있었다. 대화는 하지만 눈은 마주치지 않는다. 아이들은 아리를 경계하고 두려워했다.

왜 그러는 거지? 길군 형 때문인가? 타인이 처한 위험을 외면하지 않고 용감하게 자신을 던진 그는 잘못이 없음에도 잘못된 결과의 책임을 지고 스스로 잘못된 길로 들어섰다. 이유야 어떻든 이제 그는 무서운 사람이 되어 돌아왔다. 딴생각을 하다 보니 똥이 들어가버렸다. 별수 없이 교실 쪽으로 다시 걸음을 돌리는데 갑자기 아리가 여자 화장실 입구에서 고개를 쑥 내밀며 말을 걸었다.

"이따가 집에 데려다줄까?"

이하는 뜨악한 기분으로 아리를 몇 초간 보다가 그냥 무시하고 지나갔다. 아무래도 아리는 진작부터 자신을 노리고 있었던 듯했다. 한번 놀려보니 재미가 좋았나본데 이젠 당하고만 있지 않을 테다.

"윤이하."

이하는 못들은 척 계속 걸어갔다. 아리는 슬금슬금 그의 뒤를 쫓아오며 다시 이름을 불렀다.

"야, 윤이하."

"왜?"

이하가 돌아보자 아리는 배시시 웃으며 말했다.

"아직 한 번 더 남았는데 그렇게 막 돌아보면 안 되지."

"뭐가?"

"너 집에 가려면 대숲 지나야 하잖아. 미리 연습을 해둬야지. 세 번 불리기 전까지는 돌아보지 말라니까."

"네가 매구냐?"

"매구가 널 잡아먹을까 봐 걱정돼서 그런다."

아리는 빙글빙글 웃으며 이하를 빤히 쳐다보았다. 뭐 저런 게 다 있어. 울다 웃으면 어떻게 되는 줄도 모르고. 순 사기꾼 같은 게.

"시끄러, 너나 조심하시지. 내가 매구라면 나보단 달걀귀신 같은 그 얼굴이 더 맛있어 보일 거 같으니까."

"살코기는 네가 더 많거든. 매구는 달걀보다 고기를 더 좋아하지.”

아리는 한마디도 지지 않았다. 아, 어째서 저런 허무맹랑한 게 내 앞에 떨어져 깐족깐족 약을 올리는 거야. 일일이 대꾸하다간 끝이 없겠다. 이래서 애들이 아리와 거리를 두는 건가. 이하는 앞으로 아리를 없는 사람 취급하기로 했다.

*

이하는 뛸 준비를 했다. 가방끈을 단단히 조이고 양쪽 귀에 꽂은 이어폰의 볼륨을 올렸다. 그는 매일 등하교 시 대숲 길을 질주했다. 뛰다가 지치면 속도를 늦춰 빠른 걸음으로 호흡을 가다듬고 다시 뛰기를 반복했다. 그날 이후로 대숲은 다시 이하의 이름을 부르지 않았다. 하지만 이하는 대숲을 믿지 않았다.

이어폰에서는 패스트볼의 〈더 웨이〉가 흘러나오고 있었다. 이하가 어릴 때 엄마는 늘 그 노래를 듣고 있었다. 나중에 가사의 내용을 알고서 많이 놀랐던 기억이 있다. 지금 딱 필요한 노래였다. 이열치열. 공포는 공포로 다스리리라. 대숲보다 무서운 노래로 무장한 그는 머릿속을 비우고 오직 앞으로 나갈 것만을 다짐했다.

잠에서 깬 아이들은 그들을 찾을 수 없었어.
그들은 그날 날이 밝기도 전에 길을 떠났거든.
모든 것을 버려둔 채 그들은 자동차를 몰고 가버렸어.

하지만 길도 모르면서 어디로 가는 걸까.

어디로 가는 걸까. 그는 대숲 길을 달리며 생각했다. 이 길은 외길이다. 물론 대나무 사이를 헤치고 들어가면 없는 길을 갈 수는 있다. 굳이 그러지 않는 한 이 끝으로 들어가면 반드시 저 끝으로 나온다. 그런데 오늘은 이상하다. 가도 가도 길이 끝나질 않는다. 마치 뭔가에 홀린 듯 그는 끝도 없는 길을 내달리다가 숨을 헐떡이며 멈춰 섰다. 이상하다. 정말 이상하다.

영원히 한가로운 여름의 출구로.
하지만 길도 모르면서 어디로 가는 걸까.
윤… 이… 하…. 이… 하….

뭐? 이하는 화들짝 놀라 이어폰을 뽑았다. 방금 내가 들은 게 뭐지? 이어폰에서 쿵짝쿵짝 소리가 새어 나왔다. 뭔가 잘못됐다는 생각이 들었다. 방금 대숲이 기계음을 뚫고 들어와 그의 이름을 불렀다.

음악을 끄자 소름 끼치는 정적이 그를 둘러쌌다. 등에서 식은 땀이 주르륵 흘러내렸다. 집게손가락이 엄지를 건드리며 계속 떨렸다. 뱃속 깊은 곳에서부터 차갑고 날카로운 공포가 뼈와 살을 뚫으며 새싹처럼 자랐다. 왔던 길을 되돌아보았지만 자신이 이 길의 어디쯤에 있는지 전혀 가늠할 수가 없었다. 문득 소나기가 다가오는 것 같은 예의 바람 소리가 머리 위를 맴돌기 시작했다.

"…윤…희…야…."

대숲이 다시 그의 이름을 부르기 시작했다. 뒷목이 뻣뻣해졌다. 이건 바람 소리야. 대숲에 갇힌 바람 소리라고. 하지만 바람이 아니라 매구가 부르는 소리라고 했다. 아냐, 그건 아리가 나를 놀려먹으려고 한 말이지.

한번 떠오른 매구 생각은 좀처럼 떨쳐지지 않았다. 이하는 고래고래 소리를 지르며 무조건 앞으로 내달렸다. 오르막을 달리고 다시 내리막을 달리고. 갑자기 뜨끈한 물에 잠겨드는 것 같은 느낌이 들면서 그를 부르던 소리가 사라졌다. 이하는 멈춰 서서 숨을 헐떡였다. 돌아보니 방금 그를 토해놓은 대숲이 커다란 아가리를 벌린 채 지켜보고 있었다.

*

"가도 가도 길이 끝나지 않더라고?"

아버지는 컥컥 웃어댔다.

"겁먹어서 그런 거야. 가만히 있는 길이 무슨 재주로 널 홀리겠냐? 네가 제자리 뛰기를 했던 거겠지."

누워서 텔레비전을 보고 있는 아버지 옆에 잡지 한 권이 놓여 있었다. 표지에는 사과나무 과수원을 배경으로 주름진 탈을 뒤집어쓴 것처럼 보이는 늙은 얼굴의 남자가 활짝 웃고 있었다.

"아니거든요. 아버지, 저 이 집 싫어요. 이사 가요."

"이 집이 어때서? 이제 열쇠 잃어버리고 잠긴 현관문 앞에서 마냥 기다릴 일도 없고 좀 좋냐."

"요즘엔 다 도어락으로 바뀌었잖아요. 그럴 일 없어요."

"그럼 뭐하냐? 우리한텐 도어락으로 바꿀 열쇠 구멍 달린 집이 없는데. 아이고, 이놈의 모기."

아버지가 자리에서 벌떡 일어나며 사방팔방 허공에 손뼉을 쳤다. 모든 것이 지나가버렸다. 다시 돌아갈 수도, 되찾을 수도 없는 과거 속으로.

"누구 때문에 집이 없어졌는데. 아버지가 다 말아먹었잖아요."

이하는 아버지를 노려보았다. 아버지는 못 들은 척 하품을 했다.

"이원동으로 나가 살아요."

"거기에 우릴 공짜로 살게 해주겠다는 집이 있으면 나도 이사 간다."

"그럼 하죽리로라도 내려가 살아요. 아니, 대숲만 지나지 않는 곳이면 어디든 괜찮아요."

"그러니까 하죽리든 이원동이든 우리가 공짜로 들어가 살아도 되는 집 있으면 나도 이사한다고."

"아버지!"

이하가 버럭 소리치자 아버지는 새끼손가락으로 귓구멍을 후비며 조곤조곤 말했다.

"깜짝이야. 알았다. 요는 대숲만 지나지 않으면 되는 거지? 보자, 그런 집이 어디 찾아보면 있을 것도 같은데. 지금보다 더 깊은 산속으로 들어가면 말이지. 근데 제대로 길이 난 대숲을 지나는데도 이렇게 겁먹는 놈이 길도 없는 산길은 어떻게 다닐래? 이 산

저 산 다 뒤져도 우리 집보다 멀쩡한 집은 없어. 슈퍼도 가깝고."

"슈퍼가 가깝다고요?"

"이 정도면 가깝지."

"도대체 아버지한테 먼 거리는 어느 정도예요?"

"이보다 멀어지면 먼 거리지."

아버지는 느긋한 어조로 대답했다.

"제발요. 계속 이런 식으로 다니다간 저 죽겠어요."

"등정리 쪽 아이들도 매일 대숲 지나 등교하잖아."

"걔들은 어릴 때부터 대숲에 이골이 난 애들이잖아요."

"그러니까. 다들 하루 이틀 다닌 길이 아니니니 너 혼자 너무 겁먹을 필요 없어."

이하가 아무리 죽겠다고 사정을 해도 아버지는 요지부동이었다. 그러니 더 말해 뭣하겠나. 어차피 진지하게 들을 생각이 없는데. 늘 그렇듯 이번에도 이하는 단념하고 물러날 수밖에 없었다.

"됐어요. 밥 주세요, 배고파요."

"오늘 저녁은 라면이다. 네가 끓여라."

"밥 없어요?"

"쌀 떨어졌어."

"벌써요?"

"그거 꼴랑 10킬로그램짜리였어."

"여기 온 지 얼마나 됐다고 벌써 그걸 다 먹어치웠어요?"

"나도 모르겠다. 난 그냥 남들처럼 하루 세끼 먹었을 뿐이다. 시골 밥맛이 좋아서 그런지 좀 많이 먹긴 했다만. 아, 배고프다.

빨리 끓여라."

이하는 제 방에 가방을 던져놓고 부엌으로 들어갔다.

"사과나무 어떠냐?"

아버지는 옆에 있던 잡지를 들어 보였다. 설마 했는데 진짜 사과나무를 심겠다고? 이하는 대답하지 않았다.

"왜 마음에 들지 않냐?"

"잘 몰라요."

"모를 게 뭐 있냐?"

"모를 게 없다니 아버지도 알고 있겠네요."

"뭘 말이냐?"

"뭔지 생각 좀 해봐요."

이하는 짜증이 울컥 올라왔다.

"생각해보고 말한 건데."

"근데 사과라고요?"

"사과가 어때서?"

"사과나무는 묘목을 심고 적어도 4, 5년은 기다려야 한다는 거 몰라요?"

"알지, 내가 종묘 회사를 7년이나 다녔는데 모르면 천치지. 근데?"

"사과를 수확할 때까지 어떻게 버틸 건데요? 뭐 어떻게 버텨냈다고 쳐요. 그랬는데 사과 농사를 망쳤어요. 그 다음엔 어쩔 거예요?"

"야, 너 그렇게 떠드니까 나보다 몇 수 위에 있는 농사꾼 같다.

근데 사과에 대해선 어떻게 그렇게 잘 아냐?"

"옛날에 아버지 회사 다닐 때 집에 굴러다니던 잡지에서 읽었어요."

"이제 보니 네가 서당 개였네."

"사과 농사 망치면 어쩔 거냐고 물었어요."

"그거야 나도 모르지. 망치려고 시작하는 게 아니니까. 그리고 미래의 일을 내가 어떻게 알겠냐."

"맘대로 해요. 라면은 얼마나 드실 거예요?"

"난 한 개면 돼."

아버지와 라면 세 개를 끓여 먹고 나자 땀에 푹 절었다.

"씻고 올 테니 밥상은 아버지가 치워요."

이하는 갈아입을 속옷을 챙겨 툇마루로 나왔다. 벗을 때 어디로 차버렸는지 슬리퍼 한 짝이 보이지 않아 두리번거리고 있는데 갑자기 전화벨이 울렸다. 이하는 허겁지겁 방으로 들어가 가방에서 휴대폰을 꺼냈다. 그를 바라보는 아버지의 얼굴이 놀란 토끼마냥 바짝 곤두서 있었다.

"어, 엄마."

"응, 그래. 별일 없니? 밥은 잘 챙겨 먹고? 집은 어때? 좀 정리됐어? 공부는 어떻게 하고 있니? 필요한 참고서 있으면 말해. 보내줄 테니까. 거기도 많이 덥지?"

엄마가 늘어놓는 질문들은 반드시 대답을 요하지 않았다.

"봄빛이는요?"

"잔다. 그래서 지금 전화하는 거야. 넌 줄 알면 또 바꿔 달라고 조를 거고 그럼 통화가 길어지니까."

"아버지 바꿔 드릴까요? 요즘 사과나무를…."

"됐어, 그만 끊자. 또 전화할게."

"잠깐만요. 엄마?"

그가 뭐라 더 말할 새도 없이 엄마는 전화를 툭 끊었다. 진작부터 그를 향해 손을 내밀고 있던 아버지는 멋쩍은 듯 입을 움찔거렸다.

"나중에 엄마가 아버지한테 따로 전화하겠죠."

아버지는 빈손을 거두며 침울하게 말했다.

"나한텐 전화 안 해."

"그럼 아버지가 먼저 하세요."

아버지는 대꾸하지 않았다. 염치가 없어서인지 자존심 때문인지 그로서는 알 수 없었다. 불씨 꺼진 심지처럼 시커먼 얼굴로 내내 휴대폰만 들여다보고 있었던 게 혹시 엄마의 전화를 기다리고 있었던 건가. 평상 밑으로 굴러 들어간 슬리퍼 한 짝이 보였다. 다리를 뻗어 발에 슬리퍼를 꿰어 신고 있는데 아버지가 물었다.

"너, 휴대폰 없었잖아."

"여기 내려오기 전에 엄마가 사줬어요. 요금은 엄마 통장에서 이체된다고 했으니까 신경 쓸 거 없어요."

"혹시라도 네 엄마랑 봄빛이 너하고 통화하고 싶으면 별수 없이 내 번호로 할 거라고 생각했는데."

아버지는 크게 실망한 듯 목소리가 쭈그러들었다. 그러고는 주섬주섬 바지 주머니를 뒤져 담배를 꺼냈다. 이하가 우물에 내려가 씻고 돌아와보니 아버지는 그새 드라마에 넋이 나가 있었다. 모기향을 피우고 전기 모기 매트를 켰지만 모기들은 줄기차게 모여들었다. 이하는 이번에는 스프레이형 모기퇴치제를 집어 들고 사방에 분사했다.

할아버지의 오래된 집을 향해, 말없이 어둠을 메우고 있는 공기를 향해, 잠잠히 모른 척 엎어져 있는 땅을 향해, 거무죽죽한 하늘을 향해. 그러다 그가 먼저 살충제 냄새에 취했다. 이하는 평상에 팔베개를 한 채 벌러덩 누웠다. 북극성인지 인공위성인지 알 수 없는 커다란 별 하나가 그의 이마 위에 떠 있었다. 그는 생각했다. 여기 계속 이렇게 처박혀 살아도 되는 걸까. 언제쯤 서울로 돌아갈 수 있을까. 나 혼자 여길 뜨면 아버지는 어떻게 될까.

"아버지, 매구가 있다고 생각하세요?"

"뭐라고?"

아버지는 텔레비전에 시선을 둔 채 되물었다.

"매구가 진짜 있냐고요?"

"나는 모르지. 본 적이 없으니까. 하긴 봤으면 내가 여기 이 자리에 있겠냐마는."

"그 말은 있다는 뜻인데요."

"전하는 말에 따르면 그렇다는 거지."

"그럼 이사 온 첫날 저한테 왜 대숲에서 세 번 이름이 불리기 전에는 돌아보지 말라고 했어요?"

"그 전에 돌아봤다가 매구를 보면 호수 속으로 끌려 들어가니까. 그게 전해지는 이야기거든."

"그런 옛날 고릿적 이야기를 믿어요?"

"그렇게 옛날도 아니야. 12년 전에 사고가 있었어. 여학생 하나가 빠져 죽었지."

"들었어요."

"그러고 나서 대숲 길에는 가로등이, 매구호수에는 CCTV가 설치됐어. 죽은 여학생의 친척 중에 공무원이 있었거든. 그 길을 오가는 사람들이 그렇게 민원을 넣었는데도 계속 미루더니."

아버지는 혀를 찼다.

"다들 그 정도면 하고 안심하던 차였는데 두어 달 뒤에 거기서 아홉 살짜리 남자애 하나가 없어졌어. 매구호수에 있는 CCTV에 그 애가 혼자 대숲으로 들어가는 장면이 찍혔지. 그게 그 애의 마지막 모습이었어. 하늘로 증발을 했는지 땅으로 꺼졌는지 아무 데서도 발견되지 않았지. 다들 매구 짓이라고 말했어. 대숲이 아이를 불렀다는 거야. 아이는 제 이름이 세 번 불리기 전에 돌아봤고 매구에게 끌려간 거지."

"결국 매구는 있다는 소리네요."

"규칙을 지켜서 손해볼 건 없어."

"그래서 아버진 제가 호수에 빠졌을 때 그냥 내버려뒀군요."

"넌 호수에 빠진 적이 없다니까."

아버지는 고개를 돌리고 이하를 보았다.

"정말 없어요?"

"하고 싶은 말이 뭐냐?"

"진실을 알고 싶어요."

*

"아우, 덥다. 미안한데 시원한 물 한 잔 줄래."

좁은 마당에 들어선 두산이 벌겋게 달은 얼굴로 그늘을 찾아 툇마루에 엉덩이를 걸치며 말했다. 너무도 스스럼없는 태도에 이하는 혹 알던 사람인가 싶어 있지도 않은 기억을 잠깐 뒤졌다.

"누구세요?"

"나? 아, 그렇지, 내 소개를 먼저 해야지. 군청 복지과에서 나온 김두산이다."

남자는 바지 뒷주머니에서 지갑을 꺼내 명함을 내밀었다. 이하는 명함을 쓱 훑어보곤 툇마루에 놓으며 말했다.

"근데 왜 반말이세요? 공무원씩이나 되시는 분이."

"어차피 금방 말 놓을 거니까. 너, 내 후배잖아. 인동고등학교."

"꼭 그 학교라는 법은 없죠."

"여기선 무조건 인동고등학교야."

김두산은 확신에 찬 얼굴로 이하를 멀뚱멀뚱 쳐다보았다. 그래, 아버지도 그렇게 말했지. 여기선 그 학교 말고 갈 수 있는 다른 학교가 없다고.

"기다리세요."

이하는 두산에게 냉수 한 컵을 가져다주었다. 그는 정말로 목이 말랐는지 단숨에 비웠다. 그러고 나니 이제 공무를 집행할 정신이 들었는지 팽개쳐두었던 서류철을 집어 들었다. 그는 서류철을 펄럭펄럭 넘겨본 후 벌떡 일어나 집을 한 바퀴 둘러보고는 다시 툇마루에 걸터앉았다.

"여긴 왜 오신 건데요?"

"전입자니까."

"시골에서는 새로 이사 오면 다 이렇게 들여다봐요?"

"그건 아니고. 이쪽 남바리 인구가 워낙 많이 빠져서 말이야. 들어오는 주민은 무조건 상전이거든. 관심은 훌륭한 미끼지. 그나저나 아버지가 널 좀 심하게 일찍 보셨네."

두산은 서류와 이하를 번갈아 보고는 허물없는 웃음을 내보였다. 하지만 곧 이하의 썩은 표정을 알아차리고는 사과했다.

"미안하다. 방금 그 말은 못 들은 걸로 해라. 근데 말이야, 나쁘게만 생각할 건 아니야. 그만큼 학생 시절에 순수하셨다는 증거니까. 난 그야말로 세속적 야망에 찌든 이기적인 인간이었거든."

이하는 그의 말에 동의하지 않았다. 매번 실패만 거듭하는 아버지에게 질릴 대로 질린 이하의 눈에 두산은 꽤 괜찮은 인간으로 보였다. 경쟁이라면 학을 떼는 아버지와는 달리, 그리고 그 아버지의 그 아들이라 가급적 경쟁에 발을 담그지 않고 무난하게 살아갈 궁리만 하고 있는 그와는 달리 두산은 치열한 경쟁을 뚫고 이른바 국가 고시에 합격했다.

구직 전장에서 두산이 이룬 업적은 뿅망치로 자기 머리를 때려서 보이는 별 하나를 기어이 잡아탄 것과 같았다. 아버지가 욕정에 눈이 멀어 사고를 치고 대학을 중퇴하고 가정을 허물어뜨리고 갈팡질팡하며 자기 자리를 찾지 못하는 동안 두산은 빠르고 정확하게 목표 지점에 안착했다.

이하는 아버지가 두산의 반만큼이라도 되는 인간이면 얼마나 좋을까 생각했다. 두산처럼 깨끗한 셔츠를 입고 에어컨이 나오는 청사로 출근을 하라는 것이 아니다. 그저 방바닥을 뒹굴며 잉여 인간 짓을 하는 생활에서만이라도 제발 좀 벗어났으면 했다.

"그래, 아버진 앞으로 뭘 하실 거래?"

"몰라요. 사과나무를 심겠다고는 하셨지만 두고 봐야죠."

"사과 농사라. 한 몇 년은 고생해야 할텐데, 자본도 좀 있어야 하고. 하긴 세상에 힘들지 않고 돈 들지 않는 일이 어디 있겠냐마는. 학교는 어때?"

"그냥 그래요."

"수시냐 정시냐?"

"대학 안 가요."

"벌써부터 그렇게 마음먹을 필요는 없지. 사람 앞날이 꼭 자기가 생각한 대로 흘러가는 건 아니거든. 나도 원래 계획은 이게 아니었어."

"그래도 제가 아는 사람들 중에서는 제일 좋아 보여요."

"좋을 것도 없어. 다 나름 고충이 있다니까. 우리 군수가 사람을 얼마나 볶아대는데. 얼굴만 마주하면 뭔가 내놔보라고 노래를 부르는데 아주 질려 죽겠어. 것도 모자라서 매달 아주 귀찮은 숙제까지 내준다고."

"숙제요?"

"그래, 숙제. 지역 사회 발전을 위한 1인 1건 기획안 제출. 난 그냥 매번 아무거나 대충 만들어서 얼른 올리고 손 털거든. 절대 지역 사회 발전을 위한 열정에 불타 부지런을 떤 게 아니란 말이지. 아, 더워라."

두산은 셔츠 옷깃을 잡고 바람이 통하도록 흔들었다. 그러곤 정신이 들었는지 중얼거렸다.

"아이구, 내가 지금 우리 군민 앞에서 무슨 소리를 한 건지 모르겠네. 야, 그냥 이것도 못 들은 걸로 해라. 실은 열정에 불타서 내놓은 거야. 에이, 아니야. 숙제라서 후딱 해치우고 마음 편히 놀려고 그랬어."

이하는 두산이 뭐라고 말해도 긍정적인 평가를 내릴 수밖에 없었다. 뭐든 미루기만 하는 아버지보다는 천만 배 훌륭한 태도였다. 항상 일자리를 유지하는 사람과 매번 놓치는 사람은 분명 뭐가 달라도 다르겠지. 그러니까 두산은 죽이 되든 밥이 되든 맡겨진 일은 일단 해내고 본다는 소리였다.

"근데 그게 그만 채택이 됐지 뭐냐."

두산이 한숨을 푹 내쉬며 말했다. 더위는 결국 그의 입을 풀어지게 만들었다.

"나보고 책임자를 하란다. 지금도 할 일이 태산인데 혹을 또 달게 생겼다. 내가 참다못해 오늘 내 책상 위에 놓여 있는 행운목 이파리에게 따졌다니까. 그 이파리가 나한테 그렇게 하라고 시킨 것도 아닌데 말이지. 대체 난 왜 그런 쓸모 있는 안건을 내놨을까. 대강 한다고 했으면 대강 말도 안 되는 계획을 내놨어야 했는데, 어쩌자고 그렇게 꼼꼼하고 훌륭한 정책의 초안을 작성했을까. 그래봐야 결국은 변종 정책으로 바뀌어 예산만 낭비하는 일이 될 텐데. 잘돼봐야 아랫사람 부리는 데 재미들린 군수의 업적으로만 남을 것을. 하여간 죽 쒀서 개 주는 거라니까."

"더위 드셨나 봐요. 여기서 이러쿵저러쿵 군수님 험담을 막 털어도 돼요?"

"오죽하면 내가 이러고 있겠냐. 동료들에게 잘못 풀었다간 나중에 윗사람 누구 귀에 들어갈 수도 있고, 그렇다고 군민들을 붙잡고 이야기할 수도 없고. 그럼 금방 누구 공무원이 했던 말이라면서 인터넷을 떠돌게 될 텐데 입조심해야지."

"저도 군민인데요."

"그래서 지금 내가 한 말 전부 SNS에 올릴 거야?"

"아뇨."

"거봐."

"그러니까 절 보자마자 무한 신뢰가 생겼다는 거네요."

"아냐. 그냥 돌멩이다 생각하고 쏟아놓은 거야."

"저를 생각 없는 돌멩이로 봤다는 말씀이시죠. 좋아요, 돌멩이도 꿈틀하는 거 한번 보여드려요?"

"돌멩이의 매력은 과묵한 거야."

"어쨌든 저한테 약점 잡혔어요."

"그 정도로 내 철갑옷을 벗게 할 순 없을 거야."

두산은 공무원이 된 것을 후회하는 건 아니라고 했다. 그렇겠지. 하지만 이곳 북음군은 싫다고 했다. 장차 이 북음군에 자리를 잡고 살게 될 군민에게 지역의 장점과 희망찬 미래만 늘어놔도 모자랄 판에 이 무슨 망발인지.

"북읍군, 진짜 후졌지. 그야말로 뭐하나 내세울 것 없는 무특성의 고장이거든. 근데 뭘 자꾸 내놓으라는 건지."

듣고 보니 이하는 그게 꼭 자기 같다는 생각이 들었다.

"매구호수 있잖아요."

"툭하면 여기 사람들이 빠져 죽는 불길한 곳인데 이제 타 지역 사람들까지 끌어들여 매구 밥을 만들자고?"

"하지만 12년 전 사고를 마지막으로 여태 별일 없었잖아요. 그리고 세상에 매구가 어딨어요?"

"그러니까 말이다. 근데 여기 사람들은 열에 아홉은 믿는단 말이지. 아, 맞다. 우리 계장님 딸이 지금 인동고등학교에 다니는데, 홍정연이라고 너보다 두 살 많아."

"알아요. 성격 까칠하고 매사 시비조인 그 누나. 우리 반이에요. 근데 12년 전 사고 때 정연 누나가 매구를 봤다고 하던데요."

"아, 그거. 솔직히 난 정연이가 뭘 봤다는 건지 아직도 모르겠어. 매구를 본 사람은 없어. 심지어 매구호수에 빠졌다가 살아난 사람도 자기를 꺼내준 매구를 못 봤다고."

"그럼 정연 누나는 역시 매구탈을 쓴 누군가를 본 거네요. 하지만 그 매구탈은 아무도 건드리지 않았다던데요."

"매구가 구해주기를 바라는 마음이 만들어낸 착각일 수도 있지. 매구는 없어. 매구탈을 쓴 사람도 없었고. 거기 진짜 매구가 있었고 정연이가 봤다면 매구가 정연이를 가만히 뒀겠어? 진작 호수로 끌고 들어갔지."

전해지는 이야기에 충실하자면 그렇게 되어야 했다.

"그럼 그 매구탈도 진짜 매구의 얼굴은 아니겠네요. 진짜 매구의 얼굴을 보고 만든 거라면 만든 사람 역시 호수로 끌려 들어갔어야 하니까요."

"맞아. 황씨 아저씨는 암으로 돌아가셨어. 근데 여기 사람들은 또 그렇게 생각하지 않아. 황씨 아저씨는 예외로 보지. 다들 그분이 생전에 매구를 만난 적이 있다고 여겨."

"뭐가 그래요?"

"내 말이. 그게 다 박가네슈퍼 할머니가 퍼뜨린 소문 때문이야."

"박가네슈퍼 할머니라면 난숙 아줌마의 어머니요?"

"그 노인네가 공방 창문 너머로 황씨 아저씨가 매구와 마주 앉아 있는 걸 봤다고 했거든. 내가 보기엔 매구가 아니라 벽에 걸어둔 매구탈이지 싶은데 말이야. 밤이고 공방에 불이 꺼져 있었다고 했으니 눈이 어두운 노인네가 필시 착각한 거지. 생각을 해봐. 그게 진짜 매구였다면 그 노인네 역시 매구를 봤으니 호수로 끌려 들어갔어야 해. 근데 이부자리에서 곱게 돌아가셨거든."

이하는 두산의 조리 있는 설명에 절로 고개가 끄덕여졌다.

"이야기의 규칙을 조금만 따져보면 알 수 있는 건데 그건 또 무시하는 거지. 그냥 자기들 좋을 대로 믿는 거야."

하지만 두산은 그런 사람들의 믿음을 한심하게 생각하지는 않는 듯 진지했다.

"수연의 사고는 자살이었어. 유서도 나왔고. 물론 부모는 인정하지 않으려고 했지만. 하긴, 그러기 쉽겠냐. 그럼 자기들이 딸을 죽인 셈이 되는데."

"어째서요?"

"그 유서에 이렇게 쓰여 있었거든. '난 여기 애들과 같다. 그런데 엄마는 아니라고 한다. 넌 여기 애들과 달라, 넌 여기 처박혀 살면 안 돼. 하지만 나는 여기가 좋다. 여기 내가 좋아하는 것들 곁에 남을 수 있는 방법은 죽어서 이곳에 묻히는 것뿐.'"

오래전에 죽은 동급생의 유서 내용을 읊고 있으려니 두산은 기분이 이상해졌다. 12년이다. 그럼에도 수연을 생각할 때마다 두산은 어제 일처럼 느껴졌다.

수연이 교정을 거닐던 모습, 수연이 책상에 앉아 공부하던 모습, 수연이 친구들과 이야기하며 웃던 모습. 수연의 시선과 미소와 손짓과 걸음걸이 모두 생생했다. 수연의 이름을 입에 담을 때마다 두산은 지난날 그의 기억에 담아두었던 수연의 모든 모습들이 주마등처럼 펼쳐졌다.

"12년 전 유서 내용을 뭐 그렇게 자세히 기억하고 있어요?"

"가까이 보던 사람이 그렇게 돼서 충격이었거든. 유서 내용에 공감하는 부분도 없지 않아 있었고. 수연인 방학 때마다 서울에 방을 잡고 새벽부터 밤늦게까지 학원을 다녔어. 평일이고 주말이고 늘 스케줄이 빡빡했지. 제 엄마가 짜준 시간표대로 움직여야 했다는데, 계장님 말씀이 형님 부부가 좀 극성이었대."

"죽는 것보다는 하기 싫다고 말하는 게 더 쉬울 텐데."

"넌 기대의 무게를 진 적이 없구나."

"아니거든요. 우리 아버지가 저한테 얼마나 턱도 없는 욕심을 부리는데요."

두산이 고개를 끄덕이며 시계를 보았다.

"그래, 그렇겠지. 그래서 너한테도 옴짝달싹할 수 없는 상황이란 게 있을 거야."

이하는 동의했다. 여기로 이사 오기 싫다고 말했지만 통하지 않았다. 그렇다고 죽어버리는 건 좀 아니지.

두산은 자리를 털고 일어났다.

"그만 가봐야겠다. 군청에서 나왔었다고 아버지한테 꼭 전해라. 도움 필요한 일 있으면 연락하시라 하고. 그럼 다음에 또 보자."

두산은 펼쳐진 서류철에 방문 내용을 짤막하게 적은 후 덮었다. 그가 가고 난 후 이하는 다시금 의문이 들었다. 처음부터 그 부분이 이상했다.

여기 사람들 열에 아홉은 매구를 믿는다고 했다. 믿지 않는 하나가 수연이라고 해도 굳이 매구호수를 자살 장소로 정할 이유는 없었다. 꼭 물에 빠져 죽는 것이 목적이 아니라면 말이다.

게다가 여덟 살짜리 사촌 여동생을 왜 데리고 갔을까? 어린 여동생이 있는 이하의 입장에서 봤을 때 도무지 납득이 가지 않았다. 자살하려는 사람의 선택이라고 볼 수 없었다. 그날 밤 사촌 자매가 함께 움직인 데에는 분명 무슨 다른 이유가 있었을 것이다.

*

4교시 체육 시간에 3반과 농구 시합이 벌어졌다. 이하는 선수로 뛰지 않는 아이들과 함께 햇볕에 달궈진 스탠드에서 관전했다. 계단식 콘크리트 스탠드에는 그늘이 없었다. 체육 선생은 스탠드 밖으로 나간 놈은 기말 수행 평가를 0점 처리하겠다고 경고했다. 선수들이 땀을 뻘뻘 흘리며 운동장에서 뜨거운 공기를 휘젓는 동안 관전자들만 신선놀음을 시킬 수 없다는 취지였다. 체육 선생은 그게 공평하다고 여겼지만 학생들은 부당하다고 주장했다.

"수업에 참가하지 못하고 밀려나 있는 것도 억울한데 최소한 그늘로라도 보상을 받아야죠."

"그렇게 생각하는 놈은 그늘로 가도 좋아."

체육 선생은 어둠의 미소를 드러냈고 아이들은 그 미소를 거역하지 못했다. 이하는 저주받은 집게손가락 때문에 거의 모든 운동 경기에서 제대로 뛴 적이 없었다. 공부도 못하고 운동도 못하고. 반면에 현승은 공부만큼 운동 실력도 선수 수준이었다. 세상이 발전할수록 하늘은 점점 더 불공평해졌다.

양쪽 반 아이들의 눈과 귀를 장악한 것은 시합이 아니라 아리의 응원이었다. 손발이 오그라드는 구호가 아리의 입에서 쏟아지고 있었는데 이하는 차마 쳐다볼 수도, 들어줄 수도 없었다. 아리가 다소 돌발적인 행동을 한다는 것은 이미 알고 있었다. 그리고 아이들이 적어도 아리의 앞에서는 비웃지 않고 반응해준다는 것도.

경기가 끝나자 선수로 뛰었던 아이들이 현승에게로 모여들었다. 그들은 걱정스러운 얼굴로 현승에게 괜찮으냐고 물었다. 현승은 괜찮으니까 가서 밥이나 먹으라고 말했다. 아이들이 흩어지자 아리가 다가가 현승의 왼팔을 잡으려 했다.

"괜찮다니까."

현승은 오른손으로 왼팔 어깨를 부여잡은 채 몸을 뒤로 뺐다.

"괜찮긴 뭐가 괜찮아. 이리 와."

아리는 현승의 왼팔을 잡고 반대편 팔을 뻗어 그의 목뒤로 단단히 돌려안았다. 멀찍이서 보고 있던 이하는 저게 지금 무슨 상황인가 싶었다. 현승은 어쩔 수 없다는 듯 아리가 하는 대로 자기 몸을 맡겼다. 갑자기 현승이 이마를 찌푸리며 신음을 내질렀다. 아리는 현승을 놔주며 물었다.

"어때?"

"오, 멀쩡해졌어."

현승이 왼팔을 이리저리 돌려보더니 싱긋 웃었다. 둘에게 가까이 간 이하는 그제야 상황을 파악했다. 현승은 이하를 보곤 웃음을 터뜨렸다.

"뭐냐? 네 양쪽 겨드랑이에 끼고 있는 그 세계지도는?"

"잘 나왔는지 봐라."

이하가 만세를 부르며 땀에 젖은 겨드랑이를 내보였다. 아리가 킬킬댔다. 이하는 아리의 웃음을 무시하고 현승에게 물었다.

"팔은 어떻게 된 거야?"

"어릴 때부터 자주 빠졌어. 내 덕에 아리는 접골 도사가 됐지."

아리는 피식거리며 이하에게 말했다.

"너도 팔이든 다리든 빠지면 나한테 말해. 모가지도 돼."

"미쳤냐?"

"미친 척하고 맡겨봐. 나쁘지 않을걸. 내가 잘 만져준다니까. 팔다리 모가지 말고 다른 부위도 돼."

"다른 부위라니, 그리고 뭘 잘 만져준다는 거야?"

말해놓고 이하는 얼굴이 붉어졌다.

"맡겨봐. 진짜 잘 만져준다니까."

현승은 키득대며 수돗가로 뛰어갔다. 아리도 폴짝거리며 그 뒤를 쫓아갔다. 아리가 세수하는 현승을 향해 물을 날렸다. 현승도 이에 맞서 양손 가득 넘치는 물을 담아 아리 쪽으로 뿌렸다. 아리는 질세라 흐르는 물을 현승 쪽으로 쳐올렸다.

이하는 물세례를 피해 뒤로 한 걸음 물러섰다. 물방울과 햇빛이 둘의 웃음소리와 어우러져 반짝반짝 부서졌다. 이하는 감히 그 빛 속으로 들어가지 못하고 또 한 걸음 물러섰다.

지나가던 여학생들이 못마땅한 얼굴로 수군덕거렸다. 아리를 시샘하는 것이다. 이하는 현승이 이를 알고 아리에게 더 친밀하게 군다는 것을 알았다. 모두가 선을 긋고 꺼리는 아리를 현승은 스스럼없이 대하며 자기 방식대로 보호하고 있었다. 좋은 놈이었다. 이하는 현승이 점점 더 마음에 들었다. 다른 사람들의 시선을 아는지 모르는지 아리는 천진한 얼굴로 까르르 웃어댔다.

눈이 부셨다. 햇살이 울렁거리며 이하의 시선을 가로막았다. 대숲에 홀려 공포에 떨었던 그날 저녁이 떠올랐다. 집에 데려다주겠다며 자기 자전거에 타라고 외치던 아리의 목소리, 깊게 눌러 쓴 검은 선 캡 밑에서 반짝이던 하얀 얼굴, 그를 향해 내보이던 구원의 미소. 이하는 조용히 그 자리에서 벗어났다. 식당으로 가지 않고 매점에서 감자칩 한 봉지를 샀다. 적당한 장소를 찾아 시간을 때우다가 교실로 향했다. 복도에 들어섰을 때 이하는 정연을 보았다. 정연은 까치발을 한 채 복도 창문을 통해 교실 안을 들여다보고 있었다. 이하가 바로 곁에 섰는데도 정연은 전혀 기척을 느끼지 못하는 듯했다. 도대체 뭘 보고 있는 거야? 정연의 시선은 책상에 엎드려 자고 있는 아리에게 꽂혀 있었다.

"안 들어가고 뭐 해요?"

정연이 화들짝 놀라며 이하를 쳐다보았다.

"무슨 상관이야?"

"왜 그렇게 아리를 노려보고 있어요?"

"내가 언제?"

"아리가 미워요? 그래서 뭐 어떻게 하고 싶어요?"

"아무것도 모르면서 함부로 말하지 마."

"저도 알 만큼 아는데요. 수연 누나를 죽게 한 길균 형의 동생이라서 미운 거잖아요."

"잘난 척하지 마. 아리에 대해서는 아무도 제대로 알지 못해. 몽땅 다 소문뿐이니까."

"무슨 소문요?"

"거기까진 모르나 보네. 그러면서 뭘 알 만큼 알아."

정연은 앙칼지게 비웃음을 드러내며 교실 뒷문을 열고 당당히 들어갔다. 이하는 머리를 긁적였다. 무슨 소문? 말을 해줘야 알지. 대체 이 동네는 뭐가 이렇게 소문이 많아.

*

이하는 연필을 놓고 기지개를 켰다. 오늘 그린 것은 현승을 안고 있는 아리와 아리를 노려보는 정연이었다. 여기 와서 그린 스케치들이 꽤 쌓였다. 쌓인 스케치들을 보고 있자니 그림일기 같았다.

첫날 도착해서 마주한 거미줄이 치렁치렁한 이 집부터 흙이 자글거리는 방바닥에 대자로 누운 아버지, 비탈길, 대숲, 호수, 박가네슈퍼, 난숙 아줌마, 터널, 학교, 현승, 아리, 정연뿐 아니라 김두산까지. 그림을 그리는 것은 그가 좋아하는 일이면서 잠시나마 정신 나간 집게손가락을 진정시킬 수 있는 유일한 방법이었다. 자신이 그린 그림들을 세어보던 이하는 스케치들 중에서 빠진 것이 있다는 것을 깨달았다.

매구.

어떻게 생겼는지 궁금하긴 했다. 아리네 집 공방에 매구탈이 걸려 있으니 거기 가서 보면 되겠지만 그게 진짜인지는 알 수 없다. 매구는 자기를 본 사람을 호수 바닥으로 끌고 들어간다고 했다. 자기 얼굴이 알려지는 것을 원하지 않는다는 뜻이다.

이하는 매구를 믿지 않았다. 하지만 이 모호한 존재는 이 동네에서 가장 오랫동안 자리를 차지하고 있는 거물이다. 그러므로 여기 이 스케치에 등장하는 동네와 사람들 사이 어디쯤에 반드시 있어야만 말이, 아니, 이야기가 된다. 하지만 매구는 소문이라 영원히 그려 넣을 수 없다.

불을 끄고 누웠다. 아버지의 코 고는 소리가 들리지 않았다. 조금 있으면 다시 들리겠거니 생각했지만 조용했다. 이상하네. 그 지독한 코골이가 이렇게 한 방에 깔끔히 사라졌을 리가 없는데.

이하는 자리에서 일어나 툇마루로 나갔다. 아우, 깜짝이야. 시커먼 형체가 마당에 우뚝 서 있었다. 아버지였다. 접은 팔꿈치를 옆구리에 붙인 채 두 손을 앞으로 내밀고 늑대처럼 먼 곳을 바라보고 있었다.

"아버지?"

아버지는 그렇게 선 채로 잠이 든 듯 꿈쩍도 하지 않았다.

"아버지, 거기서 뭐 해요?"

이하가 다시 묻자 그제야 아버지는 움찔하더니 돌아보았다.

"응? 왜?"

"제 말 안 들려요?"

"못 들었다. 생각 좀 하느라고."

"무슨 생각을 오밤중에 굳이 거기 서서 해요?"

"이부자리에서는 생각을 좀 하려고 해도 자꾸 잠이 들어서 말이야."

"생각이 많으면 잠이 안 오는 법인데 아버지는 그만큼 삶에 고민이 없다는 거죠. 근데 꼭 그런 자세로 생각을 해야 돼요?"

"아, 이거."

아버지는 양팔을 내리며 멋쩍게 말했다.

"손이 자꾸 멋대로 담배를 쥐려고 해서 꼼짝 못 하게 내 눈앞에 둔 거야. 요즘 담배가 엄청 늘어서 좀 줄여보려는데 잘 안 되네. 들어가서 자. 나도 들어갈 거니까.”

*

우경은 야간자율학습이 끝나고 아리의 집으로 가는 길이었다. 늦은 시각이었지만 아리의 부탁을 거절할 수가 없었다.

“오늘 밤에 우리 집에 와서 같이 공부할래? 수업 시간에 맨날 잠만 잤더니 뭐 아는 게 없네. 필기한 것 좀 보여주라.”

“어떤 과목?”

우경이 그 자리에서 필기 노트를 꺼내려 하자 아리가 말렸다.

“전부 다 필요해. 근데 너도 공부해야 되니까 내가 빌리는 건 좀 그렇고, 네 옆에서 볼게.”

“아냐. 필기하면서 수업 시간에 대충 다 머릿속에 넣었어. 그냥 다 가져가도 돼.”

어떻게든 거절하려는 우경의 속내를 눈치챈 듯 아리의 눈매가 갸름해졌다.

“너, 우리 집에 오기 싫구나.”

눈썹 없는 민둥한 이마 아래 이상하리만치 새까만 눈동자가 자신을 주시하자 우경은 등골이 오싹해졌다.

“그… 그게 아니라….”

우경이 겁먹은 것을 알아챈 아리는 눈을 깜박이며 얼른 웃어 보였다.

“다른 애들한테는 부탁하기 미안해서 그래. 그나마 넌 우리 동네니까 집 가는 길에 들를 수 있잖아. 아니면 온 김에 우리 집에서 자고 갈래? 내가 맛있는 거 해줄게."

아리는 친근하게 우경의 팔에 매달렸다. 우경은 딱히 아리와 친하지 않았다. 그저 다른 아이들만큼 친절했을 뿐이었다. 그러니까 한 동네라서 찍힌 것이다. 우경은 아리의 집에서 뭘 먹고 싶지도, 자고 싶지도 않았다. 우경은 아리의 집에 가기 싫었다. 아리의 부모는 모두 죽었고, 그 오빠는 무서운 사람이고, 무엇보다 그 집에는 무서운 방이 있다.

기괴한 얼굴들이 가득한 방. 사람의 얼굴과 짐승의 얼굴이 뒤섞인 기묘한 가면들 중엔 매구의 얼굴도 있다. 아리의 아버지가 만든 매구탈. 그는 매구를 만났다. 박가네슈퍼 할머니가 보았다고 했다. 매구는 아직 그 집 주변을 맴돌 것이다. 아리는 그런 집에서 혼자 지낸다. 그래도 전혀 무서워하지 않는다. 그렇겠지. 아리는 매구의 아이니까. 생각할수록 소름이 끼쳤다.

"미안한데 진짜 안 돼."

우경은 속내를 감추며 완곡하게 말했다.

"왜?"

"집에서 엄마랑 할 일도 있고…."

"엄마랑? 무슨 일인데? 나도 같이 하면 안 돼?"

"네가 왜?"

이 정도 했으면 알아먹어야지. 진짜 낄 때 안 낄 때 분간 못하냐는 말이 목구멍까지 넘어왔다. 어쩌면 거짓말하는 것을 알아채고 일부러 그러는 건지도 몰랐다. 우경은 난감했다.

"암튼 외박은 안 돼."

"난 되는데. 그럼 내가 너희 집으로 갈까?"

우경은 가슴이 철렁했다. 아리를 부르면 매구도 따라오겠지. 새까만 눈동자를 굴리며 웃을 듯 말 듯 입꼬리를 움찔거리는 아리를 보자니 우경은 섬뜩해졌다. 물귀신이 따로 없었다. 어리숙하게 보이지만 아리는 원하는 것이 생기면 악착같이 물고 늘어졌다. 마치 매구가 사람의 발목을 한번 잡으면 절대 놔주지 않고 바닥까지 끌고 들어가는 것처럼.

싫어, 라는 말이 혀끝에 맴돌았지만 끝내 나오진 않았다. 무서웠다. 알 수 없는 공포가 그 말을 하지 못하도록 막았다. 싫다고 하면 더 떨어지지 않고 매달릴 것 같았다. 어쩌지? 누구 같이 갈 사람이 있으면 좋겠는데.

하지만 반에는 같은 방향으로 가는 아이가 없었다. 남바리로 이사를 왔다는 전학생 윤이하가 있었지만 야간자율학습 시간에 남아 있는 것을 본 적이 없었다. 도움이 필요했다. 누군가 이 대화에 끼어들어 편을 들어주면 좋겠다. 하지만 아이들은 힐끔힐끔 쳐다보기만 했다. 입장이 바뀌었다면 우경 역시 그랬을 것이다.

"번거롭잖아. 그냥 네가 야자 시간에 남아서 보면 안 될까."

"싫어. 난 밤에 교실에 못 앉아 있겠어. 딱 죽을 것 같아."

야간자율학습 시간에 남지 않는 건 아리도 마찬가지였다. 담임이 아무리 눈을 부릅뜨고 지키고 있어도 늘 연기처럼 사라졌다. 결국 담임은 이 달갈귀신 같은 것! 하고 외치며 아리의 야간자율학습을 포기했다.

원하지 않는 학생들에게는 야간자율학습을 하지 않을 자유를 줘야 했지만 일단 학교 방침은 전교생 강제 참여다. 빠지면 벌점이라 우경도 꿋꿋하게 야간자율학습 시간을 채우는 중이었다. 한 학기를 그렇게 쏟아부은 보상은 고작 생활기록부에 자기주도 학습이라 기재되는 한 줄도 되지 않는 글자들이 전부다.

"알았어. 야자 끝나고 들를게."

일단 들러서 공책만 던져주고 도망 나오자. 우경은 그렇게 마음먹었다. 그래도 잡으면 그땐 분명히 싫다고 거절해야지.

대숲을 빠져나온 우경은 서둘렀다. 고요한 정적 속에서 문득 물소리가 들렸다. 바람 한 점 없는 고인 호수에서 물소리라니? 우경은 자전거를 멈추고 호수 쪽을 돌아보았다. 매구호수에는 물고기가 살지 않는다. 직경이 200미터 정도 되는 호숫가에는 대숲과 등정리, 그리고 남바리로 들어가는 길 쪽으로 모두 세 개의 가로등이 있다. 이 길들은 모두 호수 남쪽에 면해 있기 때문에 가로등들도 그쪽에 몰려 있다. 그래서 호수 중심에서 북쪽으로는 불빛이 닿지 않았다. 우경은 소리가 나는 쪽으로 시선을 모았다. 어둑한 수면 한가운데에서 뭔가 희끗한 것이 오르락내리락했다. 마치 사람이 손을 흔드는 것처럼 보였다.

심장이 졸아들었다. 우경은 숨을 삼키며 대숲 쪽 가로등 아래 설치된 카메라를 힐끔 보았다. 그녀가 지금 여기서 뭔가를 보게 된다면 그건 지구대에서도 같이 보고 있다는 뜻이다. 괜찮아, 무슨 일이 생기면 지구대에서 달려올 거야.

그 와중에 우경은 휴대폰을 꺼내 동영상 촬영 버튼을 눌렀다.

멀리서 손짓하는 것처럼 보이던 하얀 것이 점점 가까워졌다. 이제 알아볼 수 있었다. 물을 휘젓는 사람의 팔이었다. 누가 이 시간에 매구호수에서 수영을 해?

아무리 찌는 한여름이라도 매구호수에서는 아무도 수영하지 않는다. 우경은 전학생 윤이하를 떠올렸다. 걔라면 뭘 잘 모르니까 그럴 수 있지 않을까. 윤이하의 셔츠는 늘 땀으로 젖어 있었다. 그러고 보니 윤이하 같았다. 허연 살집의 도시 아이. 커다란 덩치도 엇비슷한 것 같고. 남바리가 집이라 가까운 호수랍시고 수영하러 내려온 걸까. 미친놈, 매구호수에서 수영이라니. 우경은 외쳤다.

"야, 얼른 물에서 나와!"

우경의 목소리가 정적을 깨는 순간 세 개의 가로등이 동시에 찌직 소리를 내며 꺼져버렸다. 갑자기 천지가 암흑 속으로 떨어졌다. 깜짝 놀란 우경은 그만 그 자리에 주저앉았다.

차르륵, 차르륵, 수면을 휘젓는 물소리만이 빠르게 다가오고 있었다. 우경은 겁이 더럭 났다. 이상하다는 것을 온몸으로 느끼고 있었다. 호수에 있는 것이 사람이 아니라는 생각이 들었다. 우경은 벌벌 떨리는 손으로 소리가 다가오는 쪽을 향해 휴대폰을 들어 올렸다.

물에서 나온 이가 호숫가 바위 위로 얼굴을 비죽 내밀었다. 이어 벌거벗은 커다란 몸이 불쑥 올라왔다. 매구다! 우경의 눈이 커졌다. 저 얼굴을 본 적이 있었다. 아리의 집에 저 얼굴이 있다. 매구의 아이가 사는 그 집에. 매구의 얼굴을 보면 죽는다고 했다.

발목을 잡아 호수 바닥으로 끌고 들어간다고 했다.

달아나려고 했지만 그 순간 눈이 마주쳤다. 다리가 말을 듣지 않았다. 일어날 수가 없었다. 우경은 주저앉은 채 흙바닥에 두 다리를 비비적거리며 간신히 엉덩이만 뒤로 조금씩 움직일 뿐이었다. 성큼성큼 다가온 커다란 그림자가 그녀를 내리눌렀다. 몸이 덜덜 떨렸다. 꼼짝도 할 수 없었다.

안 돼! 우경은 그 말을 입 밖으로 외쳤는지 머릿속으로 생각했는지 알 수 없었다. 그런 생각을 할 찰나가 있었는지도 확실치 않았다. 차갑고 축축하고 소름끼치는 커다란 두 손이 그녀의 양 발목을 탁 움켜잡았다. 그 다음엔 혼돈이었다. 우경은 저항은커녕 비명을 지를 새도 없이 순식간에 호수 속으로 끌려 들어갔다.

세 개의 가로등 불빛이 다시 켜졌다. 희미한 불빛이 비치는 호수의 수면은 아무 일도 없었다는 듯 잔잔했다. 잠시 후에 호수 북쪽에서 꾸르륵 소리가 나며 물거품이 일었다가 사라졌다.

*

"나 때문이야…."

아리가 얼굴이 시뻘게지도록 울고 있었지만 아리를 위로해주는 사람은 아무도 없었다. 그건 그들도 이 사고를 아리 탓으로 여긴다는 뜻이었다. 우경과 아리의 대화를 들었던 아이들은 자기들끼리 수군거렸다.

아리가 필기를 보여달라고 했을 때 우경이는 그 자리에서 노트를 꺼내 주려고 했어. 그런데 아리가 굳이 거절하고 집으로 와 달라고 매달렸잖아. 필기가 필요했던 게 아니라 우경이를 원했던 거야. 그래, 우경이를 매구의 먹이로 끌어들인 거지. 우경인 호수에 빠져 죽은 게 틀림없어. 그럼 시신은 홍수연 때처럼 못 찾을 수도 있겠다. 아, 소름 끼쳐. 역시 매구의 아이가 맞아.

이하는 아이들이 하는 말을 이해할 수가 없었다. 매구의 아이? 그건 또 뭐야? 눈썹이 없어서 그런 식으로 말하는 건가. 생각해 보니 그도 대숲에서 아리를 처음 만났을 때 놀라 도망쳤다. 그때 아리는 말했다. 내가 매구로 보였니? 누가 그래, 눈썹이 없으면 매구라고? 따지듯 말했지만 상처받은 것처럼 보였다. 그래서 그런 말을 했구나.

조금 진정이 된 아리는 우경의 빈자리에 대고 훌쩍이며 자책했다.

"우경아, 미안해…. 사실은 필기가 필요했던 게 아니었어. 난 그냥 너하고 친해지고 싶었어."

진실이 아리의 입을 통해 나왔다. 지켜보고 있던 아이들의 표정이 공포에 질렸다. 거봐, 필기가 아니라 우경을 원했잖아. 이하는 어이가 없었다. 멍청이들, 그런 말이 아니잖아. 그리고 매구의 아이라니. 세상에 매구가 어디 있다고. 이게 어떻게 아리 탓이야.

심지어 아리의 집에서 벌어진 일도 아니었다. 아리가 아니어도 우경의 귀갓길은 어차피 대숲과 매구호수를 지나야 했다. 아리가 그런 부탁을 하지 않았다면 여전히 매구 짓이라고 수군거렸겠지만 아리를 탓하지는 못했을 것이다.

"아리한테 가서 무슨 말이라도 해줘야 하는 거 아냐?"

"지금 쟤 귀에 무슨 말이 들리겠냐. 나중에."

현승이 고개를 저었다. 아리는 수업을 들을 수 있는 상태가 아니었다. 담임은 아리를 조퇴시켰다. 아리는 석고처럼 굳은 얼굴로 가방을 싸서 홀로 학교를 빠져나갔다.

*

우경이 사라지고 며칠이 지났지만 경찰은 전혀 흔적을 찾지 못하고 있었다. 행인들의 자취를 확인하고 주민들의 불안을 잠재우기 위해 설치해둔 CCTV는 상황을 더 오리무중으로 만들었다.

대숲을 빠져나온 우경이 호숫가를 지나고 있는데 갑자기 가로등이 일시에 꺼지고 화면이 캄캄해졌다. 화면이 다시 밝아졌을 때 등정리 쪽으로 멀어지는 작은 불빛이 보였다. 가로등 불빛이 꺼지자 우경이 휴대폰의 조명등을 켠 것으로 여겨졌다. 그렇다면 우경은 일단 매구호수를 무사히 지나 등정리로 향한 것이다. 하지만 그녀의 흔적은 이후 어디에서도 발견되지 않았다.

그 작은 불빛이 우경의 것이라고 해도 이상하기는 마찬가지였다. 가로등이 꺼졌던 시간은 고작 3초였다. 화면이 다시 보였을 때 우경은 이미 호숫가를 지나 등정리 길로 들어가 있었다. 200미터가 넘는 거리를 3초만에 주파한 것이다. 만약 그 작은 불빛이 우경의 것이 아니라 목격자, 혹은 용의자의 것이라 해도 여전히 이상했다. 그자가 어디서 나타났는지 설명할 수 없기 때문이다. 그 시각 CCTV에는 우경 말고는 아무도 찍히지 않았다.

3초 동안 벌어질 수 있는 가능성은 두 가지뿐이었다. 순식간에 매구가 호수에서 튀어나와 우경을 끌고 들어갔거나, 찰나에 우경이 발을 헛디뎌 스스로 빠졌거나.

수색 작업이 시작됐지만 상황은 낙관적이지 않았다. 잠수부들은 늪지 같은 호수의 물속에서 아무것도 볼 수 없었다. 게다가 수색을 시작한 지 한 시간 만에 두 명의 잠수부가 익사할 뻔했다. 그들은 12년 전 수연의 시신을 찾기 위해 들어갔던 잠수부와 같은 말을 했다. 뭔가가 내 발목을 잡아당겼어. 수색 작업은 중단됐다.

사람들은 계속 매구의 짓이라고 수군거렸다. 12년 전 호수에 빠져 죽은 홍수연과 두 달 후 대숲에서 홀연히 사라진 아홉 살짜리 남자아이, 얼마 전 도심 한복판에서 익사체로 발견된 김연진, 그리고 이번에 없어진 이우경까지.

온 동네가 뒤숭숭했다. 학교는 당분간 야간자율학습을 중단하기로 했다.

*

난숙은 선반의 먼지를 닦다 말고 멍하니 서 있었다. 학준이 그녀의 이름을 두 번이나 불렀지만 알지 못했다. 산삼이 죽은 후 난숙은 가끔씩 그렇게 넋을 놓곤 했다.

"난숙아."

"응?"

학준이 그녀의 어깨를 톡톡 쳤다. 돌아보는 난숙의 눈시울이 붉었다.

"산삼이 일만 덮는다고 덮어질 일이 아니었나 봐."

"그러니까…. 이제 어떡하지?"

난숙은 학준을 간절히 바라보았다.

"걱정 마. 아무도 모를 거야."

"그럴까?"

"당연하지."

"그래야 할 텐데. 그럼 아리는…."

"아리는 괜찮을 거야, 늘 그랬듯이. 에이, 망할 것들!"

학준은 욕처럼 한숨을 내뱉곤 돌아서서 슈퍼를 나갔다. 그놈의 매구. 진작 호수를 메웠어야 했다. 그랬다면 매구고 나발이고 다 묻혔을 것을.

*

아리는 자기 자리에 앉아 멀뚱히 밖을 내다보고 있었다. 우경의 책상은 없어졌다. 처음부터 그 자리에 없었던 것처럼. 아이들은 일상으로 돌아왔고 아리도 더는 우경에 대한 자책을 드러내지 않았다. 그 정도면 할 만큼 했다는 것처럼. 그러니까 그날 하루만 그런 연기를 한 것처럼 끝을 냈다.

이하는 아리의 시선 속에서 아무것도 읽을 수 없었다. 대숲에서 처음 만났을 때부터 아리는 그런 눈을 하고 있었다. 아무것도 담겨 있지 않아 아무것도 느낄 수 없는.

우경의 일은 그대로 잊힌 것이 아니었다. 아이들이 의도적으로 아리의 앞에서는 그 이름을 말하지 않을 뿐이었다. 그들은 여전히 자기들끼리 수군거렸다. 점심을 먹은 후 현승이 대뜸 머리가 아프다며 오후 수업을 제치고 집에 가야겠다고 했다.

"웬만하면 보건실에서 두통약 받아먹고 잠깐 쉬는 걸로 하지. 나는 그냥 날라버려도 되지만 넌 생기부에 신경 써야 하잖아."

현승이 피식 웃었다.

"내가 신경 쓰지 않아도 학교가 알아서 잘 관리하고 있어."

하긴. 전교 1등, 모의고사 전국 상위 1퍼센트에 드는 현승의 생기부에 가장 신경을 쓰고 있는 것은 학교였다.

"좋겠다."

"좋기는. 넌 어차피 생기부에 신경 안 쓰잖아. 같이 갈래? 피자 살게."

"유혹하지 마."

"그럼 남아서 공부해라. 난 간다."

"야, 잠깐."

피자라는 말에 이하는 혹했다. 먹어본 지 100년은 된 것 같았다. 이하는 가방을 쌌다. 현승이 웃었다.

"먹을 거에 넘어올 줄 알았다."

"넌 진짜 사악한 놈이야."

"선택은 네가 했다."

학교 앞 피자 매장에서 현승과 함께 패밀리 사이즈 디럭스 피자 한 판을 해치웠다. 이하는 좀 더 근처를 어슬렁거리며 놀고 싶었지만 현승은 대숲에 가고 싶어 했다.

“네 집까지 엄청 돌아가는 길인데?”

“상관없어.”

“하필 이 시국에?”

“이 시국이니까 가려는 거지. 넌 우경이한테 무슨 일이 생겼는지 안 궁금하냐?”

우경의 실종이 매구의 짓이라면 현승 엄마의 죽음과도 관련이 있다. 이하는 현승의 관심을 이해했지만 내키지 않았다.

“우리가 가서 본다고 뭐가 보이겠냐? 게다가 난 매일 등하교를 그쪽으로 한다고.”

“그래도 혹시 모르지. 혼자 보는 눈과 둘이 보는 눈은 아무래도 다르니까. 아무튼 가보고 싶어. 대숲이 내 이름을 부르는지도 궁금하고. 삼림욕이 두통에도 효과가 있다니까.”

“그 대숲만큼은 절대 없다고 본다.”

“너한테만 없는 거겠지. 대숲에 아주 부정적이잖아. 부정적인 마음은….”

“시끄러워. 네가 뭘 몰라서 그래.”

현승은 자전거를 끌고 이하를 따라 대숲을 걸었다. 뜨거운 오후 나절의 대숲은 바람을 숨긴 채 잠들었다. 시간이 멈춘 듯 고요했다. 이하는 대숲의 가증스러운 처신에 속으로 치를 떨었다. 아무래도 대숲이 골탕 먹이려고 작정한 표적은 자기뿐인 것 같았다. 대체 나한테 왜 그러는 건데?

대숲을 빠져나오자 호숫가 북쪽에 과학수사대 차량과 경찰차가 보였다. 혹시 우경의 시신이 나온 걸까. 이하와 현승이 다가가자 폴리스라인 바깥에서 경계를 서고 있던 경찰이 물러나라고 주의를 줬다. 별수 없이 몇 걸음 떨어져서 고개만 기웃거렸다. 경찰 두 명과 등판에 '과학수사대'라고 쓰인 조끼를 입은 남자 두 명이 물에 젖은 시신 하나를 사이에 두고 있었다.

희생자의 지갑을 펼쳐 신분증을 확인한 경찰이 말했다.

"전익중. 이 사람 오늘 아침에 실종 신고 들어온 사람인데요."

"실종 신고?"

"하죽리에서 건어물 가게 하는 사람인데 부인이 신고했어요. 간밤에 집에 안 들어왔다고요."

"고작 하루 안 들어왔다고?"

"귀가 시간이 절대 자정을 넘기지 않는 사람이랍니다. 당연히 외박도 없고요. 부인 말로는 어젯밤 아홉 시쯤 가게 문을 닫으면서 술 한잔하고 들어가겠다고 했대요. 그러고 나서 연락이 끊겼답니다. 일단 하루 이틀 정도 기다려보라 말씀드리고 돌려보냈는데 여기 이러고 누워 계실 줄이야."

"다른 외상은 없어요. 익사한 걸로 보입니다."

과학수사대 조끼를 입은 남자가 몸을 일으키며 말했다. 그때 이하와 현승은 그들 발치에 누워 있는 시신의 퉁퉁 불은 얼굴을 언뜻 보았다.

"그럼 사고겠네."

"근데 피해자가 왜 이 호수에 있을까요? 술을 마시러 어디로 가든 하죽리에서는 이 호수를 지날 필요가 없거든요. 여기가 목적지가 아니라면요."

"신고자 연락처 있지? 한번 해봐."

전화를 걸어본 경찰이 고개를 저었다.

"없는 번호라는데요."

"수상하네. 아무래도 그 신고자가 뭘 알고 있을 것 같은데. 솔직히 그 신고 아니었으면 이 시신은 발견될 가망성이 거의 없잖아."

"그렇죠. 이쪽은 부유물이 몰려 있는 데다가 남바리와 등정리로 빠지는 길에서 완전히 벗어나 있어 사람들 눈에 안 띄니까요."

"그 신고자 남자였어?"

"네, 낮고 굵은 목소리의 젊은 남자였어요. 근데 말투가 좀 거칠고 어눌해서, 뭐랄까 지적 장애가 좀 있거나 교육을 제대로 받지 못한 사람 같은 느낌이었어요."

"여기 CCTV에는 뭐 좀 찍혔어?"

"아뇨. 신고자로 추정되는 사람도, 피해자도 안 찍혔어요."

"거참, 희한하네. 여기 카메라가 세 대야. 아무리 이쪽이 사각지대라 해도 피해자가 여기서 죽었는데 어떻게 등장부터 퇴장까지 남은 게 아예 없을 수가 있어?"

"그러니까요."

"이거 이우경 학생 실종 때랑 비슷한데. 그때도 목격자나 용의자로 추정되는 누군가가 있을 거라는 가정을 했지만 정작 카메라에 찍힌 사람은 없었어."

그때 시신의 발치 쪽에 있던 과학수사대 남자가 말했다.

"이거 좀 보셔야겠어요."

이하와 현승은 궁금했지만 경찰과 과학수사대가 피해자의 시신을 둘러싸고 있어 아무것도 보이지 않았다. 하지만 대화는 들렸다.

"양쪽 발목뼈가 모두 부서졌어요."

"같은 압박흔이에요."

이하는 현승을 보았다. 현승의 어머니인 김연진과 같은 압박흔이라는 말이다. 익사, 부서진 발목뼈, 정체불명의 손이 남긴 압박흔.

"12년 동안 조용하던 동네가 갑자기 왜 이러는 거죠?"

"매구 짓이란 말은 절대 하지 마."

선배 경찰 쪽이 오만상을 찌푸리며 말했다.

매구 짓이면 안 되지. 이하는 가뜩이나 찝찝한 길인데 이제 시신까지 봤으니 앞으로 어떻게 여길 매일 지나다니나 싶어 아득해졌다. 대체 여기서 무슨 일이 벌어지고 있는 걸까. 현승이 천천히 뒷걸음을 치더니 돌아서서 걸어갔다. 뒤따라가던 이하는 현승이 중얼거리는 말을 들었다.

"나한테 사탕을 줬어."

"뭐?"

"나한테 사탕을 줬다고."

"무슨 소리야?"

"우리 아버지 정육점 맞은편에 저 늙은이의 가게가 있어. 멸치랑 명태포 같은 걸 팔았지. 저 늙은이한테서도 그 꾸리하고 비릿

한 냄새가 났어. 저 늙은이의 가족은 아무것도 몰라."

"뭘 몰라?"

"저 늙은이가 내 입에 사탕을 물려주고 날 멋대로 만진 거 말이야."

무슨 소리야? 설마? 이하는 심장이 배배 꼬이는 기분이었다. 갑자기 구역질이 났다.

"경찰에게는 아무 말 하지 마. 저 늙은이의 죽음과 내가 당한 일은 아무 상관없으니까. 어릴 때 이야기야. 아버지는 그 일에 대해 몰랐으면 좋겠어. 어쨌든 나쁜 늙은이는 죽었으니까."

노인은 어린 현승을 협박했다. 아무에게도 이야기하지 마라, 너희 엄마나 아버지가 아시면 공부 잘하는 훌륭한 아들은커녕 그 아들 때문에 부끄럽고 창피해 얼굴도 들지 못하게 될 테니까.

현승은 이하에게 작정하고 비밀을 털어놓은 게 아니었다. 언젠가를 기약하며 벼르던 노인의 종말 앞에서 자기도 모르게 비밀이 흘러나온 것이다. 무방비 상태로 듣게 된 친구의 비밀이 너무 커서 이하는 무슨 말이든 해야만 했다.

"매구호수에 빠졌으니 매구가 구해줬어야 했는데, 매구도 나쁜 사람은 구해주지 않는 거네."

현승의 공허한 시선이 이하를 돌아보았다.

"매구가 그런 걸 알까?"

"응?"

"좋은 사람과 나쁜 사람을 구분할 수 있을까 말이야. 그 이야기엔 예외가 없잖아."

"그럼 누가 구해주려고 뛰어들었단 뜻인데?"

가만, 내가 지금 뭔 소릴 하고 있는 거야? 그건 매구가 있다는 전제하에서잖아. 이하는 등골이 오싹해졌다. 어느새 자신도 모르게 이 동네 사람들처럼 매구 이야기를 따라가고 있었다.

"혼자 당한 사고였다면 살았을지도 몰라. 하지만 죽었으니까 누가 있었단 뜻이지."

"살인자?"

"살인자라고 부를 수 있을까? 죽이고 싶었다면 저 늙은이를 구하려고 매구호수에 뛰어들어야 해. 길군 형처럼 말이야. 살리려면 그냥 지켜보기만 하면 되고. 어느 쪽이 살인자다운 행동일 것 같아?"

"어? 모르겠어."

"늙은이는 어쩌면 이름이 세 번 불리기 전에 돌아봤을지도 몰라."

이하는 침을 꿀꺽 삼켰다. 정말 매구일까. 그런 게 있을 리가 없잖아. 그건 그냥 이야기 속에 나오는 이상한 것일 뿐인데. 그러나 실제로 전익중은 발목뼈가 부서졌고, 그의 몸에는 괴물의 손에 잡힌 압박흔이 남아 있다.

그렇다면 현승의 엄마도 매구에게 당한 걸까. 하지만 그녀는 대숲을 지나지 않았다. 매구호수에 빠지지도 않았다. 그녀는 서울에서 발견됐다. 하지만 익사라고 했지. 그리고 그녀의 폐에 남은 물은 매구호수의 것이었다.

"저기, 너 괜찮냐?"

이하는 결국 제가 먼저 묻고 말았다.

"평화로워."

현승은 담담하게 말했다.

"그런 척하지 마."

"진짜야."

"어떻게 그래? 엄마잖아."

"하지만 엄마가 사라지니까 모든 것이 조용해졌어. 아버지도 이제 더는 고통 받지 않아."

가끔 지독한 슬픔을 분노나 원망으로 바꾸는 경우가 있다고 들었다. 그러지 않으면 버틸 수 없기 때문이다. 현승은 냉정을 가장했다. 이하는 가슴이 시큰거렸다.

"엄마 죽고 아버지가 뭐라는 줄 아냐? 나중에 할 거 없으면 정육점 물려받으란다. 언제는 아버지 같은 일하지 말고 공부 잘해서 떡하니 한자리 차지하는 인물이 되라더니, 이젠 너무 애쓰지 말고 그냥 살래. 웃기지 않냐. 이해는 하는데 완전 맥 빠지더라고."

"그래도 네가 잘나가는 사람이 되면 좋다고 하실걸."

"어쨌든 정육점은 하지 않을 거야."

현승의 아버지 장대남은 덩치가 크고 털이 많아서 푸른색 방수 앞치마를 두르고 있는 모습이 곰돌이 만화에 등장하는 착하고 우직한 남편 같았다. 그는 아들이 공부를 잘해서 좋겠다는 소리에 늘 어깨에 힘을 주고 다녔다.

하지만 아내를 잃은 후부터는 허수아비 같은 푸석한 몰골로 칼을 쥔 채 멍하니 서 있는 시간이 많아졌다. 그는 아내의 죽음을 받아들였다. 아내가 실종된 상태에서는 범죄의 희생양이 되었을 가능성에 대해 죽어도 인정하지 않았지만 막상 시신을 눈으로 확인하고 나자 체념했다. 아내를 잃은 며칠 사이에 그의 인생관이 달라졌다.

현승의 얼굴은 그의 말대로 평화로웠다. 하지만 지금 뭘 해야 할지 모르는 듯 어딘가 멍해 보였다. 그렇게 슬픔을 꽁꽁 숨기고 있으면 언젠가 뻥 터질 텐데. 슬픔은 간직하는 것이 아니라 흘러가게 하는 거라고 했다. 이하의 할머니가 돌아가셨을 때 할아버지가 하신 말씀이었다.

"술 마실래?"

"뭐?"

현승은 술이 아니라 독이라는 말을 들은 것처럼 눈을 동그랗게 떴다.

"뭐야. 술 마셔본 적 없어?"

"없어."

"진짜 모범생으로 살았네."

"마시자고 해도 술을 어떻게 사?"

"우리 집에 있어. 아버지가 약이랍시고 늘 달고 살거든."

현승은 흥미로운 표정이었다.

"우리 집엔 늘 고기가 있는데."

그 순간 둘은 서로 마음이 맞았다. 시신을 수습한 과학수사대 차량과 경찰들이 철수하고 있었다. 현승은 호수 북동 편에 우뚝 서 있는 커다란 나무를 가리켰다.

"집에 갔다가 두 시간 후에 저기 팽나무 아래에서 보자."

두 시간 후에 둘은 팽나무 아래 자리를 깔았다. 이전에는 그 나무에 가까이 가볼 기회가 없어서 몰랐는데 몸통에 여러 겹 검은 줄이 감겨 있었다. 손가락 굵기의 검은 줄은 언뜻 보기엔 밧줄처럼 보였다. 자세히 들여다보니 가늘게 땋은 머리카락들을 땋고 그 땋은 것들을 또 땋기를 여러 번 반복하여 만든 것이었다.

"이거 뭐냐? 좀 오싹한데. 자리 옮길까?"

"여기만큼 그늘이 좋은 데가 없어."

현승은 상관없다는 듯 털썩 앉았다.

"신경 쓰지 마. 사람들이 매구 쫓기용으로 놔둔 거니까."

"매구 쫓기용?"

"아리 아버지가 돌아가시기 전까지 탈보다 더 공들여 만드신 거야. 매구를 잡아 이 나무에 묶으려고 했나봐. 매구는 사람들의 염원이 강력하게 엮인 머리카락 줄로만 묶을 수 있대. 매구를 잡으려던 무기니까 사람들이 일부러 풀지 않고 그냥 둔 거야."

인간의 머리카락은 아무리 매듭을 지어도 풀린다. 하지만 이 머리카락 밧줄은 머리카락만으로도 견고했다. 호기심이 생긴 이하가 슬쩍 만져보자 돌덩이처럼 단단하고 질긴 질감이 느껴졌다.

현승은 처음 마셔보는 소주 맛이 별로라고 했다. 술이 받는 체질이 아닌 듯 금방 얼굴이 붉어졌다. 이하는 아버지 덕에 진작부터 술을 입에 대본 적이 있는 터라 꽤 마셔도 아직까지 취해본 적이 없었다. 어쩌면 이미 술에 전 피가 흐르는 탓일 수도 있지만 말이다.

"근데 이런 데서 고기 구워 먹어도 되나? 게다가 좀 전에 시체 건진 호수 앞에서. 어째 좀 그렇다."

이하는 CCTV 쪽을 힐끔 보았다.

"쫄지 마. 어차피 카메라 사각지대라 안 보여. 죽은 사람은 갔으니 신경 쓸 거 없고. 엄마 돌아가셨을 때 장례식장에서도 다들 이렇게 먹고 마시던데 뭘. 잘 가라, 남은 우리도 잘 먹고 잘 살겠다 뭐 그런 거지."

현승은 챙겨온 휴대용 버너에 불을 켜고 철판을 올린 후 고기를 얹었다. 석양은 순식간에 스러지고 사방은 금세 어스름해졌다. 좀 전까지 확연하게 보이던 현승의 모습도 주변 풍경과 뒤섞여 그림자가 드리워졌다.

"먹어봐. 너 주려고 내가 종류별로 다 골라왔어."

현승은 일회용 접시에 고기 몇 점을 담아 이하에게 건넸다. 겉만 색이 변했을 뿐 거의 날고기였다.

"야, 제대로 익혀서 줘야지."

"소고기는 원래 겉만 익혀서 먹는 거야. 피 뚝뚝 흐르는 레어로 먹어줘야 제대로 먹는 거지."

"그래, 피 뚝뚝 레어. 잘났다. 근데 이것들은 뭐냐?"

"내장. 염통, 위, 콩팥, 창자 뭐 그런 것들."

"이런 건 먹어본 적이 없는데."

"대창이나 막창 같은 거 안 먹어봤어? 고기 먹을 줄 모르는구나. 되게 맛있어. 이상하면 넌 안 먹어도 돼. 난 좋아하거든."

"누가 고깃집 아들 아니랄까 봐 고기 먹고 산 티 엄청 내네. 줘봐. 맛있다는데 먹어줘야지."

맛있지 않았다. 역했다. 이하의 표정을 본 현승은 피식 웃으며 잘 익힌 고기들만 골라서 새로 담아줬다. 입에서 살살 녹았다. 좋겠다. 집이 정육점을 해서 고기는 실컷 먹겠다. 소주 세 병을 나눠 마시고 현승은 뻗어버렸다.

"그거 마시고 취하냐."

"그러게."

현승은 히죽히죽 웃어대더니 반쯤 감긴 눈꺼풀을 이기지 못하고 나무에 머리를 기댄 채 졸기 시작했다. 이하는 현승을 내버려두고 자리를 정리했다. 조금 후에 현승을 깨우려고 돌아보다가 웃음이 터졌다. 현승이 숨을 쉴 때마다 코 밑에 맺힌 작은 방울이 커졌다 작아졌다를 반복했다.

"가지가지 한다. 야, 일어나. 한여름에 콧물이나 흘리고."

이하가 툭툭 치자 현승은 코를 훌쩍이며 눈을 떴다.

"감기 걸렸냐?"

"아니, 근데 술을 마셔서 그런가. 몸이 오슬오슬하다."

"매구가 올 건가 보다."

"시끄러."

"집에 어떻게 갈래? 온몸에 술 냄새, 고기 냄새 다 배어서."

"아, 이 자식이."

"그러지 말고 오늘 밤엔 우리 집에서 자고 가지."

"아리가 우경이한테 그렇게 말했었다는 거 알지?"

"재수 없는 소리 한다."

이하의 얼굴이 순간 굳었다.
"미안, 농담이 지나쳤네. 집에 가야 돼. 아버지 혼자 계셔."
현승은 이하가 미리 정리해둔 제 짐을 자전거에 싣고 올라탔다. 아직 술이 덜 깼는지 눈 주위가 붉었다.
"야, 음주운전이야."
"괜찮아. 간다."
현승의 자전거는 다행히 삐뚤거리지 않고 호수를 빙 돌아 등정리 쪽으로 사라졌다. 집에 돌아온 이하는 잠자리에 들기 전에 오늘을 그렸다.
폴리스라인 안쪽에 죽은 자를 두고 선 경찰들, 언뜻 본 전익중의 퉁퉁 불은 얼굴, 술에 취해 잠든 현승의 모습, 어둠에 취한 호숫가의 정경, 검은 머리카락 밧줄을 두른 거대한 팽나무.
얌전하게 공책을 붙잡고 있는 오른손 집게손가락을 보았다. 처음으로 취한 기분이 들었다. 현승과 뭔가 많은 이야기를 한 것 같은데 뭘 말했는지 잘 기억나지 않았다. 하지만 하나는 분명히 기억났다.
"난 히어로를 만들 거야."
현승은 비웃지 않았다. 이하는 자신의 이야기가 현승에게 온전히 받아들여진 것을 느꼈다. 누군가에게 폭 안긴 것처럼 따뜻했다.

다들 나를 믿지. 그리고 믿지 않지. 이랬다저랬다 하면서 지들 좋을 대로 말해. 아무래도 상관없어. 어차피 내가 필요하니까.

많은 일들을 했어. 내가 정말 한 일도 있고 했을지도 모르는 일도 있고 또 모르고 해버린 일도 있지. 어쨌든 내가 했어.

그냥 모르는 척 가버렸다면 좋았을 것을. 왜 날 보려고 했는지. 그 눈부신 불빛을 왜 내게 들이댔는지. 멍청하게도.

너는 나의 계획도 충동도 아니었어. 그냥 어쩌다 보니 그렇게 된 거지. 냉정하게 말하면 너희 식대로 한 거야. 내가 살기 위해서 어쩔 수 없었달까. 거듭 생각해보고 결정한 거야.

무서운 것이 보이면 어떻게 해야 하는지 가르쳐줄게. 아, 가르쳐준다고 해도 이제 써먹을 수 없겠구나. 그래도 말해줄게.

눈을 감아. 그게 현명한 선택이야.

늙은 뼈를 죽이고 다시 젊은 뼈를 죽이네. 바삭바삭 부스러지는 뼈, 단단하고 가늘고 좋은 냄새를 풍기는 뼈. 어린 뼈는 잘 뒀다가 두고두고 써야지.

소문, 그리고 소문

담임은 이하와 현승을 불러다 놓고 어제 무단으로 학교를 빠져나간 것을 나무랐다. 따로 처벌은 없었다. 학교는 현승이 그럴 수밖에 없었던 이유를 감안했다.

"머리가 너무 아팠어요."

"그래. 잘 버티고 있는 거 안다."

담임은 오히려 현승을 위로했다. 사실은 가슴이 아프겠지. 엄마가 살해됐는데 그 충격과 상실감이 이만저만할까. 아무렇지도 않은 듯 의젓하게 굴지만 아이에게 슬픔을 극복할 시간을 줘야 했다.

그건 그렇고. 현승을 봐주자니 학교는 형평성에 따라 이하도 봐줄 수밖에 없었다. 하지만 담임은 이하에게는 나긋하지 않았다.

"너, 조심해라. 이번엔 현승이 때문에 봐주는 줄 알아."

"아리는 저보다 더 자주 없어지던데요."

"걘 어차피 대학에 진학하지 않을 거라 다른 진로를 찾고 있어. 그리고… 아니다."

담임은 뭔가 더 말하려다가 그만뒀다. 아이들 사이에서 도는 아리의 소문을 모르지 않았다. 아이들은 그 소문을 제 부모인 어른들의 입을 통해 들었다. 매구의 아이. 그 문제에 대해 그가 어떻게 해줄 수 있는 것은 없었다. 하고 싶지도 않았다. 그는 이 동네 출신도 아니었고 매구를 믿지도 않았다. 그럼에도 아리가 꺼려졌다. 아리를 알고 소문을 들었든 소문을 듣고 아리를 알았든 아리에 대한 인상은 달라지지 않았을 것이다.

어떻게 대화를 걸어도 아리는 겉돌았다. 그는 아리가 하는 말을 모두 이해할 수 없었고, 아리는 그의 말에 튕겨 나갔다. 그는 곧 깨달았다. 아리는 그가 침범할 수 있는 아이가 아니라는 것을. 그래서 그냥 내버려두기로 했다. 엇나가거나 못된 짓을 하는 것은 아니었으니까. 그저 조금 이상한 아이일 뿐이다. 어딘가 사람을 오싹하게 만드는 구석이 있는.

그는 적정선을 지키기로 했다. 나는 너를 이상하게 생각하지 않는다는 식의 가장 선생다운 태도로 대해주기. 딱 거기까지. 요는 방관하겠다는 것인데, 사실 그건 다른 아이들이 아리를 대하는 태도와 다르지 않았다.

"저도 대학 안 갈 건데요."

"그래서? 그렇다고 수업을 빼먹어도 되는 건 아니지."

"아리는요?"

"걘 내 손을 떠났어."

"저도 떠나게 해주세요."

"이제 도착했는데 벌써 떠나보낼 수는 없지."

"아리는 쿨하게 놔주시면서 저한텐 왜 집착하세요?"

"집착이 아니라 최소한의 책임감이야."

"차별이에요."

"그전에 너와 현승을 차별하지 않는 건 모르겠냐. 그리고 아리는 내버려둬라. 갠 우리랑 좀 다른 세상에서 사니까."

"다른 세상요?"

"나도 잘 모르는 세상이야. 가봐."

*

우경의 실종 이후, 아이들은 필사적으로 아리의 시선을 피해 다녔다. 아리의 주변에는 이제 아무도 없었다. 겁내고 있는 것이다. 우경에게 그랬던 것처럼 어느 날 갑자기 아리가 우리 집에 올래, 하고 초대장을 내밀까 봐. 그건 죽음의 초대장이었고 매구가 보내는 것이었다. 아이들은 생각했다. 왜 하필 우경이지? 우경이 아리에게 뭘 잘못했을까? 없다. 우경은 아리에게 친절했다. 그래서 선택된 거라면 무조건 멀리 물러나 있어야 했다.

소문은 학교 전체로, 아니 동네 전체로 퍼졌다. 이번엔 아이들의 입을 통해 그 부모에게로 전해졌다. 그랬대, 하고 전해지는 그 대화의 내용이 원망하는 대상은 아리였다. 아리가 그날 우경에게 억지로 집에 오라고 하지 않았다면 우경은 죽지 않았을 거야.

똑같은 상황이 12년 전에 있었다. 황길군이 매구호수로 뛰어들지 않았다면 홍수연은 죽지 않았을 거야. 길군은 그 상황을 오래 버티지 못했다. 하지만 아리는 결백한 얼굴로 꿋꿋이 자기 자리를 지켰다. 아리는 평소처럼 쉬는 시간이면 책상에 엎드려 잤고 수업 시간에는 졸았다. 이하는 아리를 이해할 수가 없었다. 숨막히지 않나? 그라면 벌써 자리를 박차고 나갔을 것이다. 딱히 학교생활에 목을 맬 이유도 없잖아. 힐끔힐끔 쳐다보다가 이하는 아리와 눈이 마주쳤다. 그 순간 아리가 싱긋 웃어 보였다. 섬뜩했다. 이런 상황에서 웃음이 나와? 아리는 우리와 좀 다른 세상에서 산다는 담임의 말이 어쩌면 이런 것을 의미하는 건지도 모르겠다.

*

야간자율학습이 중단된 덕에 오후 4시가 넘자 학생들이 학교 밖으로 우르르 쏟아져 나왔다. 현승이 이하를 툭 치며 말했다.

"고기나 구워 먹을까?"

"재미 들렸네."

"재밌었잖아. 아니야?"

재밌었다. 호수에서 전익중의 시신이 발견된 그날, 그들은 호수를 바라보며 술을 마시고 고기를 구워 먹었다. 아무리 생각해봐도 미친 짓이었다. 하지만 술을 마시자고 먼저 말을 꺼낸 것은 이하였다. 현승이 예상치 못한 고백을 하는 바람에 묘하게 감상

적이 되어 충동적으로 벌인 짓이었다.

"다음에."

"알았어."

둘은 버스를 타고 박가네슈퍼 앞 정류장에서 하차해 건널목을 건넜다. 이하는 현승과 헤어진 후 혼자 대숲을 지날 일이 벌써부터 심난했다. 현승에게 등정리 쪽으로 돌아가라 할까. 이하는 현승이 자전거를 끌고 오는 동안 고민하기 시작했다. 됐다, 그것도 하루 이틀이지.

갑자기 슈퍼 안에서 우당탕하는 소리와 함께 한 남자가 문밖으로 밀려 나와 길바닥에 엉덩방아를 찧으며 나자빠졌다. 누런 이를 드러낸 채 쭈쭈바를 물고 있는 삐뚤어진 입, 헝클어진 채 떡이 진 반백의 머리칼, 너저분한 수염이 턱을 뒤덮은 초라하기 짝이 없는 그 얼굴을 이하는 단박에 알아보았다.

이하는 달려가 아버지를 부축해 일으켜야 마땅했지만 잠시 넋이 빠져 멍하니 바라보기만 했다. 그사이 슈퍼 주인 남자가 아버지의 멱살을 움켜잡았다. 늘 방 안에 구부정하게 앉아 있는 것만 보았는데 막상 일어선 것을 보니 큰 사람이었다. 어깨도 떡 벌어졌고 키도 아버지보다 컸다.

"여기가 어디라고 찾아와?"

남자가 고함을 내지르며 아버지 위에 올라탔다. 남자는 주먹으로 아버지의 얼굴을 사정없이 내리쳤다. 아버지가 물고 있던 쭈쭈바는 날아갔고 얼굴은 순식간에 시뻘겋게 물들었다.

"무슨 일이야?"

자전거를 끌고 온 현승이 놀라 물었다.

"몰라."

이하는 고개를 저었다. 아버지는 볼썽사나운 모습으로 흙바닥에 드러누운 채 느릿느릿 말했다.

"나 때문에 질투로 숨이 끊어질 지경이지?"

"돌았군. 질투는 네가 하고 있잖아. 왜? 이제 보니 난숙이 아깝냐? 그래서 다시 기어 내려온 거야?"

"그런 거 아냐."

아버지가 팔뚝으로 얼굴의 핏자국을 훔치며 말했다.

"닥쳐, 이 자식아. 난숙인 내 마누라야."

"누가 아니래? 나도 마누라 있어."

"너 여기 뭐 하러 왔어? 이 도깨비 같은 새끼. 낮도깨비 만나면 재수 옴팡지게 없는데."

"그래서 밤에 왔잖아."

"밤이고 낮이고 한 번 갔으면 돌아오지 말았어야지. 너 오면서 동네에 나쁜 일이 생기기 시작했어. 너 때문이야. 네가 불운을 몰고 온 거야. 너 오고 우리 산삼이도 죽었어."

"너무 그러지 마라. 나한테 여기 말고 돌아올 곳이 또 어디 있다고."

아버지는 투정하듯 말했다.

"그래도 여긴 아니지. 죽어도 여기여서는 안 되는 거라고. 여기가 어디라고. 그렇지 않아도 언젠가 내 손으로 죽여버리려고 했는데 잘됐네. 그냥 오늘 여기서 내 손에 죽어라."

남자의 목소리에는 억눌린 분노가 서렸다.

"학준아! 제발, 그냥 좀 봐줘."

아버지는 손으로 얼굴을 가리며 필사적으로 외쳤다. 남자의 주먹이 아버지의 턱을 날리려는 순간 이하는 달려가 남자의 팔을 잡았다. 두 사람에게서 술 냄새가 확 풍겼다.

약주하다가 오래 묵은 감정이 불거져 시비가 붙은 걸까? 도대체 어떻게 되는 스토리야? 이런 촌구석에서 다 늙은 아저씨 아줌마들끼리 웬 삼각관계냐고? 아버지 돌았어? 왜 안 하던 짓이야? 아버지는 무능했지만 여자는 엄마뿐이었다. 그런 줄 알고 있었다. 그런데 사실은 그게 아니었던 거야?

"뭐야?"

남자는 난폭하게 외치며 이하를 돌아보았다. 봐달라고 싹싹 빌고 있던 아버지는 구원군이 등장하자 돌변했다.

"뭐긴, 내 아들이지. 자 이제 쳐봐. 그럼 내 아들이 복수할 테니까. 근데 넌 어쩌냐. 복수해줄 아들도 없고."

남자의 주먹이 흠칫 떨렸다. 남자는 아버지의 멱살을 놓았다. 이하도 남자의 팔을 놓았다. 남자는 손을 털고 일어나며 말했다.

"자식 보는 앞이라 참는 거다. 부끄러운 줄 알아라."

아버지는 코피가 목구멍으로 넘어갔는지 컥컥거리다가 피가 엉겨 붙은 침을 뱉으며 몸을 일으켰다.

"너 내 아들 보고 겁먹었지?"

그 순간 남자는 참았던 한 방을 기어이 날렸다. 아버지는 그대로 다시 바닥에 꼬꾸라졌다. 아버지는 흙과 피로 범벅이 된 얼굴을 일그러뜨리며 말했다.

"결국 먹었네. 이제 속 시원하냐?"

"아직 멀었어. 경고하는데, 내 마누라한테 또 한 번 새벽밥 시키면 그땐 목을 부러뜨려줄 거야."

슈퍼 안에서 싸움을 지켜보고 있던 난숙이 말없이 혀를 차며 고개를 저었다. 아버지는 셔츠 자락으로 얼굴을 닦으며 난숙을 향해 소리쳤다.

"난숙아, 걱정하지 마. 난 멀쩡하니까."

남자는 어이없다는 듯 말했다.

"난숙이 걱정하는 건 네가 아니라 나야."

"그래? 그럼 난 멀쩡한 척할 필요 없겠네. 아이고, 어지러워. 아들, 나 좀 부축해라."

아버지는 휘청거리며 이하에게 손짓했다. 이하는 마지못해 아버지의 팔을 잡았다. 아버지는 남자에게 말했다.

"나 때문에 그만 열 받아도 돼. 어쨌든 이젠 네 팔자가 나보다 늘어졌잖아. 그걸로 복수한 셈 쳐."

"닥치고 꺼져, 이 나쁜 새끼야. 넌 내가 아는 놈들 중에서 최고로 악질이야."

남자는 뒤돌아서서 아버지를 향해 어깨 위로 주먹을 내보인 후 슈퍼 안으로 들어가버렸다. 이하는 불끈해서 물었다.

"도대체 저 아저씨한테 뭘 잘못했기에 악질 소리를 듣는 거예요?"

"빚을 좀 졌지."

"무슨 빚을 얼마나 졌는데요?"

"좀 많이 졌어. 그래서 이제부터 조금씩 갚아보려고 하는데, 아이고 허리야!"

아버지는 허리에 손을 얹으며 말했다.

"근데 학준이 저 자식은 내가 여기 온 지 얼마나 됐다고 벌써 구박이야. 대체 내가 지 마누라한테 뭘 어쨌다고? 나 진짜 아무 짓도 안 했어. 괜히 저 자식 혼자 지 마누라 뺏길까 봐 난리 치고 있는 거지."

"헛소리 좀 그만해요."

"싫어. 기왕 이렇게 된 거 나도 하고 싶은 말 좀 해야겠다."

아버지는 이하의 손을 뿌리치곤 슈퍼 쪽으로 휘청휘청 걸어가며 소리쳤다.

"야, 이 자식아. 묻기로 했으면 묻어야지. 엉? 속이 간장 종지만 해가지고 아직도 그걸로 꽁해 있냐?"

아버지는 슈퍼 쪽으로 삿대질까지 해가며 말했다.

"과거는 흘러간 거야. 난숙이 맘은 네가 잡아야지 왜 나한테 지랄이냐고."

"그만해요."

"하긴, 마누라가 옛날에 좋아했던 남자가 등장했으니 저도 위기가 느껴지겠지. 그래도…."

"그만 하라니까요!"

이하가 버럭 소리치자 낄낄거리며 웃어대던 아버지는 금방 풀이 죽어 말했다.

"그래, 그만하자. 근데 말이다, 나도 사실 한때 난숙이를 좋아했어. 지금도 좋고. 옛날 친구가 좋긴 좋은가 봐."

도대체 무슨 소릴 지껄이고 있는 거야? 완전히 취했어. 아무리 옛사랑이라고 해도 이렇게 막 흔들리면 안 되지. 아버지는 오매불망 엄마뿐이었잖아.

"가요."

이하는 아버지를 부축해 끌며 걸음을 옮겼다.

"도와줄까?"

뒤에서 현승이 물었다. 정신이 없어서 잠깐 현승의 존재를 잊었다. 이하는 창피해서 얼굴이 화끈거렸다.

"아냐, 됐어. 신경 쓰지 마."

현승을 본 아버지가 반갑게 인사했다.

"여어, 우리 이하 친구로구나."

"안녕하세요?"

"아, 누군지 알겠다. 내가 너 봤다. 네 엄마 장례식장에서."

아니, 그 이야긴 또 왜 꺼내. 이하는 아버지의 팔을 제 어깨에 두르며 조용히 말했다.

"입 다물고 빨리 걸어요."

이곳에 온 이후 이하는 처음으로 대숲이 빨리 나왔으면 하고 바랐다. 한 걸음 한 걸음 옮길 때마다 아버지는 작게 신음을 흘렸다. 엄살은. 아버지는 꼬부라지고 뭉개진 발음으로 쉬지 않고 떠들어댔다.

"박가네슈퍼니까 모르는 사람들은 학준이가 박씨인 줄 알지만 난숙이가 박씨야. 학준이는 송씨야. 송학준이라고. 그러니까 난숙이 어머니가 자기 딸 데려가는 놈한테 슈퍼를 통째로 준 거지. 뭐 그래봤자 박가네슈퍼지만. 학준이가 땡잡았어."

그래서 엄마 대신 난숙이 아줌마와 결혼할걸 그랬다고 후회 중이야? 꼴랑 시골 구멍가게 하나가 탐이 나서. 이하는 아버지의 입을 틀어막고 싶었지만 손이 모자랐다.

"근데 산삼이가 살아 있었으면 내가 학준이 앞에서 아들 타령 못 했지. 보나 마나 학준이가 산삼이를 끌고 와서 풀어놓고 누구 아들이 더 잘났는지 한번 붙여보자고 했을 테니까. 그럼 그 개새끼가 날 아주 물어뜯어놨을 거야."

"산삼이가 아버질 왜 그렇게 싫어했는데요?"

"학준이가 싫어하니까 저도 싫었나 보지."

"그래서 난숙이 아줌마 앞에서 산삼이 흉봤어요?"

"아니, 그게 아니라 산삼이가 죽어서 난숙이가 엄청 슬퍼했거든. 위로해주려고 그랬는데 학준이가 자꾸 시비를 걸잖아."

"아버지가 시비건 게 아니고요? 아버지, 말로 사람들 염장 지르는 데 뭐 있잖아요."

"너 대체 누구 편이냐? 명심해라. 넌 내 아들이다."

"아버지 아들이지만 아버지 편은 아니에요."

현승과 헤어진 후 이하는 아버지와 대숲 길에 들어섰다. 길은 길고 어두웠다. 서늘한 숲, 텅 빈 바람 소리. 오늘은 대숲이 누구의 이름도 부르지 않았다. 매구호수가 사람을 잡아먹은 지 얼마 되지 않아 저도 몸을 사리는 것일까.

"학교는 어떠냐?"

"참 빨리도 물어보시네. 몰라요."

"자식, 성질머리 하곤. 여기 대숲이다. 매구 나올라, 조심해라."

"아버지나 조심해요."

"하긴 너한텐 절대 아무 일도 생기지 않을 거야."

"뭘 믿고 그렇게 확신하는데요?"

"데려갈 것 같았으면 그때 데려갔겠지."

"그때요?"

"어? 아니, 아니다."

아니긴. 매구호수에 빠졌던 그때를 말하는 거겠지. 역시 술에 취하니 진실을 말하네.

*

점심시간에 학교 교문 앞에 차창이 시커멓게 선팅된 검은 벤틀리가 섰다. 한 학생이 차를 가리켰고, 그 손가락을 신호로 다른 학생들이 앞다퉈 창문에 얼굴을 들이밀었다. 이윽고 운전석 문이 열리고 키가 후리후리한 젊은 남자가 내렸다.

노란 바나나와 파란 음료가 담긴 칵테일 잔, 흰 구름과 너울거리는 붉은 꽃무늬의 알록달록한 셔츠를 입은 남자는 끼고 있던 선글라스를 이마 위로 넘겨 얹은 후 긴 팔을 휘적거리며 경비실로 다가갔다. 경비원이 고개를 끄덕이며 그의 인사를 받았다.

남자는 2학년 교실이 있는 건물을 향해 곧장 걸어 올라갔다.

그때 어디선가 바람처럼 달려온 여학생이 남자의 앞을 가로막아 섰다. 정연이었다. 이하는 교실을 둘러보았다. 방금 전까지 여기 있었는데 언제 나간 거지? 현승이 책상에 엎드려 자고 있는 아리를 깨웠다.

"야, 길군 형 왔다."

아리는 부스스한 얼굴로 고개를 들더니 창밖을 내다보았다. 입가가 살짝 벌어졌다. 반가움이 아니라 어이없다는 표정이었다. 아리가 자리에서 일어났다. 이하는 조용히 아리의 뒤를 따라 나갔다. 순전히 호기심이었다.

길군은 빠른 걸음으로 정연을 지나쳤다. 그에게 어떤 취급을 받았는지 깨달은 정연의 눈매가 가늘어졌다. 정연은 길군을 쫓아가 다시 그 앞을 막아섰다. 이제 길군은 자신을 바라보는 사람들의 부정적 시선에 익숙했다. 그런 시선들을 어떻게 떨궈내야 하는지도 안다. 정연이 계속 길을 막자 길군이 멈춰 섰다.

"어쩌라고?"

그는 정연의 얼굴에 자기 얼굴을 바짝 가져다 대며 짓궂게 숨을 훅 내뱉었다. 그러곤 비키라는 손짓을 했다. 정연은 겁을 먹기는커녕 더욱 고개를 빳빳하게 세우고 턱을 치켜들었다. 정연이 그를 노려보며 말했다.

"당신이 언니를 죽였어."

정연의 날선 어조에 길군은 고개를 살랑살랑 저었다.

"난 여자는 죽이지 않아. 뭐 가끔 여자 문제를 일으키기는 하지만. 그러니까 나 때문에 죽을 수는 있어도 내가 죽인 건 아닐 거야. 근데 네 언니가 누구더라?"

"홍수연."

"수연이라? 그게 누굴까? 비슷한 이름을 가진 여자들을 워낙 많이 알고 지내서 말이야. 수정이, 수경이, 수진이, 수영이, 수민이 등등, 또 등등…."

"모르는 척하지 마. 12년 전에 당신이 매구호수로 뛰어들어 언니를 죽게 했잖아. 그때 왜 그랬어? 대체 왜 그랬냐고?"

정연의 원망 가득한 다그침에 길군은 눈을 끔벅이며 담담하게 대답했다.

"왜 그랬겠어. 살리려고 그랬지."

"그럼 가만히 있었어야지. 매구가 있었잖아. 당신이 뛰어들면 언니는 죽는데 알면서 대체 왜 그랬냐고?"

"난 매구 따위 보지 못했어."

"거짓말. 내가 봤어."

"저기, 내가 지금 좀 바쁘거든. 오랜만에 짬이 나서 동생을 보러 왔단 말이야. 오늘 아니면 또 언제 걔랑 밥 먹을 시간을 낼 수 있을지 모른다고. 그러니까 귀찮게 하지 말고 꺼져."

길군이 더는 상대하기 싫다는 듯 그냥 가려고 하자 정연은 그의 팔을 잡고 매달렸다.

"말해, 왜 그랬는지 말하라고! 매구가 있었는데 왜 뛰어들었냐고!"

길군이 정연의 손을 뿌리쳤다. 정연은 휘청거리며 숨을 몰아쉬었다. 목구멍이 조여들었다. 날이 더워서도 길군의 거친 행동 때문에 화가 나서도 아니었다. 진실을 가로막고 있는 벽을 영원히 쓰러뜨릴 수 없을 거라는 절망감 때문이었다. 정연은 길군의 등에 대고 전교생이 들으라는 듯 소리쳤다.

"황길군, 솔직히 말해. 언니가 죽기를 바랐던 거지? 그래서 일부러 뛰어든 거지?"

길군은 못 들은 척했다. 그는 저 앞에서 걸어오고 있는 아리를 향해 반갑게 손을 흔들었다.

"황길군."

정연이 그의 이름을 다시 불렀다. 길군은 돌아보지 않았다.

"당신이 편지를 보내서 언니를 매구호수로 불러냈어. 왜 하필 매구호수였어? 매구호수에서는 아무도 데이트 따위 하지 않아. 언니는 당신을 좋아했어. 그래서 앞뒤 가리지 않고 나간 거야."

젠장. 길군의 미간이 살짝 굳어졌다.

"황아리가 우경이한테 자기 집으로 오라고 해놓고 매구한테 던져줬지. 그러고는 뻔뻔한 얼굴로 학교에 나와서 우리가 어떤 반응을 보이는지 구경하고 있어. 난 알아. 그때도 지금도 황아리가 매구를 불러냈다는 것을. 매구의 아이니까."

길군이 돌아섰다. 그는 험악해진 눈빛으로 정연을 쏘아보며 외쳤다.

"그만해."

"거기 매구가 있었어. 내가 봤다고. 왜 거짓말을 하는 거야? 아리 때문이야? 아리가 매구를 불러낸 게 맞지? 당신도 한패지?"

"닥쳐!"

길군은 정연의 팔을 움켜잡으며 위협하듯 말했다.

"아리는 매구의 아이가 아니야. 한 번만 더 그딴 소리 지껄이고 다니면 내가 너 죽여버린다. 꺼져."

길군이 정연을 밀어내며 거칠게 팔을 놨다. 정연은 비틀거리며 뒤로 물러섰다.

"꺼지라고."

정연은 겁에 질린 채 돌아서서 어딘가로 뛰어갔다. 빌어먹을. 길군은 정연의 뒷모습을 노려보며 목을 좌우로 움직여 우드득 소리를 냈다. 차갑게 굳어 있던 표정이 곧 웃는 얼굴로 바뀌었다. 그는 아무 일도 없었다는 듯 아리를 향해 돌아서며 반갑게 인사했다.

"여어, 내 동생 잘 있었냐? 오빠가 수금하러 나왔다가 잠깐 들렀다. 너 맛있는 거 사주려고."

아리는 비웃듯 눈매를 일그러뜨리며 말했다.

"여기 오면 저딴 소리 듣게 될 줄 몰라?"

"여기 아니어도 온 동네 사람들에게 돌아가며 들어. 하루 이틀 겪는 것도 아닌데 뭘. 신경 쓰지 마. 나가자."

아리는 길군을 따라 순순히 교문 밖으로 나갔다. 이하는 길군이 교문 앞에 근사한 차를 가져다놓고 요란하게 아리를 불러내는 이유를 알 것 같았다. 봤지, 우리 아리 뒤에 누가 있는지. 그러니까 다들 알아서 기란 말이야.

"뭐 먹을래?"

"됐어."

“왜 그래? 오빠가 맛있는 거 사준다니까.”

“그딴 거 필요 없고 집엔 언제 돌아올 거야.”

“돈 많이 벌면. 일단 어디든 가자.”

길군이 차 문을 열었다. 아리는 그 문을 도로 밀어 닫았다. 탁, 소리가 났다. 아리는 굳은 표정으로 물었다.

“나랑 같이 살기 싫어?”

“무슨 소리야?”

“왜 나만 두고 집을 나갔냐고?”

“아리야, 그건 말이야….”

조금 전까지 불량기가 철철 넘쳤던 길군은 아리 앞에서 어쩔 줄 모르고 절절맸다.

“오빠도 내가 무서워?”

“무슨 소리야?”

길군의 눈썹이 비틀렸다.

“아니라고는 못하네. 그렇다면 어쩔 수 없고. 앞으로는 학교로 찾아오지 마.”

“아리야, 난 무조건 네 편이야. 사람들이 뭐라고 해도 넌 내 동생이라고.”

“누가 아니래? 갈게. 점심시간 끝났어.”

“뭔 소리야? 아직….”

아리는 길군의 말을 끝까지 듣지 않고 교문 안으로 뛰어 들어갔다. 길군은 더는 아리를 붙잡지 않았다. 그는 차에 기대선 채 담배를 물고 불을 붙였다. 잔뜩 움츠린 미간의 주름이 담배 연기를 마실 때마다 떨렸다.

“네가 무섭냐고? 그럴지도 모르지.”

길군은 중얼거렸다. 그날 그 모습만 보지 않았더라면. 그 매구탈… 그 빌어먹을 매구탈이…. 단 한 번이었다. 그 한 번이 아리를 이상하게 만들었다. 그의 잘못이었다. 그가 좀 더 손이 빨랐더라면. 그는 답답한 듯 주먹으로 차를 툭툭 치다가 잿불을 털어낸 꽁초를 주머니에 넣었다. 그러곤 새까만 차창에 비친 자신의 모습을 멀뚱히 바라보다가 차에 올라탔다.

이하는 제 허벅지를 끊임없이 톡톡 쳐대는 집게손가락을 엄지로 눌렀다. 가만있어봐. 정신 산란하니까. 그러니까 아리는 알고 있었다. 아이들이 자신을 어떻게 보고 있는지. 다들 쉬쉬해서 당사자는 모르는 줄 알았는데 실은 모른 척했던 것이다. 게다가 친오빠인 길군마저 아리를 두려워하고 있다. 정연에게는 으름장을 놨지만 정작 자신은 아리 앞에서 부정하지 못했다.

매구의 아이, 대체 그게 뭔데? 만약 길군이 매구의 아이를 믿는다면 매구의 존재 역시 믿는다는 뜻이다. 그런데도 홍수연을 구한다고 호수에 뛰어들었다면 그건 정말 정연의 말대로 고의가 된다. 홍수연은 길군을 좋아했다. 그래서 길군의 편지를 받고 매구호수로 갔다. 명백한 길군의 함정이다. 길군은 정말 홍수연이 죽기를 바랐던 건가.

이하는 교실로 돌아가는 길에 스탠드 구석에 혼자 앉아 있는 정연을 보았다. 훌쩍이고 있던 정연이 이하를 보곤 얼른 손으로 젖은 얼굴을 훔쳤다. 어쩐지 안됐다는 생각이 들었다. 하지만 말을 걸 엄두가 나지 않았다. 어쨌든 그는 전학 첫날 그녀에게 찍힌 몸이다. 못 본 척 지나가기로 했다.

"너, 황아리랑 가까이 지내지 마."

이하는 걸음을 멈췄다. 정연은 울어서 충혈된 눈동자로 이하를 빤히 쳐다보았다. 시선이라는 건 만질 수는 없어도 감각으로는 전해지는 물질적 자극임이 틀림없다. 기분 탓이 아니었다. 정연의 시선은 시간이 지날수록 그물처럼 촘촘하게 죄어들어 급기야는 두피를 파고들며 뭐라 속삭이기까지 했다. 좀 더 버티면 속삭임이 뇌의 고랑에 스스로 자기 말을 새기려 들 것 같았다. 매구를 봤던 시선이라 그런 건가? 아, 또 은연중에 매구가 있다고 생각해버렸어.

"죽고 싶지 않다면 말이야. 황아리가 좀 이상하다는 건 이미 알 테고, 너도 걔에 관한 소문들 들었을 거 아냐."

그가 들은 건 하나뿐이었다.

"아리를 왜 매구의 아이라고 하는 거죠?"

"걔네 아버지가 매구호수에서 주워왔거든."

"고작 그런 이유예요?"

"황아리의 아버지는 매구탈을 만들었어. 매구를 봤단 거지. 근데 매구가 잡아가지 않았어."

"그거야 진짜 매구를 보고 만든 게 아니라서 그런 거겠죠."

"난 매구를 봤어. 내가 본 매구의 얼굴은 황아리의 아버지가 만든 매구탈과 똑같았어. 걔네 아버지가 매구와 마주 앉아 있는 것을 본 사람도 있어."

그래, 박가네슈퍼 할머니가 봤다고 했지. 하지만 그건 착각일 가능성이 있다고 두산이 말했다.

"그렇게 따지면 누나는요? 매구는 자길 본 사람을 그냥 보내주지 않는다고 했어요. 누나가 본 게 진짜 매구였다면 누나 역시 매구에게 발목을 잡힌 채 호수 바닥으로 끌려 들어갔을 거예요. 아리의 아버지도 마찬가지고요."

"매구가 아리의 아버지를 봐준 건 아리 때문이야. 자기 아이를 부탁했으니 당연히 살려줘야지. 나 역시 내가 모르는 이유로 보류된 거라고 생각해. 때가 되면 매구는 나를 찾아 올 거야. 현승의 어머니를 봐. 수백 킬로미터 떨어진 곳에서 결국 발목이 잡혀 익사체로 발견됐잖아. 언젠가 나처럼 매구를 봤던 거야."

정연은 부들부들 떨고 있었다. 이하는 정연이 가지고 있는 짜증과 불안함의 원인을 그제야 이해했다. 정연은 내내 무서워하고 있었던 것이다. 여덟 살 아이는 매구와 마주한 그 순간부터 마음속에 박혀버린 거대한 공포와 여태 혼자 싸워왔다.

정연은 계속 심리 상담을 받고 있었지만 매구의 실재는 부정당했다. 그건 마음이 만든 공포라고. 하지만 그렇든 아니든 한번 눈으로 본 것을 지우는 것은 쉬운 일이 아니다.

"매구호수에서 주워왔다는 이유만으로 아리가 매구의 아이라는 건 좀 과하지 않아요?"

"옛날에 난숙 아줌마가 결혼하기 전에 매구의 아이를 낳았다는 소문이 있었어. 딱 그때였어. 황씨 아저씨가 아리를 매구호수에서 주워온 때가."

"네?"

"그 대가를 치르느라 아줌마가 지금은 아이를 낳을 수 없게 된 거래."

"그럼 난숙 아줌마가 아리의 엄마란 거예요? 무슨 그런…."

이하는 헛웃음이 나왔다.

"일단 그 둘이 하나도 안 닮았잖아요."

"아리는 매구를 닮았어."

"뭐라고요?"

"넌 아직 매구탈을 본 적이 없지? 가서 봐. 보면 알게 될 거야. 아리와 닮았어."

이하는 갑자기 등골이 당기면서 소름이 끼쳤다.

"특히 눈이. 애들이 왜 아리의 시선을 피하는데. 나도 어쩌다 걔와 시선이 마주치면 이유 없이 가슴이 서늘해져."

"그건 기분 탓일 뿐이에요. 그리고 소문이 사실이면 난숙 아줌마는 왜 아리를 데려가지 않는데요?"

"무서워서 버린 애니까. 당사자들은 진실을 알고 있겠지. 매구를 포함해서 말이야. 조심해. 아리의 곁에 매구가 있어. 황길군도 그걸 알고 있고. 12년 전 그날 그 자리에 매구가 있었어."

"매구가 진짜 있다고 생각하는군요."

"내 눈으로 봤다니까."

정연은 확신에 찬 얼굴로 이하를 보았다.

"길군 형이 수연 누나에게 편지를 보냈다고 했는데 거기 뭐라고 쓰여 있었는지 알아요?"

"매구호수에서 만나자, 할 말이 있어. 그게 다야. 할 말, 언니는 그게 고백일 거라고 기대했지. 그 편지만 아니었으면 언니는 그날 매구호수에 가지 않았어. 근데 자살이래. 황길군은 이제 와서 아예 언니를 모른 척하고 있고. 비슷한 이름의 여자를 너무 많이 알아서 헛갈린대. 나쁜 자식!"

"하지만 길군 형에 대한 누나의 의심은 심증일 뿐이잖아요."

"그래, 다들 그렇게 말하더라. 하지만 난 무슨 일이 있어도 그 사람이 언니를 죽여야만 했던 진짜 이유를 찾을 거야. 매구를 보고도 호수에 뛰어든 이유를 말이야."

"길군 형이 매구를 봤다면 형도 호수로 끌려 들어갔어야 하잖아요."

"이 바보야, 황씨 아저씨와 황길군은 예외야. 그들은 절대 매구를 봤다고 말하지 않아. 그럼 아리가 매구의 아이라는 것을 인정하는 꼴이 되니까."

정연은 자신이 본 매구가 진짜라고 철썩같이 믿고 있었다. 하지만 이하는 그녀의 말을 전적으로 믿을 수 없었다.

"저기, 이렇게 생각해봐요. 만약 길군 형이 뛰어들지 않았는데 수연 누나가 죽었다면요? 그럼 이번엔 길군 형이 구해주지 않았기 때문이라고 원망할 거잖아요. 어떻게 해도 그 형은 살인자 아닌 살인자가 되는 거예요. 길군 형은 그 순간 선택을 해야 했고 누나는 그 선택을 받아들여야만 해요."

"너, 진짜…."

정연은 하릴없는 웃음을 드러냈다.

"내가 그날 본 게 매구가 아니면 매구탈이어야 하거든. 근데 그날 밤 공방에 걸려 있던 매구탈은 아무도 손대지 않았어."

"저도 그렇게 들었어요. 제 말은 수연 누나가 그날 밤 길균 형의 편지를 받고 매구호수로 간 것이 사실이라면 누나의 말대로 자살일 수 없다는 거예요. 죽으러 가는 마당에 누가 어린 동생을 데리고 가겠어요."

정연의 표정이 조금 누그러졌다.

"언니는 늦은 시간에 남학생을 만나러 가는 것을 부모님께 들키고 싶어 하지 않았어. 그래서 나를 데리고 간 거야."

"왜 편지가 증거물이 되지 못했어요?"

"말도 안 되는 유서 때문에."

정연이 어이가 없다는 듯 말했다.

"유서요?"

"사실 그건 유서도 뭣도 아니야. 그냥 파편 같은 거라고. 너나 나나 공책이나 책에 수없이 끼적이는 그런 글 말이야. 너도 알다시피 그렇게 쏟아내는 문장들이 우리 생각의 전부는 아니잖아."

이하는 정연의 말에 동의했다. 내면의 말들을 풀어낼 곳이 없을 때면 여백 어디든 메운다. 하지만 그 잔인한 감정들은 주변의 위로나 손길에 얼마든지 맥없이 사라질 수 있는 것들이다.

"편지든 유서든 좀 볼 수 있어요?"

정연은 조금 의외였다. 그때 이후로 아무도 그걸 다시 보자고 하지 않았다. 이 커다란 아이는 생각보다 섬세한 구석이 있었다. 그녀의 말을 믿어주는가 하면 또 바로잡아주었다. 어딘가 사람의 불안을 덜어주는 묘한 안정감을 가졌다.

전학 첫날 심통을 부린 것이 미안해졌다. 그 벌벌 떠는 집게손가락의 사정도 모르고 주먹을 쥐었다고 모함한 것도. 그때도 그는 화를 내거나 따지지 않고 그저 죄송하다고 말했을 뿐이었다. 정연은 문득 그런 생각이 들었다. 어쩌면 이 아이가 내가 매구에게 죽기 전까지 조금은 의지가 되어 줄 수도 있지 않을까.

"유서는 언니 집에 있어. 편지는 나한테 있으니까 보여줄게."

*

사촌 자매는 보슬보슬 내리는 빗속으로 길을 나섰다. 공기는 후덥지근하고 끈적였다. 땅거미가 어스름하게 내리는 가운데 보슬비는 이내 폭우로 변했다. 수연은 정연의 손을 꼭 쥔 채 앞이 보이지 않을 정도로 거센 빗발을 뚫고 약속 장소인 매구호수로 향했다. 집에 가자고 보채는 정연을 달래며 목적지에 도착한 수연은 동생을 팽나무 아래로 데려갔다. 잎이 무성해서 그나마 비를 좀 가려줄 수 있을 것 같았다.

"여기서 기다려. 금방 올게."

수연이 팽나무 밖으로 나갔을 때 정연은 보았다. 매구는 고작해야 그들과 몇 미터 떨어진 앞쪽에 우뚝 서 있었다. 나뭇가지들이 심하게 떨었고 매구의 얼굴을 휘감은 짐승의 털들은 흉포하게 흩날렸다. 정연은 그 끔찍한 얼굴을 잊으려고 했다. 하지만 어른들이 그녀의 머릿속에서 부유하고 있는 귀신 같은 얼굴을 지워내려고 애를 쓸수록 그 얼굴은 더 끔찍한 악몽을 끌고 돌아왔다.

강풍이 정연의 손에서 우산을 낚아챘다. 정연의 시선이 바람에 쓸려가는 우산을 따라갔지만 곧 놓쳤다. 폭우는 사정없이 어린아이의 몸을 때렸다. 정연이 다시 호수 쪽으로 고개를 돌렸을 때 수연은 보이지 않았다. 그 짧은 순간에 수연에게 무슨 일이 벌어졌는지 정연은 도무지 기억이 나질 않았다.

정연은 수연을 찾아 헤맸다. 그러다가 누르께한 형체를 언뜻 다시 보았다. 매구의 모습이 빗줄기과 함께 어른거렸다. 매구의 얼굴은 호수를 향해 있었다. 정연은 호수를 보았다. 수연의 머리가 수면 위로 오르락내리락하는 것이 보였다. 매구의 얼굴이 기우뚱기우뚱 움직였다.

정연은 매구가 구해줄 거라고 믿었다. 하지만 매구를 제치고 길군이 먼저 호수에 뛰어들었다. 정연은 울부짖었다. 안 돼! 어린 동생의 울음소리가 수연의 귀에 들렸을까. 아마 들리지 않았을 것이다. 폭우가 모든 소리를 집어삼켰다.

정연은 이튿날 새벽, 대숲 안쪽 깊숙한 곳에 있는 옛날 애장터 자리에서 발견되었다. 어쩌다 거기까지 갔느냐고 사람들이 물었을 때 어린 정연은 말했다. 파란빛을 따라 갔어요. 그날 정연이 봤다는 매구의 진위와 함께 파란빛의 정체 역시 아직까지 밝혀지지 않았다.

*

교문 앞에서 헤어지기 전에 현승은 이하에게 물었다.

"나 다니는 독서실 같이 다닐래?"

야간자율학습이 중단되자 현승은 학교 근처 독서실로 향했다. 하죽리에는 독서실이 없었다. 매일 새벽 2시가 되면 현승의 아버지는 독서실 앞으로 아들을 데리러 왔다.

"됐어."

"밤에 집에 갈 때 무서워서?"

어딘가 놀리는 듯했지만 이하는 반박하지 않았다.

"솔직히 그것도 그렇고, 어차피 대학 갈 생각도 없고. 우리 아버지도 독서실비 내줄 돈 없을 거고."

"이거 가져가라."

현승은 제 가방 안에서 종이 상자를 꺼내 내밀었다.

"뭔데?"

"운동화."

이하는 제가 신고 있는 슬리퍼를 내려다보았다. 운동화가 있긴 한데 밑창이 닳아서 떨어진 지 한참 됐다. 아버지에게 새 운동화를 사달라는 말이 하기 싫어 그냥 입을 다물고 있었다. 굳이 그가 말을 꺼내지 않아도 조금만 눈여겨보면 등교하는 아들이 주구장창 슬리퍼만 신는 이유를 진작 알았을 것이다.

"나 운동화 있어. 그냥 이게 시원해서 신고 다니는 거야. 어차피 학교 오면 갈아 신어야 하는데 귀찮아서."

"알아. 그래도 신어. 네 사이즈야."

"너무 비싼 거라 못 받겠다."

상자에 박힌 브랜드 로고를 힐끗 본 이하는 고개를 저었다. 그는 현승의 선물을 거절해야만 했다. 현승의 아버지가 아들에게 용돈을 풍족하게 주는 것은 부자여서가 아니었다. 이하는 이런 식으로 남의 아들 자리에 슬그머니 발을 걸칠 수 없었다.

"공짜 아니야. 나중에 우리 아버지한테 갚아."

이하의 속을 눈치챈 듯 현승은 농담처럼 말했다.

"네 아버지한테 운동화 사드리라고?"

"어림없는 소리 하고 있다. 배로 갚아야지."

"내가 무슨 재주로?"

"너 히어로 만들고 있잖아. 그거 성공하면 업소용 대형 냉장고나 한 대 사드리던가."

이하의 얼굴이 붉어졌다. 취해서 눈도 감기고 혀도 꼬부라졌던 주제에 잘도 기억하고 있다.

"야, 그게 언제 태어날 줄 알고. 그럼 그때 가서 주고받는 걸로 하자."

"이거 반품 안 돼."

"어디서 샀는데? 내가 환불받아 올게."

"야, 친구의 호의를 꼭 그딴 식으로 대할래? 신발 사주면 도망간다는 진리도 무릅쓰고 큰마음 먹고 산 건데. 나 막 서운해지려고 한다."

"동정하냐?"

"그게 뭔데? 그냥 그날 너하고 호숫가에서 먹고 마시고 이야기한 게 좋았어. 그래서 그래."

무슨 말인지 알아들었다. 이하에게도 그날은 특별한 날이었다. 가슴 속이 꽉 차올랐다. 친구 하나를 얻었는데 마치 세상을 얻은 것 같았다. 그럼에도 이건 분명한 동정이었다. 하지만 불쾌하기는커녕 감동으로 울컥했다. 사자마자 땅바닥에 떨어뜨린 아이스크림 앞에서 울고 있는 그에게 새 아이스크림을 쥐어주며 괜찮다고 말을 걸어준 사람이 여태 현승 말고 없다는 사실을 깨달았다.

"알았어. 일단 받고 냉장고 사준다."

"신고 딴 데로 새지 말고 집으로 가라."

"네가 내 아버지 해라."

"여태 아들처럼 대해준 걸 이제 알았냐."

현승이 웃으며 돌아섰다. 현승이 가고 혼자 버스에 오른 이하는 조금 쓸쓸해졌다. 아들이 밥 먹을 돈도, 차비도 없이 어떻게 학교에 다니는지 아버지는 관심도 없었다. 이제부터 둘이서 잘 살아보자던 아버지는 전학 수속이 끝나자마자 늘 그랬던 것처럼 무심해졌다. 알아서 잘하겠거니 믿는다기보다는 제 코가 석자이기 때문이다.

앞으로도 계속 그런 식일 테지. 방학 시작하면 고되더라도 시급이 센 아르바이트 자리를 찾아봐야겠다. 이하는 심란해졌다. 이럴 때일수록 단 걸 먹어줘야 되는데. 이하는 슈퍼 안으로 들어섰다가 의외의 광경을 보았다. 다시 만나면 죽여버리겠다던 학준과 죽임을 당할 처지였던 아버지가 언제 그랬냐는 듯 머리를 맞댄 채 땀을 뻘뻘 흘리며 칼국수를 먹고 있었다. 난숙이 반갑게 이하를 맞으며 말했다.

"마침 잘 왔다. 여기서 밥 먹고 네 아버지랑 같이 올라가면 되겠다."

머뭇거리는 이하를 향해 난숙이 재촉했다.

"뭐해? 얼른 들어와."

이하는 난숙의 손에 이끌려 엉겁결에 밥상 앞에 앉았다. 아버지는 이하가 한쪽 구석에 내려놓은 종이 상자를 흘끔거리며 학준에게 물었다.

"전 씨 죽인 범인은 잡혔대?"

"오리무중이란다. 근데 희한하지. 전 씨랑 장 씨 마누라랑 그 발목의 압박흔 말이야."

"그래서 매구 짓이라고 하던대요."

이하가 슬그머니 끼어들며 난숙의 표정을 살폈다. 정말 난숙 아줌마는 매구의 아이를 낳았을까. 그 아이가 정말 아리일까. 학준 아저씨는 알고 있을까. 셋이 친했으면 아버지도 알고 있을지 몰라. 아니다. 아버지는 그때 여기 없었으니 모를 수도 있겠다.

"세상에 매구가 어딨어?"

학준이 딱딱한 어조로 말했다.

"매구인 게 나아."

아버지는 말했다.

"뭔 소리야?"

"매구가 아니면 범인이 따로 있다는 소리잖아. 매구로 위장한 살인자이든 매구가 살인자이든 사람을 죽이는 건 사실인데, 사람보다는 매구 짓인 게 낫지. 아니면 우리들 중 하나가 살인자라는 말이 되잖아. 동네 사람 전부 용의자가 될 수 있다고."

"거 말 같지도 않은 소리 집어치워."

학준이 짜증을 냈다. 그는 세상에 매구가 어디 있냐고 말했지만 범인이 매구가 아니라고 딱 잘라 말하지도 않았다.

"말은 되지. 등정리 탈 집 아들이 전 씨 죽인 용의자로 붙들려 갔잖아."

"풀려났어."

학준이 말했다.

"아니, 길군이 왜?"

난숙은 영문을 모르겠다는 듯 물었다.

"죽은 전 씨가 옛날에 그 집 남매 앞으로 나온 보상금을 나눠 먹은 인간들 중 하나잖아. 모르긴 몰라도 전 씨가 길군의 살생부에 들어 있기는 할 거야. 게다가 죽기 전날 전 씨가 마지막으로 만난 사람이 길군이래. 가게에서 명태포를 사갔다더군."

"웬 명태포?"

아버지가 묻자 난숙은 질책하듯 말했다.

"그날이 걔들 엄마 제삿날이었는데 명태포만 사갔겠어? 그런 걸로 애를 잡아가다니."

이하는 난숙이 아리의 집 사정을 의외로 잘 알고 있다는 사실에 주목했다. 물론 그럴 수 있다. 매구면 이웃이니까. 근데 그러기에 등정리는 너무 먼 이웃이다.

"아리의 어머니와 잘 알고 지내셨어요?"

이하가 묻자 난숙은 말했다.

"아니. 난 그냥 얼굴만 아는 정도야. 서울 사람이고 직장도 서울에서 다녔거든. 황 씨는 공방 일 때문에 애들 데리고 여기 있고. 그래서 우리 어머니가 가끔 반찬 해다주고 그랬지."

"근데 제삿날까지 기억해요?"

"졸지에 부모 다 잃고 애들만 남았는데 제사를 어찌 챙기나 싶어 몇 번 도와주러 갔어. 나중에 길군이 지들끼리 하겠다고 이제 그만 오라 그러데. 난 괜찮다고 했지만 걔들 입장에서는 부담스러웠나 봐. 그래도 가족이라고 둘이 똘똘 뭉쳐 있는 게 어찌나 안쓰럽던지. 암튼 길군은 그럴 애가 아니야."

이하는 그녀의 눈동자가 불안하게 흔들리는 것을 보았다. 난숙이 시선을 돌리자 아버지는 한탄하듯 말했다.

"하, 길군, 그놈 자식…. 어릴 땐 참 순했는데 어째 그렇게 변해버렸는지."

그러곤 냉큼 화제를 바꿨다.

"근데 우리 난숙이 칼국수 끓이는 솜씨는 여전하다."

아버지가 실실대자 학준은 꼴 보기 싫다는 듯 눈을 흘겼지만 그뿐이었다. 이하는 궁금증으로 머릿속이 꽉 찼다. 학준 아저씨는 확실히 매구 이야기에 불편한 감정을 드러낸다. 난숙 아줌마가 매구의 아이를 낳았다는 소문을 신경 쓰는 것이다. 학준 아저씨는 뭔가 알고 있다.

하지만 선불리 물어볼 수 없었다. 잘못 입을 놀렸다가는 분위기가 이상해질 것 같았다. 어쩌면 굉장히 무례한 질문이 될 수도 있고. 학준이 주먹을 내보이지 않자 아버지는 과감하게 덧붙였다.

"네 마누라 음식 잘한다니까 너도 어깨가 으쓱해지지?"

"입 닥치고 빨리 처먹고 꺼져."

"입 닥치고 어떻게 처먹냐?"

"그럼 빨리 처먹고 입 닥치고 꺼져."

"근데 이거 뭐냐? 엄청 비싸 보인다."

아버지는 이하가 들고 온 종이 상자가 영 궁금한지 기어이 손을 뻗어 열어보았다.

"와, 좋다. 나 주려고 샀냐?"

아버지는 운동화를 꺼내 신어보려고 했다.

"아버지 거 아니에요."

이하는 아버지의 손에 들린 운동화를 뺏다시피 채서 상자 속에 도로 집어넣었다.

"신을 수 있을 것 같은데."

"제 사이즈예요. 선물받은 거고요."

"누가 너한테 저런 비싼 걸 선물해?"

아버지는 못 믿겠다는 듯 말했다. 그러곤 학준과 난숙을 흘끔 보더니 자랑스러워하며 말했다.

"에이, 남 앞이라 쑥스러워서 그러는구나. 그럼 집에 가서…."

"아버지, 제발 다시 생각해보세요. 그럼 저는 저런 비싼 걸 무슨 수로 아버지에게 선물해요?"

"꼬불쳐둔 돈으로."

이하는 기가 막혔다.

"그런 거 없어요. 아버지 제 운동화 상태 본 적 있어요?"

"아니. 근데 네 운동화가 뭐 어떤데?"

난숙은 이하가 벗어놓은 슬리퍼를 보았다. 하지만 아버지의 시선은 여전히 운동화 상자에 머물러 있었다.

"그 친구는 보지도 않았는데 알더라고요."

"훌륭한 친구네. 근데, 너랑 나 두 치수 차이난다 해도 1센티미터밖에 안 돼. 같이 신을 수 있어."

아버지는 미련을 버리지 못한 채 뻔뻔하게 말했다. 보다 못한 난숙이 말했다.

"형본아, 그만해라. 보아하니 이하가 만날 슬리퍼만 신고 다니니까 친구가 큰마음 먹고 선물해준 거네. 누군지 알 것 같다. 현승이지?"

"네."

"제 속도 시끄러울 텐데 그 와중에 너한테까지 마음을 쓰고. 바른 애인 줄은 알았다만 참 기특하네."

"내 신발도 다 닳았어."

아버지가 말했다.

"그렇다고 슬리퍼 신고 다닐 정도는 아니잖아."

난숙이 말했다.

"넌 필요하면 우리 집에서 신을 만한 거 얼마든지 찾을 수 있을 거야."

학준이 보탰다.

“너랑 발 사이즈가 달라.”

아버지는 불만스럽게 대꾸했다.

“너랑 나 두 치수 차이 나. 1센티미터밖에 안 돼. 신을 수 있어. 하여간 아버지란 작자가….”

학준이 혀를 찼다.

“내가 뭘?”

“형본이 너 아무 말도 하지 마. 아들 앞에서 나한테 쥐어박히고 싶지 않으면.”

난숙은 아버지를 흘겨보곤 이하에게 말했다.

“네 아버지가 새 운동화 뺏어 신으려고 하면 나한테 일러. 알았지? 내가 헌 신발짝으로 정신이 들 때까지 패줄 테니까. 그나저나 너 들어오니까 방이 꽉 차네. 참 듬직하다.”

“부럽지?”

아버지가 내지른 말에 이하는 눈살을 찌푸렸다. 아무리 어린 시절 허물없는 친구들이라 해도 그게 자식 없는 친구 부부에게 할 소리는 아니지 싶었다.

“처음 봤을 때 형본이 아들인지 전혀 못 알아봤다니까.”

학준이 말했다. 그러니까 서울에서 가산 말아먹고 마누라 도망가고 빈집에 들어앉은 뜨내기가 아버지인 줄 몰랐다는 소리였다.

“난 좀 긴가민가했어. 돌아가신 윤 어르신하고 닮았다 싶었거든.”

난숙이 말했다.

"아버지를 생각하면 꽤 멀리 온 것 같은데 지금 이렇게 셋이 또 모여 앉아 있으니 옛날 일이 고작 며칠 전처럼 느껴지네. 그러고 보면 인생 참 별거 없어."

아버지가 말했다.

"별거 없긴 왜 없어. 네 인생만 별거 없는 거지."

학준이 쏘아붙였다.

"그러는 넌 뭐 별거 있냐? 내 보기엔 아무것도 없구먼."

"너보단 별거 있어."

"그게 뭐든 내 거만 하겠어."

아버지는 이하의 어깨에 손을 얹었다. 학준은 더 대꾸하지 않았다. 이하는 그가 자신을 의식하는 것을 분명하게 느꼈다. 난숙이 이하의 칼국수를 내왔다. 계란과 버섯, 호박과 김, 볶은 소고기와 당근을 고명으로 예쁘게 얹었다. 엄마도 가끔 국수를 끓여주었다. 하지만 고명 없이 한꺼번에 넣고 끓였다. 멸치고 버섯이고 호박이고 감자고 다 국물에 퍼져서 둥둥 떠다녔다. 엄마는 지친 미소를 내보이며 말했다. 그냥 먹어, 어차피 저으면 그렇게 되잖아.

이하가 젓가락을 들자 난숙은 말했다.

"어, 왼손잡이네."

"양손잡이야. 원래는 오른손잡이고."

아버지가 말했다.

"뭔 소리야, 그게?"

학준이 묻자 아버지는 일부러 심술궂은 표정을 드러내며 말했다.

"그런 게 있어. 안 가르쳐줄 거야."

이하는 덜덜 떠는 집게손가락을 엄지로 가만히 누르며 오른손을 엉덩이 밑으로 숨겼다. 난숙은 이하에게서 도무지 눈을 떼지 못했다. 저런 아들 하나 있었으면, 하는 마음이 여실히 드러났다. 그녀가 자꾸 눈을 맞추려들어 이하는 칼국수 그릇에 계속 코를 박은 채 먹을 수밖에 없었다.

"참 잘생겼네. 네 아버지도 젊었을 땐 한 인물 했었는데."

"나도 꽤 잘생긴 축이었어."

학준이 질세라 끼어들었다.

"너랑 나랑 그때 진짜 용호상박이었지."

아버지의 말에 학준은 다시 맞장구를 쳤다.

"그때 우리 되게 잘 나갔었는데."

마흔 살을 코앞에 둔 추레한 남자 둘이 다투어 뻐겨대자 난숙은 한심하다는 듯 한숨을 내쉬며 중얼거렸다.

"내가 쓸데없는 소릴 했다."

"무슨 소리, 진심이 담긴 소리지. 근데 그건 인정하지? 내가 학준이보다 훨씬 나았다는 거. 난숙이 너도 원래 날 더 좋아했고. 어쩌면…."

"그만 하지."

학준의 목소리가 갑자기 무거워졌다.

"응?"

아버지는 정신이 퍼뜩 든 듯 고개를 끄덕였다.

"그래, 그만 해야지. 내가 지금 무슨 소릴 하려는 건지 모르겠네. 술도 안 처먹었는데 말이야."

아버지는 학준의 말에 고분고분 입을 다물었다. 어쩌면, 하고 이어질 아버지의 다음 이야기는 실제로 벌어지지 않은 이야기지만 일반적인 맥락으로 보았을 때 이하는 그 내용을 짐작할 수 있었다. 어쩌면 아버지가 난숙 아줌마와 결혼할 수도 있었다는.

세월이 지났다. 과거에 세 사람이 그토록 친했다니 이젠 그저 농담으로 흘릴 수 있는 말이다. 그러나 이하는 봤다. 학준과 아버지는 그 순간 음모자들처럼 서로 눈짓을 주고받았다.

"뭔가 다른 이야기가 더 있는 것 같은데요?"

아버지의 눈동자가 불안하게 흔들렸다. 학준은 입을 꾹 다문 채 눈을 끔벅이며 난숙을 보았다. 말주변 없는 남자 둘이 아무 말이나 해놓고 자신에게 수습을 떠넘기자 난숙은 새삼스럽지도 않다는 듯 입을 열었다.

"들어봐라, 이하야. 세상 물정 모르는 어린 여자가 저 하늘의 별이 갖고 싶어, 별을 따다줘, 하고 말했어. 그러자 남자A는 네가 원하면 당장 따다주마, 하고 대답했지. 하지만 남자B는 별? 별이라고? 별 같은 소리 한다, 미쳤냐? 그게 가능해? 바보냐? 헛소리하지 말고 현실적으로 되는 걸 말해, 기왕이면 돈 들지 않는 걸로. 자, 이제 문제 낸다. 이하 네가 여자라면 어떤 남자를 고르겠니?"

이하는 피식 웃고 말았다. 매구면 토박이들의 특징은 대화 중에 늘 이런 식의 선택 문제를 내는 것이다. 오랫동안 매구 이야기를 가지고 넌 어쩔래? 하고 물으며 살아온 것이 습관이 되어버린 모양이다. 매구 문제보다는 쉬웠으므로 이하는 망설이지 않고 대답했다.

"남자B요."

난숙은 픽 웃으며 고개를 저었다.

"네가 여자라고 생각해야지. 그리고 아주 어릴 때고."

여자라고 생각해도 답은 남자B였다. 하지만 보기는 두 개뿐이고 남자B가 답이 아니라면 정답은 남자A였다. 세상에 이렇게 쉬운 문제만 있다면 얼마나 좋을까.

"하지만 남자A를 선택하는 건 너무 위험해요."

아무래도 남자A가 아버지 같았다. 허구한 날 큰소리치며 되지도 않는 헛꿈만 꾸니까. 아니나 다를까 아버지는 말했다.

"그게 말이야, 그땐 나도 어려서 뭘 잘 몰랐어. 그래서 그런 대답이 나올 수 있었던 거야. 내가 별을 따러 가봐서 아는데 그거 완전 세월아 네월아 시간만 잡아먹는 짓이더라고. 가도 가도 별이 가까워지지 않아서 아예 잡을 수조차 없어. 지금 물으면 그런 대답하지 않지."

"바로 그거야. 나도 그땐 어려서 별 따다 준다는 남자의 말에 그냥 혹했던 거야."

난숙이 웃으며 말했다. 이어 학준은 점잖게 마무리를 지었다.

"그래서 여자는 별을 따다 주겠다는 허풍쟁이 남자A를 버리고 성실한 남자B를 최종 선택했지. 이제 보니 넌 네 아버지가 아니라 날 닮았네."

"언감생심 무슨 소리야?"

아버지가 날을 세우자 학준은 코웃음을 쳤다.

"둘 다 그만 좀 해."

난숙은 이마를 찌푸렸다. 그녀는 이하를 향해 말했다.

"다른 이야기는 없어. 그냥 그렇게 된 거야. 뻔하고 흔한 그맘때 이야기지."

이하는 그제야 알 것 같았다. 아버지와 학준이 용호상박하며 잘 나가던 그 시절, 누가 용이고 누가 호랑이였는지. 용은 아버지고 호랑이는 학준일 테다. 호랑이는 여전히 건재하지만 용은 그저 상상 속의 존재일 뿐이다.

"남자A는 여전히 그러고 살아요."

이하가 말했다.

"그래, 그런 것 같네. 하지만 네 아버진 원래 그런 사람인걸. 그래서 다른 사람들이 절망을 택할 때 네 아버지는 별을 택할 수 있었던 거야. 그 별이 바로 너고. 그러니까 많이 먹어라, 이하야."

난숙은 이하 앞으로 반찬을 몰아주며 말했다. 이하는 속으로 생각했다. 별은 무슨. 별이면 별답게 떠받드는 시늉이라도 해가며 키웠어야지. 이건 뭐 아들인지 소 새끼인지 순 아버지 맘대로 끌고 다니며 좋을 대로 부려먹는데. 아버지가 말했다.

"잘 챙겨주라. 내 아들이야. 아니, 옛날처럼 다시 우리 셋이 됐으니 그냥 우리 셋의 아들이다 여겨. 이제 니들한텐 산삼이도 없고 적적하잖아."

난숙의 얼굴이 급격히 어두워졌다. 학준은 아내의 손을 잡으며 무섭게 말했다.

"입 닥쳐."

"왜? 난숙이 생각해서 하는 말이잖아. 자, 내가 아들 하나 거저 낸다. 가만, 거저 낼 순 없고 이걸로 내가 옛날에 니들한테 진 빚 몽땅 갚는 걸로 하자."

"이 자식 봐라, 여기서 이런 식으로 얼렁뚱땅 아들 팔면 그 빚이 다 갚아질 줄 알아?"

학준이 버럭 화를 내며 아버지를 노려보았다. 아버지는 고개를 갸웃거리더니 말했다.

"계산을 해봐야겠지만 내 생각엔 내 아들이 좀 더 나가지 싶은데. 그동안 내가 정성들여 키운 공이 있잖아."

"잘하는 짓이다. 너 여기 아들 팔러 왔냐?"

학준이 기어이 젓가락을 탕, 놨다. 아버지는 밥상 밑으로 떨어진 학준의 젓가락을 냉큼 집어다 그의 손에 다시 쥐어주며 말했다.

"제발 그 욱하는 성질 좀 버려라. 체하것다. 암튼 그렇게 하는 거다. 그럼 나중에 이 슈퍼는 우리 이하가 물려받는 거지?"

학준의 눈썹이 일그러졌다.

"형본이 너 많이 변했다."

"살자니까 변하게 되더라. 좋게 생각해라. 덕분에 너한테 방금 아들 하나 뚝딱 생겼잖아. 속으로 계속 내 아들 탐낸 거 알아. 그리고 사실 나도 동의해. 나보단 널 닮는 게 낫지."

"미친놈."

학준은 입 안으로 불어터진 칼국수를 밀어 넣었다. 이하는 속으로 쓴웃음을 지었다. 그가 일곱 살에 밥상머리에 앉아 이런 이야기를, 그러니까 아버지가 자식 없는 친구 부부에게 아들을 빚 대신 팔아넘기는 이야기를 듣고 있었다면 상처받았을지도 모르겠다. 하지만 그런 말에 신경 쓸 나이는 지났다. 그냥 허공에서 오가는 말일 뿐이다. 어차피 아버지는 자신이 하는 말이 진심인지 허풍인지 자각하지 못했다. 그냥 되는 대로 떠드는 것이다.

"저 그만 올라갈게요."

이하가 자리에서 일어섰다.

"그래, 너 먼저 올라가라."

아버지는 부른 배를 두드리며 드러누웠다.

"같이 올라가지."

학준은 못마땅한 얼굴로 다그쳤다.

"올라가서 뭐해? 혼자 할 것도 없어. 여기서 니들이랑 더 놀다 가련다."

"아유, 진짜."

이번엔 난숙이 한 대 패주고 싶다는 듯 눈살을 찌푸렸다.

"됐어요, 두세요."

슈퍼를 나서는 이하에게 난숙은 이것저것 손에 잡히는 대로 과자며 빵, 우유를 봉지 가득 담아주며 말했다.

"언제든 괜찮으니까 밥 먹으러 와. 다른 것도 필요하면 가져가고."

"밥값은 네 아버지한테 받을 테니까."

난숙의 곁에서 학준이 뚱한 어조로 내뱉었다.

"낼 아침에 올라갈게."

아버지는 잘 가라며 이하에게 손을 흔들었다.

*

그게 시작이었다. 그런 식으로 뭉개며 하룻밤씩 자고 오기를 몇 번. 그러려니 했다. 그러다가 이틀 밤씩 건너뛰기 시작했다. 그런가 보다 했다. 그런데 사흘이 지나고 나흘 연속 감감 무소식에 휴대폰마저 꺼져 있자 갑자기 겁이 더럭 났다. 보나마나 또 슈퍼에서 빈둥거리고 있을 게 틀림없겠지만 그래도 혹시 무슨 사고라도 난 건 아닐까 싶었다.

이우경의 행방은 여전히 묘연했고 전익중은 매구호수에서 시신으로 발견됐다. 매구가 있든 없든 매구호수는 조심하고 또 조심해야 하는 곳이었다. 매구호수에서의 사고는 누구에게나 일어날 수 있었다. 이하는 하루빨리 아버지와 헤어지고 싶어 졸업을 기다리지만 그런 식으로 이별하고 싶진 않았다. 아버지의 실종, 혹은 아버지마저 발목이 부서진 채 호수에서 발견된다면.

생각이 극한으로 치닫자 잠을 이룰 수가 없었다. 이하는 무시무시한 대숲도 불사하고 한밤중에 슈퍼까지 한달음에 뛰어내려갔다. 가게 문은 닫혔지만 안채에 불이 켜져 있었다. 대문을 두드리자 학준이 누구냐고 물으며 현관문을 열고 내다보았다.

"저예요. 이하예요."

안에서 그의 목소리를 들은 난숙이 학준을 제치고 마당을 가로질러 나와 대문을 열어주었다. 그녀는 땀을 질질 흘리며 숨을 헐떡이는 이하를 보곤 놀라 물었다.

"왜? 무슨 일 있어?"

"혹시 우리 아버지 여기 계세요?"

"응, 건넌방에서 자고 있어."

이하는 맥이 빠졌다.

"며칠째 집에 들어오질 않아서요. 휴대폰도 꺼져 있고."

상황을 파악한 난숙이 환장하겠다는 얼굴로 학준을 돌아보았다. 학준은 머리를 털며 말했다.

"게을러터진 새끼. 휴대폰 배터리는 제때 충전을 해둬야지."

"여보, 애 앞에서 말 가려. 기다려라. 내가 지금 당장 네 아버지 깨울 테니."

"아뇨, 여기 계시면 됐어요. 가볼게요."

"그러지 말고 늦었는데 너도 여기서 자고 아침 먹고 올라가라. 낼 토요일이라 학교 안 가도 되잖아."

"괜찮아요, 주무세요."

정신없이 아버지를 찾아 대숲을 지날 때는 아무것도 눈에 보이지 않았고 아무 소리도 들리지 않았다. 하지만 남바리로 돌아가는 길은 달랐다. 대숲을 떠도는 바람이 기괴한 소리를 내지르며 내내 그의 이름을 불렀다. 이하는 돌아보지 않았다. 섬뜩하게 달라붙는 등 뒤의 공기를 무시한 채 그저 달렸다.

매구호수에 이르렀을 때 이하는 맞은편 호숫가를 천천히 걷고 있는 누군가를 보았다. 하얀 상의에 체크무늬 갈색 스커트, 인동고등학교 교복이다. 이하는 걸음을 멈췄다. 대숲을 뛰며 이미 격해진 심장이 터질 것처럼 요동쳤다.

남바리로 가는 비탈길을 올라가려면 호수를 빙 돌아 저 여학생이 있는 맞은편으로 가야 하는데 그럴 수가 없었다. 그는 본능적으로 알았다. 보지 말아야 할 것을 봤다.

그녀가 이하를 돌아보았다. 이하는 숨을 들이켰다. 그녀는 호수 맞은편에서 꼼짝도 하지 않은 채 인형처럼 서 있었다. 멀어서 얼굴이 잘 보이지 않았다. 이하는 CCTV를 힐끔 보았다. 이거 다 녹화되고 있겠지. 다시 시선을 돌렸을 때 여학생은 보이지 않았다.

머리끝이 쭈뼛 섰다. 너무 무서워서 심장이 자근자근 밟히는 기분이었다. 그렇다고 날이 밝을 때까지 여기 계속 서 있을 수는 없었다. 사방으로 시선을 휘두르며 천천히 그쪽으로 걸어갔다.

어찌어찌 남바리로 들어가는 비탈길에 올라섰다. 거기서 그대로 앞만 보고 갔어야 했다. 그런데 꼭 누가 잡아당긴 것처럼 저도 모르게 돌아보고 말았다.

이번엔 대숲 쪽 호숫가에 그녀가 서 있는 것이 보였다. 등줄기가 서늘해졌다. 이하는 몸을 돌려 황급히 뛰어 올라갔다. 비탈길 중간쯤에서 뒤통수가 근질거렸다. 뭐에 홀린 것처럼 또 다시 뒤를 돌아보았다.

없다. 안도하며 시선을 돌리려는 순간, 비탈길 아래에 우뚝 선 그녀가 보였다. 턱을 바짝 든 채 이하를 똑바로 올려다보고 있었다. 심장이 멎는 줄 알았다. 모르는 얼굴이었다.

그 이후의 일은 잘 생각이 나지 않았다. 이하가 기억하는 건 정신없이 집까지 달렸고 방으로 뛰어 들어가 문을 잠갔고 이불을 둘러썼고 미친 듯이 욕을 하며 떨다가 잠이 들었다는 것뿐. 그날 이하는 밤새 악몽에 시달렸다. 다음 날 아침, 느지막이 아버지가 집으로 올라왔다.

"아직 자냐?"

"머리가 좀 아파서요."

이하는 몸을 일으켰다. 방 안이 빙글빙글 돌았다.

"그러니까 그냥 잠이나 자지 뭐한다고 한밤중에 거기까지 내려와. 걱정했냐?"

이하는 대답하지 않았다. 아버지는 미안한 기색 없이 말했다.

"그냥 그 집 밥 얻어먹는 게 편해서 그랬다. 저녁 먹고 학준이랑 놀다 보니 남바리까지 올라오는 게 귀찮더라고. 자고 일어나면 어차피 아침밥도 먹어야 하고, 아침밥 먹고 나면 또 점심밥 먹어야 하고. 시내 나가서 이런저런 볼일 보려면 슈퍼에서 출발하는 게 더 가깝기도 하고."

그러니까 앞으로도 계속 슈퍼 부부와 동거 생활을 하겠다는 말이다. 이하는 엄마에 이어 이번엔 아버지에게 버려진 기분이었다. 상관없었다. 그는 지난밤의 일을 아버지에게 말하지 않았다. 또 헛것을 봤다고 낄낄댈 것이 뻔했으니까. 그리고 이렇게 말할 것이다. 사내자식이 간이 콩알만 해서, 날 집에 붙들어 앉히려고 밤새 별 유치한 핑계를 다 만들었구나.

아버지는 매구를 믿었다. 그러면서 이하가 하는 말은 또 흘려들었다. 이하가 대숲에서 이름이 불렸다고 말했을 때도 대수롭지 않게 웃어댔다. 호수에서 귀신을 봤다고 말하면 이번엔 배꼽이 빠져라 놀려대겠지. 그러므로 아버지는 매구면 사람이다. 어지럼증이 가시지 않았다. 방바닥이 흔들리는 배처럼 출렁였다.

"알았어요. 아버지 좋을 대로 해요."

"그래, 너도 이제 다 컸으니까. 그럼 나 먼저 내려가 있을 테니 이따 밥 먹으러 와."

"가세요."

이하는 손을 내저으며 다시 이불을 둘러쓰고 누웠다.

"또 눕냐? 그만 일어나서 공부도 좀 하고."

이하가 대답하지 않자 아버지는 혀를 차며 가버렸다. 언제는 둘이 같이 잘 살아보자고 해놓고. 친구들하고 사는 것이 아들하고 사는 것보다 더 좋으면 애초에 날 여기 데리고 오지 말았어야지. 대체 날 왜 데리고 왔어? 나한테 이럴 거면, 이렇게 버려둘 거면 대체 뭐 하러…. 됐어, 나도 아버지보다 친구가 더 좋아. 나한텐 현승이 있으니까.

눈물이 차올랐다. 이하는 현승이 준 운동화 상자를 끌어당겨 품에 안고 다시 잠들었다.

*

정연은 길군의 편지를 바지 주머니에 넣었다. 사실 편지라기보다는 메모 쪼가리였다. 수연은 그날 편지를 집에 두고 갔다. 하지만 이 편지는 증거가 되지 못했다. 길군은 그런 편지를 준 적도 쓴 적도 없다고 말했다. 게다가 필적도 달랐다.

멍청이들, 필적이야 마음만 먹으면 얼마든지 바꿀 수 있는 거잖아. 편지 준 걸 본 사람이 없으면 그냥 잡아떼면 되는 거고. 처음부터 계획적이었어. 그러니까 굳이 문자나 전화가 아니라 편지를 준 거지.

그러므로 그날 밤 길군이 매구호수에 있었던 것은 결코 우연이 아니었다. 그는 수연을 기다리고 있었던 것이다. 하지만 정연의 주장에는 빠진 것이 있었다. 길군에게는 수연을 죽일 동기가 없었다.

편지를 누가 언제 준 것인지 끝내 밝혀내지 못했지만 그 사고와는 관련이 없는 것으로 결론이 났다. 수연은 인기가 많은 여학생이었고 늘 누군가로부터 이런저런 대시를 받았다. 매구호수에서 만나자는 내용의 편지는 수연에게 호감을 가진 누군가의 용기일 수도 혹은 장난일 수도 있었다. 정연은 그 편지가 길군이 준 것이라 주장했지만, 안타깝게도 그 말을 증명해줄 수 있는 사람은 죽은 수연뿐이었다. 그래서 그 편지는 길군을 원망한 어린 정연이 지어낸 이야기가 되어버렸다.

외출 준비를 끝낸 정연은 이하에게 오늘 보자는 연락을 하려했으나 그의 전화번호를 몰랐다. 나 진짜 멍청하네. 현승이랑 같이 다니니까 현승인 알겠지. 하지만 정연은 현승뿐 아니라 반 아이들 누구의 전화번호도 갖고 있지 않았다.

2년 만에 돌아온 학교였지만 정연은 예전처럼 지낼 수 없었다. 그녀의 시간은 12년 전 그날 밤에서 멈췄다. 매구는 그녀의 머릿속에 똬리를 튼 채 꼼짝하지 않았다. 어차피 죽은 목숨이다. 언젠가는 매구에게 잡혀갈 테니까. 그때 친구가 곁에 있으면 위험해진다. 그러니까 혼자 기다려야 했다.

사람들은 늘 매구 이야기를 하며 두려워했다. 하지만 정작 매구를 봤다는 그녀의 말은 믿어주지 않았다. 이하도 그녀의 목격을 인정한 것은 아니었다. 그런데 이번엔 짜증이 나지 않았다. 그의 말은 묘하게도 지금까지 그녀가 믿어 의심하지 않았던 사실에 대해 다시 생각해보게 만들었다. 내가 정말 매구를 본 것이 맞을까 하는.

이하는 다른 사람들처럼 무조건 그녀가 착각한 거라고 말하지 않았다. 그는 매구를 본 것이 아닐 가능성에 대해 이야기하면서도 진실을 알고 싶어 했다. 매구호수에서 만나자는 말 외에는 아무런 내용도 없는 이 편지를 굳이 제 눈으로 확인하고자 하는 신중함을 보였다. 그는 어떤 편견도 갖고 있지 않았다.

어쩌면…. 정연은 기대감이 생겼다. 이하라면 이 편지를 보고 그녀나 다른 사람들이 알아채지 못했던 단서를 찾아낼 수도 있지 않을까. 이하와 연락할 방법이 없으니 직접 찾아가야 했다. 이하가 전학 왔을 때 선생님은 전학생의 집이 남바리에 있다고 말했다. 남바리에는 인가가 몇 채 없다. 등정리 아이들과 같이 대숲과 매구호수를 지나 등교한다고 했으니 매구호수에서 남바리 쪽 길로 올라가다 보면 그 근처에서 집을 찾을 수 있을 것이다. 그리 어려운 일은 아니다. 다만 용기가 필요했다.

정연은 12년 전 사고 이후 대숲과 매구호수에 간 적이 없었다.

아직도 눈을 감으면 그날 밤의 정경이 떠올랐다. 세차게 내리던 비와 젖은 땅, 바람에 흔들리던 풀숲과 나무들, 누르께한 털로 뒤덮인 짐승인지 인간인지 알 수 없는 기이한 얼굴.

악몽은 그 기억을 절대 잊지 못하도록 밤마다 찾아와 되새겼다. 심장이 쿵쿵 울렸다. 언젠가 다시 맞닥뜨리게 될 공포였다. 그래도 기왕이면 맑은 날, 환한 대낮이기를 바랐다. 오늘처럼.

대숲은 외길이라 길을 잃을 염려는 없다. 매구호수 역시 꺼림칙한 곳이지만 여전히 사람들이 오가는 길이고 이젠 CCTV도 있다. 하지만 그런 것들이 다 무슨 소용일까. 이우경도 전익중도 CCTV가 보는 앞에서 당했는데.

그래도 희망적인 생각이 움텄다. 이하의 말대로 그날 본 것이 진짜 매구가 아니었다면? 정연은 여태 시달려왔던 공포로부터 해방될 수 있다. 대체 그날 그녀의 눈앞에서 무슨 일이 생겼던 걸까. 아무리 기억을 더듬어봐도 매구의 얼굴 말고는 모든 것이 모호했다.

폭우는 모든 소리와 시야를 가렸다. 그런데 이상하게도 매구의 얼굴만은 그날의 상황에서 똑 떼어져 뇌리에 또렷하게 박혔다. 죽어라 잊으려고 했지만 잊히지 않았다. 진실이 밝혀지면 잊을 수 있을지도 모른다. 그러려면 이제는 잊으려 하는 대신 다시 끄집어내야 한다. 진실은 그날의 사건 현장이었던 대숲과 매구호수에 남아 있다.

*

대숲은 기억만큼 음침하고 스산하지 않았다. 울창한 댓잎들이 흔들리면서 떨어지는 햇빛은 눈부시게 화사했고 사방은 평화로웠다. 기분이 좋아졌다. 정연은 기억의 왜곡에 대해 생각했다. 그날의 장면이 너무도 해괴해서 광적으로 집착한 나머지 기억이 오류를 일으킨 것은 아닐까.

그때 어디선가 부스럭 소리가 들렸다. 흠칫 놀란 정연은 소리가 들린 방향으로 돌아보았다. 외길에서 먼 대숲 사이로 거뭇한 형체가 언뜻언뜻 움직였다. 물결치는 햇빛이 시야를 흐트러뜨렸다. 뭐지? 손차양을 만들어 이마에 대려던 정연은 문득 깨달았다.

북쪽이다. 심장이 쿵 내려앉았다.

외길에서 대숲 안쪽으로 2킬로미터쯤 북쪽으로 들어가면 여우 무덤이라고 불리는 애장터가 있다. 아무도 찾지 않는 곳이라 사람의 발길이 끊어진 지 오래였다. 그곳에서부터 오는 것은 하나밖에 없었다. 오래전 그 무덤에 버려져 매구가 된 여우의 아이.

거뭇한 형체는 그곳에서부터 슬금슬금 다가오고 있었다. 정연은 뒷걸음을 치며 눈을 가늘게 떴다. 설마? 거리가 멀어서 얼굴이 제대로 보이지 않았다. 얼굴이라 여겨지는 부분은 희끗했고 나머지는 거무스레했다. 사람의 형상을 하고 있었지만 사람이라는 확신이 들지 않았다. 이 나무 저 나무를 뱅뱅 돌며 어지러운 걸음으로 그것은 순식간에 저만치 앞에 우뚝 섰다.

오랜만이야. 많이 컸네. 우리 12년만인가.

거짓말처럼 정연의 귀에 그런 말이 들렸다. 어쩌면 환청일지도 모르겠다. 온몸이 사시나무 떨듯 떨렸다. 12년 전에 정연은 여우 무덤에 있었다. 하늘 높이 솟은 거목들, 거친 바람 소리와 빗소리. 그럼에도 그곳은 지독하게 고요했다.

파란빛을 따라 매구호수에서 대숲 쪽으로 뛰었다. 캄캄한 어둠 속에서 그녀가 따라갈 수 있는 것은 그것뿐이었다. 언니가 물에 빠졌다고, 매구가 언니를 잡아갔다고 사람들에게 알리려고 했다. 하지만 어느 시점에서 그녀는 모든 것을 잊었다. 깨어보니 병원이었다. 사람들은 그녀를 여우 무덤에서 찾았다고 말했다. 그리고 그 파란빛은 아마도 애장터에 묻혀 있던 오래된 뼈들이 어떤 이유로 자연 발화된 것일 거라고 했다.

여전히 거리가 있었지만 정연은 달아날 생각을 버렸다. 수없이 이 순간을 생각하며 살았다. 그리고 여기로 오기 전에 아주 잠깐, 그 두려움에서 벗어날 수도 있지 않을까 하는 희망을 가졌다. 12년 전 그날 본 것이 진짜 매구가 아닐 수도 있다는.

어차피 난 죽을 거야. 그러니까 이번엔 확실하게 증거를 남겨야 해. 정연은 벌벌 떨리는 손으로 휴대폰을 꺼내 동영상 촬영 모드를 켰다. 사람들은 매구를 봤다는 그녀의 말을 믿어주지 않았다. 여덟 살의 그녀가 했던 말은 어린 애의 말이라서, 그리고 스무 살의 그녀가 하는 말은 터무니없는 말이라서. 매구면에서 매구는 입에 담는 것은 허락되지만 눈에 담는 것은 금기였다.

정연은 휴대폰을 든 손을 앞으로 내밀었다. 그러곤 꿈쩍도 않은 채 서 있는 매구를 향해 한 걸음씩 다가갔다. 어디서 이런 용기가 나오는지 모르겠다. 죽음을 각오했더니 조금 용감해졌다. 각오와 달리 눈물이 왈칵 차올랐다. 정연은 자신을 위로했다.

괜찮아, 사람은 언젠가 다 죽어. 그때 죽었어야 했는데 12년이나 더 살았으면 됐지. 이제 피 말리는 삶은 그만하고 싶어.

거리가 좁혀질수록 정연은 숨이 막혀왔다. 죽어도 잊히지 않았던 얼굴의 윤곽이 서서히 드러났다. 착각이 아니었다.

어지러이 흩날리는 누런 빛깔의 털, 어둡고 가느다란 눈구멍 속에서 살아 번득이는 눈동자, 좁고 뾰족한 하관, 귀밑까지 찢어진 주둥이 사이로 드러난 날카로운 이빨들, 인간을 닮았지만 결코 인간이라고 할 수 없는 짐승의 얼굴. 어디서 주워 입은 건지 알 수 없는 몸에 맞지 않는 낡은 바지와 검은 셔츠.

매구가 정연을 향해 달려들었다. 엄청난 힘이 그녀를 짓눌렀다. 그대로 뒤로 넘어지면서 매구의 한 손에 목이 눌렸다. 비명은 커녕 숨조차 제대로 쉴 수 없었다. 몸에 힘이 빠지면서 손에 들린 휴대폰이 툭 떨어졌다.

눈앞이 흐릿해지면서 머릿속이 아득해졌다. 매구는 버둥거리는 정연의 몸을 깔고 앉은 채 다른 한 손으로 주머니를 뒤지고 있었다. 정연은 이상하다는 것을 깨달았다.

뭐하는 거지? 이야기가 다르잖아. 발목을 잡아채 순식간에 호수 바닥으로 끌고 들어간다며. 나한테서 뭔가를 찾고 있어? 대체 뭘 찾고 있는 거지?

그런데 매구의 얼굴이 좀 이상했다. 가면처럼 아무런 표정도 짓지 못한 채 그저 초조하고 급박한 눈동자만이 살아 움직였다.

그러고 보니 그녀의 목을 누르고 있는 손도, 뒤지는 손도 사람의 손이었다.

매구가 아니야, 이건 매구탈이야.

정연은 손을 뻗어 매구탈의 턱 부분을 쳐올렸다. 탈이 삐뚤어지자 상대는 당황한 듯 얼른 탈을 당겨 누르며 정연에게서 몸을 뗐다. 그 순간 정연은 그를 밀치고 일어나 미친 듯이 뛰기 시작했다. 매구탈을 고쳐 쓴 상대가 정연의 뒤를 쫓았다.

도와줘요, 누구 없어요… 소리를 질러야 하는데, 사람들에게 알려야 하는데 아무리 노력해도 목소리가 나오질 않았다. 대숲 쪽으로 가야 해. 그래야 길을 찾을 수 있어. 하지만 그게 어느 방향인지 알 수 없었다. 무작정 달리던 정연은 기진맥진했다.

그 순간 등 뒤까지 쫓아온 매구탈이 정연의 뒷덜미를 잡아챘다. 그는 정연을 끌어안은 채 다시 몸을 더듬었다. 정연은 그에게서 빠져나가려고 몸부림쳤다. 매구탈은 필사적으로 반항하는 정연을 제어하기 위해 그녀를 거칠게 밀어 바닥에 쓰러뜨렸다.

쓰러지면서 정연의 머리가 바위에 부딪혔다. 눈앞에서 빛이 부서졌다. 아, 아, 세상이 이렇게나 눈이 부신 줄 몰랐다. 이제 죽는구나. 찰나의 눈부심, 삶은 그런 것이다. 조각난 생각들이 가물거리고 눈앞이 까매지면서 모든 것이 지워졌다.

정연의 깨진 두개골에서 피가 퐁퐁 쏟아지며 바위를 흠뻑 적셨다. 그제야 매구탈은 뭔가 잘못됐다는 것을 깨달았다. 매구탈은 안절부절못하며 정연을 잠시 바라보았지만, 곧 다시 정연의 몸을 뒤지기 시작했다.

*

이하는 비명을 지르며 눈을 떴다. 온몸이 땀으로 푹 젖었다. 꿈에서 깨기 전에 뭔가 본 것 같았는데 도통 기억이 나지 않았다. 그러다가 불현듯 생각났다. 지난밤 비탈길 아래에 서서 그를 빤히 올려다보고 있던 여학생. 그건 꿈이 아니었다.

그녀가 입고 있던 인동고등학교 교복의 왼편 가슴에 이름표가 있었다. 현승의 이름도 그 이름표로 알았다. 이름표를 떠올리자 거기 적힌 이름이 생각났다. 홍수연? 미친, 나 도대체 뭘 본 거야? 아니야, 이름표는 상상이야. 그걸 어젯밤에 봤다면 바로 알았겠지. 생각해보니 어젯밤에 이름표는 보지 못했다.

뭐가 뭔지 모르겠다. 12년 전 사고에 대해 계속 궁금해하니 뇌가 멋대로 만들어낸 것일지도. 그런데 그런 것치곤 모르는 그 얼굴이 참 또렷하게 기억났다.

그나저나 무슨 잠을 이렇게 잔건지. 벌써 오후 1시가 넘었다. 그사이 아버지로부터는 아무런 연락이 없었다. 밥 먹으러 내려오라고 했지만 안 와도 그만인 것이다. 더는 서운해하지 않기로 했다. 원래 아들 걱정은 눈곱만큼도 하지 않았다. 차라리 잘됐다. 앞으로 쭉 박가네슈퍼에서 잘 먹고 잘 사세요. 그래야 저도 나중에 미련 없이 아버지를 두고 떠날 수 있을 테니까요.

이하는 우물가로 내려가 씻은 후 이원동으로 나갔다. 아르바이트 자리나 알아볼 요량이었다. 스쿠터 면허증이 없어 배달 일을 빼고 나니 마땅히 할 만한 일이 없었다. 한참을 돌아다니다 현승을 불러냈다. 현승의 공부를 방해하려는 의도는 없었다. 그저 얼굴만 보고 갈 생각이었다. 못 나온다고 해도 이해했다. 근데 덥석 나와줘서 황송스러웠다.

"지난밤에 홍수연 귀신까지 목격한 오갈 데 없는 영혼이라 내가 한 시간만 놀아준다. 그게 다 몸이 허해서 그런 거야. 일단 뭐 좀 먹자."

둘이서 걷고 있는데 길군이 피자 매장으로 들어가는 것이 보였다. 이하가 말했다.

"피자 먹자."

"저번에 먹었잖아. 오늘은 다른 거 먹자. 길군 형이랑 마주치기 싫어."

"왜? 넌 아리한테 잘해주잖아."

"나도 다른 애들이랑 같아."

"다른 애들은 아리를 무서워해. 근데 넌 아니잖아."

"아니긴, 나라고 다르냐. 어쩌다 보니 어릴 때부터 알고 지내서 그냥 쭉 그렇게 가는 거지. 너야말로 아리 안 무서워하잖아."

"솔직히 처음 봤을 때 뭔가 좀 오싹했어. 그땐 눈썹이 없어서 그런 건 줄 알았는데 지금 생각해보니까 꼭 그것 때문만은 아니었던 것 같기도 하고. 근데 넌 아리에 대한 소문 믿냐?"

"잘 모르겠어. 너 혹시 길군 형 때문에 피자 먹자고 하는 거야?"

"아니, 그냥."

"맞네. 길군 형하고 친해지고 싶어?"

"차가 좋아 보여서."

"그 차 얻어 타볼 궁리 중이면 정신 차려. 그게 그 형 차인 줄 알아?"

"그런 생각 안 해."

"조심해. 괜히 그 형한테 붙었다가 이상한 물에 휩쓸리면 어쩌려고?"

"안 쓸려갈 테니 걱정하지 마."

이하는 현승에 앞서 피자 매장으로 들어갔다. 100여 평에 달하는 매장 안은 주말인데도 텅텅 비어 있었다. 3년 전 오픈했을 때만 해도 꽤나 붐볐다는데 그 사이 주변에 피자 매장이 여러 군데 생기면서 지금은 매출이 반의 반 토막이 났다고 한다. 그들은 출구 바로 옆에 있는 테이블로 슬그머니 들어가 앉았다.

매장 한가운데 자리를 차지한 길군의 테이블로 60대 초반의 남자가 사색이 된 채 허겁지겁 다가왔다. 위압적인 분위기에 손님과 직원 들의 시선이 모두 그쪽으로 향했다. 실내는 에어컨 바람으로 서늘했지만 남자의 벗겨진 이마는 땀으로 번들거렸다.

길군이 남자에게 앉으라는 손짓을 했다. 남자는 어쩔 수 없이 맞은편 좌석에 엉덩이를 불안하게 걸쳤다. 길군은 손에 들고 있던 서류 봉투를 테이블 위로 툭 던지며 말했다.

"열어 보시죠."

서류 봉투를 집어 들고 내용물을 꺼내 살피던 남자의 미간이 파도처럼 들썩였다. 남자는 숨을 몰아쉬며 서류를 마구 구겨서 길군을 향해 던졌다. 울퉁불퉁하게 구겨진 종이 뭉치가 길군의 가슴을 힘없이 때리곤 바닥으로 떨어졌다. 남자는 새파랗게 질린 얼굴로 말했다.

"이건 너무하잖아. 마음대로 쓰라고 할 때는 언제고."

"그래도 돈 문제는 정확해야죠. 예전엔 제가 맹물이라 돈 계산을 잘 못했거든요. 그런데 지금은 그렇게 수금해가면 제 목이 날아가요. 조카가 죽는 거 보고 싶어요? 하긴 못 볼 것도 없겠네. 처음이 아닐 테니까."

길군의 입가에 비뚤어진 미소가 스쳤다. 그는 상체를 숙여 테이블 밑으로 굴러들어간 종이 뭉치를 주웠다. 굴곡 없는 어조와 나른한 움직임. 길군은 무표정한 얼굴로 구겨진 종이를 천천히 세심하게 폈다. 남자는 두 마디가 잘려나간 길군의 오른쪽 집게 손가락을 보았다. 칼을 쥔 손보다 위협적이었다.

이하는 섬뜩함을 느꼈다. 아리와 있을 때의 길군이 아니었다. 전혀 다른 사람처럼 보였다. 분명히 예전에는 좋은 사람이었다고 했다. 그런 사람이 어떻게 저렇게 무서운 사람으로 변할 수 있는 걸까. 홍수연을 구하려다 죽게 만든 후 무엇이 그를 저렇게 바꿔 놓은 걸까.

"이봐 조카, 그러지 말고 사정 좀 봐줘."

"봐주고 있는 거예요. 그래서 하나 뿐인 심장 대신 두 개나 있는 신장으로 계약서를 쓴 거잖아요. 또 하나뿐인 아들 대신 둘이나 있는 딸 중에서 팔라는 거고요."

남자의 눈이 벌게졌다.

"너 이러다 천벌 받아."

"본인이 천벌 받고 있는 거란 생각은 들지 않아요?"

"뭐야?"

"끝까지 잘 먹고 잘 살 수 있을 거라고 생각했나 봐요."

길군은 피식피식 웃었다. 사냥감을 앞에 두고 어떻게 괴롭혀 줄까 구상하는 듯 재미 있어 죽겠다는 표정이었다.

"닥쳐! 난 널 믿었어."

"저도 외삼촌을 믿었어요."

"그러지 말고 시간을 좀 줘. 이종사촌지간이라도 네 여동생이야."

"돈만 제때 갚으시면 이딴 서류들 겁낼 필요 없어요."

"너 일부러 그랬지? 날 함정으로 밀어 넣으려고!"

"아니라고는 차마 말 못하겠네요. 지금부터 외삼촌을 거지처럼, 아니 거지로 만들 작정이에요. 서울에서 빌빌대던 외삼촌이 우리 엄마 목숨 값으로 여기까지 내려와서 잘 먹고 잘 사는 꼴을 아들로서 어떻게 두고 보겠어요. 아 참, 전 씨가 쥐도 새도 모르게 매구호수에 빠져 죽은 건 아시죠?"

"너 설마?"

"설마 뭐요? 내가 죽였냐고요? 그럴 리가요."

천진한 미소가 사악했다.

"전 씨는 너무 멀리 돌아서 친척이라 저도 거기까진 신경 쓰지 못했거든요. 근데 그렇게 먼 친척이면서 잘도 뻔뻔하게 숟가락을 얹었었단 말이죠. 외삼촌도 그렇게 생각하지 않아요? 적어도 외삼촌처럼 가까운 가족이라면 몰라도 전 씨는 정말 너무했다 싶죠?"

길군은 전익중을 죽이지 않았다고 말했다. 하지만 남자는 길군이 전익중을 죽였다고 믿는 눈치였다. 매구의 아이는 매구를 부른다. 어쩌면 매구가 대신 죽여줬을지도. 남매의 아비가 매구의 아이를 받으면서 매구와 무슨 거래를 했을지 알 게 뭔가. 그를 둘러싸고 매구에 관한 온갖 소문이 있었다. 남자는 그 소문들을 무시할 수 없었다. 남자의 손이 덜덜 떨렸다.

이 피자 매장의 주인이 길군의 외삼촌이고, 매구호수에서 시신으로 발견된 전익중은 길군의 먼 친척이란 말이지. 그러고 보니 학준 아저씨가 길군의 살생부 이야기를 했던 것이 생각났다. 이하는 현승에게 물었다.

"야, 이거 무슨 스토리야?"

현승은 테이블 위에 꽂혀 있는 메뉴판을 집어 들어 자신과 이하의 얼굴을 가리며 속삭이듯 말했다.

"길군 형네 엄마가 사고로 죽은 후 나온 보상금을 친척들이 달려들어 몽땅 나눠 먹었는데, 당시 양가 조부모와 아버지 쪽 직계 형제가 없어서 제일 가까운 친척이었던 저 아저씨가 제일 많이 먹었대. 그 돈으로 이런저런 사업하다가 이 매장도 낸 거라던대."

길군이 자리에서 일어서며 말했다.

"약속 지켜요. 전 씨는 술 마시다 죽었지만 외삼촌은 산 채로 뱃가죽을 열게 될 수도 있으니까요."

길군은 남자를 낭떠러지로 몰아세운 후 매장을 나갔다. 현승은 들고 있던 메뉴판을 펼치며 물었다.

"뭐 먹을래?"

"넌 지금 이 마당에 피자 먹을 기분이 드냐?"

"못 먹을 건 또 뭐야? 내 마당도 아닌데. 그리고 피자 먹자고 한 사람은 너야. 난 분명 딴 거 먹자고 했다."

"저 사람들도 지금 손님 맞을 기분 아닐 거야."

"직원들은 상관없을걸."

"나가자. 딴 거 먹자."

"이제 와서?"

"찜찜해. 누구 목숨 값이 어쩌고 하는 데서 뭐가 먹고 싶냐?"

"그게 우리랑 무슨 상관이…."

이하는 현승을 끌고 서둘러 매장을 나갔다. 들어올 때 없었던 인사가 등 뒤에서 들렸다. 안녕히 가세요, 또 오세요. 역시 직원들은 상관없는 모양이다.

매장 밖으로 나오자마자 이하는 당황했다. 길군의 벤틀리가 기다리고 있었다는 듯 그들 앞에 떡하니 버티고 있었다. 차에 기대어 서 있던 길군이 그들을 보고, 아니 현승을 보고 씩 웃으며 손짓을 했다.

"야, 현승이. 너 오랜만이다. 이리 와봐."

"아, 네. 형."

현승이 쭈뼛거리며 길군을 향해 다가갔다. 이하는 그에게 불리지 않았기 때문에 조금 떨어진 곳에 서서 기다렸다. 길군은 현승에게 물었다.

"나 따라 들어온 거야?"

"아뇨. 그냥 피자 먹으려고 들어갔다가…."

"나 때문에 피자 맛이 떨어졌겠군."

"아니에요."

"만난 김에 부탁 하나 하자. 이거 우리 아리한테 좀 전해줘."

길군은 차 안에서 종이 가방 하나를 꺼내 내밀었다.

"뭔데요?"

"옷이랑 화장품이랑 뭐 그런 거. 그 나이 때 여자애들 꾸미는 거 좋아하지 않나?"

이렇게 챙기면서 왜 아리를 두고 집을 나간 거지? 현승은 마지못해 종이 가방을 받아들었다. 길군은 차에 오르며 말했다.

"우리 아리 좀 살펴줘라. 귀찮게 하는 놈 있으면 나한테 바로 알리고."

"네, 형. 들어가세요."

현승은 허리를 푹 꺾으며 인사를 했다. 지나던 사람들이 현승을 흘끔흘끔 쳐다보았다. 좀 오버한다 싶었다. 본인도 그런 생각이 들었던 모양이다. 길군이 가고 난 후 현승은 멋쩍은 얼굴로 이하에게 물었다.

"나 이상했어?"

"응. 완전 새끼 조폭 같았어."

"그럴 줄 알았어. 에이 씨, 이거 어쩌지?"

현승은 어정쩡한 표정으로 종이 가방을 보았다.

"다 너 때문이야. 같이 가자."

"지금? 월요일에 학교에서 줘도 되잖아. 오늘 당장 전해주라고 한 것도 아닌데."

"그렇긴 하지. 근데 너 아리 집 어딘지 모르지?"

"응."

"바로 그래서야. 오늘 알려줄게. 그럼 다음에 이런 일이 생겼을 때 너 가는 길에 맡길 수 있잖아."

"우리 뭐 안 먹어?"

"이런 걸 들고 뭐가 먹고 싶냐?"

"나는 괜찮은데."

"내가 안 괜찮아. 나 오늘 공부 공쳤다. 가자."

*

현승이 자전거를 가지고 오는 동안 이하는 슈퍼 안을 슬그머니 들여다보았다. 학준은 보이지 않았고 난숙은 팔을 베고 모로 누워 낮잠을 자고 있었다. 아버지는 거기 없었다.

매구호수에 이르렀을 때 그들은 두산을 보았다. 그늘 쪽 바위에 걸터앉아 셔츠 목깃을 연신 흔들어대며 땀을 식히고 있었다. 몇 발자국 떨어진 곳에 그의 자전거가 비스듬히 세워져 있었다. 현승이 물었다.

"여기서 뭐하세요?"

"보다시피 더워서 잠깐 쉬고 있는 거야. 근데 넌 여기 웬일이냐? 너네 집 가는 길 아니잖아."

"좀 전에 시내에서 길군 형을 만났어요. 아리에게 뭘 좀 전해주라고 해서 가는 길이에요."

"나도 아리한테 가는 길인데. 잘됐네, 같이 가자. 근데…."

두산이 이하를 향해 말했다.

"남바리 전학생은 이제 여기 생활에 완전히 적응했나 보네. 오자마자 매구면 최고 수재랑 친구 먹고 주말에 이리 붙어 다니는 거 보니."

"매구면 최고 수재의 앞날이 이제 저한테 달린 거죠."

"그 말인즉슨 매구면의 앞날이 너에게 달렸단 소린데…."

두산은 큰일 났다는 얼굴로 이하를 빤히 쳐다보며 고개를 저었다.

"그래도 절 제거하고 싶다는 눈빛으로 쳐다보진 말죠."

이하는 짜증난다는 시선으로 두산의 농담을 덮어버렸다.

"하여간 서울 놈이라 그런가, 까칠해."

두산이 이하의 머리에 손을 얹으려는 순간 이하는 냉큼 피했다. 현승이 물었다.

"근데 아리가 지금 집에 있을까요? 걔가 휴대폰이 없어서. 뭐, 갔다가 없으면 그냥 담장 너머로 던져두고 오면 되긴 하는데."

"있을 거야. 오늘 내가 집에 들르는 날인 거 아니까."

"아저씨는…."

"선배님이라니까."

두산은 이하의 호칭을 바로 정정했다.

"한 번 가르쳐주면 까먹지 말아야지. 형이라고 불러. 우리 현승이도 그렇게 부르니까."

"형은 아리네 집에 왜 가요?"

"잘 살고 있나 살피러. 그게 내가 하는 일이야."

"오늘 일요일인데요."

"나랏일에 일요일이 어딨어?"

현승이 옆에서 비웃었다.

"나랏일이래. 누가 들으면 대단한 공무원 나신 줄 알겠네. 길군 형이 부탁한 거죠?"

"굳이 부탁할 필요가 뭐 있냐. 제일 친한 친구의 동생인데."

두산은 매달 첫째 셋째 일요일에 아리를 보러 갔다. 길군과 아리의 아버지 황인기는 탈을 만드는 일 말고는 할 줄 아는 것이 없었다. 그래서 서울에서 간호조무사로 일하는 아내가 생계를 책임졌다. 황인기는 공방 일을 하며 남매를 보살폈지만 작업에 몰두할 때면 거의 신경 쓸 겨를이 없었다.

황인기가 죽자 남매의 어머니는 더더욱 일을 그만둘 수 없었다. 고등학생이었던 길군은 아직 초등학교도 들어가지 않은 어린 아리를 혼자 돌봐야 했다. 남매의 어머니는 악착같이 일했다.

그해 그녀는 병원 직원들과 함께 남해의 작은 섬으로 1박 2일 야유회를 갔다. 그녀는 아이들을 보러 가고 싶었지만 눈치가 보여 빠질 수 없었다. 그 여객선이 풍랑을 만나면서 드라마틱한 일이 벌어졌다. 남매의 어머니만 빼고 모든 승객이 구조됐다. 그녀는 그 시각 화장실에 갇혀 있었다.

그날 저녁 그녀는 제 주량보다 많은 술을 마셨다. 왜 그렇게 많이 마시게 됐는지는 기억나지 않았다. 잔뜩 취해서 화장실에 갔는데 배가 좌초되는 순간 화장실 문이 찌그러지면서 안에 갇혔다. 살려달라고 소리쳤지만 밖은 이미 아수라장이었고 운 나쁘게도 화장실부터 물이 차오르기 시작했다.

병원에서 들어둔 단체 여행자 보험과 여객선 측 사고 보험까지 제법 많은 보상금이 나왔다. 친척들이 앞다퉈 남매를 맡겠다고 몰려들었다. 돈은 남매와 가까운 혈연 순서에 따라 그들 주머니 속으로 흘러들었다. 그들 중 누구도 미성년자인 남매 앞으로 나온 보상금을 믿을 만한 신탁 회사에 맡겨 제대로 관리해야 한다고 생각하지 않았다. 그들은 자신들의 행동이 정당하다고 여겼다. 우리가 돌아가면서 밥을 먹여주는 대신 밥값을 조금 받아가는 것뿐이라고. 그들은 불나방처럼 달려들었다가 툭툭 떨어져 나갔다. 몇 달 친척 집을 전전하던 남매는 천덕꾸러기가 되어 결국 공방으로 돌아왔다.

"제일 친한 친구면 형이 길군 형을 설득하면 되겠네요. 그렇게 살지 말고 집으로 돌아가라고요."

이하가 말했다.

"그렇게 쉽게 말하지 마라. 자기 동생 애원도 안 듣는 놈이야. 게다가 학교 다닐 때야 그 자식이랑 엄청 친했지만 지금은 뭐랄까, 좀 그래. 이젠 옛날처럼 충고랍시고 뭔가 말을 해주기가 껄끄럽다고. 돈만 쫓는 놈이 됐다니까."

"돈 많이 벌어서 보상금 뺏어간 친척들에게 복수하려나 보죠. 오늘 보니까 외삼촌인가 하는 사람을 막 협박하던데요."

"보이는 게 다는 아니야. 길군이 막 사는 것처럼 보여도 그런 놈 아니라고."

두산은 길군을 옹호했다. 하지만 피자 매장에서 이하가 본 길군은 나쁜 놈의 배 속에서 산 채로 장기를 꺼내는 것에 전혀 가책을 느끼지 않을 사람으로 보였다. 두산은 여전히 의롭고 좋은 놈이었던 예전의 길군을 믿고 있지만 사람은 얼마든지 변할 수 있다. 길군이 행한 선의는 홍수연을 죽게 만들었다. 그 계기로 그는 선악에 대한 객관적인 분별을 잃었을지도 모른다.

"그러니까 형은 무조건 친구 편이란 거죠?"

이하는 두산의 자전거에 대롱대롱 매달려 있는 유명 체인점 빵집의 로고가 새겨진 봉지를 흘낏 보며 말했다.

"길군이 어떤 놈인지 잘 아니까. 난 길군이 그 어울리지도 않는 하와이안 셔츠 따위 벗어버리고 제 아버지처럼 탈을 만들면 좋겠어. 그 자식, 원래 탈 만드는 일을 물려받고 싶어 했거든. 길군도 자기가 하고 싶은 일이 뭔지 알아. 근데 저러고 있는 거야. 난 학교 다닐 때 하고 싶은 일이 별로 없었어. 그냥 시키는 대로 살았지. 근데 길군은…."

두산은 낮은 한숨을 내쉬었다. 안타깝지만 돌이킬 수 없는 과거였다. 탈 만드는 일을 좋아했던 열여덟 소년은 동네 사람들의 암묵적 비난을 이기지 못하고 탈선했다. 선의의 결과는 소년을 죄인으로 만들었다. 죄의식의 주입을 견디다 못한 소년은 결국 스스로 죄인이 되기로 했다. 그래서 차갑고 냉정한 살수가 되어 그를 손가락질한 사람들과 그의 것을 훔쳐간 사람들에게 복수하기로 마음먹었다. 어차피 그는 이미 살인자였으므로.

하늘이 어둑해졌다. 곧 비가 쏟아질 것 같았다.

*

"야, 받아라. 길군 형이 전해주란다."

아리는 현승이 건네는 종이 가방을 받아서 그 자리에서 뒤집었다. 민트색 민소매 원피스와 함께 로션과 쿠션 파운데이션, 틴트와 매니큐어 같은 화장품들이 와르르 쏟아지는 사이로 묵직한 흰 봉투 하나가 툭 떨어졌다. 아리가 그럴 줄 알았다는 듯 봉투를 집어 들어 안에 든 지폐 뭉치를 꺼냈다. 그녀는 무심한 얼굴로 얼마인지 세어보지도 않고 마루 구석에 놓여 있는 작은 항아리 속에 툭 던져 넣었다. 그러곤 이하를 돌아보며 말했다.

"이 항아리 속의 돈이 없어지면 네가 범인이다."

"어째서? 다 같이 봤는데?"

농담이라고 하기엔 지나치게 단정적이라 이하는 따졌다.

"여태 한 번도 그런 일이 없었거든. 그러니까 그런 일이 생기면 당연히 네가 범인이지."

"이게 사람을 뭘로 보고."

"얘들아, 싸우지 말고 빵이나 먹어라."

두산이 빵 봉지를 내놓자 아리는 시원한 보리차를 가져왔다. 두산은 보리차를 단숨에 비운 후 물었다.

"물 말고 맥주는 없냐?"

"있어. 근데 엄청 오래됐어. 오빠가 옛날에 사다놓은 거라서."

두산은 아리에게 딱히 두려운 기색을 보이지 않았다. 어쩌면 현승처럼 아닌 척하고 있는 건지도 모르고.

"어, 그거 가져와. 다음에 올 때 내가 새로 사다줄게."

"진짜 오래됐어. 썩었을지도 몰라."

"썩는 게 아니라 발효지. 술은 오래될수록 좋은 거야. 아, 비 온다."

빗방울이 톡톡 떨어지면서 한껏 데워진 땅에서 올라오던 아지랑이가 잠잠해졌다. 흙 마당에 얕은 고랑들이 이리저리 패이기 시작했다. 아리는 냉장고에 있던 맥주 두 캔을 건네며 물었다.

"진짜 마실 거야?"

"놔둬. 제가 마시고 죽겠다는데 어쩔 거야."

이하가 말했다.

"이 자식이."

두산이 이하의 뒤통수를 가볍게 쳤다.

"아, 왜 남의 머리에 손을 대고 그래요?"

"쓰다듬은 거야."

"썩은 맥주는 어떤 맛인지 제가 기미하죠."

현승이 맥주 캔을 향해 조용히 손을 뻗으며 끼어들었다. 두산이 그 손을 쳐내며 말했다.

"기미 같은 소리 한다. 한 모금 얻어 마시려고 별 꼼수 다 부리네. 안 돼. 너 아직 미성년자야."

"그 무슨 새삼스러운 말씀이신지. 형도 우리 나이 때 마셨으면서."

현승은 입맛을 다셨다.

"너 술 맛없다며?"

이하가 말했다.

"저건 다른 거잖아."

"맥주도 안 마셔봤냐?"

"그렇게 됐다."

"거짓말하지 마라."

두산의 말에 현승은 고개를 저었다.

"진짜예요."

"그래? 그럼 맥주 빼고 다 마셔봤나 보네."

"소주 하나 마셔봤어요."

"보아하니 전학생하고 어울리다가 맛본 거 같은데?"

두산이 이하를 의심하자 현승은 얼른 말을 돌렸다.

"그건 아니에요. 그래서 형은 스타트가 언제였는데요?"

"고등학교 3학년 졸업식 끝나고."

"거봐요."

"졸업식 끝난 후라니까. 와, 그땐 주량을 몰라서 들어가는 대로 마셨어. 나중에 완전히 맛이 가서 가로등하고 대판 싸우고는 그 밑에서 잠이 들었지. 그날 밤 기온이 체감 영하 20도쯤 됐는데 길군이 날 업어서 여기 갖다 놨어. 안 그랬으면 얼어 죽었을 거야. 우리 집으로 데려갔어도 아버지한테 맞아 죽었을 거고. 그 자식 덕에 내 명줄이 늘어났지."

"취하면 얼어 죽지 않는다던대요."

이하가 말했다.

"누가 그래? 큰일 날 소리. 좋아, 그날 내가 살아난 기념으로 너희에게 한 캔 양보한다. 둘이서 사이좋게 나눠 마셔라."

현승은 맥주 한 캔을 따서 잽싸게 입에 털어 넣으며 말했다.

"이하는 됐어요. 안 마셔도 마신 거나 같아요. 늘 취해 있거든요."

"그게 무슨 소리냐? 그렇게 안 봤는데 벌써 중독자냐?"

"아니에요."

이하는 고개를 저었다. 현승은 까딱거리는 이하의 집게손가락을 흘깃 보며 은밀하게 웃었다. 아리의 시선이 이를 놓치지 않았다. 그녀는 이하가 오른손 집게손가락을 밤낮으로 흔들어대고 있다는 것을 알고 있었지만 모른 척했다. 다른 아이들은 왜 그러냐고 한번씩 물었지만 아리는 묻지 않았다. 이하는 슬그머니 오른손을 감췄다. 그때 후드득 소리와 함께 갑작스레 빗줄기가 거세졌다. 두산이 잿빛의 암울한 하늘을 올려다보며 말했다.

"비가 들락날락하더니 이젠 대놓고 쏟아질 모양이네. 이러다 또 작년처럼 한바탕 물난리 날까 겁난다. 그럼 또 일이 많아지는데. 아, 그보다 당장 집에 갈 길이 막막하네."

두산이 맥주 캔을 집어 들려다가 아리의 얼굴을 보고 흠칫했다. 어두침침한 날씨 탓인지 눈썹이 없는 아리의 얼굴은 학교에서 볼 때보다 창백하고 초췌했다.

"아리야. 오빠 오는 날엔 제발 눈썹 좀 그리고 있어라. 너 지금 완전 병자처럼 보여. 네가 자꾸 그런 모습을 보이면 나는 널 제대로 돌보지 못했다는 가책에 시달리게 된다고."

"잘 먹고 있어. 그냥 눈썹이 없어서 그렇게 보이는 것뿐이야."

아리는 감자 크로켓 한 개를 이미 해치우고 제일 큰 호두 파이 조각을 집어든 참이었다.

"눈썹은 어떻게 된 거야?"

이하는 아리의 눈치를 보며 조심스레 물었다.

"몰라. 그냥 어느 날인가부터 숭숭 빠졌어. 난 잘 기억나지 않는데 아빠 말이 무서운 꿈에 놀란 탓이라고 했어."

아작아작. 아리의 호두 씹는 소리가 대화 틈을 메웠다.

"무슨 꿈?"

"내가 방금 말했지. 잘 기억나지 않는다고."

아리가 서늘한 시선으로 노려보았다. 이하는 움찔했다. 방금 뭔가 아주 오싹했다.

"엄마는 밤마다 내 귀에 대고 속삭였어. 눈썹 같은 건 없어도 괜찮다고. 내가 원하는 대로 얼마든지 그려 넣을 수 있다고 했지."

"밤마다? 그게 말이 되냐?"

두산의 말에 아리가 정색했다.

"진짜야. 그리고 아침마다 일어나라, 아침이다, 해 떴어, 하고 외치며 날 깨웠어."

"그래서 일어나라, 아침이다, 해 떴어, 하는 소리에 반응이 훅 오는 거구나."

현승이 말했다. 두산은 고개를 저었다.

"엄마가 아니라 아버지였겠지. 너희 엄마는 한 달에 한두 번 정도만 집에 들르셨는데 어떻게 밤마다, 아침마다야?"

"내가 밤마다, 아침마다 엄마 목소리를 들었다니까."

아리가 굳은 표정으로 말했다. 두산은 자신을 바라보는 아리의 시선이 갑자기 낯설어졌다.

"아리야, 제발 이상한 소리 좀 하지 마라. 오빠 무섭다."

하지만 이하는 납득할 수 있었다. 아리의 그 기억들은 그가 매구호수에 빠졌을 때 지켜보고 있던 아버지의 얼굴처럼 부지불식간에 남겨진 것들이다. 밤마다, 아침마다는 아니겠지만 들었던 적이 있고 어떤 자극을 받으면 반사적으로 떠오르는 것이다.

"오빠도 내가 무서워?"

"야, 니들도 얘가 이러니까 무섭지 않냐?"

두산이 이하와 현승을 돌아보았다. 현승은 아니요, 하면서 맥주를 홀짝였고 이하는 머뭇거리다가 말했다.

"사실은 저도 다른 사람들이 말도 안 된다고 말하는 어릴 때 기억이 있어요."

"무슨 기억?"

아리가 물었다.

"있어, 그런 게."

이하가 말해주지 않자 아리는 코웃음을 내뱉었다.

"말해주지 않아도 난 다 알아. 너뿐 아니라 현승이랑 두산 오빠까지 전부 다."

"그래? 우리 아리는 나에 대해 뭘 알고 있는데?"

두산이 놀리듯 물었다.

"전부 다요."

아리는 두산을 빤히 쳐다보았다. 두산은 가끔 아리가 이런 식으로 쳐다볼 때 묘한 두려움을 느꼈다. 그는 매구를 믿지 않았지만 아리가 이상한 아이라는 것은 부정할 수 없었다. 매구의 아이는 아닐지라도 아리가 어느 날 갑자기 길군의 동생이 된 것은 사실이었다. 아리는 자라면서 공방에 걸려 있는 매구탈을 점점 닮아갔다.

동네엔 괴상한 소문이 돌았고 두산은 길군에게 아리가 진짜 네 동생이냐고 물었다. 길군은 의심하지 말라며 못 박았다. 그래 놓고 결국 아리를 두고 집을 나갔다. 밖에서는 여전히 동생을 챙기고 있지만 결코 집으로 돌아가지는 않는다.

아리가 매달렸지만 길군은 오만 핑계를 대며 미루기만 했다. 수연을 죽였다는 사람들의 손가락질은 집과 동네를 떠날 좋은 빌미가 되었다. 길군도 다른 사람들처럼 아리가 점점 무서워졌던 거겠지. 아니면 뭔가를 들었거나 혹은 봤거나.

"…전부, 전부 다요. 아 그렇지, 홍수연."

아리는 히죽 웃으며 갑자기 홍수연의 이름을 말했다. 두산의 표정이 일순 굳었다. 하하하, 히히히, 흐흐흐, 흐흐… 흐흐흑….
아리의 웃음소리는 조금씩 흐느낌으로 바뀌었다. 아리는 두 손으로 눈을 가리며 중얼거렸다.

"엄마는 갇혀 있었어. 문을 열 수가 없었지. 엄마만 죽었어. 사람들이 엄마를 버리고 도망갔거든. 엄마는 차가운 물속에 오랫동안 잠겨 있었어. 퉁퉁 불은 검은 손, 엄마의 머리칼이 목을 칭칭 휘감고…."

이하가 아리를 툭 치며 말했다.

"야, 너 괜찮냐?"

순간 아리는 졸다가 벌떡 깨어난 것처럼 손을 내리고 눈을 끔쩍거렸다.

"엄마 이야길 하니까 갑자기 울컥했어. 그럼 나쁜 상상들이 머릿속으로 들어와."

"근데 홍수연이란 이름은 왜 나온 거야?"

"두산 오빠가 홍수연을 좋아했거든, 많이. 아주 많이 좋아했어."

두산의 얼굴이 붉어졌다.

"길군이 그러던? 그 자식 쓸데없는 소릴. 자, 자. 날도 저물고 비도 오는데 다들 그만 일어나자."

"먼저 가세요. 저는…."

이하는 아리를 보았다.

"왜?"

"온 김에 매구탈 한번 보고 갈 수 있을까?"

이하는 매구가 어떻게 생겼는지 내내 보고 싶었다. 그가 흔쾌히 현승을 따라온 진짜 목적이었다.

*

아리가 공방의 문을 열었다. 그러곤 먼저 들어가라는 듯 뒤로 물러섰다. 세상의 모든 얼굴이 거기 모여 있었다. 웅성거리면서 지들끼리 떠들다가 문이 열리는 순간 입을 다문 듯 무서운 정적이 맴돌았다.

이하는 기이한 기분에 사로잡혔다. 다른 세계에 한 발을 걸친 것처럼 아슬아슬함을 느꼈다. 기괴한 얼굴들이 주는 압박감 때문일지도 몰랐다. 저도 모르게 아리를 돌아보았다. 아리의 얼굴이 문간에 걸린 탈처럼 동동 떠 보였다. 마치 여기 이 공방에 있는 탈 중 하나가 사람의 몸을 달고 서 있는 것 같았다.

황인기는 아버지 황적동의 뒤를 이어 탈을 만드는 장인이 되었다. 그는 황적동이 만들던 전통 탈에서 벗어나 자신만의 독특한 가면을 만들었다. 그는 문헌이나 전승, 구비에 등장하는 기이한 존재들을 사실적으로 구현해냈다. 때문에 그의 탈은 기존의 무속이나 신앙적인 탈 혹은 예능을 위한 탈과는 전혀 다른 독특한 얼굴을 하고 있었다.

길군은 어릴 때부터 아버지의 어깨 너머로 탈 만드는 것을 배웠다. 제법 손재주가 있었으므로 그는 장차 아버지와 할아버지의 작업을 물려받을 작정이었다. 물론 어머니는 극구 반대했다. 어머니가 죽자 그의 인생은 뭐든 마음대로 결정할 수 있을 것처럼 보였으나 결국 그리 되지 못했다.

공방의 양쪽 벽면에는 황적동과 황인기가 생전에 만들었던 탈들이 빼곡하게 걸려 있었다. 황적동의 탈들은 이하도 간간히 본 적 있던 전통 탈이다. 해학적이고 우스꽝스럽고 친근한 우리네의 얼굴. 그러나 맞은편 벽에 붙어 있는 황인기의 탈들은 전혀 달랐다. 장인이 은밀하고 천재적인 방식으로 조합한 그 얼굴에는 사람과 사물과 짐승과 자연이 교묘하게 공존했다.

"어떤 게 매구탈이야?"

"내가 알아."

현승이 나섰다. 아리는 아직 공방 문 앞에 선 채 선뜻 들어오지 않고 있었다. 현승은 공방 벽에 걸린 무수한 탈들을 눈으로 뒤지기 시작했다. 그때 두산이 천장 바로 아래 오른쪽 제일 구석 자리를 가리켰다.

"저거야."

지목을 당하는 순간 수많은 얼굴들 속에 숨어 있던 그 기이한 얼굴이 눈을 떴다. 이하는 흠칫 놀랐다. 어린 시절 매구호수에 빠졌을 때 빗속에서 그를 지켜보고 있던 그 모호한 얼굴과 너무도 흡사했다. 보는 순간 바로 알아보았다. 뭉뚱그려져 있던 기억이 순식간에 완벽한 형상을 갖췄다. 마치 이야기 속에 담겨 있던 말이 실재가 된 것처럼.

갸름한 눈구멍 속에서 어둠의 시선이 살아나 그를 보았다. 누르께한 짐승의 털 사이로 보이는 이마와 뺨에는 실금 같은 잔고랑이 무수히 패여 있었다. 흉측하고 아름다웠다. 그 얼굴은 여자처럼 보이기도 했고 남자처럼 보이기도 했다. 그리고 누군가를 닮았다. 그의 생각을 알아챈 듯 두산이 이하의 뒤에서 작게 말했다.

"어때? 너 보기에도 아리를 닮았지?"

분명히 아리를 닮았다. 하지만 그보다는, 이하는 두산을 돌아보았다. 그는 물끄러미 두산을 바라보다가 말했다.

"그보다는 형을 더 닮았어요."

"뭔 소리야? 소름끼치는 소리 하지 마."

그리고… 이하는 현승을 보았다.

"너도 닮았어."
"미친놈."
현승이 피식 웃었다. 아까 마신 맥주 한 캔에 이미 눈가가 벌겠다. 현승은 느른한 어조로 말했다.
"너하고도 닮았어."
그 말에 두산은 그제야 새삼스럽다는 듯 이하를 보며 고개를 갸우뚱했다.
"그러고 보니 그러네. 뭐지? 이 이상한 착시들은?"
"확실히 이상하네요. 근데 저거 진짜 매구의 얼굴이 맞아요? 소문은 그렇던데. 길군 형한테 뭐 들은 거 없어요?"
"없어. 아마도 기록 같은 것을 토대로 복원해냈거나 상상으로 만들어낸 걸 거야. 황인기 씨가 진짜 매구를 봤다면 저 얼굴을 만들 수가 없지. 바로 매구의 손에 잡혀 호수 바닥으로 끌려 들어갔을 테니까."
황인기가 그런 일을 당하지 않은 것은 매구의 아이, 즉 아리 때문이라고 했다. 물론 아리도 그 소문을 알고 있다. 어쨌든 당사자가 옆에 있기 때문에 이하는 그 말을 입 밖으로 내지 않았다.
"형은 매구를 믿지 않는다는 거네요."
"매구는 없어. 그럼 매구의 아이란 것도 없지. 그러니까 아리야, 사람들이 하는 말 따위 신경 쓰지 마. 소문이란 게 원래 본 것과 보지 못한 것을 끼워 맞춰 그럴 듯한 이야기로 만드는 거잖아."
두산은 여전히 아리를 대할 때 가끔 오싹함을 느끼지만, 그가 매구의 아이를 믿지 않는 데는 분명한 이유가 있었다.

"본 것은 뭐고 보지 못한 것은 뭔데요?"

이하가 물었다.

"사람들이 본 것은 박난숙 씨가 임신을 하고 출산을 했는데 아이가 온데간데없다는 거야. 그리고 임신한 아리의 엄마를 보지 못했는데 황인기 씨가 아리를 데리고 나타난 거지."

"난 우리 엄마가 낳았어. 기억은 나지 않지만."

문간에 서 있던 아리가 공방 안으로 들어섰다.

"태어날 때 기억이 나면 그게 이상하지. 당시 아리의 엄마는 몸이 좋지 않아서 몇 달 동안 매구면에 내려오지 못했어. 그때 임신 중이셨겠지. 미혼모였던 박난숙 씨의 아이는 시설에 맡겨졌을 거고."

하지만 두산은 길군에게서 곧 동생이 생길거란 말을 듣지 못했다. 왜 말을 하지 않았는지 모르겠지만 꼭 말을 해야 하는 건 아니었다. 그래도 그 부분이 여전히 마음에 걸렸다. 두산은 아리에게 굳이 그런 말을 하지는 않았다. 만약 그가 모르는 사정으로 황인기 부부가 난숙의 아이를 맡았다면 그렇게 덮는 게 옳았다.

"형의 말대로라면 매구는 없는 거고, 정연 누나가 본 매구는 매구탈이네요."

"그렇지."

"요는 그 매구탈을 덮어 쓴 사람이 누구냐는 건데, 결국 그 자가 매구호수에서 벌어진 사건들의 범인이란 거잖아요. 그렇다면 이 동네에 살인자가 돌아다닌다는 거고…."

이하는 아버지의 말대로 차라리 매구인 것이 나을 수도 있겠다는 생각이 들었다.

"그렇게 깔끔하게 정리가 되면 좋겠지만 문제는 매구탈이 저 벽에서 한 번도 떠난 적이 없다는 거야. 애초에 저 매구탈을 쓴 사람이 없으니 범인도 없어. 결국 원점으로 돌아와서 다시 매구가 한 짓이 되는 거지."

"매구가 한 짓이 맞아."

아리가 말했다. 두산은 고개를 절레절레 흔들었다.

"네 입장에서는 없다고 해야지. 그래야 길군의 입장도 정당해지고 너도 매구의 아이니 뭐니 하는 쓸데없는 소문에서 벗어나지. 여태 내가 말하는 거 못 들었냐."

"하지만 매구는 있는걸."

아리는 대숲에서 이하를 처음 만났을 때처럼 여전히 확신했다. 이전에 꼭 만나본 것처럼. 이하는 아리가 의심스러웠다. 매구의 아이가 아니라 해도 아리는 이상했다. 이상한 것을 알고 있었고 이상한 것을 품고 있었다.

"저 매구탈, 내려서 좀 자세히 봐도 될까?"

아리는 고개를 끄덕였다. 공방의 층고가 높아 이하는 의자를 가져와 올라섰다. 두 손을 뻗어 조심스레 매구탈을 내렸다. 보기보다 크고 묵직했다. 표면에는 더께가 졌고, 피부에 닿는 짐승의 털은 뻣뻣하고 거칠었다.

하지만 이 찜찜한 감촉은 시간의 흔적일 뿐 그날의 사고와는 아무런 상관이 없었다. 눈으로만 볼 때는 온갖 기이한 분위기를 자아내던 탈이 지극히 평범해졌다. 꼭 무슨 눈속임에 걸려든 것 같았다.

벽에 걸려 있을 땐 누구의 얼굴로도 보이는 경이로움을 지녔지만, 위에서 아래로 내려와 인간의 손에 잡히는 순간 그저 그렇고 그런 것으로 변해 다른 물건들과 같아지면서 정체를 숨긴다. 그게 매구탈의 비밀이었다. 그때 이하의 눈에 작업대 아래 놓여 있는 커다란 궤짝이 보였다. 궤짝은 자물쇠로 단단히 잠겨 있었다.

"저건 뭐야?"

"오빠 거야."

"뭐가 들었는데?"

"오빠 물건들."

"열쇠 없어?"

"남의 프라이버시를 열어보려고?"

현승이 말했다.

"안 되나?"

현승은 대답 대신 아리를 보았다.

"안 될 건 없는데, 열쇠가 어디 있는지 몰라. 그래서 다들 매구는 없다는 거네."

아리는 궤짝에는 관심이 없다는 듯 화제를 돌리며 조금 약이 오른 듯 말했다. 하지만 이하는 저 궤짝 속이 궁금했다. 아리는 따지듯 물었다.

"그럼 윤이하, 네 할아버지의 바둑 친구는?"

"뭐야, 그건 또?"

이하가 궤짝에서 시선을 떼고 어리벙벙한 얼굴로 되묻자 두산은 말했다.

"아, 맞다. 그 이야기가 있었지. 나도 어릴 때부터 이 동네 매구 이야기를 숱하게 들으며 자랐는데 그중에서 제일 무서웠던 이야기가 바로 남바리 윤 어르신, 그러니까 네 할아버지의 바둑 친구 이야기였어."

"네?"

"몰라? 그분이 군청 앞에서 심장마비로 돌아가셨잖아. 근데 그렇게 돌아가시기 전에 당신의 죽음을 미리 알고 사후 준비를 모두 해뒀어. 그걸 알려준 사람이 윤 어르신의 바둑 친구고, 그 바둑 친구의 정체가 매구라는 소문이야. 윤 어르신이 워낙 바둑 고수라 대적할 자가 매구뿐이라나. 그리고 그 이야기에는 꽤 여러 사람이 관련되어 있어. 아리에 관한 소문도 거기 일부 들어 있고."

"그건 내 이야기가 아니야."

아리는 긴장했다.

"알아. 그건 진짜 매구의 아이에 관한 소문이거든. 황인기 씨가 매구호수에서 아이를 주웠어. 하필 황인기 씨라서 아리에게 그 소문이 엮여들었지. 아무튼 황인기 씨는 아이를 어떻게 해야 할지 몰라 윤 어르신에게 갔어. 윤 어르신은 아이를 두고 매구와 담판을, 아니 거래를 했다는 편이 낫겠다. 그 결과 황인기 씨는 매구의 아이를 키우는 대가로 매구의 탈을 만들 수 있게 됐다는데 진실은 아무도 몰라."

"내가 아니라니까."

아리의 입꼬리가 말려 올라가면서 차갑고 무감한 눈매가 가늘어졌다. 그 순간 이하는 아리의 얼굴이 매구탈과 완전히 겹쳐 보였다. 이하는 다시 매구탈을 보았다. 착각이다. 저 얼굴은 누구의 얼굴과도 닮아 보였으니까.

"소문이라고. 그냥 소문. 이 동네 소문이 어디 한두 개냐. 그렇고 그런 소문들 중 하나일 뿐이야."

두산은 손을 내저으며 별거 아닌 것처럼 말했다. 이하는 눈을 끔벅이며 생각했다. 난숙 아줌마는 출산을 했지만 아이가 없다. 만약 그 아이를 호수에 버렸고 황인기가 발견한 거라면? 황인기가 할아버지를 찾아간 것은 그 아이가 매구의 아이라는 것을 알았기 때문이다. 그럼 난숙 아줌마는 진짜 매구의 아이를 낳았다는 거잖아?

"아리 아버지는 주운 아이가 매구의 아이라는 것을 어떻게 알고 할아버지를 찾아간 거죠?"

아리가 이하를 노려보았다. 이하는 미안한 얼굴로 부탁했다.

"궁금해서 그래. 좀 봐줘. 그냥 소문에 대해 묻고 있는 거야."

"그래, 소문."

두산이 한번 더 강조하면서 대답했다.

"소문에 의하면 그게 그냥 주운 게 아니야."

*

황인기는 제 허리에 묶은 밧줄의 매듭을 거듭 확인했다. 밧줄의 다른 쪽은 호숫가에 자리한 커다란 팽나무에 단단히 묶여 있었다. 매구가 그의 발목을 잡아끌고 호수로 들어가려면 땅속 깊이 뿌리내린 수백 년 된 팽나무를 통째로 뽑을 힘이 필요할 것이다. 그럴 일은 없겠지만 만약 밧줄이 끊어질 경우 오늘 밤이 그의 삶의 마지막 날이다.

탈을 만드는 황인기는 그 어떤 기록도 능히 형상으로 보여줄 수 있는 천재였다. 그의 대단한 눈썰미는 한 번 본 얼굴을 사진처럼 머릿속에 각인했다. 그가 마음먹으면 어떤 얼굴도 만들어낼 수 있었다. 하지만 매구는 상상할 수 없었다. 상상이 되지 않았다. 스쳐 지나가듯 찰나만 볼 수 있어도 상관없었다. 그 찰나에서 그는 분명 전부를 그려낼 수 있을 테니까.

손전등을 끄고 숨을 죽인 채 물소리에 귀를 기울였다. 이렇게 매일 밤 호숫가에서 지새는 것이 벌써 2년하고도 7개월째였다. 매일 오늘이 마지막 밤이 될 수 있다는 것을 각오했다. 한편으로는 매구에게 끌려가지 않을 온갖 방법을 강구했다.

길군은 밤마다 호수로 나가는 그를 걱정했다. 그는 자신을 따라나서려는 길군에게 호수 근처에는 얼씬도 하지 말라고 했다. 그가 호수에 빠졌을 경우 아들이 지켜보고 있는 상황은 없어야 했다. 그건 최악이었다.

호수는 자주 안개가 꼈고 물은 오래전에 자정 작용을 잃었다. 호수는 한 번도 맑았던 적이 없었다. 매구면에서 가장 오래된 것은 매구호수였다. 아무도 매구호수의 처음을 기억하지 못했다. 남아 있는 것은 사람들의 입을 통해 보태고 보태진 소문과 소문들뿐이었다.

어디선가 어린아이의 울음소리가 들렸다. 한밤중에 들리는 갓난쟁이의 울음소리는 여인의 흐느낌만큼이나 섬뜩했다. 호수 북쪽이었다. 밧줄의 길이는 대략 28미터. 정확히 팽나무에서 호수에 한발 집어넣기 직전까지의 길이였다. 면밀히 계산해서 준비한 것이다.

매구가 안전줄에 매여 있는 그를 끌고 갈 수 없다는 것을 알아챈 것일까. 그래서 어린아이의 울음소리로 그를 잡아끄는 것일지도 몰랐다. 그는 잠시 기다렸다. 아기의 울음소리는 지칠 줄 모르고 계속 이어졌다. 아무래도 매구의 미끼는 아닌 듯했다.

할 수 없이 황인기는 제 허리를 단단히 묶은 머리카락 밧줄을 풀고 손전등을 켰다. 이제 매구가 나타나 그의 발목을 잡아챈다 해도 저항할 수 없다. 아기 울음소리를 따라 어둠과 수풀을 헤치며 북쪽 호숫가에 이르자 물가에 거대하고 길쭉한 형체가 서 있는 것이 보였다. 그 형체를 둘러싸고 달무리처럼 은은하고 모호한 빛이 흔들렸다.

심장이 두근거렸다. 아기 울음소리는 어느새 들리지 않았다. 하지만 그는 이미 아기 울음소리에 대한 것을 잊었다. 그는 조금씩 다가갔다. 기척을 느꼈을 텐데도 형체는 꿈쩍도 않은 채 그저 그 자리에 가만히 서 있을 뿐이었다.

땅을 디디고 선 두 다리는 기묘하게 휘어 있었다. 인간의 형상을 하고 있었지만 인간이 아니었다. 마치 네발 달린 짐승이 두 발로 벌떡 서 있는 모양새였다. 피부를 덮고 있는 누르께한 젖은 털들이 불빛에 반짝였다. 그의 시선이 덜덜 떨며 위로 조금씩 벌거벗은 윤곽을 더듬어 나갔다. 귀까지 찢어진 주둥이가 벌어졌다. 뾰족한 이가 드러나면서 입가에 고랑이 생겼다. 불그레한 혀가 제 양팔에 들린 뭔가를 핥았다. 아기가 버둥거리며 자지러지게 울음을 터뜨렸다.

매구다!

황인기는 숨을 들이켰다. 그의 손에서 손전등이 툭 떨어졌다. 그는 그대로 돌아서서 달렸다. 매구의 숨소리가 그의 뒤통수에 바짝 따라붙었다. 팽나무에 묶어둔 밧줄을 다시 허리에 잡아맬 시간이 없었다. 그는 미친 듯이 달렸다. 매구가 그의 발목을 진작 잡아챘어야 했다. 그러지 않았던 것은 아기를 안고 있어서 두 손을 쓸 수 없었기 때문이 아니었을까.

황인기는 거기서 제일 가까운 남바리 윤이평의 집으로 달려갔다. 잠에서 깬 노인은 황인기의 횡설수설을 모두 알아들은 듯 침착하게 말했다. 따라오지 말고 여기 있게. 윤이평은 경고를 남기고 바로 호수로 내려갔다.

그날 밤 호수에서 매구와 윤이평 사이에 무슨 일이 벌어졌는지는 아무도 모른다. 어쨌든 황인기에게 윤이평은 생명의 은인이었다. 매구를 본 황인기는 호수로 끌려 들어가지 않았고, 매구 탈을 만들었다.

유일하게 윤이평의 오랜 친구인 송백중이 그날 밤 윤이평과 매구 사이에서 벌어진 일에 대해 뭔가 알고 있는 것으로 알려졌는데 이는 송백중이 남긴 윤이평의 바둑 친구에 관한 이야기 때문이었다.

송학준의 아버지 송백중은 저녁이면 술을 사들고 거의 매일 남바리에 올랐다. 그는 아내가 죽고 혼자 된 친구를 걱정했다. 그의 말에 따르면 윤이평에게는 송백중 말고 또 다른 묘령의 친구가 있었다.

해가 지고 사방이 어스름해진 어느 저녁나절, 송백중이 남바리에 올라가 보니 손님이 와 있었다. 방 안에서 윤이평이 누군가와 두런두런 이야기를 나누는 소리가 새어나왔다. 동네 누구 아는 이겠거니 생각한 송백중이 나도 낌세, 하고 문을 두드리며 들어섰다. 그런데 방 안에는 아무도 없었다. 윤이평 혼자 앉아서 바둑을 두며 약주를 마시고 있었을 뿐이었다. 하지만 술상에는 잔이 두 개였다. 방금 윤이평이 비운 잔과 마시다 만 술이 반쯤 남아 있는 잔.

"방금 누가 있지 않았던가?"

"있었지. 잠깐 어디 갔다네. 앉게. 기다리면 또 오겠지."

아무리 기다려도 그 손님은 다시 돌아오지 않았다. 아무래도 자기 때문에 들어오지 못하는가 싶어 미안해진 송백중이 자리를 비켜주기 위해 일어섰다. 그러자 윤이평은 말했다.

"자네 때문이 아닐세. 그러니 신경 쓰지 말게. 아마 다른 볼일이 생겨 그냥 돌아간 게지."

그때 문득 송백중은 생각났다. 댓돌 위에 손님의 신발이 없었다는 것을. 그런 일이 한두 번이 아니라 여러 번 반복되자 송백중은 이상한 생각이 들어 집요하게 캐묻기 시작했다.

윤이평은 그저 가끔 들르는 바둑 친구라고만 대답했다. 송백중은 결국 윤이평의 바둑 친구가 누군지 알지 못한 채 죽었다. 그게 얼마나 궁금했던지 그는 한 번 죽었다가 깨어나기까지 했다. 모두 숨이 끊어진 줄 알고 펑펑 울고 있는데 갑자기 송백중이 눈을 번쩍 뜨고 바로 곁에서 자리를 지키고 있던 윤이평의 팔을 덥석 잡으며 물었던 것이다.

"보게. 내 어찌나 궁금하던지 저승길 가다가 되돌아왔네. 말해 주게. 대체 그게 누구였나?"

윤이평은 친구의 귀에 대고 대답했다.

"자네도 이미 보았던 그놈일세. 난숙이 아이의 아버지, 호수 바닥에 처박혀 썩어 문드러질 놈. 미안하네. 내가 비겁하여 물리치질 못했네."

송백중은 알아들었다는 듯 고개를 끄덕이며 그제야 마지막 숨을 토해내고 눈을 감았다. 윤이평은 그를 난숙이 아이의 아버지이자 호수 바닥에 처박혀 썩어 문드러질 놈이라고 했다. 이를 지칭하는 것은 하나뿐이었다.

매구.

소문은 그랬다.

*

"그러니까 팽나무에 걸린 그 머리카락 밧줄은 아리 아버지가 매구를 봤다는 소문의 증거물이네요."

이하가 말했다.

"동네 여자들 중에 황인기 씨에게 머리카락 판 사람이 꽤 있어. 그것도 증거지. 그가 사람들 머리카락을 직접 사러 다니기도 했고."

두산의 말을 듣고 있던 현승이 입을 열었다.

"그 바둑 친구가 매구일 수는 없어. 그랬다면 그 두 할아버지도 호수 바닥으로 끌려 들어갔어야지. 예외가 너무 많아. 그러니까 소문이야. 정신 차려, 윤이하. 아주 혹해가지고. 소문의 특징이 뭔지 알아? 들으면 들을수록 궁금한 게 늘어난다는 거야."

"맞아. 소문의 진실은 당사자들만 알지. 박난숙 씨가 낳았다는 아이에 대해선 송학준 씨한테 내가 직접 물어본 적이 있어. 쓸데없는 소리라며 일갈하더군. 근데 눈치를 보니 뭐가 있긴 있는 것 같았어."

"그게 매구예요?"

이하가 묻자 두산은 단호히 말했다.

"매구는 없다니까. 매구를 빙자한 무엇이지. 일단 돌아가신 두 어른은 생전에 당신들 입에 매구란 말을 올린 적이 없어. 그리고 송학준 씨가 매구와 관련된 이야기에 대해 일체 입을 다무는 건 박난숙 씨 때문이고."

"그럼 학준 아저씨는 전말을 알고 있다는 거네요. 근데 왜 시원하게 털어놓질 않는 거죠? 그럼 아리에 대한 소문도 없어질 수 있는데요."

"그 소문이 박난숙 씨를 보호하고 있으니까. 그 소문에서 매구를 걷어내고 사실만을 발라내봐. 박난숙 씨는 아버지가 누군지 모르는 아이를 낳았어. 박난숙 씨의 어머니는 미혼모인 딸이 손가락질 받지 않게 하려고 매구를 끌어들인 거야. 공방에서 황인기 씨가 매구와 같이 있는 것을 봤다는 목격담도 어쩌면 지어낸 것일 수 있지. 매구 이야기에 확증을 더하기 위해서 말이야."

"매구가 보태진 것으로 긴가민가한 이야기가 되어버렸군요."

"이 동네가 그래. 어쩔 수 없는 것은 모두 매구 탓으로 돌려. 그런 식으로 허구의 매구가 현실에서 버젓이 살게 되는 거지. 어디까지가 사실이고 어디까지가 거짓인지 알 수 없어."

두산의 말대로 이 동네에서 매구는 훌륭한 핑곗거리였고 상처를 덮는 말이었으며 의지할 무언가였다. 이 사람 저 사람 연결된 소문들을 매구가 가리고 있었다. 매구는 모호하고 두려운 존재로 진실을 감추며 스스로 실재가 되었다.

이하는 아리에게 말했다.

"들었지? 매구는 없어. 그러니까 앞으로 다시는 나한테 매구 가지고 장난치지 마."

"너야말로 네 눈으로 확인하기 전까지 아무것도 확신하지 마."

아리의 말은 이번에도 이하에게 거대한 효력을 발했다. 분명 두산 덕분에 머릿속이 어느 정도 깨끗해졌는데 갑자기 등줄기가 뜨끔해지면서 입안에 침이 고였다. 잠잠했던 대숲의 공포가 문득 썰물처럼 밀려들었다. 대숲은 그의 이름을 불렀다.

세상엔 늘 설명할 수 없는 일들이 일어난다. 집게손가락이 멋대로 떨고 있는데 아무도 그 원인을 설명해주지 못했다. 마시지도 않은 알코올이 몸속을 떠도는데 누구도 그 이유를 몰랐다. 이상하지만 이제 더는 이상하다는 생각을 하지 않는다. 자연스럽게 일어나는 일이려니 여긴다. 대숲이 그의 이름을 부르는 것도 그런 것이다. 그냥 그런 것이다.

"저 자식 왜 저러냐? 꼭 약 먹은 것처럼."

두산이 등받이 없는 작업용 의자에 앉아서 꾸벅꾸벅 졸고 있는 현승을 가리켰다. 이하는 피식 웃으며 말했다.

"술이 약해서 그래요."

"가지가지 한다."

"야, 현승아, 일어나. 그만 가자."

두산이 졸고 있는 현승을 깨웠다. 현승은 아이처럼 눈두덩을 비비며 자리에서 일어섰다.

*

정연은 눈이 잘 떠지지 않았다. 눈두덩을 커다란 돌덩이가 짓누르고 있는 것 같았다. 사방이 캄캄했다. 메고 있던 가방이 활짝 열린 채 옆에 팽개쳐져 있었다. 휴대폰 생각이 났다. 매구가, 아니 매구탈이 덮치는 순간 떨어뜨렸다. 거기 영상 다 찍어놨는데. 그런데 여기가 어디지? 시간이 얼마나 지났을까?

쇠 갑옷을 걸쳐 입은 듯 몸이 뻣뻣하고 무거웠다. 머리칼과 옷이 모두 젖었다. 정신을 잃고 있던 새에 비가 온 모양이다. 뒤통수가 뻐근하고 머리가 어지러웠다. 몸을 일으키려고 바닥을 짚은 손에 딱딱하고 납작한 것이 닿았다. 잃어버린 줄 알았던 휴대폰이었다.

다행이다. 휴대폰을 집으려던 정연은 땅바닥이 이상하리만치 물컹하고 미끈거린다는 것을 알았다. 설마? 후다닥 휴대폰을 집어 조명을 켰다. 황급히 사방을 비춰 보았다. 심장이 오그라들었다.

여우 무덤이다.

12년 전 폭우 속에서 딱 한 번 보았던 풍경임에도 다시 보는 순간 기억이 차올랐다. 정연은 고개를 들고 왼쪽을 보았다. 어둠 속에 잠겨 아무것도 보이지 않았다. 그녀는 덜덜 떨리는 손으로 휴대폰의 불빛을 비췄다. 그녀의 기억이 맞는다면 그쪽 어딘가에 '접근 금지. 가까이 가지 마시오.'라는 경고문이 적힌 팻말이 있을 것이다.

하얀 페인트칠이 벗겨진 나무 팻말에 불그레한 글자가 보였다. 어떻게? 어떻게 된 거야? 여기까지 내 발로 오지 않았으니 놈이 끌어다놨겠지. 그럼 12년 전 그날도 그놈이었을까?

애장터는 늪지다. 이런 수렁 지대가 만들어진 이유에 대해서 사람들은 말했다. 수백 년 동안 여기 묻힌 아이들의 썩은 시신이 물러지고 녹아서 이리 된 거라고.

목덜미를 타고 뜨끈한 땀방울이 흘러내렸다. 손을 뻗어 훔쳐내자 살갗에 닿는 감촉이 진득했다. 정연은 곧 그게 땀이 아니라 피라는 것을 알았다. 휴대폰 불빛에 닿은 손이 시뻘겋게 물들어 있었다. 그제야 정연은 욱신거리는 뒤통수로 손을 가져갔다. 머리카락에는 핏덩이가 엉겨 붙었고 아픈 자리는 공처럼 빵빵하게 부었다.

생각났다. 넘어지면서 바위에 머리를 부딪쳤다. 그러곤 정신을 잃었다. 머리를 다쳤다는 것을 깨닫자 그때부터 고통이 밀려들었다. 하지만 지금 견디는 공포에 비하면 아무것도 아니었다.

내가 죽은 줄 알았던 거야. 그래서 날 여기에 가져다 버린 거야. 놈이 내 몸을 뒤졌는데. 나한테서 뭘 찾고 있었던 거지? 바지 주머니에 넣어둔 편지가 없었다.

정연은 누구에게도 매구호수에 간다는 말을 하지 않았다. 그런데 놈은 매구호수에서 그녀를 기다리고 있었다. 어떻게 알았을까? 내가 오늘 편지를 들고 매구호수에 간다는 사실을. 누구지? 대체 누구야? 편지는 왜 가져간 거지?

정연은 그 편지에 뭔가 있다는 것을 알았다. 이하가 편지를 보고 싶어 했는데 걔가 촉이 있었네. 머리가 핑 돌면서 갑자기 구역질이 났다. 밀려드는 토기에 속을 게워내는데 문득 기분 나쁜 숨소리가 등 뒤로 다가왔다. 화들짝 놀라 돌아보려는 정연을 억센 힘이 밀어 쓰러뜨렸다. 그녀의 손에서 떨어진 휴대폰이 진창에 처박혔다.

다시 캄캄해진 어둠 속에서 정연은 재빨리 휴대폰을 집어 들어 놈에게 디밀었다. 거무스름한 개흙을 뒤집어 쓴 휴대폰의 흐릿하고 좁은 불빛 속으로 놈의 얼굴이 보였다. 매구탈은 휴대폰의 희미한 불빛이 저를 비추자 거칠게 손으로 쳐냈다. 휴대폰은 어딘가로 획 날아가 처박혔다.

"너 누구야? 그 탈 벗어봐!"

정연이 소리치며 달려들었다. 매구탈이 정연의 얼굴을 후려쳤다. 머리가 윙 하고 울렸다. 정연은 팔다리에 힘이 풀리면서 풀썩 쓰러졌다. 매구탈은 축 늘어진 정연의 몸을 제 어깨에 둘러멨다. 정연은 의식이 새어나가고 있는 것을 느낄 수 있었다. 그녀는 매구탈이 어디로 가는지 알 것 같았다. 호수, 매구호수로 간다.

죽은 줄 알았는데 죽지 않아서 이제 진짜 죽이려는 거야. 진짜 매구가 그런 것처럼 호수에 던져서 익사시키려는 거지. 현승의 엄마한테 그랬던 것처럼 내 발목도 부서뜨리고 흔적을 내겠지. 그런 다음 가방에 담아서 어딘지 모르는 동네에 버려둘까. 아니면 전씨 아저씨처럼 누가 발견하도록 할까.

*

등정리에서 남바리로 가는 길은 다행히 대숲을 지나지 않아도 된다. 이하는 그것만으로도 집으로 돌아가는 걸음이 한결 가벼워졌다. 모두 소문이다. 이런 식으로 모든 이야기에 매구가 등장하면 누구든 매구를 믿지 않을 수 없다. 하지만 두산처럼 한 걸음만 뒤로 물러서면 앞뒤가 보이는 법. 매구는 없다.

하지만 자욱한 안개에 휩싸인 매구호수를 보자 또다시 마음이 흔들렸다. 바람이 불 때마다 대숲이 사르륵 사르륵 속삭이는 소리를 냈다. 이윽고 쫘아아 하는 소리와 함께 대숲이 흔들렸다. 그의 이름을 부르고 싶어 몸부림치는 것 같았다. 그래봤자 여기까지는 들리지 않아. 이하는 걸음을 서둘렀다.

대숲을 나와서 호숫가를 따라 남쪽 끝에 이르면 등정리 길로 이어진다. 그 앞을 지나서 호숫가 반대편에 이르면 남바리로 올라가는 비탈길이 나온다. 대숲 반대편 북쪽으로 치우친 자리에 장승처럼 우뚝 선 팽나무가 보였다. 낮에 보면 그저 큰 나무 한 그루였지만 밤에 보면 묘한 위압감을 자아냈다.

팽나무가 있는 곳을 경계로 호수 북쪽으로 갈수록 빛이 잘 들지 않았다. 그쪽은 늘 산 그림자가 져서 어두컴컴했고 물 색도 검었다. 온갖 잡목림과 수풀로 우거진 호수 북쪽은 이어지는 길이 없어 사람들이 가지 않는 곳이다. 때문에 가로등 불빛도 닿지 않았다.

어디선가 가느다란 신음 소리가 들렸다. 팽나무 가지가 바람에 흔들리며 스산한 소리를 냈다. 그 사이로 흐느낌 같은 소리가 끊어질 듯 말 듯 이어졌다. 등골이 선뜩해졌다. 잘못 들은 거겠지? 아니라도 난 몰라. 젠장, 이런 소리보다는 차라리 이름을 불리는 게 낫겠어.

비탈길 앞에서 이하는 멈춰 섰다. 아까보다 훨씬 약해진 흐느낌이 다시 들렸다. 어쩌면 버려진 고양이나 강아지일지도 모른다는 생각이 들었다. 잠시 망설이던 이하는 소리가 나는 쪽으로 한 걸음씩 따라갔다. 가로등 불빛에서 점점 멀어졌다.

이하는 어느새 캄캄한 호숫가 북쪽에 이르렀다. 그는 휴대폰 불빛으로 수면을 메우고 있는 부유물들을 훑어보았다. 주변의 바위와 수풀 들도 살폈다. 고양이든 강아지든 스스로 움직여주지 않는다면 쉽게 찾을 수 없을 듯했다.

전익중의 시신도 여기 버려져 있었다. 시신은 신고자가 없었다면 결코 발견되지 못했을 거라고 했다. 부유물들로 뒤덮인 호수를 바라보며 이하는 그 말이 사실이라는 것을 깨달았다. 더구나 지금은 밤인데다가 안개 때문에 더 분간하기 어려웠다. 하지만 흐느낌 소리는 분명했고 뭐라고 웅얼거리는 것 같기도 했다.

그때 부유물들 사이에서 뭔가 달싹 움직였다. 순간 이하는 가슴이 철렁했다.

"살려주세요…. 누구 없어요?"

필사적으로 쥐어짜낸 여자의 가늘고 잠긴 목소리. 이하는 정신이 퍼뜩 들었다. 여자는 수면을 덮은 썩은 잡목과 나무토막에 몸을 의지하고 있었다. 시커먼 부유물들 속에서 그를 바라보는 산 사람의 눈. 야행성 짐승처럼 빛을 뿌리지 않아도 어둠 속에서 사람의 간절한 눈동자는 기이하리만치 부각되었다. 먼저 알아본 것은 그녀였다.

"이하야…."

피멍으로 퉁퉁 부은 얼굴을 이하도 바로 알아보았다. 정연이었다. 그 순간 이하는 생각했다. 내가 들어가서 구해도 되는 걸까? 그랬다가 매구가 기다렸다는 듯 정연의 발목을 잡아 바닥으로 끌고 들어가면? 하지만 이미 살려놓은 거 아닌가? 그녀는 혼자였고 아무도 구해주지 않았으니까. 매구의 존재가 이하의 머릿속을 어지럽혔다. 모르겠다. 이하는 더 망설이지 않았다.

그는 슬리퍼를 벗고 맨발로 부유물들을 헤치며 호수 속으로 걸어 들어갔다. 더러운 물이 목까지 잠겨들었지만 아랑곳하지 않았다. 발이 땅에 닿지 않는 순간부터 그에게도 공포가 밀려들었다. 무언가 그의 다리 사이를 휘감으며 지나갔고 무언가 아주 잠깐 그의 발을 잡았다가 놔준 것 같기도 했다.

매구호수에는 물고기가 없다. 그러니까 이는 모두 착각이다. 그는 간신히 호숫가 마른 땅으로 정연을 끌어올렸다. 정연은 몸을 심하게 떨었다. 고개를 옆으로 돌린 정연의 뒷머리가 피범벅이었다. 또 어디를 어떻게 다쳤는지 알 수 없어 이하는 그녀를 함부로 부축할 수 없었다.

"움직이지 말고 가만있어요."

119에 신고를 했다. 그 다음엔 뭘 해야 하지? 떨고 있는 정연에게 뭐라도 덮어주고 싶었지만 한여름이라 이하도 셔츠 한 장 차림이었다.

"괜찮아요, 금방 사람들이 올 거예요."

이하는 정연을 안심시켰다. 얼굴뿐 아니라 팔다리 모두 온통 긁힌 자국에 타박상으로 시커멓게 멍이 들었다. 대체 무슨 일이 있었는지, 어쩌다 호수에 빠졌는지 묻고 싶었지만 나중으로 미뤘다. 지금은 정연을 안정시켜야 했다.

"매구를 봤어."

"알아요. 그 매구가 이번엔 누나를 살린 것 같아요."

"아니, 날 죽이려 했어."

"네?"

"매구가 아니라 매구탈을 쓴 사람이었어."

"그게 누군데요?"

"몰라. 너 만나러 가던 중에 대숲에서 만났어."

"날 왜요?"

"수연 언니의 편지를 보여달라고 했잖아."

"그럼 미리 연락이라도 하죠."

"네 번호를 몰라서…."

역시 두산의 말이 옳았다. 매구는 없다. 매구탈을 쓴 사람이 대숲에서 매구 흉내를 내고 있는 것이다. 대체 누가? 동네 사람일 것이다. 평소 대숲을 오가는 사람들의 이름쯤은 모두 알고 있는.

하지만 이사 온 첫날이었는데 어떻게 내 이름을 알고 불렀지? 게다가 이하는 지금 공방에 있는 매구탈을 확인하고 오는 길이었다. 아무도 손대지 않은 매구탈.

혹시 매구탈이 하나 더 있는 걸까? 하지만 황인기는 매구탈을 하나밖에 만들지 않았다. 황인기 말고 매구탈을 만들 수 있는 사람은 길군뿐이다. 길군은 아버지의 일을 물려받아 탈을 만들고 싶어 했다. 두산의 말에 의하면 손재주가 있어 어릴 때부터 아버지의 어깨너머로 탈 만드는 것을 배웠다고 했다.

길군이 만약 자기가 만든 매구탈을 가지고 있다면? 아버지의 매구탈이 공방 벽에 꼼짝 않고 붙어 있으니 매구탈이 저지른 짓은 모두 매구의 짓일 수밖에 없다. 길군의 살생부라는 말이 동네 사람들 입에서 공공연히 돌아다닌다. 길군이 좋은 사람에서 나쁜 놈이 된 것은 매구를 믿는 사람들의 입 때문이다. 설마 그런 이유로 길군이 스스로 매구가 된 건가.

"나한테서 편지를 뺏어갔어. 그 편지에 뭔가 단서가 있는 거야."

"누나가 편지를 들고 나한테 온다는 걸 누가 알아요?"

"말한 적 없어."

"하지만 누군가 누나를 계속 주시하고 있었어요. 편지는 찍어뒀죠?"

"휴대폰을 잃어버렸어."

"어디서요?"

"모르겠어. 애장터에 있을까? 아니면 호수에 빠뜨렸을까? 아니면 놈이 가져갔을지도. 거기 그놈을 찍은 사진도 있는데."

정연은 아무것도 쥐어져 있지 않은 빈 손가락을 힘없이 까딱거렸다.

"이제 어떡하지? 이럴 줄 알았어. 그 편지에 뭔가 있을 줄 알았다고. 근데 아무도 내 말을 믿어주지 않았어."

감정이 격해진 정연은 숨을 헐떡였다.

"그 매구탈, 누군지 알 것 같아. 황길군이야. 매구탈에 멋대로 손댈 수 있는 사람은 황길군뿐이야. 어쩌면 자기가 하나 더 만든 걸지도 모르지. 편지도 황길군이 보낸 거잖아. 자기 편지를 되찾으려고 했던 거야. 아무리 필적을 바꿔도 결국 들통날 걸 알았던 거지. 체격이나 키도 황길군 같았어. 내가 황길군이라고 했지. 근데 모두 내 말을 무시했어."

이하도 길군이 의심스럽기는 했다. 정말 길군이 매구를 이용해 살인을 한 걸까. 하지만 홍수연을 죽일 동기가 없다. 아니, 잠깐만… 동기는 없지만 목적은 있을 수 있어.

길군이 필적을 바꿔 홍수연에게 남몰래 편지를 주고 호수로 불러낸 후 자기는 매구탈을 쓰고 등장한다. 매구탈을 보고 놀란 홍수연을 몰아붙여 호수에 빠뜨린다. 어린 목격자에게 보란 듯 모습을 드러내서 매구가 있다고 믿게 만든다. 그런 다음 홍수연을 구하려고 뛰어든다.

사람들은 대놓고는 매구를 목격했다는 아이의 말을 믿지 않았지만 그 이야기는 근거 있는 소문이 되어 퍼졌다. 한 번도 매구탈을 본 적이 없는 아이가 매구탈과 똑같이 생긴 매구의 얼굴을 묘사했기 때문이다.

홍수연의 일을 계기로 매구의 존재를 끌어낸 길군은 그 다음부터는 당당하게 매구의 방식을 이용해 살인을 한다. 하지만 증거가 없다. 전익중이 죽었을 때도 길군은 용의자로 지목됐지만 풀려났다.

씩씩거리며 울던 정연이 눈을 감은 채 조용해지자 이하는 다급하게 외쳤다.

"누나, 정신 차려요."

정연은 간신히 눈을 떴다가 다시 감으며 중얼거렸다.

"졸려."

이하는 정연의 뺨을 세게 두드렸다.

"정신 차리라고, 야, 홍정연!"

정연은 눈을 감은 채 늘어지는 어조로 말했다.

"이게 누나한테… 너보다 두 살이나 많다고…."

"빌어먹을, 지금 그게 중요해?"

"으응? 너 방금 뭐라고 했어?"

"아니에요, 누나, 말해요. 뭐든 계속 말해요. 잠들면 안 돼요."

잠들면 다시는 깨어나지 않을까 봐 무서웠다. 이하는 계속 정연을 다그치며 속으로 매구를 불렀다. 책임져라. 네가 살린 거니까. 아무리 봐도 이건 기적이었다. 놈은 머리를 다친 채 정신을 잃은 정연을 호수에 던졌다. 죽이려고 했고 죽을 수밖에 없는 상황이었다.

그런데 살았다. 이건 매구가 구해준 거라고 밖에는 말할 수 없었다. 매구 새끼, 대체 있는 거야, 없는 거야. 그걸 확실하게 알지 못하면 죽어도 이 동네를 못 떠나지 싶었다. 멀리서 사이렌 소리가 들렸다.

너는 호수 주변을 한 바퀴 둘러본다. 반쪽 달도 별 부스러기들도 거의 빛을 발하지 못하고 있다. 산 너머 시내의 불빛이 화려해진 탓이다. 너는 마른 나뭇가지들을 주워 모은 후 담배 한 개비를 꺼내 피운다. 한번 피우면 끝까지 알뜰하게 빤다. 마지막 연기가 가장 쓰고 짜릿하기 때문이다. 너는 담뱃재를 손가락으로 툭 털어내고 꽁초를 주머니에 넣는다.

너는 잠시 담배를 쥐었던 손가락을 코끝에 대고 숨을 들이킨다. 그 냄새가 향기로운 듯 표정이 풀린다. 기분이 한결 나아진 너는 발치에 있던 배낭에서 신문지를 꺼내 한 장씩 구긴다. 구긴 신문지들을 쌓아놓은 나뭇가지 사이로 밀어 넣고 불을 붙인다. 불꽃이 오르는 듯하다 이내 사그라진다.

너는 고개를 갸웃거리더니 얼굴을 땅바닥에 대고 엎드린 자세로 공기를 불어넣는다. 너는 불을 피우는 것이 익숙지 않다. 한참을 죽어라 숨을 뱉어내니 검은 연기가 피어오른다. 마치 너의 입 속에서 흘러나오는 것 같다. 어찌 보니 네 뱃속에 든 어두운 비밀을 토해내고 있는 것 같기도 하다.

마침내 불길이 치솟아 오른다. 현기증이 난 너는 바닥에 털썩 주저앉아 숨을 고른 후 다시 배낭에서 뭔가를 꺼낸다. 너의 머리통보다 큰 것이 둥그렇고 북슬북슬하다. 너는 그것을 발로 여러 번 밟아 부서뜨린 후 불길에 던져 넣는다.

순간 소름끼치는 역한 냄새가 너를 덮친다. 너는 흠칫 놀라며 코를 막는다. 이어 편지도 불에 던진다. 너는 그것들이 다 타서 재만 남을 때까지 꼼짝 않고 지켜본다.

숲에서 불어드는 작은 바람 소리에도 너는 경계심 강한 짐승처럼 예민하게 귀를 세우며 사방을 두리번거린다. 너는 남은 재를 쓸어 모아 호수로 보낸다. 재들이 물결을 따라 야릇한 형체를 이루며 썩은 부유물로 뒤덮인 호수의 북쪽으로 흘러간다. 재들은 부유물에 달라붙는다. 이제 아무도 부유물과 재를 구분할 수 없다.

너는 검어진 땅을 발로 뒤집어 불을 피운 흔적을 지운다. 너는 배낭을 메고 걸음을 옮기며 생각한다. 다 끝났어. 이제 그만해도 돼. 괜찮아. 내가 한 게 아니야. 그냥 잠깐 미쳤던 거지.

갑자기 너는 걸음을 멈추고 돌아본다. 내가 붙들었기 때문이다. 나는 대숲의 바람 소리를 빌어 너에게 속삭인다. 아니. 네가 한 거야. 그리고 내가 한 거지. 한 번 덮어쓰면 우린 영원히 한 몸이야. 네 생각은 내 생각이고 내 생각은, 음, 다는 아니지만 일부 네 생각이 되지. 그렇게 우린 계속 연결되어 있는 거야. 네가 죽은 후에도 내가 원할 때까지.

매구탈

사색이 된 정연의 부모님이 병원으로 달려왔다. 경찰이 이하에게 발견 당시 상황을 물었다. 진술이 끝나자 경찰은 그에게 집으로 돌아가서 기다리라고 했다. 하지만 그는 병원을 떠나지 않았다.

이대로 돌아가봐야 불안해서 어차피 아무것도 손에 잡히지 않을 터였다. 하루쯤 집에 들어가지 않는다고 걱정하거나 찾을 사람도 없고. 아버지는 보나 마나 오늘도 슈퍼 부부 사이에 끼어 있을 테니 집에 가봤자 또 덩그러니 혼자다. 그리고 이 시간에 대숲과 매구호수를 지나고 싶지도 않다.

병원 화장실에서 대강 씻고 왔다 갔다 하는 사이 젖은 옷은 그럭저럭 말랐다. 몇 시간 후, 정연이 병실로 옮겨졌다. 이하는 들어가보고 싶었지만 정연의 부모님이 계셔서 복도에서 기다렸다.

"이만해서 다행이다. 하루 종일 연락이 안 돼서 얼마나 걱정했는지 아니? 대체 거긴 왜 간 거야?"

정연의 엄마는 걱정과 안도와 나무람이 뒤섞인 어조로 말했다.

"친구 만나러요."

"네가 친구가 어딨어?"

말해놓고 엄마는 실수했다는 것을 깨달았다.

"미안하다. 혹시 119에 신고했던 그 남학생이니?"

"맞아요. 전학생 윤이하요."

"전학생이면, 혹시 윤 어르신의 손자?"

아버지의 물음에 정연은 고개를 끄덕였다.

"그렇다고 거길 가?"

"걔네 집이 거길 지나야 하니까요. 내 맘대로 찾아간 거예요. 이하는 몰랐어요. 걘 그냥 지나가다가 날 발견하고 신고해준 거예요."

"걜 왜 찾아갔는데?"

"내 말을 믿어주니까요."

정연의 엄마가 남편을 보았다. 정연의 아버지는 말했다.

"그야 윤 어르신의 손자니까 그런 거지. 정연아, 매구는 없어. 그때 넌 어렸고 비가 너무 많이 와서 헛것을 본 거야."

"이하도 매구를 믿지 않아요. 하지만 내 말을 들어줘요. 걔가 처음이었어요. 나는…."

정연은 훌쩍이기 시작했다. 그때 노크 소리와 함께 경찰이 이하를 데리고 병실로 들어섰다. 정연은 얼른 눈물을 훔쳤다.

"안녕하세요."

이하는 정연의 부모를 향해 인사를 꾸벅했다. 경찰이 말했다.

"병실 앞에 있더라고요. 걱정이 돼서 안 가고 기다렸나 봐요."

정연의 엄마가 이하의 손을 덥석 잡으며 말했다.

"고맙다. 경황이 없어서 이제 인사를 하는구나. 너 아니었으면 우리 정연이 큰일 날 뻔했다."

정연의 아버지는 한껏 누그러진 어조로 말했다.

"네 할아버지를 많이 닮았구나. 고맙다. 네 덕에 우리도 살았다."

이하는 머리에 붕대를 감고 있는 정연을 보며 물었다.

"괜찮은 거죠?"

"100바늘 꿰맸어. 해골도 깨졌대."

좀 전까지 훌쩍이고 있던 정연은 어느새 밝아진 얼굴로 말했다.

"해골이라니, 참…."

정연의 아버지는 고개를 살짝 저으며 이하를 향해 말했다.

"정연이 말이 널 만나러 가던 길이라고 하더구나."

"지금 이하에게 확인하는 거야? 또 내 말을 못 믿는 거지?"

"그게 아니잖니."

엄마는 혹여 정연의 심기를 거스를까 달래듯 말했다.

"아니긴 뭐가 아니야. 내가 하는 말은 다 헛소리로 생각하잖아. 윤이하, 네가 말해봐."

"뭘?"

"우리가 했던 이야기 말이야. 넌 처음부터 수연 언니의 사고가 이상하다고 했어. 자살일 수가 없다고 했지. 죽으려고 작정한 사람이 어떻게 그 밤에 날 데리고 움직였을까, 네가 그랬잖아."

"어… 그랬지."

이하는 멋쩍게 뒤통수만 긁적였다. 정연의 엄마는 말했다.

"됐어. 엄마는 이제 그만 네가 수연의 사고에서 자유로워졌으면 좋겠다. 응? 수연이 마음을 누가 알겠니? 수연이가 그 당시 힘들어했던 건 내가 알아."

"그래도 아니야. 하지만 그 사고 때 내가 본 매구는 진짜 매구가 아닐지도 몰라."

경찰이 말했다.

"그래서 말인데, 이하에게 듣긴 했다만 다시 찬찬히 말해줄래? 누가 너를 해치려고 했니?"

"매구탈을 쓴 사람이었어요. 그놈이 저한테서 편지를 가져갔어요. 황길군이 수연 언니한테 보냈던 편지요. 제가 그랬잖아요, 황길군이 수연 언니를 죽인 거라고요. 매구탈을 가질 수 있는 것도 황길군뿐이잖아요."

"분명히 황길군이었어? 얼굴을 봤니?"

경찰의 표정이 묘해졌다.

"아뇨. 하지만 확실해요."

"목소리는 들었어?"

"한마디도 하지 않았어요. 목소리를 들으면 제가 정체를 알아챌 만한 사람이기 때문이죠. 황길군이에요. 그가 얼마 전에 절 죽이겠다고 했거든요."

"무슨 소리야 그게?"

정연의 아버지가 물었다. 정연은 얼굴이 붉어진 채 말했다.

"얼마 전에 황길군이 황아리를 보러 학교에 왔어요. 그때 그가 나한테 한 번만 더 아리를 매구의 아이라고 지껄이고 다니면 죽여버릴 거라고 했어요."

"그 망할 자식이!"

정연의 엄마가 욕을 삼키며 짧게 외쳤다. 정연의 아버지가 경찰에게 물었다.

"전익중 씨 죽었을 때 황길군이 용의자였다면서요?"

"용의자가 아니라 참고인 중 하나였습니다. 그리고 정연이를 공격한 매구탈을 쓴 자는 황길군일 수가 없어요. 그는 금요일 저녁부터 구금 상태거든요. 폭력 사건으로 잡혀와 지금까지 유치장에 있습니다."

"네…? 그럴 리가 없어요."

정연은 혼란스러운 얼굴로 고개를 저었다.

"그리고 황인기 씨의 집에도 들러서 확인했는데 매구탈은 아무도 손대지 않았습니다."

"황길군은 매구탈을 만들 수 있어요. 자기가 쓰는 건 어디 숨겨놨을 거예요."

정연이 말했다.

"그렇다고 해도 황길군은 경찰서에 잡혀 있었어. 혹 예전 사고 기억 때문에…."

경찰이 조심스레 꺼낸 말을 정연은 잘랐다.

"또 헛것을 봤다고요? 그래서 제풀에 놀라 저 혼자 미끄러졌다고요? 엄마? 아빠?"

정연의 부모는 혼란스러운 얼굴이었다.

"봤지? 이하야, 또 아무도 내 말을 안 믿어. 이렇게 난 또 정신병자가 되는 거야."

정연은 억울한 표정으로 이하를 보았다. 하지만 이하는 본 것이 없으니 뭐라고 할 말이 없었다. 정연의 엄마가 딸을 안으며 말했다.

"믿어. 엄마는 우리 딸이 하는 말은 다 믿어. 그놈이 매구탈을 쓴 황길군이 아니면 매구겠지."

"지금 애한테 무슨 소릴 하는 거야? 세상에 매구가 어딨어?"

정연의 아버지가 나무랐다.

"애가 봤다고 하잖아요. 부모가 돼서 우린 내내 부정하기만 했어요. 근데 요즘 도는 소문 당신도 알죠? 매구호수에서 수연이처럼 보이는 여자애를 봤네, 어쩌네 하는 말들요. 귀신이 있다면 매구라고 없겠어요?"

이하는 움찔했다. 나만 본 게 아니었어? 그러니까 헛것이 아니라 진짜 홍수연의 귀신이라고?

"아니야, 엄마. 이번에 본 건 확실히 매구탈을 쓴 사람이었어. 어쩌면 12년 전에 본 것도 매구가 아니라 매구탈일지 몰라."

경찰이 정연의 말에 고개를 끄덕였다.

"매구탈이 하나 더 있다고 가정한다면 말이 되긴 하네. 그리고 12년 전엔 모르겠지만 이번엔 그 매구탈을 황길군이 쓰지 않았으니 정연이를 해치려던 범인은 따로 있단 거고."

"그게 누구든 황길군과 관련이 있어요."

정연의 아버지는 말했다.

"죽은 황인기 말고 매구탈을 만들 수 있는 유일한 사람이니까요. 게다가 편지를 가져갔잖아요. 12년 전 그 사고, 어쩌면 우리가 잘못 생각한 건지도 몰라요. 제가 황길군을 한번 만나봐야겠어요."

*

수업이 끝나자마자 이하는 병원으로 갔다.

"몸은 어때요?"

"머리 욱신거리는 거 말고는 괜찮아."

"휴대폰은 찾았대요?"

"아니. 애장터 근방까지 샅샅이 뒤졌는데 찾지 못했대. 하긴 그게 있을 리가 없지. 놈이 가져갔을 거야. 밖에 덥지? 음료수 줄게."

"그냥 있어요. 제가 꺼내 먹을게요."

침상에서 일어나려는 정연을 말리고 이하는 오렌지주스를 꺼내 마신 후 가방에서 공책과 펜을 꺼냈다.

"그 편지 내용 여기 그대로 적어봐요. 가급적이면 문장 부호도 똑같이 찍고 필적도 비슷하게요."

"와, 너 그러니까 경찰 같다. 경찰도 그런 식으로 하나 써달라고 했거든. 이럴 거면 12년 전에 똑바로 좀 하지. 가지고 있을 땐 무시하다가 잃어버리니까 난리야."

정연이 적어준 편지 내용은 정말 달랑 한 줄뿐이었다.

〈매구호수로 나와. 기다리고 있을게.〉

"진짜 심각하게 단순하네요. 다른 특별한 건 없었어요?"

"글쎄…. 딱히 별건 없었는데. 아, 편지지가 아기자기했어. 접으면 바깥에 토끼 그림이 만들어졌거든. 『이상한 나라의 앨리스』에 등장하는 시계 토끼 말이야."

"조끼 주머니에서 회중시계를 꺼내 보는 그 토끼 말이죠. 근데 일부러 고른 걸까요?"

"응?"

"황길군 말이에요. 이 평범한 메모 한 줄 쓰려고 편지지를 고를 정도로 섬세한 인간이에요?"

"그놈에 대해 그렇게까지 잘 알지 못해. 하지만 탈을 만들잖아. 그런 거 엄벙덤벙한 성격으로는 힘들지 않을까."

하긴, 아리에게 골라준 화장품과 원피스를 보면 섬세한 구석이 없지 않아 있었다. 아리에게 어울리는 색들이었다. 잘 알고 골라준다는 건 그 사람에게 관심이 있다는 뜻이다.

"수연 누나가 시계 토끼를 좋아했어요?"

"모르겠어."

"그럼 놈이 좋아하는 걸 수도 있겠네요. 어쩌면 그 시계 토끼에 뭔가 의미가 있는 걸지도 몰라요."

"어떤 의미?"

"모르겠어요. 그냥 가능성이죠. 혹시 수연 누나 사진 갖고 있어요?"

"잠깐 기다려 봐. 엄마가 오늘 아침에 노트북 가져다줬거든. 거기에 몇 장 저장돼 있어."

정연은 노트북을 켜고 사진 파일을 열었다. 이하는 홍수연의 얼굴을 확인했다. 아무래도 그날 밤 호숫가에서 홍수연의 귀신을 본 게 맞는 것 같았다.

*

문자 알림 소리를 들은 두산은 휴대폰을 꺼내 보곤 곧장 수신 차단과 메시지 삭제 버튼을 연달아 눌렀다.

〈만져보고 싶었지? 만져보게 해줄까? 답장해줘. 전화해줘. 그럼 만져보게 해줄게.〉

잊을 만하면 날아오는 이놈의 쓰레기 문자. 번호를 바꿔가며 지치지도 않고 보낸다.

두산은 아리의 집에 들렀다가 매구호수로 나가는 길이었다. 매구도 귀신도 믿지 않는 그는 대숲과 호수를 별로 두려워하지 않았다. 그렇다고 그곳을 지날 때 기분이 산뜻한 건 아니었다. 그 역시 어릴 때부터 들어왔던 형체 없는 어두운 이야기들과 과거부터 있어왔던 실종이나 죽음 들의 영향에서 완전히 벗어날 수는 없었다. 게다가 수연이 죽고 난 후부터는 이곳을 지날 때마다 가끔씩 그의 정신을 울렁거리게 만드는 뭔가가 불쑥 솟아오르곤 했다. 다른 사람들도 그런 모양이다. 그러니 여기서 죽은 수연을 봤다는 소문이 돌기 시작한 거겠지. 이제 그만 잊히면 좋겠다. 그저 눈으로만 좋아했던 사람일 뿐인데.

아리를 이원동으로 이사시키든가 아니면 길군을 집으로 돌려보내든가. 둘 다 고집이 세서 어느 쪽도 만만해 보이지 않았다. 그러니 그가 포기하면 된다. 이렇게 꼬박꼬박 들여다보지 않아도 아리는 잘 살고 있지 않은가. 찾아갈 때마다 그를 반기기보다 귀찮아 하는데. 이젠 그만 가야지 하고 생각하지만 정신을 차리고 보면 또 아리의 집으로 가고 있었다. 마치 홀린 것처럼.

엇, 뭔가 두산의 눈앞을 쓱 지나갔다. 하마터면 자전거와 함께 넘어질 뻔했다. 그는 얼른 균형을 잡았다. 그 찰나에 두산은 방금 자신이 무엇을 봤는지 깨달았다. 심장이 쿵쿵 뛰며 등덜미가 서늘해졌다.

그건 매구의 얼굴이었다. 누르께한 지푸라기 빛깔의 길고 헝클어진 털들이 휙 날리며 그 사이로 초처럼 하얀 피부와 쭉 찢어진 눈매가 보였다. 새까만 눈구멍 속에서 얼음 조각 같은 빛이 반짝였고 튀어나온 주둥이의 자줏빛 입술이 웃는 것처럼 벌어졌다.

그럴 리가 없잖아. 착각이다. 머릿속에서 생각하고 있던 것을 봤다고 여긴 것이다. 그리 여기자 이번엔 그가 봤다고 여긴 매구의 얼굴이 수연의 얼굴이었던 것 같기도 했다. 역시 수연이 생각을 해서 그런 거네. 그런데 왜 하필 매구의 얼굴이야? 그러고 보니 공방에서 본 매구탈의 얼굴은 모두의 얼굴을 닮았다. 진짜 매구가 있다면 누구의 얼굴로도 변신이 가능하다는 듯.

두산은 공방에서 가끔 그 매구탈을 보곤 했지만 이하가 말하기 전까지는 그저 아리를 닮았다고만 여겼다. 황인기 씨가 확실히 이상한 것을 만들었어. 근데 왜 이렇게 더워? 머리가 아득해지면서 갑자기 현기증이 났다. 그는 황급히 자전거를 멈췄다. 어느새 부슬비가 날리고 있었다. 후덥지근한 공기는 이내 축축하게 젖어들었다. 옷들이 피부에 달라붙어 불쾌지수를 끌어올렸다.

그때 어디선가 냉랭한 바람이 훅 불었다. 두산은 헝클어진 머리를 쓸면서 고개를 들었다. 저만치 떨어진 풀숲에 누군가 서 있었다. 어두침침한 숲 그림자 속에 파묻힌 희끗한 형체는 여자처럼 보였다. 갑자기 여자의 몸이 허공으로 둥실 떠올랐다.

두산은 그 자리에서 얼어붙은 채 눈을 끔쩍였다. 날아오른 여자가 순식간에 그의 눈앞을 뒤덮었다. 그는 기겁하며 손으로 제 얼굴에 달라붙은 여자를 떼어냈다. 떼어낸 것을 들고 보니 치마를 입은 사람 형태로 오려낸 손바닥만 한 종이였다. 그는 고개를 갸웃거렸다. 이게 어떻게 진짜 사람만큼 크게 보였던 거지? 긴장한 탓일 테다.

두산의 젖은 손자국이 종이에 찍혔다. 그제야 그는 알아차렸다. 종이는 전혀 젖어 있지 않다는 것을. 그의 머리카락은 부슬비에 젖어 머리통에 달라붙어 있는데 이 종이는 풀숲을 떠돌면서도 전혀 비를 맞지 않았다.

종이에 뭔가 쓰여 있었다. 읽으려는 순간 그의 등 뒤에서 오빠, 하고 부르는 목소리가 들렸다. 그는 화들짝 놀라 돌아보았다가 또 한 번 놀랐다. 길게 풀어 내린 새까만 머리칼에 민둥한 이마.

노란 우산을 쓴 아리가 입꼬리를 올린 채 그를 보고 있었다.

"깜짝이야. 여기서 뭐해?"

"오빠 따라왔지."

아리는 배시시 웃으며 말했다.

"날 왜 따라와?"

"그거 뭐야?"

아리는 대답 대신 두산이 손에 쥐고 있는 종이를 가리켰다.

"아무것도 아니야. 휴지야. 사람들이 안 보이는 데라고 마구 버리네."

두산은 종이를 구겨 주머니 속에 집어넣었다. 아리는 두산의 주머니를 물끄러미 바라보았다.

"아닌 것 같은데?"

"또 이상한 소리 하려고 그러지?"

"수상한걸. 뭘까? 뭘 숨긴 걸까? 대체 뭐기에 방금 날 보고 그렇게 무서워했을까?"

"무서워한 게 아니라 놀란 거야. 제발 사람 얼굴처럼 보이게 눈썹 좀 그리고 다녀."

"한두 번 봐? 새삼스럽게."

"밤에 보면 보고 또 봐도 놀라게 되어 있어."

"그으래?"

눈을 가늘게 뜨며 묘한 미소를 머금은 아리의 표정은 늘 그렇듯 다 알면서 묻는 것처럼 보였다. 제 입으로도 신들린 듯 그런 말을 했다. 난 다 알아. 그럴 때면 정말 다 아는 것 같았다. 그래놓고 막상 물어보면 딴소리를 했다. 아리의 눈빛이 바뀔 때마다 두산은 그녀가 뭔가에 빙의되어 있는 것처럼 느껴지곤 했다. 그때마다 매구의 아이처럼 보이는 것이다. 하지만 매구는 없다.

"왜 따라왔어?"

"아, 맞다. 이거 가져가라고."

아리는 손에 들고 있던 접이식 우산을 건넸다.

"이 정도 비에 굳이 뭐 하러? 쓸데없는 짓했네. 얼른 집으로 돌아가."

"그래도 고맙지?"

"그래, 고맙다."

두산은 우산을 받아들었다.

"갈게."

아리는 돌아서서 왔던 길로 뛰어갔다. 두산이 눈 한 번 깜빡이자 아리가 금방 사라졌다. 어? 그는 눈을 끔뻑이며 고개를 갸웃거렸다. 가만있어봐, 재 자전거 안 타고 왔잖아. 근데 어떻게 날 따라잡았지? 아니, 언제 저 길을 빠져나갔지? 기분이 스산해졌다.

방금 내가 본 게 아리가 맞겠지? 그는 제가 들고 있는 우산을 보았다. 아리가 발 없는 귀신처럼 나타났다가 순식간에 사라졌다. 뭐에 홀린 것 같았다. 그는 주머니에 구겨 넣은 종이를 꺼냈다. 거기 적힌 글을 본 그의 심장이 곤두박질쳤다. 말도 안 돼. 이건 불가능하다고.

〈만져보고 싶었지? 만져보게 해줄까? 기다렸는데 답장도 전

화도 없어서 내가 보러 가려고. 매구호수로 와. 매구의 얼굴을 하고 날 불러.〉

집으로 돌아온 두산은 젖은 옷을 벗을 새도 없이 방으로 뛰어 들어갔다. 서랍 속에 고이 접어 넣어둔 종이를 펼쳤다. 줄이 쳐진 공책의 하단 부분을 찢어낸 것이었다. 두 종이를 나란히 놓고 보았다. 필체가 같았다. 그는 숨을 몰아쉬었다. 미치기 일보 직전이었다.

이성적으로 생각해. 이건 명백히 사람의 짓이야. 수연은 죽었고 귀신은 없어. 그렇다면 지금까지 왔던 그 쓰레기 문자들도 그놈이 보낸 것이다. 놈은 여러 차례 그에게 문자를 보냈지만 그가 반응하지 않자 작정하고 거기서 기다리고 있다가 이 종이 인형을 날렸다. 그렇다면 풀숲 사이에서 얼핏 보였던 사람 형태는 종이 인형이 아니라 놈이었을지도 모르겠다. 그는 찬찬히 기억을 더듬어보지만 아무것도 명확하지 않다. 누구지? 대체 누가 나한테 왜 이런 짓을 하는 거지?

설마 아리일까? 오늘 좀 수상하긴 했다. 평소 아리는 살살 젖는 비에 우산을 가져다줄 정도로 그를 챙긴 적이 없었다. 게다가 아리는 그가 수연을 좋아했던 것을 알고 있다. 그가 이 시간에 여길 지날 것도. 게다가 젖지 않은 종이 인형이 날아오르고 바로 아리가 나타났다.

아냐. 아리는 휴대폰도 없고 PC방도 가지 않아. 그런 문자를 나한테 보낼 여건이 되지 않지. 그런 장난을 칠 이유도 없고. 그리고 수연과의 접점도 없어. 아리가 수연의 필적을 어떻게 알아? 빙의된 게 아니라면. 젠장, 이 무슨 말 같지도 않은 생각이야. 하지만….

두산은 입술을 질근 물었다. 만에 하나 죽은 수연이 아리의 입을 통해 내게 뭔가 말하고 싶어 하는 거라면? 그는 매구호수에서 수연의 귀신을 봤다는 소문이 새삼 마음에 걸렸다.

그가 수연을 좋아했다는 것을 아는 사람은 길군뿐이다. 그런데 입이 무거운 길군이 그걸 아리에게 말했다. 지금 다시 생각해보니 이상하다. 미치겠네. 일단 그 문자들을 누가 보냈는지부터 알아내야 했다.

*

병원에서 나온 이하는 아리의 집으로 향했다. 매구탈을 다시 봐야겠다는 생각이 들었다. 그 매구탈은 아무나 대강 흉내 내어 만들 수 있는 것이 아니었다. 매구탈이 하나 더 있다면 이 모든 상황을 합리적으로 설명할 수 있다. 길군이 아무리 매구탈을 잘 만들었다 해도 황인기의 것과 같을 수는 없을 것이다.

해가 뉘엿뉘엿 넘어가는 대숲은 오늘따라 침묵을 지켰고 호수도 이상하리만치 잔잔했다. 어둠이 내려앉은 아리의 집 대문을 열고 들어섰을 때 이하는 공방의 창문이 열려 있는 것을 보았다. 불은 켜져 있지 않았지만 마당에 있는 전등 빛이 희미하게 방 안을 비췄다. 아리는 등을 보인 채 구부정한 자세로 제 얼굴을 감싸

쥐고 있었다.

뭘 하고 있는 거지? 이하는 공방 창문 쪽으로 걸어갔다.

"안 맞아, 안 맞아."

씩씩거리며 불평을 내뱉는 낮은 음성. 거칠고 갈라진 목소리가 낯설게 들렸다. 아리는 제 얼굴에서 뭔가를 떼어냈다. 새까만 피부에 붉은 점들이 박힌 섬뜩한 얼굴이 툭 떨어져 나와 탁자 위에 놓였다. 순간 이하는 꽤 놀랐지만 그게 탈이라는 것을 금방 알아보았다. 아리는 또 다른 탈을 집어 들고 제 얼굴에 덮어썼다.

"안 맞아, 너무 커."

이것저것 써보던 아리가 탈을 내려놓고 옆으로 물러섰다. 고개를 푹 수그린 채 잠시 서 있던 아리는 공방 귀퉁이 벽을 슬그머니 올려다보았다.

"널 쓰고 싶어. 넌 나한테 잘 맞을 것 같아. 근데 그러면 안 되겠지. 아, 쓰고 싶다. 쓰고 싶어…."

안달이 난 듯 아리는 울 것 같은 목소리로 중얼거리며 몸을 떨었다. 대체 뭘 쓰고 싶다는 거야? 이하는 아리가 보고 있는 공방 벽 쪽으로 시선을 옮겼다가 숨을 삼켰다.

아리의 머리 위에서 매구의 웃는 얼굴이 내려다보고 있었다. 어스름 속에서 누르께한 털들로 뒤덮인 하얀 얼굴이 희미한 빛을 발했다. 마치 살아 있는 얼굴 같았다. 기묘한 광경이었다.

매구는 천 년 묵은 여우가 변해서 되는 무엇이다. 옛날이야기에서는 여우가 무덤을 파헤쳐 해골을 가져다가 제 얼굴에 맞게 갈아서 뒤집어쓰고 사람으로 둔갑한다고 했다.

이하는 한밤중에 어린 여우가 웅크리고 앉아 바위에 인골을 빠각빠각 가는 모습을 떠올렸다. 정체를 알 수 없는 두려움이 온몸으로 번졌다. 심장 박동이 빨라지면서 저도 모르게 뒷걸음을 쳤다. 기척을 느낀 아리가 돌아보았다.

그 순간, 생생하게 살아 있던 매구의 표정이 사라졌다. 마치 아리의 시선에서 벗어나는 순간 생명을 잃은 것처럼. 방금 전까지 웃고 있던 매구는 벽에 걸린 매구탈로 돌아가버렸다. 박가네슈퍼 할머니가 봤다는 것이 혹 이걸까 싶었다.

"이 시간에 웬일이야?"

아리는 평소와 다름없는 평온한 얼굴로 물어보았다. 널 쓰고 싶어, 근데 그러면 안 되겠지. 왜 그런 말을 했을까? 이하는 매구탈로 향하는 시선을 누른 채 애써 담담하게 말했다.

"집에 가는 길에 잠깐 들렀어."

"어딜 쏘다니다가 이제 집에 들어가는데?"

"정연 누나 보러 병원에 갔었어."

"둘이 친한가 봐."

아리는 노골적으로 아니꼽다는 어조였다. 이하는 아리에게서 분명한 경계와 경멸을 느꼈다. 정연과 아리는 각자의 혈육이 가해자와 피해자였으므로 이미 대립 관계였다. 정연은 길군을 살인자라 부르고 아리를 매구의 아이로 여겼다. 자기 오빠를 살인자라고 부르는 정연을 아리라고 곱게 볼 수 없기는 마찬가지.

"그건 아니고, 내가 발견했으니까."

"네가 살렸네."

"난 신고만 했어. 거의 가장자리까지 떠밀려와 있었거든. 매구가 살려놓은 거야. 아니면 내가 들어갔을 때 문제가 생겼겠지."

"운이 좋았네. 아님 너도 울 오빠 꼴 났을 텐데. 그래서 여긴 뭐 하러 왔는데?"

"매구탈을 좀 다시 볼까 해서."

"왜?"

아리의 표정에 적대감이 어렸다.

"그냥. 근데 좀 전에 네가 한 말 들었어. 쓰고 싶은데 그러면 안 된다는 말. 무슨 뜻이야?"

"어릴 때 아버지가 만든 탈을 쓰며 놀았어. 아버지는 다른 탈은 다 괜찮지만 매구탈은 절대 건드리지 말라고 했지. 쓰면 큰일 난다고. 하지 말라니까 더 하고 싶잖아. 하지만 오빠와 나는 아버지의 말을 어긴 적이 없어. 아버지가 그러라면 그럴 만한 이유가 있다는 것을 알기 때문이야. 그러니까 저 매구탈은 아버지가 저 벽에 걸어놓은 후 한 번도 내려온 적이 없단 말이지. 무슨 말인지 알겠니?"

이하는 왜 아리가 화가 났는지 알았다. 정연의 사고가 나자 경찰이 매구탈을 확인하기 위해 바로 공방으로 들이닥쳤다. 그리고 이번에는 그가 매구탈을 보러 온 것이다.

"오빠가 홍수연을 죽였다고 떠들고 다닌 것도 모자라서 이번엔 저 매구탈을 쓰고 자길 죽이려고 했다지. 근데 우리 오빠는 지금 유치장에 있거든."

"알아."

"알면서 경찰도 너도 오빠를 의심하고 있다는 거잖아."

"길군 형을 의심하는 게 아니라 매구탈을 의심한 거야. 경찰도 나도 정연 누나를 해치려고 했던 놈이 길군 형이라고 생각하지 않아."

그제야 아리의 표정이 누그러졌다.

"매구탈을 의심하다니? 그게 무슨 말이야?"

"일단 좀 들어가도 될까?"

아리는 대답 대신 공방 문을 열어주었다. 이하는 들어가면서 입구 쪽 선반 위에 놓인 사진 액자들을 보았다. 그중 하나가 시선을 잡았다. 황인기의 탈이 빼곡하게 걸려 있는 공방 벽을 배경으로 두고 찍은 사진이었다. 열일고여덟 살가량의 길군이 입을 꾹 다문 채 정면을 바라보고 있었다.

아리와 닮은 갸름한 눈매와 맑고 순수한 뺨, 말수 적은 10대 소년의 부드러운 입매가 그대로 남아 있던 시절. 불안함에 짓눌린 그의 시선에서 이하는 묘한 동질감을 느꼈다. 사진 속 길군의 주변을 떠돌고 있는 것은 탈출, 비상구, 박탈, 떠돌이…. 다 이하가 아는 것들이었다.

이하는 사진 액자를 집어 들고 자세히 들여다보았다. 사진 속 길군의 오른쪽 위로 매구탈이 보였다. 누르께한 털은 싱싱하게 빛이 났고 피부는 가뭇했다. 그에 비해 공방 벽에 걸린 매구탈의 털 색은 어딘가 시든 빛깔이었고 피부는 희고 깨끗했다.

"왜?"

"사진 속 매구탈의 색이 실물과 좀 다른 것 같아서."

"조명 때문이겠지."

"조명이라고 해봐야 형광등 불빛인데. 만약 그게 차이를 만든 거라면 한번 볼까."

이하는 휴대폰으로 매구탈을 찍었다. 사진 속 매구탈은 길군의 사진 속 매구탈과 색감이 확연히 달랐다.

"자동 보정 없이 찍은 거야. 봐, 내가 찍은 매구탈은 실물과 거의 같아. 시간이 뒤로 갈수록 탈의 얼굴색이 더 희고 깨끗해질 수는 없어. 더께가 졌다면 오히려 칙칙해져야지."

"그러네. 하지만 털 색은 더 초췌해졌잖아."

이하는 사진을 확대했다.

"여기 군데군데 빛나는 털들이 섞여 있어. 그러니까 이걸 만들 때 원래 매구탈을 만들고 남은 털을 사용했단 거지. 길군 형의 사진을 찍었을 때 걸려 있던 매구탈은 지금 공방 벽에 걸려 있는 매구탈보다 오래된 거야. 같은 매구탈이 아니라고. 매구탈이 하나 더 있는 게 분명해."

"하지만 아버지는 매구탈을 하나밖에 만들지 않았어."

"길군 형이 만들었을 거야."

"지금 무슨 소릴 하는 거야?"

"12년 전 사고 때 누군가 저 벽에 걸려 있던 매구탈을 가져가고 또 다른 매구탈을 걸어놓은 거라면? 그 매구탈을 이용해 이번엔 정연 누나를 해치려고 한 거라면?"

"그게 누구라는 거야?"

"몰라. 하지만 12년 전 사고와 관련이 있어. 그놈은 정연 누나에게서 길군 형이 수연 누나에게 줬다는 편지를 뺏어갔어."

"오빠는 그런 편지를 쓴 적이 없어."

"알아. 필체가 다르다고 했어. 누가 썼는지는 그 편지에 단서가 있어. 그래서 놈이 12년을 기다려가며 악착같이 가져간 거야."

이하는 공방 벽을 가리켰다.

"저 벽에 걸린 매구탈은 길군 형이 만들었을 거야."

"그럼 아버지의 매구탈은 어디 있어?"

"어딘가에 숨겨뒀겠지."

이하의 시선이 길군의 궤짝으로 향했다. 아리는 더는 참지 못하겠다는 듯 씩씩거리며 망치를 가져와 길군의 궤짝을 그 자리에서 부숴버렸다. 이하의 눈이 휘둥그레졌다.

궤짝 안에는 그동안 길군이 만들었던 탈들이 차곡차곡 보관되어 있었다. 종이탈은 완성작까지 수년의 시간이 걸린다. 궤짝 안에서 세월을 먹은 길군의 탈들은 황인기의 것과 구분할 수 없을 정도로 똑같았다.

황인기의 벽에 걸린 탈의 거의 대부분이 길군의 궤짝 속에 있었다. 길군이 모두 한 번씩은 만들어 본 것이다. 그러니 매구탈처럼 특별한 것을 시도해보지 않았을 리가 없었다. 수십 년의 내공이 고작 열여덟 소년의 손에서 그대로 재현된 것이다.

"봐, 오빠한테는 아버지의 매구탈이 없어. 오빠는 결백해."

"하지만 이런 재주를 가진 손과 눈이 자기가 만든 탈을 알아보지 못했을 리가 없어. 알고도 모른 척한 거라면 바꿔치기한 당사자가 본인일 수도 있지."

아리의 얼굴이 일그러졌다.

"바꿔치기할 이유가 없어. 나보다 오빠가 더 아버지의 매구탈을 경계했다고."

"하지만 길군 형에게 네가 모르는 사정이 있을 수도 있어. 매구탈을 가져간 사람이 길군 형이 아니라면 최소한 누가 가져갔는지는 알고 있을 거야. 아니면 본인이 직접 줬거나."

"야, 아무 말이나 하지 마."

"아무 말이면 좋겠어."

어쩌면 그 사람과 길군은 공범일지도 모른다. 그럼 길군이 유치장에 있어도 사건은 벌어질 수 있다. 둘이 번갈아 사건을 벌이면 둘 다 결백해지고 진짜 매구의 짓이 된다.

길군이 눈감아주고 있는 사람이 누구지? 매번 사건이 일어나면 길군은 조사를 받지만 결국 풀려난다. 증거도 없고 다른 용의자는 더더구나 없다. 나비회 소속일지도. 길군이 황인기의 매구탈을 이용해서 자기 조직원을 진짜 매구처럼 부리고 있는 건 아닐까.

황인기가 죽은 후 공방을 찾는 사람은 뚝 끊겼다. 때문에 이 사진을 눈여겨볼 사람이 없었다. 공방 구석에 처박혀 있는 이 낡은 궤짝도 마찬가지다. 조금만 신경 써서 살펴봤더라면 금방 알 수 있는 간단한 것이 12년이나 묻혀 있었던 것이다.

"그래서 이 사진 들고 가서 신고할 거야?"

아리는 이글이글 불타는 눈동자로 이하를 노려보았다.

"아니. 하지만 경찰도 이미 길군 형이 만든 매구탈이 하나 더 있을 가능성을 생각하고 있어. 정연 누나가 가진 편지에 단서가 있다는 것도 알았고."

"오빠는 아니야."

아리는 단호했다. 이하도 아니길 바랐다. 진심으로. 하지만 지금은 아무 말도 할 수 없었다.

*

간만에 일요일이랍시고 아침 일찍 남바리로 올라온 아버지가 이하를 깨웠다.

"밥 좀 차려봐라."

밤새 이런저런 생각을 하느라 새벽에야 간신히 눈을 붙인 이하는 비몽사몽 중에 힘겹게 대답했다.

"그냥 꺼내 드시면 돼요. 전 안 먹어요."

"오랜만에 휴일을 맞아 같이 밥 먹자고 올라왔는데 이러기냐."

마지못해 이하가 자리에서 일어났다. 무겁고 단단하기가 쇳덩이 같은 박달나무 바둑판을 번쩍 들고 부엌으로 들어갔다. 바둑판을 여전히 밥상 대용으로 쓰는 건 아버지의 건망증 때문이었다. 대강 밥을 차린 이하는 아버지에게 상을 받으라고 외쳤다.

"네가 들고 들어와."

"제가 차렸으니까 아버지가 들고 들어가요. 싫음 여기 놔둘 테니 알아서 드세요. 전 들어가서 더 잘 거니까."

할 수 없이 바둑판을 받아 든 아버지는 있는 대로 앓는 소리를 냈다.

"으아, 무거워라. 이러다 팔 빠지겠다. 얼른 밥상 하나 새로 사야지, 이거야 원."

이하는 기대하지 않았다. 돌아서면 또 잊을 테니까. 아버지는 끙끙대며 어렵사리 바둑판을 마루 위에 놓았다. 탁, 소리와 함께 그릇들이 흔들리고 부딪쳤다.

"아이고, 다 흘렸다. 빨리 닦아라."

이하는 흘린 국물을 닦으며 생각했다. 저런 약골 같은 몸으로 무슨 농사를 짓겠다는 건지. 하긴 말로만 농사를 짓겠다고 했지 아직 어떤 농사도 시작하지 않았다. 슈퍼에서 어릴 적 친구 부부와 뒹굴며 주는 밥 먹고 수다나 떨면서 소일했다.

한동안 만지작거리던 과수원 잡지는 어디로 굴러가 처박혔는지 보이지 않았다. 아버지는 아직도 무슨 농사를 지을 것인지 알아본다며 이 사람 저 사람 만나서 술만 퍼마시는 중이었다.

"먹자."

아버지는 수저를 들었다. 이하는 여기저기 반찬 국물이 밴 바둑판을 측은하게 바라보았다. 귀한 골동품, 귀한 아들, 말만 그리들을 뿐 대접 못 받는 신세는 너나 나나 똑같네.

아버지는 이 박달나무 바둑판을 두고 자랑했다. 그의 할아버지의 할아버지가 무거운 바둑판을 원해서 특별히 주문 제작한 것이라고. 박달나무는 아주 느리게 성장하는 나무다. 그만큼 옹골차고 단단하게 여문다. 너무 무거워서 물에 가라앉는 나무다. 이하는 자신이 이 박달나무 바둑판과 같다는 생각이 들었다.

치밀한 목재의 결속처럼 단단히 얽혀든 마음. 꼼짝달싹 못 한 채 그저 집게손가락만 초조하게 떨고 있다. 어찌 보면 밖을 향해 열심히 구원의 신호를 두드려대고 있는 것처럼 느껴지기도 한다. 어딘가를 향해 끝없이 까닥이는 집게손가락에는 그가 제어할 수 없는 어떤 의지가 도사렸다.

집게손가락이 그의 잠재의식을 대변하는 것이 아니라면 외부의 대상을 가리키거나 그 영향을 받고 있다는 뜻이다. 손가락 행위는 마력이거나 모욕이다. 집게손가락과 새끼손가락을 직각으로 세우면 부적이 되어 사악한 존재의 눈을 물리친다. 하지만 사람을 가리키면 모욕이다. 모욕이 아니라면 마력인데 아무리 봐도 마력을 내뿜고 있는 것 같지는 않다. 가만, 히어로물 대신 손가락 마스터물은 어떨까. 괜찮을 것 같은데.

"사과 농사는 어떻게 됐어요?"

"네 충고를 받아들여 포기했다. 이제 내가 그럴 나이가 됐지."

"아버지가 언제부터 제 말을 들었다고. 막상 시작하려니 귀찮아진 거 아니고요?"

"나도 생각을 해봤다. 네 말대로 우리가 수년씩 기다리고 버틸 형편은 아니더라고. 네가 어느새 다 커서 그런 말도 할 줄 알고. 대견하다. 근데 또 한편으로는 아직 애란 말이지. 한밤중에 혼자 자려니 무서웠냐? 대숲도 불사하고 한달음에 나 찾아 내려왔잖아."

아버지의 입이 웃자고 씰룩거리는 순간 이하는 밥과 반찬들 위로 손을 펼쳤다.

"웃지 마요, 밥풀 튀어요."

"이거 한번 볼래?"

아버지는 수저를 놓고 텔레비전 옆에 놔둔 지갑을 집어 펼쳤다. 엄마와 봄빛이 뺨을 찰싹 붙인 채 활짝 웃고 있는 사진이 보였다.

"나는 왜 없어요?"

"나도 없어. 우린 서로 매일 보잖아. 쪼잔하게 뭐 그런 걸로 질투를 하냐."

아버지는 그 사진 뒤쪽에 포개져 있던 또 다른 사진 한 장을 꺼내 보여주며 말했다.

"근사하지? 회사 다닐 때 사장님 책상에서 슬쩍한 거야. 내 인생에서 가장 완벽한 범죄였지."

마치 다른 범죄도 저지른 적이 있다고 말하는 것처럼 들렸다. 거대하고 기괴한 형태의 속 빈 측백나무 사진이었다. 삐죽한 가지들은 고대인의 왕관처럼 보였고 동굴 입구처럼 벌어진 나무의 품은 저쪽 세계를 상징하는 경계처럼 열려 있었다. 아버지는 이하의 코에 사진을 들이대며 말했다.

"맡아봐라. 측백나무 특유의 이 씁쌀하고 화한 향내를."

"사진에 무슨 냄새가 있다고. 그리고 이미 오래전에 죽은 나무잖아요."

"아냐, 살아 있어. 잘 봐 봐. 거기 새로 돋고 있는 싹이 보이지 않냐?"

"그냥 이끼인데요."

아버지는 사진을 놓고 수저를 들며 말했다.

"자꾸 보면 보일 게다."

"모르겠어요. 죽은 나무에도 싹은 돋아요. 그래도 죽은 나무라는 거 아버지가 더 잘 알잖아요?"

"잔인한 놈."

"제가 뭘 어쨌다고?"

의아해하는 이하에게 아버지는 눈길도 주지 않고 입 안으로 밥을 욱여넣었다. 아침상을 치우자마자 아버지는 다시 슈퍼로 내려갔다. 아무래도 삐진 것 같았다. 뭐가 문제야? 고목의 싹이 안 보인다고 했던 거? 아니면 싹이 나도 죽은 건 죽은 거라는 거? 나한테서 무슨 답을 바란 거야?

이하는 세수를 하고 거울을 보았다. 뭔가 달라진 제 모습이 새삼스러웠다. 꾸깃꾸깃 접혀 있던 코끼리가 조금 펴졌다. 살집 속에 파묻혀 있던 턱선이 제법 드러났다. 하긴 본의 아니게 다이어트를 하고 있다. 매일 아침저녁으로 땀을 뻘뻘 흘리며 대숲을 걷고 뛰는데 살이 빠지지 않으면 그게 이상하지.

아, 잠깐. 까맣게 잊고 있었다. 내일부터 기말고사다. 어쩐지 현승이 꿈쩍도 하지 않고 독서실에 처박혀 있더라니. 이제라도 공부를 해, 말아? 아, 됐어. 시험 날짜도 까먹은 놈이 무슨 공부야. 아냐, 그래도 백지를 낼 수는 없지.

*

정연의 아버지는 속이 터졌다. 길군의 대답은 한결같았다. 보다시피 그 시간에 나는 창살 안에서 먹고 잔 게 전부다. 그러니 자꾸 찾아와서 귀찮게 하지 마라. 나는 학교에서 홍정연과 마주친 이후 다시 본 적이 없다.

매구탈에 대해서도 길군은 모른 척했다. 내가 만든 매구탈을 누구에게 줬냐고? 그런 적 없어. 우리 집 공방에 가 봐. 매구탈은 언제나 거기 딱 붙어 있으니까.

맥이 빠진 채 돌아가려는 정연의 아버지에게 길군이 저지른 폭력 사건의 담당 형사가 위로하듯 말했다.

"홍 계장님 마음은 이해하는데 심증만으로는 어떻게 할 수 없어요. 그 시각에 황길군은 확실히 여기 있었거든요."

"그건 아는데… 어, 그 배낭?"

정연의 아버지는 형사가 들고 있던 배낭을 가리켰다.

"아시는 겁니까?"

"제가 수연이 고등학교 입학 선물로 준 거예요."

"확실해요?"

"그럼요, 보세요."

정연의 아버지는 배낭 옆면에 새겨진 이니셜 H.S.Y를 가리켰다.

"이 배낭뿐 아니라 수연이, 정연이 선물에는 제가 모두 이니셜을 새겨줬거든요. 이게 어째서 여기 와 있는 거죠?"

형사의 미간이 신중하게 꿈틀거렸다.

"황길군이 가지고 있었습니다."

"황길군요?"

"황길군 본인 말로는 이 배낭을 가져다 달라는 부탁을 받았을 뿐이랍니다. 아무튼 이 배낭 때문에 끔찍한 난투가 벌어졌어요. 그러니까 이 돈 가방의 주인이 12년 전에 죽은 홍수연이란 말이군요. 그렇다면 이 돈 가방은 홍수연의 집에서 나왔겠네요."

"돈 가방요?"

"어떻게 된 건지 곧 알 수 있겠죠."

연락을 받고 온 수연의 아버지가 배낭을 확인했다.

"맞아요. 우리 수연이 겁니다. 이게 왜 여기 있죠?"

"안에 뭐가 들어 있는지 말해보세요."

"그게, 실은, 제가 검정 비닐봉지에 오백만 원을 담아 이 배낭에 넣어뒀어요."

"정확하네요. 자, 이제 어떻게 된 건지 말씀해보세요."

수연의 아버지는 머뭇거리더니 입을 열었다.

"얼마 전에 발신자 제한 번호로 전화를 받았어요. 수연이 어디 있는지 알려주겠다고 하더군요."

"에?"

형사는 황당하다는 듯 짧은 반문의 소리를 냈다.

"그게… 아직까지 우리 수연이 시신을 찾지 못했잖아요. 사실 전 그 말을 믿지 않았지만 그래도 혹시 모르는 거니까요. 어딘가 살아 있을 거라는 희망이 생기더군요."

"그런 일이 있었는데 왜 나한텐 말해주지 않았어?"

정연의 아버지가 말했다.

"아무에게도 말하지 말라고 했어."

"거기서 의심을 했어야지. 수연이 살아 있었으면 벌써 집에 돌아왔을 거야."

"피치 못할 사정이 있을 수도 있잖아. 호수에서 살아 나왔지만 기억을 잃어버려서 다른 데로 갔다던가."

"수색 내내, 그리고 수색이 끝나고도 형이랑 형수는 몇 날 며칠 거길 떠나지 않고 지켰어. 그런 일이 있었다면 놓칠 수가 없다고."

"알아, 사기일 가능성이 높다는 거. 그냥 지푸라기라도 잡고 싶은 심정이었어."

수연의 아버지는 머리를 감쌌다.

"그래서요? 계속 말씀해보세요."

형사가 말했다.

"전화 건 사람이 수연이 쓰던 가방에 돈을 담아서 매구호수 북쪽에 던져두라고 했어요."

"매구호수에 대해 잘 아는 사람이로군요."

매구호수 북쪽으로는 길도 없고 CCTV도 없다. 원래 사람들도 가까이 가지 않고 간다 해도 부유물 때문에 거기 버려둔 가방을 얼른 알아보기도 어렵다. 때문에 마음만 먹으면 얼마든지 다른 사람 눈에 띄지 않게 가져갈 수 있다. 하지만 굳이 황길군에게 부탁을 했다.

"누군지는 몰라도 어지간히 모습을 드러내기 싫었던 모양이네. 아는 목소리였어요?"

"아뇨. 그럼 저한테 전화한 사람이 황길군에게 이 가방을 가져오라 부탁한 사람이겠군요."

"일단은 그렇게 보입니다."

"저한테 수연이를 판 사람이 누군지 황길군은 알겠네요."

"고객이 누군지 모른답니다. 이 배낭에 뭐가 들었는지도 모른다고 했어요. 고객이 열어보지 말라고 했다더군요. 나비회 놈들이 그런 건 또 신용이랍시고 지키죠. 쓸데없는 일에 휘말리지 않으려는 자기들만의 규칙이랄까 딱 의뢰받은 일만 해준 후 돈 먹고 떨어지는 거죠."

"저 양아치 말을 믿어요?"

"믿어서라기보다는 액수가 너무 적어요. 나비회 간부인 황길군한테는 코 묻은 돈이란 말이죠. 요는 오백이 든 가방을 가져다주는 대가로 고객에게 얼마를 받았느냐는 건데, 그것 역시 입을 다물고 있어요. 오백을 얻으려고 오백보다 더 큰 액수를 내줬을 리는 없고. 그 액수에 황길군이 이런 심부름을 했을 리는 더더욱 없고. 그렇다면 돈이 아니라 뭔가 다른 대가를 제시했을 겁니다."

"어떤 대가요?"

"글쎄요."

"아뇨. 그런 놈들 움직이는데 돈 말고 뭐가 있는데요? 보아하니 오백은 시작인 것 같군요. 그 정도면 눈가림에 적당하다고 여긴 거죠. 이거 전부 황길군의 자작극이에요. 황길군이 사람을 시켜 저한테 전화하라 해놓고 저는 아닌 척 여기 들어앉아 있는 거죠. 제 딴엔 이걸 완벽한 알리바이라고 생각한 모양인데 그놈이랑 이야기해봐야겠어요. 좀 보게 해줘요."

형사가 길군을 데리고 나오자 수연의 아버지는 다짜고짜 멱살을 잡았다.

"네가 내 딸을 죽인 것도 모자라 이젠 나까지 등쳐먹으려고? 수연이 어딨냐? 돈 주면 알려주겠다고 했잖아. 시신이라도 찾자."

길군은 멱살이 잡힌 채로 흔들려주며 말했다.

"잘 아시면서 새삼스럽게. 수연이는 호수 바닥에 있어요. 나 때문에 매구가 데려갔잖아요."

"이 쓰레기 같은 놈!"

수연의 아버지는 주먹으로 길군의 얼굴을 후려쳤다. 길군은 비틀거렸지만 쓰러지지는 않았다.

"진정하세요."

형사의 제지에도 흥분한 수연의 아버지는 쉽게 울분을 가라앉히지 못했다. 때마침 길군을 보러 온 두산이 달려와 막아섰다.

"계장님, 좀 말려보세요."

두산은 정연의 아버지를 향해 도움을 구하며 길군에게 말했다.

"내가 처리할게."

길군이 피식 웃자 두산은 믿으라는 듯 말했다.

"이건 함정이야. 내가 어떻게든 널 여기서 빼내줄게."

길군은 고개를 끄덕이며 두산의 귀에 대고 낮게 속삭였다.

"그래. 네 말 한마디면 나야 뭐 언제라도 무고해지지."

두산은 찔끔했다. 가시가 담긴 말이었다. 길군에게 그 배낭을 가져다 달라고 한 것이 바로 그였기 때문이다. 하지만 두산도 누군가 시킨 것을 길군에게 부탁했을 뿐이었다.

"미안하다."

"이번엔 좀 제대로 처리해주면 좋겠는데."

길군은 차갑게 웃으며 유치장으로 돌아갔다. 두산은 곤혹스러웠다. 지난주에 다시 알 수 없는 문자를 받았다.

〈호수 북쪽에 선물을 준비했어. 와서 가져가. 홍수연의 이니셜이 새겨진 배낭 안에 있어.〉

그냥 경찰에 신고할까 생각했다. 그러면 12년 전 수연의 사고가 들춰지고 길군은 또다시 사람들의 입에 오르내릴 것이다. 길군에게 못할 짓이었다. 길군은 아직도 그 사고로 손가락질을 받고 있었다. 두산은 일단 그 가방 안에 뭐가 있는지부터 확인해보기로 했다.

문자로 계속 그에게 장난질을 치는 놈을 잡을 단서가 필요했다. 하지만 자신이 직접 나서기는 꺼려져서 길군에게 부탁했다. 아무것도 묻지 말고 매구호수 북쪽에서 이니셜이 새겨진 배낭을 가져다달라고. 절대 열어보지는 말고.

그렇게 부탁할 수 있는 사람은 길군뿐이었다. 열어보지 말라고 하면 열어보지 않는다. 길군은 옛날부터 그런 놈이었다.

그런데 하필 거기서 그 돈을 노리고 나타난 패거리들과 싸움이 났다. 놈이 일부러 정보를 흘린 것이다. 그 배낭 안에 오백만 원이 있다는 것을 안 순간 두산은 깨달았다. 놈은 돈이 아니라 이 일련의 과정에서 뭔가 원하는 것이 있다는 것을.

나한테 늙은 바둑 친구가 하나 있었어. 그 친구는 한편으로는 날 두려워했고 한편으로는 날 기다렸지.

비가 부슬부슬 내리는 날이면 나는 젖은 바위 위에 앉아 그동안 예쁘게 갈아놓은 머리뼈들 중 하나를 골라 덮어쓰고 그 친구를 찾아갔어. 좋은 인간들은 아이의 모습을 하고 있으면 절대 내치는 법이 없지.

우린 제법 친하게 지냈어. 둘 다 꽤나 무료했거든.

어느 날 그 친구와 내기 바둑을 뒀지. 늘 내가 이겼기 때문에 자신 있었어. 근데 졌지 뭐야. 그놈 술수에 넘어간 거야. 너구리 같은 영감탱이. 그때서야 깨달았지. 내가 늘 신발을 신고 방 안에 들어가는 것을 보고 늙은이가 진작에 내 정체를 알아챘다는 것을 말이야.

나한테 자기가 언제 죽느냐고 묻더군.

내가 저승 명부를 가지고 있는 것도 아닌데 어떻게 알겠어. 그래서 그냥 아무 날이나 말했어. 그랬더니 정말 그 날짜에 심장이 멈췄지 뭐야. 그놈은 자신이 그날 반드시 죽는다고 철석같이 믿고 있었어.

믿음은 그렇게 기적을 일으키지. 그걸로 난 본의 아니게 복수를 했네. 근데 바라던 바는 아니었어.

그 친구가 가끔 그리워.

태풍주의보

이하의 왼손이 오엠알 카드에 칠을 하는 동안 오른손 집게손가락은 시험지 위에서 모스 부호를 치듯 규칙적으로 까닥거렸다. 시험 감독으로 들어온 체육 선생은 수업시간마다 순발력을 강조하던 사람이었는데, 이번에도 순발력을 발휘하여 다짜고짜 이하의 뺨을 내리쳤다. 갑작스러운 통증에 이하가 펜을 놓치고 벌게진 얼굴을 감싸쥔 채 그를 쳐다보았다.

"너 손가락 왜 떨어?"

뭐든 질문이 먼저고, 그 질문에 대한 답이 나오면 그 답의 진위를 판단한 후에 어떻게 행동할지를 결정해야 하는 게 당연하다. 물론 그 수순을 제대로 밟았다 해도 손찌검은 옳지 않다. 하지만 그는 이를 무시했다. 그가 보기엔 명백한 커닝 현장이었다. 그는 이하의 집게손가락이 다른 학생들에게 답을 전하는 신호라고 생각했다. 조급증 환자세요? 이하는 딱 그런 시선으로 그를 쳐다보며 대답했다.

"자율신경부분제어실조증이라고 어릴 때부터 있던 증상이에요. 그냥 무의식적인 거예요. 잘 보시면 제 집게손가락은 어떤 신호도 내보낼 수 없어요. 그리고 제 성적을 확인해보면 아시겠지만 전 다른 학생들에게 정답을 전파할 뭣도 되지 않는 놈이에요."

"맞아요. 걔 원래 항상 손가락 떨어요."

주변 아이들이 나서자 선생은 사과 대신 코웃음을 치며 지나갔다. 그래, 잘났다. 새끼야. 이하는 속으로 욕 몇 마디를 하곤 털어버렸다. 빰을 맞은 억울함도 곧 잊었다. 머릿속에 생각할 것이 넘쳐나서 담아둘 여력이 없었다.

이하는 오른손 집게손가락에게 볼펜을 쥐어주었다. 마력의 집게손가락아, 진실을 적어봐. 볼펜이 멋대로 시험지 위에 점을 찍고 선을 그었다. 마력의 집게손가락이 내놓은 답은 생각 없는 어느 바보의 머릿속을 헤집어놓은 것처럼 보였다. 쉬는 시간이 되자 앞자리에 앉아 있던 현승이 이하를 돌아보곤 눈이 커졌다.

"부었다."

"나도 느낌 있어."

"괜찮냐?"

"아파. 머리통까지 울렸다고."

"세게도 때렸다."

"죽이려고 했나 봐."

"그 자식이 원래 손발이 먼저 움직이는 인간이야. 일단 쥐어

패고 그 다음에 묻지. 근데 묻지 않을 때도 많아. 왜 맞았는지도 모르는 놈들이 수두룩하다고. 그래도 넌 질문은 받았잖아. 근데 그건 뭐냐?"

"병신 손가락의 무의식적 발현이지. 내 머릿속이 지금 이래."

현승의 웃음보가 터졌다.

"넌 어쩌다 알코올 중독자가 되어가지고는. 나중에 운전면허 따긴 틀렸다."

이하는 서글퍼졌다.

"이상하지? 술도 안 마셨는데."

"이상한 게 어디 세상에 한두 개냐."

"근데 그중에서 난 내 손가락이 제일 이상하거든. 근데 의사는 심각하게 생각하지 않더라. 그냥 무조건 스트레스래."

"난 별로 이상하지 않아."

"이게 이상하지 않다고?"

"애들은 원래 이상하면 이상한 대로 받아들이거든."

"네가 애냐?"

"그럼 어른이냐?"

"어른 쪽으로 가고 있는 중이잖아. 얼추 도착했어."

"너나 어른 해라. 난 죽을 때까지 애로 남을 거니까. 세상은 어른보다는 애한테 훨씬 더 관대하거든. 근데 너의 그 미친 손가락이 그린 그림 말이야, 매구탈이다."

"뭐?"

이하는 제가 그려놓은 낙서를 다시 보았다. 현승의 말을 듣고 보니 매구의 얼굴이었다. 오, 신통하네. 매구든 매구탈을 쓴 놈이든 범인은 매구의 얼굴을 하고 있으니.

"오늘도 끝나자마자 독서실로 갈 거지?"

"이제 시험 시작이니까. 넌?"

"집으로 가야지."

"딴 데로 새지 말고 공부해라."

이번엔 이하의 웃음이 터졌다.

"왜?"

"죽을 때까지 애로 살겠다는 놈이 꼭 우리 아버지처럼 말해서."

"너한테만 그래."

"그런 것 같다."

교문 앞에서 현승과 헤어지고 두산으로부터 전화가 왔다.

"너 아직 학교냐?"

"막 나왔는데요."

"현승이는? 전화기 꺼져 있던데."

"독서실 갔어요. 저희 지금 기말고사 기간이에요."

"아, 그렇지. 아리는?"

"몰라요, 아직 학교에 있을 걸요."

"미안한데 부탁 하나만 하자. 아리 데리고 지금 경찰서 앞으로 좀 와줄래?"

"경찰서요? 무슨 일인데요?"

"너도 알겠지만 길군이 며칠째 유치장에 있잖아. 아리가 걱정이 많아. 지 오빠 좀 보게 해달라는데 지금 될 것 같아."

"알았어요, 바로 갈게요."

이하는 아리를 데리고 경찰서로 갔다.

"어, 왔구나. 들어가자."

경찰서 앞에서 기다리고 있던 두산이 아리의 눈치를 보며 손짓했다.

"길군 형은 어떻게 되는 거예요? 조직 싸움이에요?"

"그건 아니고. 일단 합의를 시도하고 있는데 쉽지 않아."

"대체 누굴 얼마나 팼는데요?"

"이런 말해도 될지 모르겠는데…."

두산은 아리에게 들리지 않도록 작게 말했다.

"길군 말로는 살인 청부업자들이래."

"살인이요?"

이하의 입이 벌어졌다.

"길군이 돈 가방을 가지러 매구호수에 갔는데 그놈들이 거기서 기다리고 있더래. 그놈들 말이 돈 가방을 가지러 온 자를 죽이라는 부탁을 받았대. 대가는 그 돈 가방이고."

"정당방위네요. 경찰에게 그대로 말하면 되잖아요."

"했지. 근데 증거가 없잖아. 업자 놈들이 제 입으로 사람 죽이러 간 거라고는 절대 이야기 안 하지. 초지일관 그냥 지나가다가 길군에게 무차별 폭행을 당했다고 주장하고 있어. 호수 북쪽에는 CCTV가 없잖아. 누가 먼저 시작했는지는 확인할 수 없지만 누가 처참하게 얻어맞았는지는 확실히 보이니까."

"근데 무슨 돈 가방이에요?"

두산은 간단하게 상황 설명을 했다.

"그러니까 누군가 홍수연의 부모님에게 오백만 원을 호수 북쪽에 가져다 놓으라고 시켰고, 다시 길군 형에게 그걸 가져오라 했다는 거네요. 그런 다음 그걸 가지러온 길군 형을 죽이라고 사람을 고용했고요."

"길군이 아니라 나야."

"네?"

"원래 내가 나갔어야 했던 자리라고. 길군은 그냥 내 부탁을 들어준 것뿐이야."

두산은 심각하게 얼굴을 구긴 채 그에게 반복적으로 오는 수상한 문자에 대해 대강 이야기를 했다.

"그렇게 경찰한테 이야기하면 되는 거잖아요."

"이제 와서 12년 전 사고를 들쑤시면 길군이 힘들어져. 아리는 말할 것도 없고. 여기선 내가 어떻게든 수습할 수 있지만 그렇게 되면 걷잡을 수 없게 돼."

아리는 인상을 찌푸린 채 쑥덕거리고 있는 두 사람을 노려보았다.

"언제까지 그러고 있을 거야? 울 오빠 언제 보여줄 거냐고?"

"어, 그래. 들어가자."

두산이 고개를 끄덕이며 몸을 돌렸다. 이하는 그를 잡았다.

"잠깐만요, 누군가 형을 죽이려고 벼르고 있는데 경찰한테 말하지 않아도 괜찮겠어요?"

"괜찮겠냐. 무지하게 겁나. 운이 좋아서 길군 덕에 한 번은 살았지만 앞으로 어떻게 될지 모르겠어."

"그 청부업자들은 사주자가 누군지 알 거 아니에요?"

"알면 업자 놈들이 먼저 씹어 먹었지. 일억 준다 했는데 돈 가방 안에 오백밖에 없다는 거 알고 엄청 열 받았어. 대포 폰으로 두 번 통화한 게 전부래. 일단 길군부터 풀려나게 해야 돼. 합의금 일억 요구하고 있으니까 그거 해결해주면 고소 취하하고 물러날 거야."

"거기서 형이 일억 더 얹어주고 그 업자들한테 사주자 찾아서 죽이라고 의뢰하는 건 어때요?"

두산의 눈이 동그래졌다.

"야, 너 그렇게 안 봤는데?"

"경찰 없이 해결하려면 그렇게 해야 하잖아요."

"농담이 나오냐."

두산의 미간에 주름이 잡혔다. 더는 인내심을 발휘하지 못하겠다는 듯 아리가 다그쳤다.

"이제 그만 들어가서 오빠 좀 보자. 둘이서 백날 쑥덕거려봐야 답 없어. 오빠 이야기부터 들어봐."

*

길군은 유치장 벽을 마주한 채 모로 누워 있었다.

"오빠."

아리의 목소리를 들은 길군의 어깨가 움찔했다. 그는 찬물 세례를 받은 것처럼 몸을 벌떡 일으켰다. 그의 거친 시선이 두산을 향했다.

"뭐야?"

어째서 아리를 이런 곳에 데려왔느냐는 원망이었다. 화려한 하와이안 셔츠는 군데군데 찢어졌고 말라붙은 큼지막한 핏자국들은 얼핏 보아서는 셔츠 무늬와 구분이 가지 않았다. 이하는 조직폭력배들이 블랙 슈트와 하와이안 셔츠를 즐겨 입는 이유를 알 것 같았다. 둘 다 핏자국을 잘 감췄다. 두산은 변명하듯 말했다.

"어쩔 수 없잖아. 그래도 네 유일한 가족인데."

"하여간 꽉 막힌 새끼!"

이하는 길군이 이번 일만을 두고 두산을 탓하는 것이 아니라는 것을 알아챘다. 두 사람 사이에 뭔가 있었다. 둘은 의도적으로 말을 아끼는 눈치였다. 아리는 길군을 머리부터 발끝까지 훑어보곤 한숨을 푹 내쉬었다.

"어디 다친 데 없어?"

"없어. 내 피 아니야."

길군은 담담히 말했다.

"왜 그랬어?"

"그 새끼들이 먼저 날 죽이려고 했으니까. 아무도 날 죽일 수 없어. 내가 죽이면 죽였지."

"그러다 정말 누구 하나 죽였으면 어쩔 뻔했어?"

"어차피 살인자야. 하나를 죽이든 둘을 죽이든 마찬가지라고. 근데 얜 누구야?"

이하를 꼬나보는 길군의 시선은 비뚤었지만 그 눈매는 갸름하고 선했다. 눈빛을 찬란하게 바꾸고 미소를 담으면 얼마든지 맑고 순수한 얼굴로 돌아갈 수 있을 것 같았다. 하지만 그는 웃지 않았다. 그의 냉랭한 눈동자에는 무기력한 체념이 담겨 있었다. 동시에 분출할 길을 찾고 있는 짓눌린 분노가 불뚝거렸다.

길군은 이원동에서 현승과 함께 있던 이하를 전혀 기억하지 못했다. 덩치에 비해 존재감이 없었던 적이 이번이 처음은 아니었지만 그래도 이하는 기분이 상했다. 아리는 길군을 나무라며 말했다.

"지금 얘가 누군지 알아서 뭐하게? 합의 중이라며? 빨리 돈 주고 나와."

길군은 두산을 힐끔 쳐다보곤 말했다.

"그걸 내가 낼 이유는 없지."

"그래, 아리야. 그건 내가 알아서 할게."

두산의 말에 길군의 시선이 매서워졌다.

"뭘 알아서 해? 이 멍청한 새끼야. 쓸데없는 짓 하지 마. 합의도 볼 거 없어. 난 아무래도 상관없으니까 그 업자 새끼들도 내버려둬. 지들 상처 다 아물기도 전에 조용히 병원에서 사라진다에 내 손가락을 건다."

"닥쳐, 오빠. 지금 무슨 막말을 하는 거야?"

아리가 버럭 소리를 질렀다. 누르고 있던 화가 그 순간 폭발한 듯 평소에는 지나치게 창백해 보이던 얼굴이 붉어졌다.

"그 손가락은 아버지가 오빠에게 물려준 보물이야. 하나 잃어버린 것도 모자라서 또 멋대로 잘라버리겠다고?"

"말이 그렇다는 거지. 알았어. 내가 잘못했어."

길군이 야단맞은 강아지처럼 수그러졌다. 이하는 팔짱을 낀 그의 오른손에서 두 마디가 잘려나간 집게손가락을 보았다. 두산이 말했다.

"이건 단순 폭행 사건이고 질질 끌수록 너만 힘들어져. 네가 가해자라고."

"또 내가 가해자군."

"미안하다. 일이 이렇게 될 줄 몰랐어."

"언제까지 그 소리 할래?"

"나라고 이렇게 될 줄 알았겠어? 제발…."

두산은 길군이 자신을 그만 비난하기를 바랐다.

"뭐야? 두산 오빠도 엮인 일이야?"

아리가 눈치를 챘다.

"그 새끼들이 기다리고 있던 목표물은 내가 아니야."

길군이 말했다. 두산은 민망한 어조로 힘없이 따졌다.

"야, 넌 이런 일을 굳이 아리한테까지 알리고 싶냐?"

"아리를 여기 데려온 건 너야."

길군은 차갑게 말했다.

"그러니까 두산 오빠가 우리 오빠를 이렇게 만들었어?"

"아리야, 그게…. 내가 나중에 제대로 설명해줄게. 일단은 아무에게도 말하지 마. 그럼 일이 복잡해져."

"하지만…."

아리가 반발하자 길군은 말했다.

"두산이 말대로 가만있어. 애들 시켜서 알아보고 있는 중이니까."

두산의 얼굴이 일순 밝아졌다. 길군이 부리는 나비회 정보통이 경찰보다 나을 때가 있었다. 길군도 12년 전의 일이 다시 부상하는 것을 원하지 않았다.

"아리야, 길군 말 듣자. 너도 아까 오빠 말부터 듣자고 했잖아."

아리는 짜증난다는 듯 두산을 쳐다보았다. 두산은 시선을 회피하며 길군에게 물었다.

"그래서 뭐 좀 알아냈어? 대체 누가 날 죽이려고 했던 거야?"

"몰라. 완전 유령이야."

"유령이라니? 진짜 수연이 귀신이라도 돼?"

"철저하게 자기를 숨기고 있다고. 알아낼 수가 없어. 근데 한 가지는 확실해. 작정하고 널 찍었어. 지속적으로 문자를 보내면서 널 떠보고 있었지. 네 약점을 잘 아는 놈이야."

"내 약점?"

"홍수연. 놈은 네가 홍수연을 좋아했다는 것을 알아."

"그걸 아는 건 세상에 너랑 아리뿐이야. 아, 아리가 말해서 이하와 현승이도 이젠 알게 됐고."

"아리가 그걸 어떻게 알아?"

"네가 말한 거 아니야?"

"말한 적 없는데."

그래. 길군이 그런 걸 말하고 다니는 놈은 아니지. 하지만 길군이 아니면 아리가 어떻게 알아?

두산과 길군의 시선이 아리를 향했다. 아리는 어깨를 으쓱했다.

"난 오빠가 말해준 줄 알았는데 아니었나? 그럼 난 어디서 들었을까? 어쩌지? 내가 어떻게 아는지 나도 모르겠어. 근데 알아. 말했잖아. 난 다 안다니까."

갑자기 분위기가 서늘해졌다. 길군이 말했다.

"됐어. 아리가 안다고 해도 그걸 놈에게 말한 건 아니니까."

"응, 말하지 않았어. 난 듣기만 하니까. 언제나 듣기만 해."

아리는 고개를 끄덕였다.

"놈이 알아낸 거야. 세상에 약점 없는 사람은 없어. 어떤 사람의 약점은 굳은살이 되고 어떤 사람의 약점은 살얼음이 되지. 너한테 홍수연은…."

"그만해."

두산은 수치심을 느낀 듯 얼굴이 벌게졌다. 이하는 길군의 말에 전전긍긍 불안감을 드러내는 두산에게 묘한 의구심이 생겼다. 두산을 보는 길군의 표정에 아주 잠깐 동정이 지나갔다.

"아무튼 내 말은 그 업자 놈들에게도 약점이 있다는 거야. 두산이 넌 신경 꺼. 내가 해결해."

"그래서 널 여기 두고 나는 그냥 구경이나 하라고? 그럴 순 없어."

"내 말 못 알아들어? 아무것도 하지 마. 괜히 나대서 사고치지 말라고. 피곤하니까 아리 데리고 그만 가."

길군은 귀찮다는 듯 손짓하며 옆으로 돌아섰다.

"저, 잠깐만요. 물어볼 게 있어요. 매구탈을 만든 적 있죠?"

길군은 다짜고짜 질문을 던진 이하를 가만히 노려보았다. 아리를 꼭 닮은 단단한 눈동자는 꿈쩍도 하지 않았다.

"대답해, 오빠. 나도 묻고 싶었어."

"그거 물어보려고 두산이를 졸라서 날 보러 온 거야?"

"말 돌리지 마. 공방 벽에 걸려 있는 매구탈은 아버지의 것이 아니야. 오빠가 만든 거지? 아버지가 만든 매구탈은 어딨어? 누군가 아버지의 매구탈을 쓰고 홍정연을 죽이려고 했어."

"그때 난 여기 있었어."

"알아. 근데 아버지의 매구탈은 없고 그 자리에 오빠의 매구탈이 걸려 있어. 그걸 설명할 수 있는 사람은 오빠뿐이야."

길군은 곤혹스러움을 감추지 못했다.

"젠장, 몰라. 아버지의 탈은 오래전에 없어졌어. 그래서 내 것으로 대신한 거야."

"아버지도 알았어?"

"아버진 끝까지 모르셨어. 매구탈을 만들어 거기 걸어두신 후에 단 한 번도 그쪽으로 시선을 주지 않으셨으니까. 매구탈이 없어졌을 때 난 차라리 잘됐다고 생각했어. 아리, 너도 기억할 거야. 아버지가 늘 말씀하셨잖아. 매구탈에 손대지 마라. 쳐다보지도 마라. 덮어쓰지도 마라. 아버진 자신이 만든 매구탈을 두려워하셨어. 없애버리고 싶어 했는데 그러지 못하셨지. 나도 볼 때마다 찜찜했고."

"탈이 없어졌을 때 왜 도난 신고를 하지 않았어요?"

이하가 물었다.

"다시 찾고 싶은 생각이 없었으니까."

길군은 신물이 난다는 듯 말했다. 이하는 의구심이 들었다. 길군은 원래 공방을 물려받아 탈을 만들고 싶어 했다. 그만한 재능도 있고. 그런데 지금은 두 번 다시 탈에는 손대지 않을 것처럼 보였다. 길군의 말이 사실이라면 매구탈 때문인데, 매구탈이 왜? 황인기는 대체 왜 자기가 만든 탈을 무서워한 거지? 왜 그 매구탈을 쳐다보지도 만지지도 덮어쓰지도 말라고 했을까.

"그래도 매구탈은 그 자리에 있어야 하지. 아니면 사람들이 또 새로운 소문을 만들어 뿌릴 테니까. 그래서 내가 만든 걸로 대신한 거야."

"대체 아저씨는 자신도 그렇게 꺼릴 물건을 왜 만드신 거야? 그 매구탈이 결국 살인자를 만들었잖아. 살인자가 매구 흉내를 내면서 살인을 하는데 사람들은 여전히 매구가 했다고 여겨. 매구 이야기는 오래전에 묻혔을 전설일 뿐인데 사람들은 계속 매구 타령을 해. 매구탈이 매구를 불러들인 셈이지. 어떻게 해도 소문은 계속 자라."

두산이 말했다. 길군은 고개를 저었다.

"매구를 불러들인 건 매구탈이 아니라 사람들의 입이야. 모든 일에 시도 때도 없이 매구를 끌어들이니까. 아버진 매구를 죽이려고 탈을 만든 거야."

"어떻게 죽여?"

"매구탈을 쓰고 매구가 하는 짓을 막는다. 본래 탈이란 가면을 말하는 게 아니야. 탈은 말 그대로 '탈이 났다'고 할 때의 탈이지. 매구탈을 쓰고 매구 짓을, 그러니까 탈짓을 하는 거야. 그런 행위를 통해 그 탈을 제거하는 것이 탈을 만드는 목적이고. 눈에는 눈, 이에는 이라고 생각해도 되고 아니면 굿 같은 의식이라고 봐도 돼. 즉 탈은 액운을 막는 방패막이지."

길군은 탈에 진지했다. 삐뚤어진 조소를 버린 그의 올곧은 눈동자에서 이하는 탈에 대한 그의 애정을 느낄 수 있었다. 두산은 길군이 계속 탈을 만들기를 바란다고 했다. 이하도 그랬으면 하는 마음이 들었다. 나비회 건달도 잘 어울렸지만 공방에서 그가 만들어낼 다양한 얼굴들이 기대됐다.

이 사람은 살인자가 아니야. 좋은 사람이었는데 나쁜 놈이 된 것처럼 보이지만 여전히 좋은 사람이야. 살인자는 따로 있어. 이하는 꽉 막혀 있던 마음 한구석이 후련해졌다.

*

경찰서에서 나온 두산은 이하와 아리를 그의 차에 태우고 박가네슈퍼 앞으로 갔다. 그는 아리를 집까지 데려다 주려고 했지만 아리의 자전거가 슈퍼 공터에 있었기 때문에 거기까지 돌아가야 했다. 아니면 아리는 내일 아침 등굣길을 자전거 없이 걸어서 가야만 한다. 차에서 내리는 아리에게 이하는 말했다.

"먼저 가. 난 두산 형하고 할 이야기가 좀 있어."

"그러든지. 그리고 경고하는데, 이제 다시는 우리 오빠 의심하지 마."

아리는 차문을 쾅 닫은 후 제 자전거를 끌고 산길로 사라졌다. 이하는 슈퍼 쪽을 보았다. 아버지가 있을까. 딱히 들여다보고 싶은 생각은 들지 않았다.

"나한테 할 이야기가 뭔데?"

"매구탈에 관한 건데요."

"그럴 줄 알았다. 근데 너도 참 대단하다. 지난 12년 동안 아무도 몰랐는데 어떻게 알아봤어?"

"보려고 보니까 보인 거예요. 형은 언제부터 알고 있었어요?"

"엉? 그건 또 어떻게 알았어?"

"보려고 보면 보인다니까요. 제가 그걸 알고 아리에게 말했을 때 아리가 보인 것 같은 반응이 형한테는 없었거든요."

"너, 나중에 경찰해라. 재능 있다."

"길군 형이 말해줬어요? 아니면 형이 발견한 거예요?"

"길군이 말해줬어."

"옛날에는 정말 친했군요."

"그랬지."

그 시절이 몹시 아쉬운 듯 두산은 창밖으로 시선을 돌렸다.

"없어진 매구탈 말이에요. 뭐가 이상했던 거예요? 아리 아버지는 왜 그 매구탈을 손대지도 쳐다보지도 덮어쓰지도 말라고 했을까요? 왜 자기가 만든 물건을 무서워했던 거죠? 혹시 아리와 관련이 있는 걸까요?"

"왜 그런 생각을 했지?"

"그 이야기를 할 때 길군 형이 아리를 신경 쓰는 것 같았어요. 그리고 얼마 전에 공방에서 아리가 이런저런 탈들을 써보며 혼자 중얼거리는 것을 봤는데 좀 이상했어요. 어쩌면 아리가 아니라 매구탈이 이상했던 것일 수도 있고."

"그 매구탈은 가짜야."

"그럼 그 매구탈이 이상하게 보인 건 아리 때문이란 거예요?"

두산은 대답 대신 눈썹을 일그러뜨렸다.

"매구탈이 뭐가 어떻게 이상했는데?"

"아리가 매구탈을 쳐다보자 그게 마치 살아 있는 얼굴처럼 보였어요. 근데 아리가 시선을 돌리자 다시 탈이 되어버렸어요."

"하고 싶은 말이 뭐냐?"

"전익중 씨나 현승 어머니의 사건은 매구탈을 쓴 사람이 저지른 짓으로 보기 어려워요."

"난 초자연적인 거 안 믿어. 길군도 자기 아버지의 매구탈을 이상한 물건으로 여기지만 거기까지야."

"알아요. 근데 이거 봐요."

이하는 덜덜 떨고 있는 오른손 집게손가락을 내밀었다.

"전 언제나 이 손가락을 떨어요. 제 의지로 멈출 수가 없어요. 자율신경부분제어실조증과 심인성이라는데 사실은 원인 불명이에요. 원인을 하나 찾긴 했는데 병원에서 무시했어요."

"원인이 뭔데?"

"피요. 제 피는 언제나 혈중알콜농도 0.07을 유지해요."

"뭐?"

"그래서 현승이 저보고 나중에 운전면허 못 딸 거라고 말한 거예요."

"어쩌다 그렇게 된 건데?"

두산은 운전대에 두 손을 올려놓은 채 진심으로 동정을 표했다.

"아무도 몰라요. 그래서 설명할 수 없는 일이 일어나거나 보여도 전 이상하다고 말할 수 없어요. 두렵지만 있을 수 없는 일은 없다고 생각하게 됐죠. 얼마 전에 매구호수에서 홍수연을 봤을 때도."

"뭐? 지금 뭐라고 했어? 수연이를 봤다고?"

두산의 안색이 창백해졌다.

"착각한 거 아냐? 네가 수연이 얼굴을 어떻게 알아?"

"보고 난 후 정연 누나에게서 확인했어요. 그래도 저는 이상하다고 생각하지 않아요."

두산은 끊임없이 떨고 있는 이하의 집게손가락을 보았다. 그는 잠시 입을 꾹 다문 채 뭔가를 생각하더니 물었다.

"늘 그렇단 말이야?"

"네. 잠잘 때도 이러고 있다고 엄마가 그랬어요. 하지만 그림을 그릴 땐 멈춰요. 이상하죠? 이상한데 이젠 자연스럽게 여기며 살아요."

"나도 이상한데 자연스러워진 이야기 하나 해줄까. 얼마 전에 매구호수를 지나다가 매구를 봤어."

"진짜요?"

"들어봐. 그러고 나서 바로 아리가 나타났지. 좀 헛갈리더라고. 난 매구니 매구의 아이니 그런 거 믿지 않아. 그런데도 가끔 아리에게 매구가 씐 것 같다는 의심이 들 때가 있어. 이 동네는 멀쩡한 사람의 머릿속을 이상하게 만드는 재주가 있지. 동네 모든 이야기에 매구가 끼어들어 있어서 가만히 듣고 있자면 나도 모르게 일이 그렇게 된 건 모두 매구 때문이 아닐까 생각하게 되는 거야. 어리석게도 그런 식으로 나 역시 조금씩 물들어가는 거지. 매구 말고는 설명이 되지 않으니까 당연히 매구는 있어야 한다고 여기게 돼. 그러니까…."

두산은 이하를 돌아보며 말했다.

"정신 똑바로 차려야 해. 매구탈을 쓴 살인자만 잡히면 모든 게 선명해질 거야. 우리가 할 일은 길군을 빼내는 거고."

"길군 형이 사고치지 말고 가만있으라고 했잖아요."

"그렇다고 진짜 가만있을 수는 없잖아. 나 때문에 벌어진 일인데."

"그래서 어쩔 작정인데요?"

"내가 생각을 좀 해봤는데 말이야."

이 동네에서 두산은 평판이 좋았다. 두산을 아는 군민들은 언젠가 그가 선거에 나오면 무조건 뽑을 거라고 말했다. 그런 두산이 자기 때문에 위기에 빠진 친구를 외면할 수 없는 건 당연지사였다. 하지만 이하는 어쩐지 두산이 위태로워 보였다.

"우리가 그 업자들을 만나서 해결할 수 있을 것 같아."

"우리요?"

"그래, 우리. 그럼 나 혼자 만나?"

"저 덩치만 크지 미성년자 학생이에요. 제가 따라가겠다고 해도 말려야죠. 알아서 할 테니까 넌 어른들 일에 끼어들지 말고 집에 가서 공부나 해라, 뭐 이렇게 나와야 하는 거 아니에요?"

"야. 어른이라고 다 알아서 할 수 있는 건 아니야. 솔직히 난 그런 허세는 못 부리겠다. 그러니까 나 좀 도와줘라."

"현승이 있잖아요. 왜 저한테만 그래요?"

"현승이는 너무 모범생처럼 생겨서 안 돼. 누가 봐도 학생 같고. 근데 넌 꾸미면 전혀 학생으로 보이지 않을 것 같아. 눈에 힘 팍 주면 위압감도 좀 느껴지고. 그러니까 네가 힘 좀 보태주라."

"싫어요."

"너 진짜 나처럼 믿음직스럽지 못한 어른에게 맡기고 빠질 거냐?"

"이번 주 내내 시험 기간이라고요."

"그럼 금요일이면 끝나겠네."

"아니, 형. 제가 지금 그런 데 끼어들 처지가…."

"일당 쳐줄게."

일당이라는 말에 이하는 귀가 번쩍 뜨였다.

"얼마나요?"

"원하는 대로 불러. 위험 수당도 챙겨줄게."

더 생각해볼 것도 없었다.

*

두산이 돌아간 후 길군은 다시 벽을 보고 모로 누웠다. 같이 온 그 덩치 놈이 아니더라도 언젠가 아리도 알게 될 일이었다. 아리는 그 일을 어디까지 기억하고 있을까. 보아하니 전혀 기억하지 못하는 것 같았다. 아버지의 매구탈을 잃어버린 건 아리였다.

아버지는 매구탈을 두고 경고했다. 쳐다보지 마라, 건드리지 마라, 절대 얼굴에 쓰지 마라. 저 탈을 쓰고 저 탈의 눈으로 무엇도 보아선 안 된다.

그 말을 지키지 못했다. 다 내 잘못이야. 길군은 두 손으로 머리를 감쌌다. 아버지 죄송해요.

어린 아리는 아버지가 없을 때면 공방의 탈들을 끄집어내 제 얼굴에 써보곤 했다. 탈을 쓰고 거울을 보며 혼자 놀기를 좋아했다. 하지만 매구탈은 금지당했기 때문에 늘 그저 쳐다보기만 했다. 그 모습이 너무 간절해서 길군은 염려스러웠다. 언젠가 아리가 기어이 아버지의 말을 어기고 잠깐, 아주 잠깐 그 매구탈을 써보려고 시도하지 싶었다. 아리를 위해 다른 매구탈을 하나 만들어줘야겠다고 생각했다.

길군은 아버지의 경고를 어기고 매구탈을 쳐다보고 건드렸다. 똑같이 만들려면 그 탈을 만져봐야 했다. 특히 그 털의 재질을 확인해야 했다. 아무리 만져봐도 뭔지 알 수 없었다. 진짜 짐승의 털이라는 것밖에는. 여우와 멧돼지의 털이 뒤섞인 듯 뻣뻣하면서도 부드러운 촉감, 만질수록 이상야릇한 온기가 전해져 제풀에 놀라 놓친 적이 여러 번이었다.

같은 털을 구할 수 없어 집에서 기르던 토끼뿐 아니라 동네 고양이와 개들까지 털 달린 짐승들을 어지간히 괴롭혔다. 아버지의 매구탈에 붙은 털색과 흡사한 색으로 만들어내는 일이 쉽지 않았다. 짧은 털들을 길게 이어 붙이는 작업을 할 무렵 아리는 기어이 아버지의 매구탈을 제 얼굴에 덮어썼다.

길군은 공방 벽에 걸린 매구탈이 없어진 것을 보고 아리를 찾아 나섰다. 아버지는 그날 지인을 만나러 서울에 갔다. 아버지가 돌아오시기 전에 매구탈을 찾아 제자리에 걸어놔야 했다.

호숫가에서 아리를 발견했다. 아리는 호수를 바라본 채 쪼그리고 앉아 있었다. 이름을 부르자 아리는 놀란 짐승처럼 홱 돌아보았다. 그가 더 놀랐다. 아리의 눈썹이 하나도 없었다. 화상을 입은 것도 뽑혀나간 것도 아니었다. 원래 아무것도 없었던 것처럼 아주 깨끗하게 지워졌다. 등골이 오싹했다. 아리의 몸이 흔들리더니 풀썩 쓰러졌다. 그는 달려가 아리를 안아 들었다.

"괜찮아?"

"오빠, 나 졸려."

"집에 가자."

길군은 아리를 업었다.

"매구탈은 어쨌어?"

"몰라."

아리는 그의 등에 업힌 채 그대로 잠이 들었다. 주변을 싹 다 뒤졌지만 매구탈은 보이지 않았다. 어디에 떨어뜨렸을까? 그는 호수를 바라보았다. 차라리 저 호수에 빠뜨린 거라면 좋겠는데. 일단 집으로 돌아갔다. 아버지의 매구탈이 있던 자리에 급한 대로 자신의 매구탈을 걸었다.

염색도 완벽하지 않았고 털 길이도 들쭉날쭉했지만 어차피 아버지는 매구탈을 보지 않는다. 그러니 빈자리로 남겨두지만 않으면 모를 거라 여겼다. 하지만 그날 밤 늦게 돌아온 아버지는 아리의 눈썹이 사라진 것을 보고 무슨 일이 생겼는지 바로 알아챘다. 아버지의 얼굴이 죽은 사람처럼 시커메졌다.

"아리가 매구탈을 썼냐?"

묻는 어조가 달달 떨렸다. 그렇게 무서워하는 아버지의 모습을 처음 보았다. 길군도 덩달아 겁에 질렸다.

"잠깐, 아주 잠깐 썼어요. 다행히 제가 보고 얼른 벗겨서 다시 걸어뒀어요."

길군은 거짓말을 했다. 아버지는 매구탈을 확인하려는 듯 고개를 돌리려다가 흠칫 멈췄다. 아버지는 끝끝내 그쪽으로 시선을 돌리지 않았다. 아리는 그날 밤부터 사흘간 앓아누웠다. 무슨 꿈을 꾸는지 내내 헛소리를 했다.

아리가 깨어났을 때 아버지는 말했다. 악몽을 꿨다고, 그 악몽이 너무 커서 네가 많이 아팠다고, 그래서 네 눈썹이 다 빠져버렸다고. 아리는 공허하고 야릇한 시선으로 그와 아버지를 보며 그저 고개만 끄덕였다. 꼭 영혼의 한쪽을 매구에게 물린 것 같았다.

"아리 이제 괜찮은 거죠?"

아버지는 대답하지 않았다. 길군은 묻고 또 물었다. 마침내 아버지가 입을 열었다.

"옛날이야기에 보면 말이야, 여우는 인골을 쓰고 둔갑을 하지."

그건 애장터를 두고 전해 내려오는 오래된 이야기이기도 했다. 매구가 된 여우는 거기 묻힌 어린 아이의 인골을 파 간다. 길군은 기분이 이상했다. 아버지가 하는 말이 그저 구전이 아니라 실제로 벌어졌던 사실처럼 들렸다.

"매구는 가끔 산 아이의 인골을 가져갈 때도 있어."

"무슨 말씀을 하시는지 모르겠어요."

"매구가, 매구가 우리 아리를 가져갔어. 내가 매구를 죽이려고 했기 때문이야."

아버지는 매구를 죽이려고 했다. 그 말이 탈을 탈로 막으려 했다는 뜻이 아니라 사실을 말한 거라면? 만약 아버지가 진짜 매구를 본 게 맞다면, 아버지는 매구탈을 만들려고 매구를 보려 한 게 아니라 매구를 죽이려고 기다리다가 매구를 본 것이다.

그렇다면 팽나무에 매인 그 머리카락 밧줄은 아버지를 묶은 게 아니라 매구를 묶으려 한 것이다. 아버지는 매구탈을 만든 후에야 자신이 무엇을 만들었는지 깨닫고 이러지도 저러지도 못한 채 마음의 병을 앓다가 돌아가셨다.

아버지는 그에게 유언했다. 길군아, 태워버려라. 나 죽거든 꼭 태워버려라. 아버지는 그걸 태울 용기가 없었다. 그건 그가 만든 것들 중에서 최고의 걸작이었다. 그때 길군은 아버지의 걸작을 자신의 손으로 태우지 않아 다행이라 여겼다. 아리는 매구탈을 덮어썼던 일을 전혀 기억하지 못했다. 어딘가 조금 이상해져서 사람들의 수군거림을 듣지만 아리도 그도 상관없었다. 그냥 이대로만 살 수 있으면 괜찮았다.

그런데 12년이 지난 지금 사라졌던 아버지의 매구탈이 다시 나타났다. 누군가 그걸 덮어쓰고 매구 흉내를 내며 살인을 저지르고 있었다. 대체 누가? 왜?

*

이하는 아버지의 옷장을 뒤졌다. 여기 내려온 이후 살이 쑥 빠져 제법 늘씬해졌지만 여전히 다른 사람들에 비해서는 체구가 컸다. 시험 기간을 핑계로 일부러 면도도 하지 않았다. 턱 주변이 거뭇했다. 거울을 보며 위협적인 표정을 지어보았다. 나쁘지 않았다.

앳된 얼굴은 그럭저럭 감췄지만 어색한 옷태는 어찌할 방법이 없었다. 아버지의 양복들은 유행이 지났고 이하에게는 좀 작았다. 발목과 손목이 쑥 튀어나왔고 품이 살짝 조였다. 하지만 이대로도 괜찮겠다는 생각이 들었다. 어차피 나이가 어린 것을 완전히 감출 수는 없었다. 그럴 바에야 어울리지 않는 어른 옷을 걸친 허세 가득한 모습으로 나가는 것이 더 글러먹은 놈처럼 보일 수 있었다.

셔츠는 좀 화려한 걸 입어야겠어. 길군 형처럼. 아버지의 셔츠는 모두 단색이지만 예전에 엄마가 사준 것들 중에 무늬 있는 것이 있었다. 어디 있지? 얼마 전에 아버지가 입은 것을 봤는데. 아, 여기 있다.

셔츠는 장롱 안쪽 깊숙한 곳에 구겨져 있었다. 쿰쿰한 냄새가 났다. 세탁도 안 한 걸 이렇게 처박아둔 거야? 근데 이게 왜 이렇게 걸레가 됐지? 셔츠는 여기저기 찢겨 있었고 앞자락은 군데군데 자줏빛으로 얼룩졌다. 이하는 이 얼룩들이 핏자국임을 알았다.

어디서 생긴 핏자국이지? 아버지가 이 셔츠를 입고 나갔던 날 다쳤었나? 아버지는 이 셔츠를 입고 나갔다가 며칠 후에 집에 들어왔는데 다른 옷을 입고 있었다. 그와 마주치자 아버지는 손에 들고 있던 검정 비닐봉지를 뒤로 감추며 허겁지겁 방으로 들어갔다. 그땐 그런가 보다 했는데 갑자기 이상한 기분이 들었다. 젠장, 나 지금 무슨 생각을 하고 있는 거야.

이하는 셔츠를 원래 있던 자리로 밀어 넣었다. 잠깐만, 내가 이걸 왜 다시 숨기고 있는 거야? 셔츠를 끄집어내서 앞쪽 잘 보이는 곳에 두고 장롱 문을 닫았다. 이렇게 두면 잊지 않고 세탁을 하든가 버리든가 하겠지. 그는 아무 셔츠나 골라 방을 나오면서 불현듯 어떤 생각이 떠올랐다.

그가 전학 온 첫날 현승 엄마의 사망 소식이 전해졌다. 서울에서 시신이 발견됐다. 홍수연의 사고 이후 지난 12년 동안 잠잠했던 동네에 그들이 이사 오면서 매구의 살인이 시작됐다. 서울에서 여기로, 마치 그들을 따라온 것처럼.

지나친 억측이다. 근데 학준 아저씨가 아버지와 싸우던 날 그런 말을 했다. 아버지는 여기 오지 말았어야 했다고. 왜 그런 말을 했지? 생각을 거듭하자 머릿속이 엉망진창이 됐다. 그만 생각해. 말도 안 되는 생각이잖아. 근데 왜 머리꼭지가 선뜩선뜩할까.

*

일을 마무리할 때까지 현승과 아리에게는 말하지 않기로 했다. 이하는 현승이 가진 전교 1등의 삶을 망치고 싶지 않았고, 두산은 아리에게 뭔가 털어놓는 것 자체를 꺼려했다. 그는 문병이랍시고 겁도 없이 병원으로 찾아가 업자들과 접촉했다.

"원하는 합의금 맞춰줄 테니까 일단 너희 보스 좀 만나게 해줘."

이하의 기말고사가 끝난 금요일 저녁, 두산은 약속 장소인 이원동 번화가의 일식집으로 들어가는 골목 입구에서 잔뜩 긴장한 얼굴로 이하를 기다렸다. 그는 이하를 보자 썩 마음에 든 듯 안도한 얼굴로 말했다.

"훌륭한데. 네가 나보다 낫다."

칭찬으로 받아들일 수 없는 감탄이었다.

"됐어요. 어른처럼 차려입고 나오라 해서 그러긴 했는데 이상해요."

"기도 좀 했어?"

"아뇨. 하늘 안 믿은 지 꽤 됐어요."

"나도 그래. 근데 오늘은 기도 좀 했어."

두산은 겁먹은 것을 감추지 않았다. 이하 역시 긴장한 탓에 자꾸 턱에 힘이 들어갔다. 음식점 출입구 앞에 이르자 말뚝처럼 서 있던 남자 둘이 이하와 두산을 보고 눈짓했다. 안으로 들어가자 나이를 종잡을 수 없는 여자 직원이 그들을 홀에서 멀찍이 떨어진 안쪽 방으로 안내했다.

방문 입구에 서 있던 덩치 둘이 두 사람의 몸을 수색했다. 넓적하고 두꺼운 손들이 팔과 다리, 가슴과 옆구리를 섬세하게 더듬은 후 방문을 드르륵 열었다. 좌식 테이블에는 이미 한 상이 떡 벌어지게 차려져 있었다. 식사 중인 보스의 뒤에 험악한 인상 둘이 버티고 있었다.

밖에서 상황을 감시하는 두 놈과 방문 앞의 덩치 둘, 그리고 방 안의 셋, 모두 일곱이다. 이하는 나눗셈을 하기 시작했다. 우리는 두 명이니까 3대 1, 한 명이 남네. 근데 나 여기서 뭐하고 있는 거냐.

두산은 용기를 쥐어짜듯 목을 고르는 소리를 요란하게 내며 보스의 앞에 앉았다. 이하는 그냥 기둥처럼 문간에 서 있었다. 보스는 이하를 흘끔 쳐다보곤 시선을 돌렸다. 50대 후반으로 보이는 보스의 팔은 자갈이 박힌 것처럼 울룩불룩했다.

불그레한 안색, 모래 빛깔로 염색한 짧은 머리카락, 눈썹은 물들이지 않아 검었다. 머리카락과 눈썹의 색을 맞추지 않은 것이 한 수였다. 이 자가 가진 검은색과 노란색의 대비는 경고 표시처럼 사람을 불안하게 만드는 효과가 있었다.

미간과 이마의 주름들은 언뜻 보면 칼자국처럼 보일 정도로 깊었다. 가만 보고 있자니 이하는 저게 실제 사람의 얼굴인지 만화 속 캐릭터인지 분간이 가지 않았다. 생은 살아낸 시간을 반드시 그 얼굴에 남긴다. 저 사람은 필시 만화 같은 삶을 살았나 보다.

오늘 집에 돌아가면 그려둘 게 많네. 그 와중에도 이하의 오른손 집게손가락은 끊임없이 떨렸다. 겁을 먹은 것처럼 보일까봐 얼른 바지 주머니에 숨겼다. 어차피 예의를 차려 대할 인간들도 아니었고 차라리 다소 건방져 보이는 쪽이 낫지 싶어 조금 후엔 왼손도 바지 주머니에 넣었다.

서울 말씨를 쓰는 보스는 가벼운 욕지거리를 섞어가며 차분한 어조로 오늘 날씨는 어떻다는 둥, 자신은 참을성이 없는 편이라는 둥 떠들어댔다. 그렇게 조곤조곤 말하다가도 언제든 쥐고 있는 젓가락으로 상대의 급소를 푹 찌를 수 있을 것 같아 이하는 그의 손만 주시했다. 두산이 말했다.

"이제 그만 본론으로 들어갑시다."

보스는 민어회 한 점을 입에 넣고 우물거리며 말했다.

"그쪽이 며칠 미루는 동안 살짝 가격이 불었어. 일억에 우리 애들 치료비랑 위로금 얹어서 삼억! 그 새끼 목숨 값으로 꽤 비싸게 쳐준 거 영광으로 알아."

두산의 목구멍에서 불편한 소리가 새어나왔다.

"길군이 어떤 놈인지 겪어봤잖아요. 당신들을 죽이면 죽였지 당신들 손에 죽을 놈은 아니에요."

"이봐, 우리가 마음먹으면 결국은 묻히게 되어 있어."

"좀 깎읍시다. 길군이 당신들에 대해 뭔가 알고 있는 것 같던데요. 괜히 길군 속 긁다가 털리지 말고."

"구라 치지 말라고 해. 그 새끼는 우리에 대해 아는 게 없어."

"이번엔 살인이 없었지만 이전엔 있었죠."

보스는 야비하게 웃었다.

"우린 그런 짓 안 해."

"그럼 이번이 처음 청부받은 일이었겠네요. 근데 실패했단 거죠. 아마추어네."

보스의 눈썹이 일그러졌다.

"그래서? 그 새끼가 뭘 알고 있다고 해도 증거가 없잖아."

"콘크리트에 묻었다고 했던가. 아, 콘크리트에 싸서 수장시켰다고 했던가."

보스는 킥, 하고 웃음을 터뜨렸다.

"아무 말이나 던지지 마."

"제가 한 말이 아니라 길군이 그러더군요. 하지만 오늘 합의 잘 끝나면 아무 말도 하지 않을 겁니다."

길군이 언제 그런 말을 했지? 아무래도 두산이 멋대로 지어낸 말 같았다. 보스는 눈을 끔벅이며 잠시 생각해보는 척하더니 말했다.

"그럼 애초의 한 장으로 합의 보지. 사실 우리도 그놈 여동생한테까지 가기 귀찮았거든."

이번엔 두산의 얼굴에서 난감함이 스쳤다. 저들의 입에서 아리가 나올 줄은 예상하지 못한 것이다.

"좀 더 깎죠."

"더는 못 봐줘. 우리도 이 바닥에서 최소한의 낯짝은 들고 다녀야 하거든. 말하고 싶으면 하라고 해. 우리 중 한 놈이 다 덮어쓰고 들어가면 돼. 그럼 남은 놈들은 동료의 복수를 할 수 있게 되지."

아리까지 들먹인 마당이라 두산은 결국 거기서 마무리를 할 수밖에 없었다.

"대신 한 장으로 끝낸다고 각서 쓰세요. 일단 선금입니다."

두산은 그 자리에서 칠천만 원짜리 수표를 내놨다.

"수작 부리지 마. 거래는 현금이야."

보스는 수표에 일말의 시선도 주지 않았다.

"압니다. 그러니 저도 각서 하나 쓰죠. 아무도 이 수표를 조회하지 않을 거예요. 그러니 안심하고 현금으로 바꿔요. 제 신분은 이미 알고 있을 테니 문제가 되면 제가 쓴 각서로 절 협박하면 됩니다. 길군이 나오면 나머지 삼천은 현금으로 드리죠."

양측이 서로 각서를 쓴 후 두산이 자리에서 일어났다. 그가 출입문을 향해 돌아서자 이하는 문을 열기 위해 손잡이를 잡았다. 그때 갑자기 보스 뒤를 병풍처럼 지키고 앉아 있던 수하 하나가 벌떡 일어나 그들을 가로막으며 문을 잡았다. 밖으로 나갈 수 없게 된 두산이 보스를 돌아보았다.

"뭡니까?"

보스는 입에 잔뜩 쑤셔 넣은 생선살을 질겅질겅 씹으며 말했다.

"옆의 멀대, 너 말이야. 나비회 소속이야? 황길군 밑에 있나?"

이하는 대답하지 않았다.

"과묵하니 마음에 드는군. 나중에 일 없으면 나 찾아와. 내가 가슴이 벌렁거리는 일을 시켜줄 테니까. 스릴 있을 거야."

보스는 안주머니에서 명함 한 장을 꺼내 내밀었다. 이하는 일단 그 명함을 받았다. 그러자 문을 가로막고 있던 덩치가 옆으로 비켜섰다. 둘은 천천히 식당을 나와 아무 일도 없었다는 듯 골목길을 한참 걸어갔다. 모퉁이를 돌아 큰길로 나가자마자 두산이 땅바닥에 철퍼덕 주저앉았다.

"와, 나 다리에 힘 풀렸어. 근데 너 진짜 잘하더라."

"뭘 잘해요? 전 한마디도 하지 않았는데."

"그냥 있는 그대로 잘했다니까."

이하는 두산의 말이 무슨 뜻인지 이해했다. 보스가 거느린 병풍처럼 두산에게도 병풍이 필요했던 것이다. 보스를 만나러 가는 게 너무 무서웠던 나머지 손을 잡고 같이 들어가 줄 누군가가 필요했는데 그게 이하였다.

"너라면 괜찮을 줄 알았어. 세상에, 나비회 소속이냐니, 이렇게 어수룩한 애를 보고. 암튼 축하한다. 스카우트 제의받은 거."

"됐어요, 인상 더럽단 소리잖아요. 그보다 그 수표, 형의 사비죠?"

"신경 쓰지 마. 아리는 물론이고 길군한테도 말할 거 없어. 알았지? 어차피 내 목숨 값이었으니까 내가 지불하는 게 맞아."

사람의 진심을 알 수 있는 가장 현실적인 판별법은 돈이다. 예전에 텔레비전 프로그램에서 큰돈을 빌려달라는 것으로 사람의 마음을 시험하는 걸 본 적이 있었다. 그 기준으로 본다면 두산의 우정은 진심이었다.

*

"시험 기간인데 늦었네. 시험은 잘 봤냐?"

집에 돌아가니 간만에 아버지가 와 있었다. 아버지는 대청에 배를 깔고 선풍기 바람을 쐬며 만화책을 보던 중이었다. 이하는 생각했다. 내가 아버지에게 시험 본다는 말을 했던가. 오랜만에 이하를 본 아버지는 턱을 뒤로 당기며 눈을 둥그렇게 떴다.

"뭐냐? 내 옷 주워 입고 면접시험 보고 오는 거냐? 대체 어디 가서 무슨 면접을 봤기에 수염까지 길렀냐? 아님 데이트? 근데 뭘 해도 수염은 통하지 않을 것 같은데?"

"시험 보느라 면도할 시간이 없었어요."

"그렇게 열심히 공부했냐? 그럼 옷은 왜 그렇게 입었어?"

"교복을 안 해주시니까요."

"시위하는 거냐? 그렇다고 그런 차림으로… 됐다."

말도 안 되는 소리였지만 아버지는 지레 켕겼는지 말을 얼버무리며 다시 만화책으로 시선을 돌렸다. 이하는 한숨이 나왔다. 그는 옷을 갈아입고 우물로 내려가 씻고 올라왔다. 아버지는 여전히 만화책 밭을 뒹굴고 있었다.

"도대체 이렇게 많은 만화책을 어디서 빌렸어요?"

"학준이한테. 그놈이 옛날에 대여점 점포 정리하는 데서 박스 채 사다 모은 게 창고 가득이야."

"거기서 보지 뭐 하러 여기까지 갖고 올라왔어요?"

"난숙이가 미치려고 해서. 이러고 하릴없이 시간 보낼 거면 네 집 가라고 소리 지르며 내쫓았어. 좀 무섭더라고. 진정되면 내려가야지."

아버지는 스마트 기기로 보는 웹툰에는 금방 피로를 느꼈다. 다른 것들도 아날로그적인 감성을 선호했다. 아버지를 향수에 젖게 하는 물건들은 사실 아버지 세대에 속하는 것들이 아니다. 오히려 아버지의 삼촌이나 나이 차가 있는 형들이 가졌던 것이다.

그러니까 아버지가 그리워하는 것은 남바리에서 아무런 걱정 없이 지내던 10대 초반의 시간들이다. 책벌레들이 우수수 떨어지는 대여점 만화책들은 아버지를 훨씬 더 현실감 있게 과거로 이끌었다. 물론 이하의 울화통은 조금씩 치밀기 시작했고.

"지금 한가하게 이런 거나 보고 있을 때가 아니잖아요. 뭐든 빨리 일을 시작해야죠."

"알아. 그래도 신중해야지."

"그러다 가진 돈 다 까먹어요. 얼마나 남았어요?"

"글쎄, 한 서너 달 정도는 버틸 수 있을 거야."

아버지는 시한부 인생을 선고받은 환자처럼 말했다.

"뭐 어떻게든 되겠지. 걱정 마. 넌 그냥 나 하자는 대로 따라오기만 하면 돼."

"아버지 하자는 대로 따라갔더니 이렇게 됐잖아요."

"이렇게 잘 됐잖아. 그러니까 너무 심각하게 덤벼들 것 없어. 설마하니 내가 너를 굶겨 죽이겠냐."

이하는 뭐라 더 대꾸하는 대신 자기 방으로 들어갔다. 자신도 모르게 호흡이 거칠어졌다. 아버지만 보면 답답해서 숨이 막혔다. 부글부글 끓어오르는 화를 끓어내기 위해 이하는 공책을 집어 들고 오늘 있었던 일을 그리기 시작했다. 보스의 얼굴을 악역 캐릭터로 정했다. 하지만 이야기는 한 소년이 있었다, 에서 한 줄도 나가지 못했다.

이하는 노트북을 켜고 한 청년이 있었다, 로 문장을 바꿨다. 소년은 히어로가 되어봐야 활동 범위가 너무 좁다. 세상의 인정을 받고 오래오래 히어로로서 역할을 수행하기 위해서는 먼저 어른이 되어야 했다. 그리고 역시나 다음 스토리는 떠오르지 않았다. 노트북을 덮고 불을 껐다.

아버지는 길게 하품을 하곤 만화책을 놓고 큰방으로 들어갔다. 모기장을 들추고 이부자리 위로 올라간 아버지는 구부정하게 앉아 바둑돌을 손에 쥔 채 굴렸다. 이하는 아버지가 바둑을 두는 것을 본 적 없었다. 하지만 할아버지는 고수라고 했다. 대청에 있는 저 무거운 박달나무 바둑판은 소문에 의하면 할아버지와 매구가 쓰던 것이다.

이하는 어쩐지 아버지가 지금 바둑돌을 만지며 생각하고 있는 것이 매구일 것 같아 기분이 이상해졌다. 할아버지와 매구의 소문에 대해 아버지는 진실을 얼마나 알고 있을까. 이하는 장롱에 있는 피 묻은 셔츠에 대해 물어보고 싶었지만 엄두가 나지 않았다. 그럴 리가 없다고 생각하면서도 한번 일기 시작한 의혹은 그를 움츠러들게 만들었다.

불을 끄고 자리에 누워 뒤척거리던 아버지가 이하 쪽으로 돌아누웠다. 대청을 사이에 두고 있었지만 이하는 아버지의 시선이 자신에게 머물러 있음을 보지 않아도 느낄 수 있었다.

"자냐?"

"자요."

"자는 척하려면 대답을 말든가. 너 요즘 무슨 고민 있냐? 많이 야위었다."

"아버지가 지금 절 어떻게 키우고 있는지 가슴에 손을 얹고 생각해봐요. 만날 슈퍼에서 동냥밥이나 얻어먹이면서."

거기에 등하교 때는 매구인지 매구탈을 쓴 살인자인지가 어슬렁거리는 위험천만한 길을 다니고 있다. 이하는 그 길에 대한 불평을 더는 아버지에게 꺼내지 않았다. 아버지에게는 해결 방법이 없었다. 아버지의 구차한 변명을 듣느니 입 다물고 참는 쪽이 나았다.

"들어보니 심청이 아버지가 따로 없네. 그게 다 아들 밥 굶기지 않으려고 그러는 거지."

"그런다고 제가 심청이 같은 효자가 될 거란 기대는 하지 마세요."

"나도 효자는 아니었어. 그러니까 내 아들이 효자가 아니라고 내가 뭐라 나무랄 수 있겠냐. 엄마는 요즘 어떠냐?"

아버지는 등을 보이며 돌아누웠다.

"잘 지내세요."

이하는 한 호흡을 쉰 후 천장을 향해 조심스레 물었다.

"아버진 엄마가 그렇게 좋았어요?"

"좋았으니 결혼했지."

"엄마는요?"

"엄마도 좋았으니까 했겠지."

아버지의 입을 통해 나온 엄마 쪽 입장은 애매했다.

"사실은 억지로 한 거 아니에요? 제가 생겨서 어쩔 수 없이…."

"무슨 소리. 그건 절대 아냐. 네 엄마랑 내가 왜 서로 좋아하게 됐는데. 바로 너 때문이었어."

"근데 지금은 왜 이렇게 됐어요?"

이하는 아버지 쪽으로 돌아누우며 물었다. 이번엔 아버지가 천장을 보고 바로 누웠다.

"글쎄, 이유가 있겠지."

"그 이유가 아버지란 생각은 안 들어요? 아버지 때문에 이렇게 됐어요. 이제 어쩔 거예요?"

"모르겠다. 그냥 이렇게 살란다."

"그냥 이렇게 처박혀 썩어가겠다고요?"

"거름의 사명과 역할을 받은 게 아닐까."

"아버지!"

이하는 자리에서 벌떡 일어나 앉았다. 아버지는 다시 그에게서 슬그머니 등을 돌렸다.

"너무 그러지 마라. 나는 이렇게 됐지만 너는 평생 여기서 살 거 아니잖아. 당분간은… 당분간은 괜찮잖아. 오래 참으라고 하지 않는다. 난 그냥 겁을 먹었을 뿐이야."

아버지는 이불을 걷고 일어나 앉았다.

"불쌍한 척하지 말아요. 엄마는 만날 피곤에 절어 있는데 아버지는 잠만 잤어요. 바깥일도 집안일도 학교 일도 봄빛이도 전부 엄마랑 저한테 다 떠맡기고 나 몰라라 했죠. 엄마와 제 얼굴에서는 이미 오래전에 웃음이 사라졌는데 아버지 혼자서만 헤헤거리면서 농담이나 일삼고…."

아버지는 툇마루 쪽으로 난 창을 통해 바깥 어둠을 물끄러미 건너다보며 말했다.

"그래, 역겨웠겠지. 그렇다고 나까지 찡그리고 있으라고? 아무것도 손에 잡히지 않았다. 매일매일 그저 끝도 없는 구렁으로 떨어지고 있었거든."

"그래서 엄마가 시간을 줬잖아요. 아무 말도 하지 않고 아버지가 다시 그 구렁에서 올라오기를 기다렸다고요."

"알아. 내가 모른 척했어. 그랬더니 네 엄마가 이혼하자고 하더라. 싫다고 했다. 생각해봐라, 네 엄마 말고 내가 누구와 가족이 될 수 있겠냐."

"근데 왜 가족을 버렸어요?"

"네 엄마가 나가라는데 그럼 어떡해."

"아버지 바보예요? 이혼하기 싫다면서요? 그럼 어떻게든 문제를 해결하고 버텼어야죠."

"난 버틸 수 있었는데 네 엄마가 더는 참을 수 없다고 하니 난들 도리가 있겠냐."

아버지는 여전히 문제 해결에 대해서는 건너뛰었다.

"뭐가 문제인지는 생각해봤어요?"

"뭐가 문제든 시간이 해결해줄 거야."

젠장, 앞으로도 갈 길이 한참 남았는데 아버진 자꾸만 먼 길로 돌아가려 한다. 틀렸다. 그래서 엄마도 손을 놓을 수밖에 없었나 보다. 이제라도 아버지가 달리지 않으면 엄마와의 사이는 점점 벌어지게 된다. 그럼 아버지는 영원히 목적지에 도착하지 못한다. 시간이 아니라 아버지가 움직여야 하는데 왜 그걸 모르는 걸까.

*

그날 아침 이하는 엄마의 허둥거리는 목소리에 잠을 깼다. 아버지는 여느 때처럼 혼자서만 한밤중이었고 잠옷 차림의 엄마는 냉장고에 넣어두었던 고구마와 흰 우유를 데워 식탁에 차려놓고 서둘러 출근 준비를 시작했다.

"또 고구마랑 흰 우유야? 난 흰 우유 마시면 속이 부글거리는데."

"그래도 먹어. 봄빛이 봐라. 얼마나 잘 먹니."

눈을 비비며 일어난 봄빛은 바로 식탁에 자리 잡고 앉아서 입가에 흰 우유를 묻힌 채 고구마를 우물거렸다. 이하는 부러 먹지 않았다. 봄빛이 혼자 이를 닦고 세수까지 하고 나오자 엄마는 봄빛의 머리를 양쪽 귀 위로 동그랗게 말아 묶어준 후 옷 입는 것을 도와주었다. 시간에 쫓겨 정신이 없었던 엄마는 이하가 식탁 위에 차려놓은 고구마와 우유에 손도 대지 않았다는 것을 알아차리지 못했다.

다 같이 집을 나섰지만 어린이집 통학 차량은 이미 놓친 후였다. 엄마는 이하에게 부탁했다.

"미안한데 네가 봄빛이 좀 데려다 줘라."

"나도 늦었어."

"좀 봐줘. 엄마 지각하면 회사에서 잘릴지도 몰라."

"지각 한 번 했다고 잘라? 그딴 회사 엄마가 먼저 잘라버려."

"그럼 엄마 회사 잘리고 우리 다 굶어 죽을까?"

"매일 저녁마다 내가 봄빛이 데리러 가잖아. 근데 아침에도 나보고 데려다 주라고? 너무한 거 아니야? 시간 널널한 아버지한테 시켜."

"하나 마나한 소리 그만하고. 오늘 아침만 부탁한다. 응?"

"오늘 아침만이 아니니까 그렇지."

"엄마, 있잖아…."

봄빛이 엄마의 옷자락을 쥐고 흔들었다. 엄마는 봄빛을 내려다보며 말했다.

"알았어, 봄빛아. 하고 싶은 말 있으면 이따 저녁에 하자. 아, 버스 왔다."

엄마는 얼른 봄빛의 손을 이하에게 쥐어주고 때마침 초록불이 켜진 건널목을 향해 뛰어갔다. 엄마는 길 건너편 버스 정류장에서 막 출발하려는 버스에 간신히 올라탔다. 버스가 떠나자 봄빛은 이하에게 손을 흔들며 말했다.

"엄마 갔다. 근데 오빠, 나 오늘 보자기 나라 간다."

"보자기 나라? 그건 또 무슨 나라냐?"

"보자기 나라에서 내가 오빠 밥그릇 만들어 올게."

"보자기가 아니라 도자기잖아, 이 멍청아!"

"나 멍청이 아니야. 오빠가 멍청이 바보 똥이야!"

"그래? 너 멍청이 아니야? 그럼 어린이집도 혼자 갈 수 있겠네."

"물롱이야! 황당보도도 혼자 건널 수 있어."

"황당보도가 아니라 횡단보도겠지."

"흥!"

봄빛은 입을 비죽거리며 이하의 손을 뿌리치고 걸어갔다. 화난 것처럼 종종거리며 걷는 봄빛의 뒷모습을 보고 있자니 웃음이 나왔다. 말은 그렇게 했지만 봄빛이 혼자 걸어 갈 수 있는 거리가 아니었다. 이하는 슬금슬금 봄빛의 뒤를 따라 걸었다.

한참 걸어가던 봄빛이 고개를 갸웃거리더니 홱 돌아보았다. 이하는 얼른 가로수 뒤로 몸을 숨겼다. 하지만 가로수는 이하의 덩치를 숨기지 못했다. 봄빛이 이하를 손가락으로 가리키며 웃음을 터뜨렸다. 이하도 그냥 웃고 말았다.

이하는 봄빛을 어린이집에 데려다 주고 학교로 향했다. 이미 등교생은 한 명도 보이지 않았다. 버스를 타나 뛰어가나 어차피 지각이라 그냥 천천히 걸어가다가 아이스크림콘을 하나 샀다. 포장을 벗기는 데 정신이 팔려 그만 보도블록 턱에 걸려 넘어졌다. 그 바람에 방금 깐 아이스크림콘을 떨어뜨렸다. 더운 날씨에 콘크리트 바닥에 처박힌 아이스크림콘은 금세 녹아내려 곤죽이 되었다. 이게 무슨 일인가 싶어 이하는 잠시 멍해 있다가 곧 분노했다.

학교에 가기 싫어졌다. 공부 못하는 것들은 수업 방해하지 말고 고이 엎어져 잠이나 자라는 선생들의 목소리도, 신발장의 신발처럼 꼼짝 않고 책상과 의자 사이에 끼어 앉아 있는 것도 지긋지긋했다. 하늘을 보았다. 눈이 따가웠다. 세 계절을 벼르고 별렀는지 여름날의 햇볕은 가차 없이 뜨거웠다. 그냥 언제나처럼 지나가는 하루겠거니 생각했다. 그런데 그날 저녁, 갑자기 모든 일상이 깨졌다.

마침내 엄마가 아프다는 소리를 냈다. 참고 참던 엄마가 우리 몰래 『안나 카레니나』 같은 처참한 결말을 택하지 않아 얼마나 다행인지. 그 와중에 이하는 그런 생각을 했다. 엄마가 말했다.

"우리 이사할 거야."

"어디로요?"

이하가 물었다. 그 순간까지만 해도 엄마가 말한 우리에 그와 아버지도 포함되는 줄 알았다. 아버지는 말했다.

"난 말이야, 예전부터 고향에 돌아가서 살고 싶었어. 거기 네 할아버지 할머니께서 사시던 집도 있고 땅도 조금 있거든. 어떠냐, 이하야. 나랑 같이 거기 가서 사는 거."

"엄마랑 봄빛인요?"

"봄빛인 엄마랑 외할머니 집으로 갈 거야."

"따로 살자고요? 싫어요."

이하는 엄마를 쳐다보았다. 엄마는 아무 말도 하지 않았다. 불길한 예감이 들었다.

"이혼해요?"

엄마는 고개를 저었다.

"아니야. 네 아버지가 그곳에서 할 일을 찾아보겠대. 엄마는 여기서 계속 회사를 다녀야 하니까."

"그럼 저도 엄마랑 봄빛이랑 여기 남을래요."

"그건 좀 곤란할 것 같아."

엄마의 반응에 그의 가슴이 뜨끔해졌다.

"전 왜 안 되는데요?"

"외할머니 집에는 방이 두 개뿐이잖아. 봄빛과 엄마는 같이 방을 쓸 수 있지만 넌 이제 고3인데 공부방도 따로 있어야 하고."

"말도 안 돼. 이제 고3이니까 더더욱 여기서 학교 다녀야죠. 다른 애들은 시골에서 서울로 올라오는 것도 모자라 서울에서 외국으로 유학을 가는 판에 나는 시골로 가라고요?"

"요즘 시골 학교 도시 학교가 어디 있니? 다 자기 하기 나름이지."

이하는 말문이 막혔다. 그의 집게손가락이 제발 나 좀 어떻게 해달라며 까닥거렸다. 엄마는 그의 구조 신호를 외면했다.

*

"그때 아버진 뭔가를 했어야 했어요."

"뭘 했어야 했는데? 네 엄마가 원하는 대로 군소리 없이 따라주는 거 말고 내가 뭘 할 수 있는데?"

"그래서 헤어지는 데 동의한 거예요?"

"난 죽어도 이혼은 하기 싫다고 했다. 그랬더니 네 엄마가 나가라고 하더구나. 자기도 살아야겠으니 나한테도 살길 찾으라고. 뭐 어차피 그 집에서 계속 살 형편도 아니었어. 난 그저 잠깐 동안 상황을 일시정지 시키고 싶었을 뿐이야. 시간이 좀 지나면 네 엄마가 날 그리워할 수도 있잖아. 그때 남이기보다는 남편으로 남아 있어야지. 어쨌든 서류상 나에겐 엄연히 가정이 있단 말이지. 지금 내겐 그게 살아갈 버팀줄이야."

버팀줄은 무슨, 이미 끊어진 줄인데. 엄마는 아버지를 찾지 않았다. 안부를 물어본 적도 없었다. 이하가 아버지 이야기를 꺼낼 때마다 오히려 말을 자르며 전화를 끊었다. 알고 싶지도 듣고 싶지도 않은 것이다. 아버지는 여전히 엄마의 전화 한 통으로 이 모든 상황이 뒤집히기를 기대하는데 이하가 보기엔 이혼 서류 오갈 일만 남았다.

"언젠가 틀림없이 네 엄마가 나한테 전화할 거야. 그럼 이번엔 잘할 자신 있어. 아, 피곤하다. 나 그만 잘 거니까 말 시키지 마라."

아버지는 벌러덩 드러누워 3초 만에 코를 골기 시작했다. 중노동을 하는 것도 아니면서 피곤한 척은. 그러려면 하다못해 집이라도 손보고 청소라도 하든가. 밤낮 슈퍼에 내려가 밥 얻어먹고 뒹구는 주제에 입으로만 잘할 수 있대. 근면하신 할아버지의 아들이라면서 아버진 어째서 할아버지와 다른 거야. 할머니가 게으름뱅이였나.

후드득 소리가 지붕을 때렸다. 비가 쏟아지기 시작했다. 어른이라고 모든 것을 다 아는 것은 아니다. 어른들도 때론 어떻게 해야 할지 잘 모른다. 구겨진 과거를 꼭 움켜쥐고 하염없이 엄마의 전화를 기다리는 아버지야말로 매구호수에 빠진 채 매구가 살려주기만을 기다리는 익사자였다. 이하는 그날 엄마가 아버지에게 한 말을 똑똑히 기억했다.

"그 어린 나이에 당신은 이하를 키우겠다고 했어. 당신이 한 일에 대한 책임을 지겠다고 말했지. 그래서 난 당신이 자기 자신을 이렇게 쉽게 포기할거라곤 생각하지 않았어. 내가 포기한 나를 도대체 누가 도와줄 수 있는데? 자신의 의지 없이 다른 사람의 팔에만 기대서는 일어날 수 없어. 내가 바뀌지 않으면 가족의 도움과 사랑도 소용없는 거야. 구렁텅이에서 나올 생각이 없는 놈은 아무리 끌어내도 다시 구렁텅이로 기어 들어가지. 죽을 생각만 하는 놈은 아무리 살려놔도 죽을 궁리만 하는 것처럼 말이야."

다 끝났다는 것을 아버지만 모르고 있었다. 죽은 나무에서 싹이 나기를 기다리는 건 아버지뿐이었다. 설사 싹이 나도 죽은 나무는 다시 살아난 게 아니다. 그래서 그 측백나무 사진을 보여줬을 때 내가 한 말에 아버지가 삐진 거구나. 잔인하게 들렸겠지. 하지만 너무 늦었다. 우리 가족은 이제 예전으로 돌아갈 수 없다. 인정하고 싶지 않겠지만 아버지도 받아들여야 한다. 나도 마찬가지고.

"장롱에서 아버지의 피 묻은 셔츠를 봤어요. 그거 왜 숨겨뒀어요?"

코골이 소리가 뚝 그쳤다. 이하의 심장이 쿵쿵 뛰었다.

"숨겨둔 거 아니야. 그냥 쓸려 들어간 거지. 내가 정리 정돈이 엉망이잖아. 코피를 쏟아서 세탁을 하려고 했는데 깜빡했어."

"여기저기 찢어져서 못 입겠던데요."

"넘어지면서 덤불에 걸린 거야."

"코피를 쏟으면서 넘어지기까지 했다고요?"

"넘어지면서 코피를 쏟은 거야. 뭘 그렇게 꼬치꼬치 물어? 대체 뭐가 궁금한데?"

아버지가 벌떡 일어나 앉았다. 어둠 속에서 이하를 바라보는 아버지의 눈빛이 묘하게 형형했다.

"아니에요, 주무세요."

아버지는 주섬주섬 담배를 챙겨 마당으로 나갔다. 아침에 일어나보니 아버지는 이미 슈퍼로 내려갔는지 집에 없었다. 장롱 안에 있던 피 묻은 셔츠도 없어졌다. 머릿속이 혼란스러웠다. 한편으로는 버림받은 기분이었다. 텅 빈 냉장고를 들여다보며 이하는 서러워졌다.

*

슈퍼에 내려갔더니 아버지와 학준이 가겟방에 앉아 바둑을 두고 있었다. 그 옆에서 콩 껍질을 까고 있던 난숙이 이하를 반기며 물었다.

"점심 먹었니? 시원한 콩국수 말아줄까?"

"생각 없어요."

"밖에 바람 많이 불지? 뉴스 보니까 태풍이 올라오고 있다던데 여기 있다가 같이 저녁이나 먹자."

"됐어요, 두부 주세요. 계란이랑 고추도 주세요."

이하는 생각나는 대로 찬거리를 늘어놨다. 난숙은 까던 콩을 놓고 말했다.

"그러지 말고 그냥 여기서 같이 먹자니까."

"그렇게 하루 이틀 때울 문제가 아니라서요. 앞으로 굶어죽지 않으려면 제 밥은 제 손으로 해먹어야죠."

"무슨 소린지 알겠다. 우리 이하가 모자란 아버지를 만나서 고생이 많구나. 잠깐만 기다려라. 아줌마가 얼른 챙겨줄게."

난숙은 아버지에게 들으라는 듯 큰 소리로 말했다. 하지만 바둑 삼매경에 빠진 아버지는 귓구멍을 닫았다.

"우리 아버지 바둑 둘 줄은 알고 저렇게 폼 잡고 앉아 있는 거예요?"

"응? 몰랐니? 네 아버지 바둑 잘 둔다."

"바둑 두는 거 한 번도 본 적 없어요."

"그래? 이 동네에서 최고수였던 윤 어르신을 상대할 수 있는 유일한 적수였지. 그래서 네 아버지 서울 가고 나서 윤 어르신이 바둑 친구가 없어 많이 아쉬워하셨어."

"그러다가 매구를 바둑 친구로 얻으셨군요."

"하여간 이 동네 소문이란."

난숙이 혀를 차며 두부와 고추, 계란과 소시지, 통조림과 감자칩까지 봉지에 담았다. 그녀는 이하가 이 슈퍼에 와서 처음 샀던 감자칩 브랜드를 정확히 기억했다. 이어 냉장고를 열어 이것저것 반찬들을 싸기 시작했다.

"다른 반찬들은 필요 없어요. 갈게요. 돈은 아버지한테 받으세요."

이하는 비닐봉지만 집어 들고 바삐 슈퍼를 나섰다.

"이하야 잠깐만, 다 쌌어. 가져가."

난숙이 불렀지만 이하는 뒤도 돌아보지 않고 뛰었다. 화가 났다. 그저 아버지에게 속았다는 배신감뿐이었다. 마음대로 하라지. 나도 아버지와 뭐 어떻게 잘해볼 생각 애초에 없었어. 그러니 그냥 이렇게 각자 살자고. 이래놓고 대학에 가라마라 내 인생에 간섭하면 진짜 집을 나가든지 매구호수에 빠져 죽든지 나도 가만있지 않을 거야. 솟구치는 감정에 사로잡힌 채 이하는 대숲 앞에 이르렀다.

대나무 잎들이 태풍의 전조에 부들부들 떠느라 그의 이름을 부를 경황이 없어 보였다. 그래도 이하는 늘 그랬던 것처럼 정신없이 대숲 길을 달렸다. 아무 생각 없이 그저 달리기만 했더니 순식간에 집에 도착했다. 그런데 텅 빈 집에 사람의 그림자가 오가는 것이 보였다.

"누구세요?"

이하가 마당으로 들어서자 부엌문이 열리며 웨이브 진 단발머리의 여자가 피곤한 눈으로 고개를 내밀었다.

"왔니?"

엄마? 이하의 눈이 휘둥그레졌다.

"봄빛아, 오빠 왔다."

이하의 방문이 벌컥 열리며 봄빛이 튀어나왔다.

"오빠다!"

봄빛이 대청마루에서 팔짝팔짝 뛰며 소리쳤다. 엄마는 잔소리를 시작했다.

"뛰지 마라, 봄빛아. 집이 낡아서 무너진다. 이하는 기말고사 끝났지? 어떻게 봤니? 참, 점심은 먹었니? 우린 이제 도착해서 밥 먹으려고 하는데 같이 먹자. 근데 이 바둑판은 왜 부엌에 들어와 있니? 밥상이 없어서 그냥 이 바둑판 위에 차렸는데 무거워서 가지고 나갈 수가 없네. 좀 도와줄래?"

이하가 바둑판을 들고 부엌을 나와 대청으로 올라서려는데 봄빛이 이때다, 하며 와락 목에 매달렸다. 어린 여동생의 따뜻하고 보드라운 체온이 피부에 닿자 이하의 마음속은 그야말로 봄빛처럼 환해졌다. 그 무거운 박달나무 바둑판과 봄빛을 앞뒤로 들고 달고 있었지만 이하는 무거운 줄도 모르고 입이 벌어져 헤헤 거렸다. 이하가 마루에 바둑판을 내려놓고 봄빛을 번쩍 들어 옆구리에 낀 채 엄마에게 물었다.

"어떻게 된 거예요?"

봄빛이 자지러지며 까르르 웃음을 터뜨렸다.

"그렇게 됐다. 근데 네 아버지는 어디 있니?"

"저 아래 아는 분 댁에 있는데, 제가 내려가서 모셔올게요."

이하가 봄빛을 내려놓고 급히 나서려 하자 엄마가 말렸다.

"때 되면 들어오겠지. 밥부터 먹자. 봄빛이 배가 고프다고 어찌나 징징대던지. 너도 어서 이리 와서 앉아."

엄마와 봄빛의 머리 위로 눈부신 햇살이 노랗게 쏟아졌다. 햇살이라니? 지금 태풍이 올라오는 중인데? 자각과 동시에 엄마와 봄빛의 윤곽이 연기처럼 흩어지며 사방이 잿빛으로 어두워졌다. 이하는 팔을 휘저으며 소리쳤다. 뭐라고 외치고 있는지는 그도 알 수 없었다.

팔에 휘감기는 공기가 물에 잠긴 듯 무거웠다. 그제야 생각났다. 미친 듯이 달리다가 돌부리에 채여 넘어지면서 경사를 굴렀다. 어딘가에 부딪치고 다시 구르고 마침내 물에 첨벙 떨어졌다.

호수에 빠졌어!

사실을 깨달은 이하는 공포에 사로잡혔다. 매구호수에 빠졌던 오래된 기억이 솟아올랐다. 이제 매구가 나타나 나를 구해주는 걸까. 그때 누군가 이하에게 손을 내밀었다. 사람의 손이었다. 이하는 망설였다. 이걸 잡으면 매구는 나를 구해주지 않고 내 발목을 잡아 호수 바닥으로 끌고 들어갈 텐데.

"이 멍청이가!"

아리가 소리치며 이하의 손을 덥석 잡아 올렸다. 싫다고, 너한테 구해지면 안 된다고, 속으로 외치면서 이하는 아리의 손에 매달려 호숫가로 기어 나왔다.

"괜찮아."

괜찮으냐고 묻고 있는 것이 아니라 괜찮다고 위로하는 말이었다. 가슴 속에서 뜨거운 것이 복받쳤다. 목구멍에서 꺽꺽 소리가 새어나왔다. 아리가 무릎을 구부리며 이하의 젖은 등을 감싸 안았다. 온기가 닿자 그의 눈에서 눈물이 줄줄 흘러내렸다. 아리는 그의 머리를 끌어안았다.

이하는 아리의 어깨에 코를 처박은 채 한참동안 울었다. 그러다 갑자기 정신이 퍼뜩 들었다. 내가 미쳤구나. 그는 아리를 밀어내며 벌떡 일어섰다. 아리는 몸을 일으키며 말했다.

“다 울었으면 가자, 데려다 줄게.”

이하는 재빨리 손등으로 눈물을 훔치며 말했다.

“운 적 없어.”

“알았어. 못 본 걸로 해줄 테니까 정신 똑바로 차리고 다녀. 여긴 매구호수야. 매구한테 홀리면 언제든 익사체로 발견될 수 있다고. 아님 저 바닥에 처박혀 시신도 못 찾게 되거나.”

“너 미쳤냐? 겁도 없이 나한테 손을 내밀면 어떻게 해? 네가 매구야?”

이하는 구해준 사람에게 적반하장으로 따지고 있는 자신이 한심했다.

“넌 그냥 매구호수 가장자리까지 굴러갔을 뿐이야. 발목만 담근 채 물가에 주저앉아 있었다고. 왜? 살기 싫어서 죽으려고 했어? 그럼 거기서 물장구치지 말고 더 깊이 들어갔어야지.”

그렇구나, 고작해야 발목 깊이에서 혼자 쇼를 하고 있었구나. 근데 그 정도로는 빠졌다고 할 수 없는 걸까? 매구는 대숲까지 나와서 사람의 이름을 부른다. 발목을 채서 호수 바닥까지 끌고 들어간다. 그런데 이렇게 호수 코앞에서 발을 내민 사람은 봐준다고?

아냐, 분명 호수가 날 유혹했어. 엄마가 이리 와서 앉으라고 했고 난 엄마랑 봄빛이 있는 쪽으로 가려고 했지. 몇 걸음만 더 나아갔으면 어디서 갑자기 깊어질지 모르는 물속으로 잠겼을 거야.

가끔 호수가 대숲을 빠져나온 사람을 홀린다더니 이거였구나.

"윤이하. 여기가 그렇게 싫어? 아직도 정신을 못 차렸네. 과거를 미래로 두고 꿈꾸면 잃는 것은 지금뿐이야."

"뭔 소리야?"

"됐어, 갑자기 바래다주기 싫어졌어. 그냥 너 혼자 가. 가다가 죽든지 말든지."

아리는 돌아서면서 들고 있던 우산을 펼쳤다. 화사한 노란색 동그라미가 아리를 감쌌다. 부슬부슬 내리기 시작한 비가 소리 없이 허공으로 흩어졌다. 노란 동그라미도 호숫가를 돌아 부슬비 속으로 천천히 사라졌다.

이하는 언덕을 구르며 놓친 비닐봉지를 찾았다. 계란은 전부 깨져서 껍질과 내용물이 줄줄 흘렀고 두부는 완전히 으깨졌다. 고추는 어디로 흩어졌는지 두 개밖에 남지 않았고 감자칩 봉지는 터져서 내용물이 가루가 됐다. 그러고 보니… 이하는 깨달았다. 지금 이 상황이 여기 처음 와서 아리를 만났던 그날과 똑같다는 것을.

바람이 호수를 흔들었다. 호수 수면의 물살이 자르르 밀리며 수많은 주름을 만들었다. 물에 흠뻑 젖은 몸이 천근만근 무거웠다. 몰려든 먹구름이 무섭도록 빠르게 퍼져나갔다.

*

집에 도착하자마자 부슬비는 장대비로 바뀌었다. 이하는 젖은 옷을 벗어 던지고 벌거벗은 채 우물로 내려가 비를 맞으며 씻었다. 어차피 보는 이도 없었고, 있다 해도 대수냐 싶었다. 집으로 돌아와 툇마루에 서서 몸을 닦고 마른 옷을 입은 후 큰방으로 들어가 텔레비전을 켰다. 뉴스에서는 속보로 태풍 소식을 전했다.

바람이 점점 더 거세졌다. 집에 달린 모든 문이 덜컥덜컥 몸부림쳤다. 허기가 져 부엌에 가 라면을 찾았지만 그새 다 먹어버렸는지 하나도 남아 있지 않았다. 밥통과 냉장고도 텅텅 비었다. 이래놓고 혼자 살겠다고 아버지는 슈퍼로 피신했다. 심지어 슈퍼에서 그를 잡은 건 아버지가 아니라 난숙이었다.

분노와 배신감은 오기로 바뀌었다. 뭐라도 만들어 먹을 생각으로 여기저기를 뒤지던 이하는 결국 손을 놓은 채 부엌 바닥에 주저앉았다. 빗소리보다 더 큰 바람 소리가 요란하게 지붕을 두드리며 지나갔다.

"이하야, 안에 있니?"

난숙 아줌마? 이하는 엉거주춤 몸을 일으키며 부엌 문 밖으로 고개를 내밀었다.

"네, 저 여기 있어요."

구깃구깃한 비옷을 걸친 난숙이 한 손에는 반쯤 뒤집힌 우산을 쥐고 다른 손에는 묵직해 보이는 비닐 가방을 든 채 마당으로 들어섰다. 난숙은 곧장 부엌으로 들어와 비닐 가방 속에 든 갈비찜과 김치 부침개 반죽, 그리고 이하가 뿌리치고 온 밑반찬들을 꺼냈다. 난숙의 움직임에는 조금의 머뭇거림도 없었다. 밥통을 열어보곤 쌀을 씻어 밥을 안치고, 커다란 냄비를 찾아 갈비를 담아 데우는 동시에 프라이팬에 기름을 둘렀다.

"비오는 날엔 부침개가 최고지. 이거 몇 장 구워줄 테니 먹고 있어. 금방 밥 차려줄게. 너 나가자마자 네 아버지가 부탁하더라. 올라가서 자기 아들 밥 좀 챙겨달라고. 꿀에 장이랍시고 봐갔는데 아마 손 놓고 있을 거라고."

부침개를 뒤집는 난숙의 손은 거칠고 투박했다. 맛있는 냄새가 진동했지만 이하는 식욕이 돋지 않았다. 난숙은 접시에 김치 부침개를 모양 좋게 늘어놓으며 말했다.

"왜 그렇게 뚝 떨어져 있어? 이리 가까이 와서 먹어."

이하가 선뜻 움직이지 않자 난숙은 그의 손에 젓가락을 쥐어 주며 접시 앞으로 끌어당겼다. 밥이 다 되자 난숙이 그릇에 갈비를 덜며 밥상을 찾았다. 이하는 대청에 있던 바둑판을 가지고 왔다. 난숙이 웃음을 터뜨렸다. 대청에 상이 차려지자 난숙은 큰방에서 혼자 시끄럽게 떠들고 있는 텔레비전을 껐다. 그러자 커다란 바람 소리를 뚫고 놀라운 적막이 찾아들었다.

이하는 난숙과 마주 앉아 말없이 밥을 먹었다. 갑자기 세상에 그들 둘밖에 없는 것처럼 느껴졌다. 상을 치우고 설거지까지 말끔하게 끝낸 난숙이 돌아갈 채비를 하며 툇마루에 걸터앉았을 때, 이하는 문득 물어보고 싶어졌다.

"저기요, 아줌마."

"응? 왜?"

난숙이 이하를 돌아보았다. 바람이 좁은 마당에 서 있는 감나무 가지를 수시로 후려쳤다. 온 산이 바람을 따라 꿈틀꿈틀 몸을 뒤척였다.

"아줌마는 진짜 매구를 봤어요?"

난숙의 입가에 내내 어려 있던 미소가 일순 사라졌다. 이하는 비탈길 아래로 시선을 돌리는 그녀의 옆얼굴을 쳐다보며 대답을 기다렸다.

"어디서 내 이야기를 들었구나. 하긴 온 동네가 다 아는 이야기지."

어색한 기류가 흘렀다. 무안해진 이하는 머리를 긁적이며 말했다.

"죄송해요. 물어보지 말걸 그랬나 봐요. 전 그냥 매구가 진짜로 있는지 알고 싶어서…."

매구가 있으면 매구의 아이도 있고, 매구의 아이를 낳았다는 난숙의 소문도 사실이 된다.

"그래, 질문은 언제나 진실을 향해 한 걸음 다가서게 하지. 그때 난 내가 어른인 줄 알았어."

"네?"

"고작해야 어른 흉내를 내고 있었던 것에 불과했는데 말이야. 막상 그런 일이 생기고 보니 난 진짜 어른이 아니더라고. 무서웠어. 어떻게 해야 할지 모르겠더라고. 그래서 그 핏덩이를 그냥 호숫가에 버려두고 도망쳤어. 매구호수에 빠진 사람은 매구가 구해준다, 그러니까 갓난쟁이도 매구가 살 길을 열어 줄 거라고 그렇게 믿었지. 그날도 비가 엄청 왔었는데, 뭐 마른하늘이었어도 난 달아나는 길에 벼락을 맞아 죽었어야 했어."

난숙은 울음 같은 숨을 꿀꺽꿀꺽 삼키며 말했다.

"지금도 가끔 생각해. 만약 그때 호숫가로 되돌아가 아기를 데려왔다면 어떻게 됐을까. 후회하지만 이제 시간을 되돌릴 수는 없는 거잖아. 지금 내가 무자식인 건 그 벌이야. 내 탓이지, 다 내 잘못이라고. 이하야, 네가 한번 말해봐라. 어떻게 하면 그 죄를 덜 수 있을지."

난숙은 주먹으로 자기 가슴을 툭툭 치며 이하에게 죄를 덜 방법을 물었다. 이하는 몸 둘 바를 모른 채 물었다.

"그래서 그 아이, 어떻게 됐어요? 살았어요?"

"살았다더라."

난숙이 버린 아이를 황인기가 주워 키웠다는 소문이 사실인가 보다. 그럼 정말 아리의 엄마가 난숙 아줌마라는 건데.

"그 아이 어디서 어떻게 사는지 알아요?"

"응."

"아줌마가 엄마라고 말했어요?"

"아니. 내가 이제 와 그럴 입장도 아니고, 좀 무섭기도 하고."

"뭐가요? 진실을 밝히는 것이요?"

"이대로가 낫다고 생각해."

"정말 매구의 아이에요?"

"응."

난숙은 고개를 끄덕였다.

"진짜 매구가 있다고요?"

"있어."

"매구를 봤는데 아줌마는 어떻게…."

"호수로 끌려 들어가지 않았느냐고? 글쎄, 나도 모르겠다. 그때 네 할아버지가 중재를 잘하셨던 모양이야. 네 할아버지 덕에 내가 살았다."

난숙은 이하를 향해 희미하게 웃어 보였다. 매구는 할아버지의 돈독한 바둑 친구였다. 그러니까 매구가 바둑 친구의 부탁을 들어 난숙과 황인기를 봐준 것이다. 뭐야? 이러면 진짜 매구가 있어야 하는 건데. 이하는 의혹과 타당성 사이에 낀 채 갈피를 잡을 수가 없었다. 난숙이 일어섰다.

"그만 갈게. 잘 있어라."

이하는 물어볼 것이 더 있었지만 잡을 수가 없었다. 바람을 헤치며 비탈길을 내려가는 난숙의 뒷모습을 바라보며 이하는 엄마를 생각했다.

새까맣고 단단한 밧줄이 내 사지를 감아 옥죈다. 이런 일은 드물지만 나도 짐승인지라 덫을 완벽하게 피해가기는 어렵다. 그만해, 이러다 팔다리 다 떨어지겠어.

짜증나.

누가 너희 머리카락 아니랄까 봐 어쩌면 그리 너희 성정과 똑같은지. 질기고 잘 풀리지만 한번 매듭이 지어진 채 굳으면 엉킨 거미줄이 따로 없어. 끈적거리며 달라붙어 파고든단 말이지. 그것보다 더 나쁜 건 살갗에 닿는 감각이야. 기분이 더럽게 야릇해져.

아파, 아프다고.

내 털을 잡아 뜯지 마. 가끔 나를 알아보는 인간이 있어 나를 죽이려는 시도를 하지. 근데 이딴 부질없는 짓은 제발 좀 하지 마. 나를 죽일 수도 없거니와 죽인다고 사람들이 입을 다물지는 않아.

네가 내 것으로 뭘 하든 네가 바라는 대로 안 될 거야. 장담해. 이래봬도 내가 너보다 인간을 더 잘 알거든. 너보다 오래 보아왔고.

음, 그래봤자 인간인 너보다 잘 알겠냐고? 원래 당사자는 모르는 법이야. 자기는 자기를 객관적으로 볼 수 없거든.

아아, 발목이 좀 시큰거리기는 한데 뜀박질을 못할 정도는 아니니까 봐준다.

매구를 죽이려고

밤새 쏟아붓던 폭우와 바람이 물러가고 언제 그랬냐는 듯 아침부터 햇빛이 쨍쨍했다. 태풍은 북쪽으로 이동 중이었고 육지에 상륙한 후 내일 오후쯤 소멸할 거라고 했다. 두산으로부터 전화가 왔다.

"지금 경찰서 가는 길인데, 길군 데리고 집으로 갈 거니까 아리 좀 집에 잡아놔."

"집에 없으면요?"

"걔 아침잠 많아. 일요일이니까 십중팔구 자고 있을 거야."

"시험 끝났는데 현승이 또 휴대폰 꺼놨어요?"

"그냥 너한테 바로 했어."

"이거 다음에도 저한테 전화할 삘인데요. 아리에게 휴대폰 하나 사줘요. 저한테 자꾸 시키지 말고요."

"안 사줬을 것 같냐? 내가 사준 휴대폰이랑 길군이 사준 휴대폰 전부 그 항아리 속에 있어. 알지? 길군이 준 돈을 쓰레기처럼 처박아둔 그 항아리 말이야."

"걘 진짜 왜 그런대요?"

"걔 이상한 게 어디 한두 가지냐."

이하는 아리의 집으로 향했다. 가는 길에 현승을 불러낼까 생각했지만 그만뒀다. 길군이 심부름을 시켰을 때 현승이 아리의 집을 그에게 굳이 가르쳐준 이유는 이런 상황이 생겼을 때 대신 해주기를 바랐기 때문일 테다. 아리의 집에 들어서자 툇마루에 앉아 있던 현승이 이하를 보고 의외라는 듯 물었다.

"여기 웬일이야?"

"그러는 넌?"

"시험 끝난 주말이라 놀러왔지. 원래 가끔 와."

"난 두산 형 연락받고 아리한테 말 전하러 왔어. 지금 길군 형 데리고 집으로 온대."

"두산 형이 왜 너한테 연락했지? 아리에게 볼일이 있으면 항상 나한테 연락하는데?"

"그 일 해결할 때 내가 옆에 있어서 이번에도 그냥 생각 없이 나한테 한 거야."

"무슨 일?"

"그게 말이야, 실은…."

다 끝났으니 이제 두 사람에게 비밀로 할 필요는 없겠지. 아리의 집 마당에 핀 나팔꽃들이 꽃잎을 활짝 열어젖힌 채 이하가 전하는 두산의 활약상에 빠져든 것과 달리 현승은 별 내색 없이 들었다. 아리가 하, 하고 어이없는 감탄을 내지를 때도 현승은 쓴웃음만 지을 뿐이었다.

"너 반응이 왜 그래?"

"무슨 말이 듣고 싶은 건데? 뭐라도 된 척 까불고 온 거 잘했다고?"

"뭐?"

이하는 당황했다.

"나 빼고 혼자 히어로 노릇해보니까 좋았냐?"

현승이 경멸에 찬 시선을 드러냈다. 이하는 갑자기 배신자가 된 것 같은 기분이 들었다.

"오해하지 마. 난 그냥 두산 형 뒤에 서 있었을 뿐이야. 너한테 진작 말하지 못한 건 시험 기간이라 공부하는데 방해될까 봐 그랬어."

"고맙다. 생각해줘서. 근데 운명이 바뀐 그 두 형은 언제 오는 거야?"

현승은 노골적으로 비꼬면서 화제를 돌렸다. 그의 찌푸린 미간에 미세한 감정적 교란이 고스란히 드러났다. 친구의 처음 보는 낯선 얼굴에 이하는 혼란스러워졌다. 현승이 자리에서 일어났다. 이하의 이야기는 현승의 기분을 상하게 만들었다. 이하는 자신의 독단적 배려가 현승에게 소외감을 줬다는 것을 깨달았다. 아무래도 실수한 것 같았다.

"그만 가봐야겠다. 약속 있어."

"형들 금방 올 거야. 좀만 더 기다렸다가 얼굴 보고 가."

"됐어. 그동안 무슨 일이 있었는지는 너한테 다 들었으니 형들한테는 더 들을 이야기 없을 것 같아. 아리야, 나 먼저 간다."

아리는 상관없다는 듯 손을 흔들었다. 이하는 현승을 따라 나가며 사정을 설명했다.

"두산 형이 너한테 먼저 전화했었어. 근데 네 전화기가 꺼져 있어서 나한테 부탁했고 그러다보니 그렇게 됐어."

"그 다음에도 말할 기회는 얼마든지 있었어."

"미안해. 내 생각이 짧았어. 난 그냥 시험 기간 동안 네가 마음 편히 공부했으면 해서 그랬던 건데…. 현승아, 잘못했어."

대문을 나서려던 현승이 멈춰 서서 이하를 돌아보며 피식 웃었다.

"무서워?"

"응?"

"내가 너하고 더는 친구 안 할까 봐 말이야."

"무서운 게 아니라, 우린 친구니까 네가 나한테 배신감이 들면 안 되잖아. 이런 일로 우리 사이에 금이 가길 원하지 않아."

"걱정 마. 이런 일로 우리 사이에 금이 가는 일은 없어. 네가 생각하는 것보다 우리 관계는 훨씬 더 단단해. 설사 내가 먼저 밀어낸다 해도 우린 앞으로도 계속 친구야."

이하는 고개를 끄덕였다. 안도감이 밀려들었다.

"그리고 친구한테는 비밀이 없어야 하니까."

현승은 이하의 귀에 대고 작게 속삭였다.

"내가 지금 비밀을 하나 털어놓으려는데 괜찮겠어?"

"무슨 비밀?"

"네가 살인 청부업자들 앞에서도 꿈쩍하지 않는 용기를 보여줘서 하는 말인데, 그 늙은이 말이야."

"응?"

"그 늙은이가 술에 취해서 나오는 걸 봤어. 내가 아무도 없는 데로 갈래요? 하고 말했더니 좋다고 따라오더군. 그래서 매구호수로 가서 밀어버렸어."

"뭐?"

이하의 머리는 현승의 말을 얼른 이해하지 못한 척했다. 그저 심장만이 사실을 있는 그대로 받아들이고 묵직해졌다. 피가 몰린 심장이 쇳덩이를 단 듯했다. 웃음이 나왔다. 우스워서 웃는 웃음이 아니라 어찌할 바를 몰라 주워 담은 어색한 웃음이었다.

"야, 농담하지 마."

"농담 아니야."

그 순간 이하는 현승의 눈동자 속에서 번뜩인 차가운 칼날을 보았다. 능수능란하게 미소를 만들던 현승의 잘생긴 입술이 움찔거렸다.

"아무리 기다려도 벼락이 그 늙은이의 머리 위로 떨어지질 않잖아. 그 늙은이가 무난히 생을 마감하는 건 정의가 아니야. 눈에는 눈 이에는 이, 렉스 탈리오니스. 근데 집행자가 없지 뭐야. 그래서 내가 직접 하기로 했지."

"너 지금 무슨 소릴 하는 거야?"

어깨 위로 서리가 내린 듯 차갑고 오싹한 기분이 들었다.

"더 쉽게 말해야 돼? 내가 그 늙은이를 죽였다고."

이하는 말문이 막혔다. 현승은 싱긋 웃으며 말했다.

"신고하고 싶어? 그럼 해. 상관없으니까. 하지만 나라면 내 친구에게 잘했다고 말해줄 거야. 난 말이야, 네가 품고 있는 그 히어로가 언젠가 반드시 태어날 걸 알아. 네 안에 있는 그 히어로는 내 말을 알아들었을 거야. 따라서 너도 이해하게 될 거고."

"그럼 전익중 씨 발목의 상흔은 뭐야?"

"매구호수에 빠졌으니까 매구가 잡아당겼겠지."

"그래, 매구 말이야. 매구호수에 빠진 전익중 씨가 죽으려면 넌 전익중 씨를 구하려고 뛰어들었어야해. 그러니까 넌 전익중 씨를 밀긴 했지만 결국 살리려고 한 거야."

"아니. 죽이려고 뛰어든 거야. 난 늘 그 늙은이를 죽이고 싶었어. 물론 너희들이 보기엔 길군 형이 한 행동과 다르지 않겠지만."

"설마 신고자도 너야?"

"그냥 두면 호수가 더러워지니까. 그럼 거길 지나는 너와 아리가 불편해지잖아."

전익중의 시신이 발견되던 날, 현승은 갑작스런 두통을 핑계로 학교를 빠져나갔다. 집으로 돌아가는 길도 평소 다니던 길이 아닌 대숲 길을 택했다. 제 눈으로 현장을 확인하러 간 것이다.

"간다."

현승은 평소와 다름없는 얼굴로 아무 일도 없었다는 듯 제 자전거를 타고 가버렸다. 이하가 전학 온 첫날, 현승은 제 엄마의 사망 소식을 받고 학교를 나섰다. 그날도 현승은 방금처럼 미소

가득한 얼굴이었다. 그는 서두르지 않았다. 침착하게 이하와 함께 정연에 대한 이야기를 나누다가 헤어졌다.

그 평온한 태도가 가지고 있던 악마적 그늘을 떠올리자 이하는 섬뜩해졌다. 현승의 웃는 얼굴 뒤로 숨은 어두운 그것은 엄마를 잃은 후 생긴 것이 아니라 어쩌면 원래 그의 내면에 있던 것일지도 모르겠다는 생각이 들었다. 돌연 엄습한 알 수 없는 공포가 그의 등에 착 달라붙어 떨어지질 않았다.

*

길군은 두부를 들고 기다리는 두산을 보았다. 외면하고 걸음을 돌리자 두산이 쫓아왔다.

"눈도 마주쳤는데 너무한 거 아니냐."

길군은 두산이 내미는 두부를 손으로 밀어내며 말했다.

"쓸데없는 짓을 했어."

"대신 일찍 나왔잖아."

"합의금은 내가 수일 내로 돌려줄게."

"네가 왜? 그건 내 목숨 값이야."

길군을 위한 두산의 헌신으로 보아 그들은 세상에 둘도 없는 친구여야 했다. 하지만 그들 사이는 오랜 시간 묻어둔 비밀로 인해 비틀려 있었다. 비틀린 길을 통해 만나려 하니 도무지 접점을 찾을 수가 없었다. 이럴 땐 한 사람이 길을 갈아타야 했다.

"그 유령은 아직 네 목숨을 노리고 있어."

"상관없어. 널 위해 뭐라도 할 수 있도록 내버려둬."

"그 돈으로 마음에 얹은 돌을 내려놓겠다?"

"그런 식으로 말하지 마. 우리 지금까지 잘 견뎌왔잖아. 그러니까 앞으로도 계속 그렇게 덮고 가면 돼."

"덮을수록 무거워지고 있는 거 모르겠어?"

"그건 내가 감당할 거야."

"너 말고."

길군의 말이 두산의 머리를 쳤다. 두산은 현기증이 일었다. 가장 무거운 고통을 감내하고 있는 사람이 그가 아니라는 것을 방금 길군이 일깨워주었다.

"미안하다."

"그 말 여태 수도 없이 했어."

"알아. 하지만 아직도 미안해."

"넌 죽을 때까지 그 말을 하겠지만 여전히 미안할 거야. 그러니까 사과는 그만하고 이제 행동을 해."

"그럴 수 없다는 거 알잖아. 솔직히 그건 그냥 사고였어. 그러니까 이제 와서 새삼스럽게 그 일을 다시 들춰내서 다 같이 곤란해질 필요 없잖아. 제발 우리 이대로 그냥 살자."

"그래, 이렇게 살자. 넌 그렇게 살고 난 이렇게 살고."

"내가 말을 잘못했다. 넌 아니야. 넌 집으로 돌아가야 해. 일단 가자. 아리가 기다리고 있어."

"됐어. 계속 이렇게 살아야 하는 거라면 난 집에 돌아갈 이유가 없어. 비켜."

두산은 더는 잡지 못한 채 길군의 뒤에 대고 물었다.

"너 나 벌주려고 그렇게 막 사는 거지?"

"아니, 난 정말 길을 잃은 것뿐이야."

"나도야. 그러니까 좀 도와줘."

길군이 돌아섰다.

"난 아리 데리고 여길 뜰 거야. 아무도 우리한테 손가락질하지 않는 곳으로 갈 거라고. 그러니까 네 앞에 있는 돌은 네가 치워."

"길군아, 제발. 난 진짜 어떻게 해야 할지 모르겠어."

"등신 새끼."

그때 우울한 정적을 깨고 두산의 휴대폰이 울렸다. 모르는 번호였다.

〈김두산, 이번엔 여자 대신 네 친구를 밀어 넣고 도망가버렸네. 널 대체 어떻게 해야 할까.〉

두산의 표정이 일그러졌다.

"뭔데?"

길군이 두산의 손에 들린 휴대폰을 낚아챘다.

"나 이제 어떻게 해야 돼?"

문자를 확인한 길군이 휴대폰을 두산의 손에 쥐어주며 말했다.

"잘해봐. 빠져나가는 데는 재주 있잖아."

"그러지 말고."

"몰라. 네 일은 이제 네가 알아서 해."

길군은 두산을 버려두고 가버렸다. 잔뜩 찌푸린 하늘에서 금방이라도 물 폭탄이 떨어질 것 같았다.

*

아리는 두산이 혼자 오는 것을 보고 실망하지 않았다.

"미안하다. 갑자기 네 오빠한테 바쁜 일이 생겼어. 네 오빠가 좀 유능해야 말이지. 찾는 사람이 많네."

두산은 어떻게든 갖다 붙이려 했지만 누가 봐도 핑계였다.

"됐어, 그 소리 한두 번 듣는 것도 아니고. 기대도 안 했어. 오빠도 여기까지 올 거 없었는데."

"네 오빠도 못 오는데 나까지 그럴 순 없지."

"내가 귀찮아서 그래. 오빠 나왔으면 됐어. 이제 둘 다 가."

이하가 집에 가려고 슬리퍼에 발을 꿰어 넣는데 두산은 신발을 벗으며 말했다.

"방금 왔는데 가라고? 그러지 말고 같이 밥 먹자. 시내 나갈래? 오빠가 맛있는 거 사줄게. 우리 아리, 기분 전환 좀 하자. 뭐 먹고 싶어?"

"먹고 싶은 거 없어."

"그러지 말고, 차 가지고 왔으니까 어디든 말만 해."

"어디든?"

갑자기 아리의 표정이 묘해졌다.

"그럼 우리 대숲 가자."

"밥 먹자니까 왜 거기야?"

"배 안 고파. 거기 가고 싶어. 기분 전환하라며? 난 거기 있으면 마음이 편해져. 바람이 불면 엄마가 안아주는 것 같아. 바람 소리는 숨소리 같고."

이하와 두산의 시선이 마주쳤다. 둘의 표정을 본 아리는 박수를 치며 웃음을 터뜨렸다.

"둘 다 왜 그런 얼굴이야? 매구는 없다면서? 그럼 무서울 것도 없잖아."

"대신 매구탈을 쓴 살인자가 있잖아."

이하가 말했다.

"있다 해도 우린 셋이고 그쪽은 하나야."

"너 바보냐?"

"네가 멍청이야."

이하는 속으로 투덜거렸다. 누가 멍청이인지 모르겠다. 셋이 아니라 열이라 해도 우린 살인자 하나를 이길 수 없다. 왜냐하면 살인자는 사람을 죽이는 데 거리낌이 없지만 우린 아무도 죽이지 못할 테니까.

하지만 살인자가 있든 없든 평소 지나다니던 길이다. 이제 와서 새삼 꺼릴 건 없지. 막말로 나도 죽이겠다고 마음만 먹으면 놈과 마주쳤을 때 잡을 수 있는 기회가 되니까.

하지만 진짜 매구를 보게 되면 그땐 어떻게 될까. 아리는 괜찮지 싶었다. 두산은 어른이니까 알아서 할 거고. 뭐야, 나 이제 매구를 믿네.

"전 집에 가도 되죠?"

두산은 원망 가득한 눈으로 이하를 보았다.

"야, 의리 없이. 일당 줄게."

"가요."

이하가 앞장섰다. 마지못해 따라가던 두산은 말했다.

"둘 다 잘 들어. 가긴 가는데 이거 그냥 가벼운 산책이다. 금방 돌아오는 거야."

울창한 대숲 사이로 짐승의 등뼈처럼 선명하게 드러난 외길을 따라가면 길을 잃을 염려는 없다. 하지만 병풍처럼 둘러선 대나무들 사이로 몇 걸음만 내디디면 이내 길을 벗어나게 된다. 그 다음엔 사방이 같은 풍경이라 어디가 어딘지 알 수 없어진다. 해와 달과 별을 보고 방향을 찾아야 한다. 해가 지고 달과 별이 보이지 않으면 마냥 헤맬 수밖에 없다.

대숲으로 들어서고 얼마 되지 않아 금세 어둑해졌다. 대숲의 공기는 원래 서늘하다. 한데 그보다 더 한기 서린 바람이 불어들었다. 그 바람에 묘한 냄새가 실려 있었다. 짐승의 누린내와 썩은 내가 뒤섞인 역겨운 냄새. 이하는 속이 울렁거렸다.

"무슨 냄새 나지 않아요?"

"몰라. 그보다 좀 춥지 않냐?"

두산이 말했다.

"다들 겁은 많아가지고."

아리의 비웃음에 이하는 말했다.

"춥고 냄새난다는데 그게 무섭다는 뜻은 아니지."

"내 귀에는 그렇게 들려."

"그래, 잘났다. 근데 진짜 무슨 냄새나지 않아?"

"매구 냄새야."

아리는 말했다.

"또 놀리지?"

"맘대로 생각해."

아리가 비죽거리자 두산은 말했다.

"여름이면 가끔 바람의 방향이 바뀔 때 애장터 쪽에서 냄새가 올라와. 거기가 전부 썩은 수렁이라 냄새가 좀 그래."

"애장터가 어디야?"

이하의 물음에 아리는 팔을 들어 집게손가락으로 대숲 너머 북쪽을 가리켰다. 그녀가 가리키는 순간 거짓말처럼 작고 파란 불빛이 생겨났다. 12년 전에 정연이 따라갔다던 그 파란빛이다.

애장터는 오래전에 사라졌다. 더는 그곳에 아이의 시신을 묻지 않는다. 하지만 그 불빛은 지금도 가끔씩 사람들 눈에 보란 듯 타오르곤 했다. 아직도 여기에 어린 뼈들이 묻혀 있지, 하고 말해주듯. 애장터는 이제 천 년 묵은 매구의 것이 되었다. 오직 매구만이 돌본다.

"가볼래?"

아리가 말했다.

"미쳤어? 이 시간에? 안 돼. 그만 돌아가자."

두산이 사색이 되어 소리쳤다. 아리는 그의 말에 아랑곳하지 않고 성큼성큼 걸어 나갔다.

"아리야!"

두산과 이하가 번갈아 불렀지만 아리는 돌아보지 않았다. 마치 뭐에 홀린 듯 고개를 빳빳이 세운 채 앞만 보고 나아갔다. 두산이 다급히 말했다.

"쟤 아무래도 좀 이상하다. 말려야 해."

이하가 아리의 뒤를 쫓았다. 두산은 왔던 길을 확인하며 그 뒤를 따라갔다. 대나무들 사이를 이리저리 빠져나가던 아리의 모습이 어느 순간 보이지 않았다. 파란 불빛도 사라졌다.

"애장터로 갔을 거예요."

"거길 가자고?"

두산은 난감했다.

"그냥 놔둬. 아리는 대숲 지리에 익숙하니까 길을 잃지는 않을 거야."

"그래서 그냥 돌아가자고요? 여기에 매구탈을 쓴 살인자가 있어요."

"하지만 너나 나나 여기 지리를 잘 모르잖아. 아리를 찾겠다고 섣불리 돌아다니다가 길을 잃으면 어쩌려고. 대숲에서 북쪽으로 쭉 올라가면 애장터가 나온다지만 모르는 사람한텐 애매한 방향이야."

"하지만…."

"잘 봐. 이쪽이 동쪽이고 저쪽이 서쪽이야. 그 사이의 절반은 모두 북쪽이지. 자, 어디로 갈래?"

이하는 선뜻 방향을 정하지 못하고 머뭇거렸다.

"일단 신고부터 하자."

두산은 그 자리에서 경찰이 올 때까지 기다리자고 했지만 이하는 그럴 수가 없었다.

"멀리 안 가요. 조금만 나가서 살펴볼게요."

이하가 아리의 이름을 부르며 다시 움직이자 두산은 어쩔 수 없이 그를 쫓아갔다.

"그냥 좀 가만있으면 안 되겠냐. 이러다 너까지 잃어버리겠어."

"불안해서 그래요. 기분이 이상해요."

"여기가 원래 그런 데야. 그러니까 오지 말자고 했잖아."

"형이랑 저 둘 다 싫다 했으면 아리 혼자 왔을 거예요."

"알아, 그래서 네가 일부러 아리 장단에 맞춰 따라와준 거. 근데 얘는 오늘따라 왜 이리 이상하게 구는지 모르겠다."

신들린 듯 걸어가는 아리의 모습이 꼭 매구의 부름을 받은 것처럼 보였다. 애장터로 가면 진짜 매구를 보게 될까. 이하는 불안함과 두려움으로 가슴이 쿵쿵 뛰었다. 꼭 무슨 일이 터질 것만 같은 불길함에 한 걸음 내딛는 것도 위태로운 기분이 들었다.

어둠이 점점 짙어지자 두 사람은 휴대폰 조명에 의지해 아리의 이름을 부르며 북쪽으로 계속 걸어 들어갔다. 하지만 곧 어디가 어딘지 알 수 없게 되어버렸다. 서편에 있던 달이 서남으로 기울었다. 북쪽으로 길을 잡고 있는 줄 알았는데 어디선가 방향이 틀어졌다.

"안 되겠다. 넌 왔던 대로 되돌아 나가서 대숲 길에서 경찰을 기다려."

"형은 어쩔 건데요?"

"너보단 내가 나을 테니까. 나는 계속 북쪽으로 가면서 아리를 찾아볼게."

"같이 가요."

"현명하게 굴어. 둘 중 하나는 자리를 지키고 있다가 다른 사람들에게 상황을 알려줘야 해. 무슨 말인지 알지?"

이하는 고개를 끄덕였다. 그의 말이 옳았다.

*

두산은 매구도 귀신도 일절 믿지 않았다. 그가 애장터를 싫어하는 것은 장례식장을 싫어하는 것과 비슷했다. 그는 죽은 사람의 시신이 있는 곳을 꺼렸다. 매구호수와 마찬가지로 이 역시 수연이 죽은 후에 생긴 감정이었다.

휴대폰 조명의 작은 불빛이 아니더라도 대숲이 끝난 것을 확연히 알 수 있었다. 알지 못하는 사이에 풍경이 확 바뀌었다. 몇백 년의 수령을 가진 나무들과 관목, 덤불과 수풀이 우거져 사방이 울창했다. 빼곡하지만 여백을 가진 대숲과 달리 이 숲의 식물들은 한 치의 틈도 허락하지 않는 두툼한 장벽 같았다. 두산은 진짜 무덤에 갇힌 것 같은 압박감을 느꼈다.

"젠장, 여기서 나가야겠어."

걸을 때마다 조금씩 발밑이 꺼지는 기분이었다. 진흙과 개흙

웅덩이에 구두가 젖고 바짓단에 흙이 튀어 달라붙었다. 대숲에서 느꼈던 추위는 점점 심해져 온몸이 오들오들 떨렸다. 그럼에도 땀이 비오는 듯 쏟아졌다. 더워서 나는 땀이 아니라 식은땀이었다. 설명할 수 없는 공포가 그를 짓눌렀다. 두산은 더는 앞으로 나갈 수가 없었다. 어쩐지 점점 더 깊숙이 들어가고 있다는 생각이 들었다. 아무래도 방향을 잘못 잡은 듯했다.

그때 저 앞에 누군가의 모습이 언뜻 보였다. 아리였다. 그제야 두산은 두려움을 몰아낼 수 있었다. 다행이다.

"아리야!"

그의 목소리를 듣지 못했는지 아리는 점점 멀어졌다.

"아리야! 그만 돌아가자!"

두산은 아리를 놓칠까 봐 정신없이 따라갔다. 단 한순간도 시선을 놓지 않았지만 아리는 또다시 연기처럼 사라졌다.

"아리야!"

두산은 사방을 둘러보며 아리의 이름을 불러댔지만 대답이 돌아오기는 커녕 살아 있는 생명의 기척조차 느껴지지 않았다. 갑자기 어디선가 역겨운 냄새가 확 풍겨들었다. 그는 코를 가리며 얼굴을 찌푸렸다. 애장터임을 가리키는 접근 금지 팻말 뒤쪽으로 풍상에 닳은 돌비석이 보였다. 애장터에 묻힌 아이들이 좋은 곳으로 가기를 빌며 오래전에 세운 것이었다.

여기서부터 여우 무덤이다. 그가 받아들일 수 없는 세계. 이곳 사람들의 머릿속을 잠식하는 병균 같은 이야기가 시작되는 곳.

그에게 이 이상은 무리였다. 아리는 괜찮을 것이다. 원래 이 일

대를 제집 안마당처럼 쏘다니는 아이니까. 곧 경찰도 올 거고. 머뭇거리던 두산이 돌아서려는데 왼쪽 발이 움직이지 않았다. 발밑이 꺼지며 순식간에 발목까지 땅속으로 잠겨들었다.

여기 땅은 곳곳에 모래 무지 같은 수렁들이 산재한다. 만약 여기서 균형을 잃어 몸이 빠지면 건잡을 수 없게 된다. 두산은 조심스레 오른발을 들었다. 1미터 앞쪽에 큼지막한 돌멩이가 보였다. 그 돌멩이에 오른발을 딛고 왼발을 뺄 참이었다.

하지만 돌멩이 위에 오른발을 얹는 순간 기다렸다는 듯 돌멩이가 쑥 가라앉았다. 오른발이 진창 속으로 무릎까지 빨려 들어갔다. 그 사이 왼발도 종아리까지 잠겼다. 두 다리를 빼내려고 버둥거릴수록 몸은 빠르게 잠겨들 뿐이었다.

심장이 벌렁벌렁 뛰었다. 등줄기에 식은땀이 찼다. 깊이가 얼마나 될지 모르겠지만 이러다 흔적도 없이 사라질 수 있었다. 다급해진 그는 이하에게 전화를 걸려고 했지만 오히려 휴대폰을 놓치고 말았다. 땀에 전 손에서 미끄러진 휴대폰은 그대로 냄새나는 곤죽 속으로 빨려들었다.

안 돼. 아찔해진 두산은 엉겁결에 허리를 굽히고 휴대폰을 찾아 시커먼 흙 속으로 손을 집어넣었다. 다행히 휴대폰은 잡혔지만 손을 진창 속에서 뺄 수가 없었다. 차가운 느낌의 뭔가가 스르륵 흘러들어 그의 손을 휘감았다. 소름이 끼쳤다. 두산은 비명을 지르며 휴대폰을 놨다.

12년 전 수연의 사고 때 잠수부가 당했다던 일이 떠올랐다. 미끄덩거리는 차가운 것이 발목을 감아 잡으며 잠수부를 아래로 끌어내렸다. 탁하고 어두운 물속에서 잠수부는 아무것도 볼 수 없었다. 물은 끔찍하게 차가웠고 섬뜩한 그림자가 상어처럼 주변을 어슬렁거렸다. 그는 오랜 잠수 경력을 가진 베테랑이었지만 공황 상태에 빠졌고 미친 듯이 허우적거렸다.

사람들은 구경만 할 뿐 감히 구해주려 하지 않았다. 모두 잠수부를 외면했다. 유족도, 유족의 지인들도, 동네 주민들까지. 그들은 매구가 없다고 말하면서 매구를 믿었다. 두산도 매구는 없다고 생각하지만 이제 확신할 수 없었다. 매구가 아니더라도 분명 뭔가 있었다.

죽기 딱 일보 직전에 누군가 잠수부에게 손을 뻗었다. 그 손은 누구의 손도 아니었다. 사람들은 잠수부가 혼자 헤엄쳐 나왔다고 말했다. 간신히 살아 나온 잠수부는 다시 호수에 들어가지 않았다. 이후로 매구호수에서는 사고가 나도 시신이 떠오르기를 기다릴 뿐 아무도 찾을 엄두를 내지 못했다.

12년이 지나 또 한 명의 여학생이 호수에서 사라졌다. 이번엔 물에 빠져 죽었는지 아닌지조차 알 수 없었다. 달라는 대로 돈을 주고 어렵게 잠수부를 구해 다시 수색을 맡겼다. 그리고 그 역시 똑같은 일을 겪었다.

두산은 엉거주춤한 자세로 이하의 이름을 불렀다. 살려달라고 외쳤다. 캄캄한 숲의 어둠 속으로 그의 목소리가 울려 퍼졌다. 하지만 그는 자신의 목소리가 이 땅의 경계 밖으로 나가지 못하고 뱅뱅 도는 것 같았다. 공포가 목을 죄어왔다.

소리를 지르고 움직일 때마다 몸은 조용히 깊숙하게 가라앉았다. 엉겁결에 짚은 남은 손마저 수렁 속으로 잠겨들며 이내 가슴께까지 묻혔다. 두산은 옴짝달싹 못한 채 턱을 쳐들고 사방을 살폈다. 죽음이 코앞에 있었다. 이럴수록 정신을 바짝 차려야 한다. 아니, 차라리 정신을 잃는 편이 나을지도.

그때 작고 검은 덩어리들이 뽈뽈거리며 눈앞으로 모여들었다. 들쥐였다. 위협하듯 사납게 아가리를 벌리자 무엇이든 갉을 수 있는 단단하고 흉측한 이빨이 살벌하게 드러났다.

"저리 가!"

두산은 씩씩거리며 들쥐들을 쫓기 위해 거친 숨을 내뱉었다. 들쥐들은 그를 겁내지 않았다. 새까맣고 호기심 어린 눈동자가 살기 어린 빛을 뿌리며 거리를 좁혀왔다. 버텨야 했다. 버티면 경찰이 온다. 하지만 그 전에 들쥐들이 그의 코와 뺨을 물어뜯을지도 몰랐다. 한번 피와 살점의 맛을 보면 뼈까지 갈아버릴 것이다.

그는 겁에 질린 채 얼굴 주변을 맴돌고 있는 들쥐들의 눈치를 살폈다. 들쥐들을 자극할까 이제 숨소리조차 제대로 낼 수 없었다. 그런데 갑자기 들쥐들이 가늘고 찢어지는 소리를 내며 사방으로 흩어졌다. 달아나는 들쥐들의 발놀림에 썩은 흙이 얼굴에 마구 튀었다. 두산은 눈을 꿈쩍 감았다가 떴다. 그의 눈앞에 하얀 두 다리가 보였다.

아리인가 싶었지만 아니었다. 가지런한 두 다리 위로 보이는 치마의 무늬가 눈에 익었다. 인동고등학교의 교복이었다. 매구 호수에서 수연을 봤다는 소문이 떠올랐다. 겁이 더럭 난 두산은 고개를 숙였다. 턱이 잠기면서 질퍽한 흙물이 입 안으로 파고들었다. 구역질이 났다. 그토록 그리워했지만 차마 제 앞에 있는 이의 얼굴을 볼 용기가 나지 않았다. 무서웠다.

눈앞에 선 이가 몸을 굽혔다. 하얀 두 손이 나비처럼 젖은 흙 위에 내려앉았다. 그의 얼굴을 들여다보려는 듯 고개를 내리며 비스듬하게 젖혔다. 그 순간 그는 똑똑히 보았다. 교복 상의에 달린 명찰의 이름을. 홍수연.

여우는, 매구는 둔갑을 한다. 그의 눈앞에 있는 것은 수연이 아니다. 매구가 수연으로 둔갑한 것이다. 매구는 죽은 수연의 시신을 갖고 있다. 그 시신에서 얻은 두개골을 덮어쓴 것이 틀림없다.

두산의 눈에 눈물이 고였다. 그는 이제 두 번 다시 매구가 없다고 말할 수 없게 됐다. 수연의 마른 손가락이 그의 턱을 들어올렸다. 그의 얼굴에 튄 흙물을 손끝으로 살살 닦아 문질렀다. 살갗에 닿는 감각이 소름끼치게 차가웠다.

"이 얼굴이 아니야."

수연은 고개를 갸웃거리며 말했다. 수연의 눈이었고 수연의 목소리였다.

"내가 기다리는 건 이 얼굴이 아니야."

그래, 내가 아니야. 네가 기다리는 건 길군이야. 그러니까….

"살려줘."

두산이 흐느끼며 애원했다. 수연은 그의 얼굴에서 손을 떼고 한 걸음 물러섰다. 빗방울이 떨어졌다. 젖은 흙이 튀어 올랐다. 물러진 땅이 그의 몸을 쭉쭉 빨아들였다. 턱이 잠기고 코 속으로 흙물이 흘러들었다. 눈물과 빗줄기로 흐려진 시야 속에 우두커니 서 있는 수연의 모습이 보였다.

왜 구경만 하는 거야? 네가 진짜 매구라면 날 살려줘야지. 여기가 매구호수는 아니지만 어차피 다 네 구역이니까 상관없잖아. 질펀한 흙이 얼굴의 모든 구멍을 막았다. 더는 숨을 쉴 수가 없었다.

*

"김두산 씨, 정신 차려요. 김두산 씨!"

누군가 두산의 뺨을 치며 몸을 흔들었다. 두산은 눈을 떴다. 머릿속은 꿈속을 헤매는 듯 몽롱했고 몸은 천근만근 무거웠다. 낯선 얼굴이 흐릿하게 보였다. 그의 뒤로 길쭉한 불빛들이 선을 그리며 오갔다. 잦아진 빗줄기가 빗금처럼 내리며 희푸른 조명등에 비쳤다. 여기가 어디지? 곧 정신이 퍼뜩 들었다.

경찰들과 119 구급대원, 이하와 아리의 얼굴이 차례로 보였다. 수직으로 잠겨 있던 몸이 수평으로 누워 있다는 것을 깨달았다. 고개를 쳐들지 않아도 하늘이 보였다. 살았구나. 안도감과 함께 눈물이 주르륵 흘렀다. 그러다 두산은 무슨 생각이 들었는지 허겁지겁 제 얼굴을 더듬었다. 구급대원이 물었다.

"왜 그러세요?"

"제가 정신을 잃은 사이 들쥐들이 제 얼굴을 뜯어 먹은 건 아닌가 해서요."

"여기엔 들쥐가 없어요."

"아뇨. 분명 엄청 큰 놈들이 저한테 떼로 몰려들었어요."

하마터면 얼굴을 잃어버릴 뻔했다. 두산은 생각할수록 끔찍했다.

"오빠, 괜찮아?"

아리가 걱정스러운 어조로 물었다. 가증스러운 것! 그는 아리가 뜬금없이 대숲으로 가자고 했던 이유를 의심했다. 아리는 그를 여우 무덤으로 유인하고 사라졌다. 그는 거기서 수연으로 둔갑한 매구를 보았다. 하마터면 죽을 뻔했다.

이우경도 그런 식으로 유인해서 매구에게 줬나. 소문이 사실이라면 황인기는 정말 매구의 아이를 얻은 것이다. 어디선가 악취가 풍겼다. 두산은 그것이 제 몸에서 나는 냄새라는 것을 깨달았다. 일단 좀 씻고 싶은데.

"저, 이제 괜찮은 것 같은데요."

두산이 몸을 일으키려 하자 구급대원은 말했다.

"아, 움직이지 마세요."

그제야 두산은 자신의 몸이 널빤지 위에 올려져 있고 양쪽 무릎 아래는 아직 수렁 속에 잠겨 있는 것을 보았다. 두 다리를 움직일 수가 없었다. 양쪽 발목이 무거운 추를 매달고 있는 것처럼 뻐근했다. 기겁을 한 두산이 허우적거리며 비명을 내질렀다. 구급대원이 그의 몸을 잡아 누르며 말했다.

"제발 좀! 진정해요. 그렇게 몸부림치면 다시 빠질 수 있어요. 누구, 여기 좀 잡아줘요."

경찰들이 달려와 두산의 몸을 짓눌렀다. 두산은 제압당한 채 숨을 헐떡였다.

"살려줘요!"

"최선을 다하고 있어요. 여기까지 끌어내는 것도 애먹었어요. 양쪽 발이 뭐에 걸렸는지 꿈쩍을 안 하네요. 억지로 힘을 가하면 다칠 수 있으니까 좀 천천히 할게요."

"뭐에 걸린 게 아니라 뭐가 잡고 있는 것 같아요."

겁에 질린 두산의 목소리가 덜덜 떨렸다.

"제발, 날 놓지 말아요."

두산은 구급대원의 옷자락을 꽉 쥐었다. 발목을 잡고 있는 뭔가가 금방이라도 그를 쑥 잡아당길 것 같았다.

"걱정하지 마세요."

두산의 머리 위에서 구급대원들이 그의 겨드랑이 사이로 손을 넣어 어깨를 당겼다. 아주 조금씩 그의 몸이 위로 끌려 올라왔다. 수십 차례 반복한 끝에 마침내 그의 두 발목이 간신히 수렁을 빠져나왔다. 그 순간, 모두가 낮은 신음을 내질렀다.

새까만 진흙투성이의 말라비틀어진 작은 손이 그의 두 발목을 꽉 움켜잡고 있었다. 자지러진 두산이 발작하는 것처럼 몸을 뒤틀자 구급대원들이 그를 잡아 진정시켰다. 경찰이 말했다.

"우리가 멋대로 손을 대면 안 될 것 같아서 지원 요청했어요. 힘드시겠지만 잠시만 기다려주세요."

한 시간이 조금 넘어서 사람들이 도착했다. 이하는 그들을 알아보았다. 전익중의 시신이 발견됐을 때 매구호수에 있던 과학수사대원들과 정연의 사고 때 봤던 경찰들이었다. 그때까지 두산은 죽은 아이의 손에 발목이 잡힌 채 두려움을 참아야 했다.

과학수사대원들이 그의 발목에서 작은 손가락들을 하나씩 신중하게 떼어냈다. 경직 상태의 손가락들은 다행히 부러지지 않고 철사가 휘듯 벌어졌다. 경찰은 거무죽죽한 피부색을 띠고 있지만 거의 썩지 않은 작은 손을 내려다보며 물었다.

"몇 살이에요?"

"열 살 전후로 보여요."

"열 살이라. 12년 전에 아홉 살짜리 남자애 하나가 매구호수 근방에서 없어졌는데."

"불가능해요."

"밀봉 효과가 있었던 거 아닐까요. 진흙에 넣어두면 미라가 되는 것처럼요."

"그러려면 분해성 세균의 증식이 없어야 하는데 보다시피 여긴 썩은 유기물들로 이루어진 거름 땅이라 부패가 없을 수 없어요."

"그럼 누구지? 최근에 아이 실종 신고는 없었는데."

"손을 보면 시신 상태도 양호할 것 같아요. 일단 확인해보죠. 기다려라 아가야, 우리가 금방 꺼내줄게."

두산의 발목을 잡고 간신히 손만 나왔을 뿐 아이의 시신은 아직 수렁 속에 잠겨 있었다. 본격적인 시신 수습에 시간이 제법 걸릴 거라 여겼지만 두산을 빼낼 때와 달리 금방 끝났다. 아이의 시신은 바깥의 손길을 잡자마자 기다렸다는 듯 쑥 빠져나왔다. 스스로 기어 올라오고 있는 것처럼 보이기도 했다.

예상대로 아이의 시신은 거의 썩지 않았다. 삐쩍 말라버린 몰골이었지만 누군지 알아볼 수 있을 만큼 얼굴 형태가 그대로 남아 있었다. 그리고 아이의 두 발목은 뭔가에 짓눌린 듯 찌그러져 있었다. 거기 있던 사람들은 그 순간 모두 같은 생각을 했다.

"어, 이건 뭐지?"

반듯하게 눕혀진 아이의 꾹 다물린 입 사이로 뭔가 희끗한 것이 삐죽 튀어나와 있었다. 입술은 쪼그라들어 거의 남아 있지 않았다. 수사대원이 핀셋으로 조심스레 아이의 입에 물려 있는 것을 빼냈다. 작게 접힌 종이였다. 가장자리가 조금 젖어 있을 뿐 완벽한 상태였다.

이하는 접힌 종이에서 언뜻 낯익은 형태를 보았다. 시계 토끼의 일부였다. 정연이 매구탈을 쓴 놈에게 빼앗긴 길군의 편지. 그 편지지도 정해진 방식대로 접으면 겉면에 시계 토끼가 나타난다. 이하가 말했다.

"저 그거 알아요."

"이게 뭔데?"

경찰이 물었다.

"정연 누나가 매구탈을 쓴 놈에게 빼앗긴 편지랑 같은 편지지예요. 편지지를 접으면 겉면에 시계 토끼가 생겨요."

수사대원이 아이의 입 속 크기에 맞춰 이리저리 접어 넣은 종이를 펴자 조끼를 입은 토끼가 회중시계를 보고 있는 그림이 나왔다. 편지를 펼치자 쓰여 있는 문장은 단 한 줄이었다.

〈매구호수로 나와. 기다리고 있을게.〉

"이거, 정연 누나가 매구탈을 쓴 놈에게 빼앗긴 편지 맞아요."

이하의 말에 경찰은 고개를 갸웃거렸다.

"이게 왜 여기 있지?"

이하는 이 필체를 어디서 본 듯했다. 어디서 봤더라? ㄹ을 흘려 쓰는 모양새와 ㅎ을 ㅇ에 삐침 꼭지 하나만 붙여 쓰는 글씨체는 분명…. 생각났다. 이하는 두산을 보았다. 그는 어쩔 줄 모른 채 곤혹스러운 표정이었다. 남바리로 이사 온 후 두산이 그의 집을 방문했을 때 펼쳐든 서류에서 보았다. 그때 아리가 말했다.

"어? 이거 두산 오빠 글씨인데."

*

아이의 신원이 밝혀졌다. 이름은 박진형, 9세. 12년 전 실종 당시 이원동 박하초등학교 2학년이었다. 경찰은 두산에게 아이 생전의 사진을 보여주며 물었다.

"이 아이 누군지 알죠?"

"낯이 익긴 해요."

"빨리 기억하세요. 김두산 씨는 12년 전 이 아이가 사라지기 며칠 전에 교문 앞에서 만났어요. 당시 아이가 다니던 초등학교 선생님이 어떤 남학생과 이야기하고 있는 것을 봤다고 했는데 그게 김두산 씨인 줄 몰랐던 거죠. 어른이 아니라 학생이니까 선생님도 딱히 수상하게 여기지 않고 넘어갔던 겁니다."

"그렇게 말씀하시니까 생각나네요. 근데 그때도, 지금도 저는 이 아이의 실종과 상관이 없어요. 사건 당일도 아니고 아이가 사라지기 며칠 전이었잖아요. 그 며칠 사이에 아이에게 무슨 일이 벌어졌는지 저는 몰라요."

"그때 아이와 무슨 이야길 했어요?"

"그냥 학교 재밌냐, 어느 선생님이 좋냐, 뭐 그런 별거 아닌 이야길 했어요."

"원래 아는 아이였어요?"

"아뇨."

"모르는 아이에게 왜 그런 걸 물었어요?"

"그냥 어쩌다 말을 나누게 됐어요. 그럴 수 있는 거잖아요."

"김두산 씨, 지금 어떤 상황인지 아시죠?"

안다. 그는 지금 이 아이의 유괴 살인 용의자였다.

"근데 전 진짜 모르는 일이에요."

"그럼 왜 그 아이 입에 김두산 씨가 쓴 편지가 물려 있는 거죠?"

경찰은 매구탈을 쓰고 정연을 해치려 한 범인도 두산이라고 의심했다.

"그걸 제가 어떻게 압니까."

두산은 억울하고 난감한 얼굴로 고개를 저었다.

"죽은 홍수연을 좋아했어요?"

"네?"

"그 편지는 12년 전 홍수연의 죽음과 관련이 있어요. 홍수연은 그 편지를 황길군의 편지라고 여겼는데 황길군은 편지를 쓴 적이 없다고 했죠. 필적도 황길군의 것이 아니었고요. 정연 학생 말에 의하면 홍수연은 황길군을 좋아했다더군요. 김두산 씨는 그걸 알고 황길군에게 자신이 쓴 편지를 홍수연에게 전해달라고 부탁한 후 만나려고 했어요. 그렇죠?"

"그건… 네, 맞아요. 그랬어요."

두산은 기어들어가는 목소리로 인정했다.

"수연이에게 고백하고 싶었는데 절 덥석 만나줄 것 같지 않아 길군을 팔았어요. 만나서 다 설명하려고 했는데…."

"근데 그만 홍수연이 김두산 씨가 불러낸 약속 장소에서 죽었죠. 김두산 씨는 홍수연을 불러낸 그 편지가 계속 마음에 걸렸어요. 그래서 어떻게든 편지를 회수하려고 했죠. 12년 전 박진형이 죽기 며칠 전에 정연 학생의 가방을 뒤지다가 도둑으로 몰렸어요. 그거 김두산 씨가 시킨 거죠?"

"아니에요. 심증만으로 저를 몰아세우지 마세요. 제가 당시 그 편지에 대해 솔직하게 털어놓지 못한 건 잘못했어요. 하지만 그 편지 때문에 정연이를 해칠 이유는 없어요."

"그 편지는 홍수연이 죽던 날 현장에 김두산 씨가 있었느냐 없었느냐를 말해주죠. 김두산 씨는 홍수연을 만나기 위해 그날 매구호수에 갔어요. 그날 정연 학생이 매구를 봤다고 했는데 그 매구가 바로 매구탈을 쓴 김두산 씨 아닙니까? 황길군이 털어놨어요. 황인기 씨의 매구탈은 진작 분실됐다고요. 지금 공방에 걸려 있는 탈은 자기가 만든 거라더군요. 그거 김두산 씨가 훔쳤어요? 그 탈을 쓰고 사람들을 죽였어요?"

두산의 표정이 일그러졌다.

"아뇨. 당시 그 자리에 있긴 했는데 전 아무 짓도 안 했어요. 수연이 바위에서 미끄러져 호수에 빠지는 것을 봤는데 구할 수가 없었어요. 길군이 뛰어들었죠. 그게 다예요."

두산은 미치겠다는 얼굴로 설명했다.

"정연 학생이 사고를 당했던 그날 오후에 김두산 씨는 황길군의 집에서 학생 몇 명과 함께 있었더군요. 오전과 밤에는 어디 있었어요?"

"집에 있었어요."

"오전에 집에서 몇 시에 나왔어요?"

"11시 좀 넘어서요."

"그 시각에 집에 있었던 것을 증명해줄 사람이 있어요?"

"없어요. 혼자 사니까요."

"그럼 집에서 나올 때, 밤에 집에 들어갈 때 누구 마주친 사람은요?"

"그만해요. 진짜 저 아니에요."

"그럼 매구 짓이라고 생각하세요? 12년 전 김두산 씨도 그 자리에 있었으니까 정연 학생이 본 매구를 봤겠네요. 매구였나요? 매구탈을 쓴 사람이었나요?"

"전 못 봤어요. 길군도 못 봤으니 호수에 뛰어든 거고요. 하지만 수연이 그리된 걸 보면 매구는 있을지도 몰라요."

"매구 짓이라고 생각한단 말이죠?"

두산은 잠시 머뭇거리다가 말했다.

"모르겠어요. 전 원래 매구를 믿지 않는데… 애장터 수렁에 빠졌을 때 봤어요."

"매구를요?"

"수연이요. 미친 소리처럼 들리겠지만 수연이었어요. 만약 매구가 수연으로 둔갑한 거라면…."

경찰이 코웃음을 쳤다. 두산은 부아가 났다.

"매구호수 주변에서 수연이를 봤다는 소문 못 들어봤어요?"

"소문일 뿐이죠."

"생각을 해봐요. 매구탈을 쓰고 매구 흉내를 내도 사람이에요. 아무리 힘이 세도 사람이 전익중 씨나 김연진 씨 같은 어른의 발목을 손으로 잡아 부서뜨리는 것이 가능해요? 그리고 제가 그 편지를 썼고 그 편지가 저한테 불리하기 때문에 숨기고 싶었던 건 사실이지만 그 정도 이유로 정연이를 해칠 필요까지 있을까요?"

두산은 격한 숨을 내쉬었다.

"진정해요. 김두산 씨가 정연 학생을 해치려고 한 범인이 아니라면 매구탈을 쓴 놈은 왜 그 편지를 원했을까요?"

"그야 매구탈을 쓴 놈을 잡아서 물어보셔야죠. 아, 이제 좀 알 것 같네요."

"뭘요?"

"놈은 제가 그 편지를 썼다는 것을 처음부터 알고 있었어요. 타깃은 정연이 아니라 저였던 거죠. 그래서 정연을 살려 보낸 건지도 모르겠네요. 놈은 나한테 지속적으로 협박 문자를 보냈어요."

"무슨 소립니까?"

12년 전 사고가 수면 위로 다시 떠오르는 것을 어떻게든 막고 싫었지만 이제 어쩔 수 없었다. 두산은 지금까지 받았던 수상한 문자들과 길군과 얽힌 돈 가방 사건까지 전부 털어놨다.

"그놈이 나를 죽이려고 했어요. 놈은 살인자예요. 놈은 시신들이 어디 있는지 알아요. 그래서 그 아이의 시신에 그 편지를 물리고 저를 또다시 함정에 몰아넣은 거죠. 그놈을 잡아요. 그럼 저도 살 수 있어요."

두산은 헝클어진 머리칼을 정리하며 한숨을 내쉬었다.

"대체 누가 나한테 무슨 감정이 있어 이러는 건지 모르겠어요. 수연이 때문이라면, 내가 쓴 편지 때문에 수연이 죽었다고 여기는 거라면 정말 할 말이 없는데…."

그때 길군이 경찰서로 들어섰다.

"이쪽으로 와서 앉아요."

경찰이 그에게 편지를 보여주며 물었다.

"이 편지 알아요? 아, 이렇게 보여줘야 기억이 나겠네."

경찰은 편지를 접어 시계 토끼 그림이 나오도록 했다. 길군은 고개를 끄덕였다.

"방금 김두산 씨한테 전부 들었어요. 이 편지 김두산 씨가 썼다는 거 알고 있었어요?"

"네. 두산이 줬으니까요. 근데 내용은 몰랐어요. 아무 말 하지 말고 아무도 안 보는데서 그냥 홍수연에게 건네주기만 하면 된다기에 그렇게 했어요. 원래 남의 편지 열어 보는 취미도 없고요."

"근데 왜 당시에는 편지를 홍수연에게 준 적이 없다고 했어요? 본인이 쓴 적도 없고 준 적도 없다고 했기 때문에 이 편지는 제대로 된 증거물이 되지 못했어요. 김두산 씨가 쓴 것을 전해줬다고 만 해도 되는데 대체 왜 말을 안 했어요?"

"미안합니다."

길군은 사과했다. 두산의 얼굴이 붉어졌다.

"네가 왜 사과를 해? 수연이 죽은 건 편지 때문이 아니야."

"그렇죠. 하지만 김두산 씨의 편지를 받고 나간 거라면 홍수연은 자살한 게 아닌 거죠. 자식의 자살은 부모의 가슴에 못을 박습니다."

"편지 대신 유서를 택한 건 경찰이에요."

두산이 따지자 길군은 말했다.

"그만해."

"왜? 내가 틀린 말했어? 수연의 공책에 적힌 글을 보고 유서라고 한 건 내가 아니라 경찰이야. 왜 이제 와서 우리 탓을 하는데? 것도 모자라 날 살인자로 몰고 가잖아. 여기서 더하면 나 정말 돌아버릴 것 같아."

*

길군과 두산은 나란히 경찰서를 나왔다.

"담배 하나 줘봐."

길군은 두산이 내미는 손을 물끄러미 쳐다보며 말했다.

"끊었잖아."

"끊었지. 근데 아주 끊은 건 아니야. 가끔, 아주 가끔 피워. 정말 안정이 필요할 때 말이야."

두산은 길군이 내미는 담배 한 개비를 받아 물며 중얼거렸다.

"나 또 그놈 함정에 빠진 거 맞지?"

"매구탈을 쓴 자가 널 몰아붙이고 있다고 생각해?"

"아니면? 근데 왜 나야?"

"잘 생각해봐. 왜 하필 넌지 알면 놈이 누구인지도 알 수 있을 테니까."

"생각해봤어. 생각하고 또 생각했다고. 근데 말이야, 그 편지에 관해서 아는 사람은 너밖에 없어. 넌 그 사실을 늘 경찰에 말하고 싶어 했잖아."

"그래, 네 생각이 그렇다면야. 당시 너도 그 자리에 있었으면서 미꾸라지처럼 빠져나간 게 미워서 내가 만든 함정일지도 모르지."

두산은 길군이 아니라는 것을 잘 안다. 그는 이런 복잡한 그림을 만들지 않는다.

"됐어. 매구야."

"무슨 소리야?"

"수연을 봤어."

"가책을 느끼긴 하나 보네."

가책이라는 말에 두산은 발끈했다.

"진짜 봤다니까!"

"그래서 열 받았구나. 수연의 입장에서 그날 자길 죽게 만든 건 난데 왜 하필 너한테 나타났냐 이거지. 그러니까 매구인지 매구탈을 쓴 놈인지도 네가 아니라 나를 노렸어야 했고."

길군은 시큰둥하게 말했다.

"하여간 말을 해도."

두산은 잿불을 털어낸 후 꽁초를 주머니에 넣었다. 매구면 토박이들은 어릴 때부터 산불을 경계하라는 어른들의 잔소리를 귀가 닳도록 들으며 자란다. 때문에 작은 불씨도 주의하는 습관이 몸에 배어 있다.

"넌 매구를 믿냐, 안 믿냐? 안 믿으니까 수연이 구하겠다고 뛰어들었겠지. 근데 솔직히 너도 아리는 좀 무섭지? 걔 진짜 네 동생 맞아?"

"맞아."

"그렇겠지. 아무튼 난 이제 걔 다시 못 볼 것 같아."

"아리 탓하지 마. 수연의 죽음을 자살로 만든 건 경찰이 아니라 너야."

"야."

"너는 수연에게 빌린 공책을 수연의 책상 서랍에 넣어놨어. 그 공책에 적힌 글을 경찰이 보게 하려고. 그게 유서가 되길 바랐으니까."

"널 위해서 그랬어. 본인이 죽으려고 했던 게 너한테 나으니까."

"그때나 지금이나 난 상관없다고 했잖아."

"왜 상관이 없어? 원망과 손가락질을 덜 받을 수 있는데."

"정말 나 때문이야? 사건이 너한테까지 확대되지 않기를 바랐던 건 아니고?"

"아니야, 난 정말 널 위해서 그랬다고."

두산은 씩씩거리며 어찌할 바를 몰랐다. 진심이 전해지지 않은 서운함이었다. 어떻게 상관하지 않을 수가 있나. 사람들의 말도 안 되는 손가락질 때문에 길군은 학교를 그만두고 집을 나갔다. 황인기의 후계자는 장인이 되는 대신 나비회에 들어가 건달이 됐다. 그리고 복수하듯 이 지긋지긋한 소문의 동네를 장악했다. 사람들은 여전히 길군을 두고 쑥덕거리지만 이제 대놓고 손가락질은 못한다.

"대신 수연의 부모님이 힘들었지."

수연의 부모는 딸을 죽음으로 몰아간 자신들을 죄인으로 여기며 남은 삶을 버티는 중이다.

"그렇게 신경이 쓰이는데 왜 여태 입을 다물고 있었어? 그냥 다 말해버리지. 꼭 내 입이어야 하는 건 아니잖아."

"네가 너무 필사적이라서, 어떻게든 그 자리에서 널 지우려고 기를 쓰니까. 왜 그렇게까지 하는 건데? 나한테 숨기는 거 있어? 말하지 못하고 있는 게 대체 뭐야?"

"그런 거 없어. 그보다 만약에 말이야, 수연이 죽지 않았을 가능성도 있을까?"

"아니, 내가 봤어. 수연이 물속 깊은 어둠 속으로 떨어지는 것을. 미친 듯이 따라 내려가면서 잡으려고 했지만 놓쳤고 순식간에 바닥 흙 속으로 빨려들 듯 잠겨버렸어."

두산은 주머니를 주섬주섬 뒤지더니 종이 인형 편지를 꺼냈다.

"그럼 이건 어떻게 설명할 수 있지? 죽은 수연이 나한테 이런 걸 보냈어."

"이게 수연이 쓴 거라고?"

두산은 지갑을 꺼내 그 속에 끼워 둔 또 다른 종이를 펼쳐 내밀었다. 그건 수연의 서랍에 가져다 둔 공책에서 두산이 찢어둔 것으로, 수연의 유서로 알려진 글의 뒷말이었다.

원래 유서라고 알려진 내용은 이랬다.

〈난 여기 애들과 같아. 그런데 엄마는 아니라고 했지. 넌 여기 애들과 달라, 넌 여기 처박혀 살면 안 돼. 하지만 나는 여기가 좋아. 여기 내가 좋아하는 것들 곁에 남을 수 있는 방법은 죽어서 이곳에 묻히는 것뿐이야.〉

여기까지만 보면 정말 유서처럼 보인다. 하지만 정작 이어지는 글은 다른 말을 하고 있었다.

〈근데 난 죽고 싶지 않으니까 죽을 각오로 엄마를 설득하겠어. 엄마는 언제나 내 편이었으니까 넘어올 거야. 길군은 탈 만드는 일을 하고 싶다는데 나도 길군처럼 하고 싶은 일이 있으면 좋겠어. 엄마는 지금까지 날 봐왔으니까, 누구보다 내게 관심이 많으니까, 틀림없이 내가 뭘 잘하는지 알아봐줄 거야.〉

종이 인형 편지와 공책에서 찢은 글의 필체가 일치했다. 하지만 중요한 것은 그게 아니었다. 길군의 비틀린 시선이 두산을 노려보았다.

"역겨운 자식. 너 대체 무슨 짓을 한 거야? 어디까지 사람들을 속인 거냐고?"

"말했지, 널 위해서 그런 거라고. 수연이 자살인 쪽이 네가 덜 지탄받기 때문이야."

"내 핑계 대지 마. 그리고 그거 전부 경찰에 제출해."

"굳이? 수연이는 이미 자살이 아닌 걸로 됐잖아."

"이제 그만 떳떳해지고 싶지 않아?"

"날 자꾸 비겁한 놈으로 만들지 마. 다시 말하지만 널 위해서 불리한 부분을 도려낸 거야. 널 위해서 여태 아리를 돌봤고. 다들 걜 꺼리는 거 알지? 나라고 안 그렇겠어? 솔직히 너도 꺼림칙하잖아. 그리고… 어쨌든 내가 너를 빌려 수연을 불러냈으니까."

"그나마 가책은 있다?"

"가책이란 말 쓰지 마. 가책은 잘못한 사람이 쓰는 거야. 난 그저 너를 내세워 수연을 불러냈을 뿐이야. 그게 잘못은 아니잖아. 난 수연이 손끝 하나 대지 않았어. 날 보고 놀라더니 저 혼자 미끄러져 물에 빠졌다고."

"수연이 왜 널 보고 놀란 건데?"

"내가 네가 아니라서 당황했겠지. 모르겠어. 내 눈앞에서 수연이 죽었어. 나한테도 충격이었다고. 그러니까 날 탓하는 건 이제 그만해."

그때 길군이 무슨 생각이 들었는지 두산의 손에 들린 종이 인형을 낚아챘다.

〈만져보고 싶었지? 만져보게 해줄까? 기다려도 답장이 없어서 내가 보러가려고. 날 만나고 싶으면 매구호수로 와. 매구의 얼굴을 하고 날 불러.〉

"매구의 얼굴이라면 매구탈인데. 왜 너한테 이런 요구를 한 거지? 이거 보낸 놈이 매구탈을 쓴 살인자면 매구탈은 이미 이놈이 가지고 있는 건데 왜 너한테 달래?"

"난들 알아? 근데 매구탈이 목적이면 나 말고 너한테 달라 해야지."

"그러니까."

"왜 그런 눈으로 날 보는 거야?"

"네가 왜 이놈의 타깃이 됐는지 이제 알겠다. 놈은 우리 집 공방에 있는 매구탈이 가짜라는 것을 알아. 그리고 너한테 진짜 매구탈이 있다고 생각해."

"뭐? 그게 왜 나한테 있어? 그리고 그게 나한테 있다면 지금 놈이 쓰고 다니는 건 뭔데?"

"놈을 잡아보면 답이 나오겠지. 여하간 놈이 찾고 있는 건 아버지가 만든 진짜 매구탈이야."

"놈을 잡겠다고?"

"놈이 시키는 대로 매구탈을 쓰고 매구호수로 나가서 놈을 불러. 그럼 놈을 만날 수 있어. 어디 있는지 몰라서 못 잡는 거지 난 눈앞에 있는 놈은 절대 놓치지 않아."

"나한테 그럴 심장이 있으면 너한테 돈 가방을 가져다달라고 부탁했겠냐."

"쫄지 마. 넌 그냥 거기 있기만 해. 잡는 건 내가 할 테니까."

두산은 바짝 긴장했다. 놈이 어떻게 알았을까. 나한테 진짜 매구탈이 있었다는 것을. 하지만 지금은 없다. 태워버렸으니까. 역겨운 냄새를 풍기며 한 줌 재가 되어 호수의 부유물들과 섞여버렸다.

나에 대해 전부 다 알고 있는 것처럼 굴어놓고 정작 그건 모르는 건가. 수연이 그날 그를 보고 놀란 건 기다리던 길군이 아니라서가 아니었다. 매구를, 아니, 매구탈을 쓴 그를 봤기 때문이었다.

*

두산은 걸음을 멈추고 호수를 등진 채 돌아섰다. 양 손바닥을 펼쳐 숨바꼭질의 술래가 된 것처럼 두 눈을 가렸다. 그러곤 간절히 소망했다. 매구야, 매구야, 수연이를 구해줘. 제발… 부탁이야.

그는 이야기가 현실이 되기를 바라고 또 바랐다. 얼마나 기다렸는지 알 수 없었다. 아주 잠깐이면서 긴 시간이었다. 눈앞을 가린 폭우와 빗소리 때문에 시간을 헤아릴 수 없었다. 그저 영원의 한 귀퉁이에 아슬아슬하게 서 있는 기분이었다.

이 위태로운 순간은 결국 지나갈 것이다. 그러나 그는 평생 이 순간에 서 있을 것을 예감했다. 귀가 멍멍했다. 그를 두고 세상 모든 것이 달려나가는 것 같았다. 혼란스럽고 시끄러운 와중에 뒤에서 기척이 느껴졌다. 거친 숨소리가 다가오고 있었다.

매구다!

등골이 당기며 몸이 덜덜 떨렸다. 그는 제 눈을 가린 손바닥을 뗐다. 눈앞이 흐릿했다. 그는 뭐에 홀린 듯 천천히 돌아보았다. 보면 안 된다는 것을 잊었다.

어린 정연이 거기 있었다. 아이는 겁에 질린 채 부들부들 떨며 매구탈을 쓴 그를 손가락으로 가리켰다. 그 순간 그는 매구였다.

아이는 비명 한 자락, 울음소리 하나 내지 않은 채 빗속에 서 있었다. 차라리 기절을 하지, 젠장. 당황한 두산은 돌아서서 풀숲으로 뛰어 들어갔다. 젖은 풀들이 그의 맨살을 후려쳤다. 아이는 그를 따라오지 않았다. 그는 매구탈을 벗었다.

이걸 쓰고 있으면 잠깐은 길군이라고 여길 것이다. 말을 트고 탈을 벗고 나를 밝히고 어리둥절해하는 수연과 이야기를 하는 거다. 어쩌면 이 탈 이야기로 시작할 수도 있겠다. 네가 왜 그걸 쓰고 있어, 라든가. 근데 수연은 왜 저렇게 놀란 걸까. 매구탈이 길군의 집 공방에 있다는 것을 모르는 이가 없는데.

누군가 두산의 등을 툭 쳤다. 심장이 멈추는 줄 알았다. 길군이 그에게 우산을 씌워주며 말했다.

"야, 비가 이렇게 억수같이 쏟아지는데 간다는 말도 없이 갑자기 사라져서 걱정했잖아. 근데 내 슬리퍼가 어딜 갔나 했더니 네 발에 있네."

아, 매구탈을 들키면 안 되는데. 이미 빈손이었다. 당황한 나머지 어디선가 떨어뜨린 모양이다.

"근데 왜 한 짝 뿐이야?"

"오, 오다가…."

"왜 이렇게 말을 더듬어. 한 짝 사다 맞춰놔라. 근데 여기서 뭐 하냐?"

두산은 손을 들어 매구호수를 가리켰다.

"오다가 수, 수, 연이…."

"수연이?"

"호, 호수에 빠지는 걸 봤어."

"뭐?"

간신히 맺힌 말을 뱉고 나자 그때부터 두서없이 말이 쏟아지기 시작했다.

"바위에서 미끄러졌는데…."

길군은 더는 두산의 이야기를 듣고 있지 않았다. 그는 우산을 팽개치고 곧장 매구호수로 달려갔다. 두산이 쫓아가 길군을 잡았다.

"그만 둬. 매구가 구해 줄 거야."

"너 매구 안 믿잖아."

"어쨌든 안 돼."

"그렇다고 손 놓고 있을 수는 없어."

길군은 호수 주변을 달리며 수연을 찾았다. 어디에도 보이지 않았다. 매구가 구해줬을 것 같으면 벌써 어딘가에 떠올라 있어야 했다. 뭔가 잘못됐어. 길군은 더 생각할 것도 없이 호수로 뛰어들었다. 그걸 바라보면서 두산은 문득 그런 생각을 했다. 좀 전까지 내가 매구였다. 매구탈을 쓰고 있었으니까. 설마 내가 구했어야 했던 걸까. 하지만 난 진짜 매구가 아닌데.

두산은 어딘가에 떨어뜨린 매구탈을 찾았다. 수풀 속에 떨어진 매구탈을 보는 순간 처음 그것을 주웠을 때의 기억이 떠올랐다. 호숫가 북쪽이었다. 그게 왜 거기 떨어져 있는지 의아했다. 그때 그는 매구탈을 공방에 돌려주려고 했다. 하지만 공방에는 이미 매구탈이 걸려 있었다.

황인기는 매구탈을 하나밖에 만들지 않았다. 그 매구탈은 길군이 만든 것이다. 공방은 매구탈이 없어진 것을 숨겼다. 왜? 두산은 이유가 궁금했지만 모른 척했다. 그리고 그 매구탈을 제가 가졌다. 그때 그가 저 매구탈을 줍지 않고 그 자리에 그냥 뒀더라면 아마도 공방에서 다시 찾아갔을 것이다.

두산은 다시 선택의 기회가 왔다는 것을 깨달았다. 이번에야말로 이 얼굴을 놔야 했다. 하지만 그러지 못했다. 두산은 매구탈을 집어 들고 그 자리에서 달아났다. 너무 늦었다. 수연은 죽었다. 길군이 뛰어들었으니 더더구나 죽었다.

이 매구탈이 발견되면 그 역시 책임을 면치 못한다. 수연은 매구탈을 쓴 그를 보고 놀라서 호수에 빠졌다. 머뭇거리지 말고 얼른 탈을 벗을 것을 그랬다. 우물거리지 말고 뭐라도 한마디 할 것을 그랬다. 그랬다면 수연은 덜 놀랐을까. 후회해야 소용없었다.

*

매구탈을 처음 썼을 때 두산은 자연의 신비하고 거대한 힘이 그의 안으로 스며드는 것 같았다. 마음먹은 일을 행동으로 옮기는 것이 쉬워졌다. 그는 웅대해진 자신이 낯설고 마음에 들었다. 황인기는 진짜 매구를 보고 매구탈을 만들었다고 했다. 만약 그게 사실이라면 이 매구탈은 초자연적인 힘을 끌어들이는 주물이었다. 때문에 두산은 한편으로는 두려웠다.

수연이 죽고 매구탈을 돌려줄 타이밍을 놓친 후 그는 내내 매구탈을 가지고만 있었다. 그러다가 딱 한 번 매구탈을 다시 썼다. 처음에 그는 정연을 해칠 생각이 없었다. 그저 편지만 되찾으려고 했는데 정연이 하도 발버둥 쳐서 그렇게 된 거였다. 정연이 머리를 바위에 부딪치고 피를 많이 흘려 죽은 줄 알았다. 겁에 질린 그는 정연을 애장터 근처에 버려두고 도망쳤다. 거긴 아무도 찾지 않으니까.

혹시나 하는 마음에 확인 차 다시 가보니 정연이 정신을 차렸다. 정연이 여덟 살 때처럼 끝까지 그를 매구로 오인했더라면 좋았을 텐데. 매구가 아니라 매구탈을 쓴 사람이라는 것을 알았으니 입을 막아야 했다. 여차하면 자신이 전익중과 김연진, 이우경의 일까지 전부 덮어쓰게 생겼다.

그래서 정연을 매구호수에 던졌다. 정신을 잃은 상태라 그대로 익사할 줄 알았다. 그런데 웬걸, 살아서 북쪽으로 밀려가 부유물들 사이에 떠 있었다. 구해주는 사람이 없어 살았나 보다. 하지만 이하가 구해준 거 아니었나?

증거가 될 매구탈과 편지를 모두 태웠다. 그런데 태워버린 편지가 엉뚱한 데서 나왔다. 대체 어떻게 된 걸까? 그 편지 때문에 결국 12년 전 사고가 다시 들쑤셔졌다. 망할 편지. 언젠가 그것 때문에 이렇게 될 줄 알았다.

정연의 아버지는 늘 딸의 위치를 파악하고 있었다. 수연이처럼 한순간에 잃어버릴까 두려웠던 것이다. 혼자서 24시간 들여다볼 수 없어 두산에게도 부탁했다. 그래서 그날 그가 매구호수로 가는 정연을 따라갈 수 있었던 것이다. 12년 전 수연이 죽은 이후로 정연은 그쪽으로는 얼씬도 하지 않았다. 그래서 두산은 무슨 일인지 알아야 했다.

호수 구경을 가는 건 아닐 테고 분명 목적지가 있다. 이하를 찾는 걸까. 둘이 같은 반이라고 했다. 이하는 수연의 사고를 듣자마자 자살이라는 것에 의문을 제기했다. 정연도 그렇게 생각한다. 증거로 계속 그 편지를 주장했다. 정연이 이하에게 편지에 대해 말했을까. 그렇다면 그 사건에 관심이 많은 이하는 분명 편지를 보자고 했을 것이다.

이하는 시니컬해 보이지만 의외로 섬세한 구석이 있다. 말하는 것을 보면 생각이 깊고 앞뒤 정황을 논리적으로 살핀다. 공부를 그렇게 하면 좋겠지만 그쪽으로 향하는 머리는 아니다. 기발한 착상을 가진 아이는 위험하다. 경찰도 모르는 걸 알아볼 수도 있으니까.

두산은 편지 때문에 오랫동안 골머리를 썩었다. 만약 정연이 편지를 가지고 나왔다면 이번엔 확실히 뺏어야 했다. 그렇게 처리한 편지가 불가사의한 방식으로 다시 튀어나왔지만 어쨌든 편지 문제는 해결됐다. 정연도 살았고 다행히 그를 알아보지 못했다.

문제는 여전히 그를 노리는 진짜 살인자였다. 놈이 지금 제가 한 짓을 전부 그에게 뒤집어씌우려 하고 있다. 놈은 그가 수연을 좋아했던 것도, 진짜 매구탈을 가졌던 것도 알고 있다.

두산의 휴대폰이 울렸다. 그놈에게서 새로운 문자가 도착했다. 매번 다른 번호로 보냈었는데 이번엔 지난번과 같은 번호로 왔다.

〈내가 누군지 알고 싶어서 대가리가 터지려고 하네. 지금 매구호수로 와. 그럼 날 볼 수 있을 거야.〉

두산이 그 문자를 길군에게 보여주었다. 길군은 비장하게 말했다.

"가자. 가서 놈을 잡자."

*

이하는 이원동에서 몇 군데 알바 면접을 보고 집으로 돌아가는 길이었다. 아리의 집에서 현승으로부터 충격적인 고백을 받고 어색하게 헤어진 이후로 이하는 방학할 때까지 학교에 나가지 않았다. 당장 현승의 얼굴을 어떻게 마주해야 할지 난감하고 두려웠다. 그동안 현승 역시 이하에게 연락하지 않았다. 그 역시 그런 식으로 비밀을 털어놓은 것을 후회하고 있는 건지도 몰랐다.

틀림없이 그 순간 내 표정을 읽었을 거야. 아무리 태연한 척 숨기려고 해도 보나마나 감정을 질질 흘리고 있었을 테니까. 어쨌든 계속 이런 식으로 거리를 둘 수는 없었다. 만나서 제대로 이야기를 해봐야 했다.

그나저나 두산 형은 괜찮나. 계속 경찰 조사를 받고 있다고 했는데 어떻게 되어가고 있는지 좀 알려주지. 하긴 그럴 여유가 어디 있겠어. 정말 그 형이 정연 누나를 죽이려고 했을까. 길군 형의 편지를 두산 형이 쓴 게 밝혀지면 뭐 어떻게 되는데? 그게 살인 동기가 될 정도로 중요한가. 게다가 두산 형도 살해 협박을 당하고 있는 처지잖아.

대숲에 들어서자마자 하늘에서 빛이 번쩍이더니 천둥이 우르르 소리를 냈다.

"어, 우산 안 가져왔는데."

굵은 빗방울이 툭툭 떨어지더니 이내 세차게 내렸다. 이하는 내리는 비를 그대로 맞으며 뛰었다. 거친 빗소리와 함께 주변의 모든 소리와 정경이 뭉개졌다. 정신없이 대숲을 빠져나오니 호숫가를 빙 둘러 붉은 불빛들이 빗속에서 어지러이 흔들리고 있었다. 사방에서 사람들의 외침이 들렸다. 무슨 일이지?

비옷을 입고 무전기를 든 남자와 우산을 쓴 남자가 보였다. 둘 다 이하가 병원에서 본 얼굴들이었다. 비옷을 입은 쪽은 정연의 사건 담당 경찰이고 우산을 쓴 쪽은 정연의 아버지였다. 그때 다른 쪽에서 우산을 썼지만 거의 다 젖은 두산과 길군이 그들을 향해 다가갔다.

"홍 계장님!"

두산이 소리쳐 불렀다. 그러자 무슨 놈의 비가 이렇게 쏟아지냐며 초조한 표정으로 화를 내고 있던 정연의 아버지는 돌아보며 말했다.

"어? 두산 씨도 알고 온 거야?"

"그럼 놈이 계장님에게도?"

"무슨 소리야? 놈이라니?"

"매구탈을 쓰고 살인을 저지르고 다니는 그놈 말이에요."

그놈이 잡히면 이번엔 그놈이 정연의 일까지 다 덮어쓰게 될 것이다. 반드시 그리 되어야 했다. 애초에 그놈이 그에게 하려던 짓이었으니까. 진짜 살인자는 그놈이다.

"무슨 소립니까?"

경찰이 물었다.

"말씀드렸잖아요. 그놈이 저에게 지속적으로 문자를 보냈다고요. 좀 전에도 자기가 누군지 알고 싶으면 여기로 나오라고 해서 지금 온 거예요."

"그럼 그놈이네."

정연의 아버지는 불안한 기색을 역력히 드러내며 말했다.

"정연이도 비슷한 문자를 받았어. 근데 보낸 번호가 이우경이야."

"실종된 이우경 학생요?"

"그래, 이우경의 휴대폰을 놈이 가지고 있었던 거야."

"번호가 뭔데요? 뭐라고 보냈는데요?"

정연의 아버지는 휴대폰에 띄워둔 사진을 보여주었다.

〈알고 싶어? 수연이 어떻게 죽었는지 알고 싶으면 지금 매구호수로 나와. 그럼 수연을 죽인 진짜 범인이 누군지 알게 될 거야.〉

"얘 엄마가 놀라서 다급하게 이걸 찍어 보냈더라고. 이 문자를 받고 정연이 말릴 새도 없이 바로 뛰쳐나갔대. 퇴원한 지 얼마 되지 않아 몸도 안 좋은데."

전화번호와 문자 내용을 확인한 두산의 얼굴이 창백해졌다. 그에게 마지막으로 보낸 문자의 전화번호와 같았다.

"근데 수연을 죽인 범인이란 게 대체 뭔 소리야? 이 말이 사실이면 수연이가 자살한 게 아니라는 거잖아. 그럼 살인이라는 건데, 누가 호수에 밀어 넣었단 거야?"

정연의 아버지는 길군을 보았다. 정연이 밤낮 했던 말이 그 말이 아니었던가. 길군이 수연을 죽이려고 일부러 불러낸 거라고.

"길군은 수연이 어떻게 빠졌는지 보지 못했어요. 빠진 걸 발견하고 바로 뛰어들었어요."

두산이 말했다. 보아하니 애장터 수렁에서 발견된 아이 시신과 편지에 대해서 경찰이 아직 정연의 아버지에게 알리지 않은 모양이다. 어쨌든 정리가 되면 곧 다른 사람들도 알게 될 것이다. 그렇다고 해도 이야기의 맥락은 크게 달라지지 않는다. 길군이 구하려고 해서 죽은 건 마찬가지니까. 길군에 대한 원망은 그대로일 거고 앞으론 그의 이름도 함께 오르내리겠지.

"중요한 건 범인이 여기 있다는 거잖아요."

길군이 말했다.

"그게 너잖아."

"그러니까요. 전 여기 있는데 범인은 어디 있을까요?"

"무슨 소리야?"

"범인이 스스로 잡히고자 다 불러 모은 건 아닐 테고, 다른 목적이 있다는 거죠. 범인은 여러 번 두산이를 노렸고 한 번은 홍정연을 노렸죠. 두산이는 여기 있고 홍정연은 어디 있을까요? 저 어디 안 가니까 먼저 딸이나 찾으시죠."

"우리 정연이…!"

정신이 퍼뜩 든 정연의 아버지가 호수 쪽으로 시선을 돌렸다.

"저기 뭔가 있습니다!"

호수 저편에서 누군가 외쳤다. 정연의 아버지는 우산을 버리고 서둘러 그쪽으로 달려갔다. 나머지 사람들도 그 뒤를 쫓아갔다. 쏟아지는 빗줄기가 너무 드세서 사방이 온통 뿌옇게 흐렸고 뭔가 있다는 쪽에는 뭐가 있는지 제대로 보이지 않았다. 뭔가 봤다고 소리쳤던 경찰은 진짜 뭔가를 봤다고 강조했다. 정연의 아버지는 딸이 보이지 않자 마음이 조급해졌다.

도대체 무슨 일이 벌어지고 있는 걸까? 이하는 문득 섬뜩한 예감에 사로잡혔다. 배 속에서 얼음 알갱이들이 이리저리 쓸리는 기분이었다.

"대체 어디에 뭐가 있다는 거야? 정연아, 정연아!"

정연의 아버지는 미친 듯의 딸의 이름을 불렀다. 그때 두산이 외쳤다.

"계장님! 저기요, 저기 있어요!"

그들은 다시 두산이 가리키는 방향으로 몰려갔다. 빗줄기에 가린 여자의 형태가 어렴풋이 잡혔다. 저게 사람인지 귀신인지 다들 눈을 크게 뜨고 살피는 사이 정연의 아버지는 단박에 알아보고 달려가 그 여자의 팔을 잡아챘다. 어떤 혼돈스러운 상황에서도 아버지는 자기 딸의 모습을 분명하게 알아볼 수 있었던 것이다.

"너, 지금 여기서 뭐하는 거야?"

"봐요, 아빠."

정연은 아버지의 뒤를 따라온 길군을 가리켰다.

"역시 그럴 줄 알았어. 여기 오면 수연 언니를 죽인 범인이 있을 거라고 했거든."

모두의 시선이 길군을 향했다. 길군의 얼굴에 예의 그 비틀린 미소가 드러났다.

"그래서 그날 네가 본 매구탈을 쓴 놈이 나야? 그래? 그게 나라는 증거를 대 봐."

"당신 말고 누가 매구탈을 쓸 수 있어? 안 그래?"

"난 절대 매구탈을 쓰지 않아. 그게 아주 무서운 물건이라는 것을 알거든. 아버지도 경고했지. 다행히 그 매구탈은 오래전에 잃어버렸어. 공방에 걸려 있는 것은 내가 만든 가짜야. 그 가짜는 12년 전 수연이 죽기 전부터 거기 걸려 있었다고."

"거짓말."

"내 잘못은 매구가 있는데 수연을 구하려고 호수에 뛰어들었던 거야. 말해봐. 12년 전 네가 본 게 매구야, 매구탈을 쓴 사람이야?"

"그게 매구든 매구탈이든 언니는 그걸 보고 죽었어. 그게 언니를 죽인 거라고. 그리고 나를 죽이려고 했고!"

정연은 절규했다.

"정연아, 여기서 이러지 말고 집에 가서 이야기하자."

정연의 아버지는 어떻게든 딸을 호수에서 멀리 떼어놓으려 했다.

"그래, 일단 아버지하고 집으로 가. 범인은 우리가 잡을 테니까."

경찰의 말에 정연은 코웃음을 쳤다.

"또 제 말 안 들으시네요. 언니를 죽인 범인이 여기 있다고 했어요. 여기 있는 사람들 중에 범인이 있단 말이에요."

두산의 심장이 쿵쾅거렸다. 난 범인이 아니야. 그건 사고였다고.

"수연 언니는 자살하지 않았어요. 황길군의 편지를 받고 황길군을 만나러 갔다가 죽었다고요. 황길군이 언니를 죽였어요. 살리는 척했던 거지 실은 죽이려고 했던 거예요."

두산이 말했다.

"진정해, 정연아. 수연의 일은 그냥 사고였어. 수연을 죽인 범인 어쩌고 하는 말은 널 여기로 불러내려는 미끼야. 나도 같은 문자 받고 왔어. 그거 매구탈을 쓴 살인자가 이우경의 번호를 가지고 우리한테 장난 친 거야."

"그래서 그때 난 아무것도 하지 말았어야 했다는 거야?"

길군이 말했다. 정연은 젖은 머리칼을 젖히며 호수 쪽으로 시선을 돌렸다.

"규칙은 한 번도 예외가 없었어. 당신이 진짜 언니를 살리고 싶었다면 아무것도 하지 말았어야 했다고. 지금부터 잘 봐. 매구가 날 구해주는 것을."

정연은 아버지의 손을 뿌리치고 그대로 호수를 향해 달려갔다. 죽은 관목과 바위들을 아슬아슬하게 뛰어넘었다. 이끼 낀 젖은 바위는 미끄러웠다. 정연은 이내 균형을 잃고 물속으로 떨어졌다.

수연이 바위에서 미끄러지던 때와 똑같은 광경을 다시 보게 된 두산은 저도 모르게 다리의 힘이 풀려 그 자리에 털썩 주저앉았다. 길군은 멈칫했다. 이번에는 아무것도 하지 말아야 해. 맹세했잖아. 이런 상황이 오면 다시는 호수에 뛰어들지 않겠다고.

순식간에 캄캄한 어둠 속으로 곤두박질 친 정연은 간신히 수면 위로 고개를 내밀었다. 그녀는 미친 듯이 쿵쿵 뛰는 심장이 갑자기 놀라 정지하면 어쩌나, 발에 쥐가 나면 또 어쩌나 두려워하며 사방을 둘러보았다. 눈앞이 흐릿했다. 사정없이 때리는 빗줄기로 수면이 끝없이 패였다.

정연은 허우적거리며 자신도 모르는 사이에 호수 한가운데로 쓸려가고 있었다. 다시 호숫가로 헤엄쳐 나가고 싶었지만 방향을 알 수가 없었다. 자신을 부르는 사람들의 목소리가 사방에서 들려왔다. 멀리 빗줄기에 녹아 있는 거뭇한 그림자들이 보였다.

정연은 그 그림자들이 호숫가에 있는 바위나 사람 들일 거라고 여기고 필사적으로 다가갔다. 당도하고 보니 그것은 썩은 관목줄기가 뒤엉킨 부유물이었다. 그나마도 손에 닿으니 녹아내리

듯 흩어져버렸다. 호수가 사람들에게서 더 멀어지도록 그녀를 속인 것이다.

이를 깨달은 정연은 서둘러 방향을 바꾸었다. 겁을 먹은 탓인지 물의 저항이 드세게 느껴졌다. 팔다리가 마음먹은 대로 움직여지지 않았다. 숨이 차올랐다. 빗줄기가 그녀의 머리를 사정없이 때리며 수면 아래로 꽉꽉 눌러 넣었다. 정연은 자신의 몸을 가누기가 어려워졌다. 드디어 매구가 구해줄 때다.

사람들은 매구를 봤다는 그녀의 말을 믿지 않았다. 하지만 매구 이야기는 굳게 믿었다. 그러니까 여기 있는 사람들 중 길군 말고는 감히 누구도 그녀를 구해주러 호수에 뛰어들지 못할 것이다. 이번에는 길군도 선불리 움직이지 않을 테고.

그녀는 머리가 깨진 채 호수에 던져졌지만 호수는 그녀를 뱉어냈다. 북쪽 부유물들이 그녀를 떠받친 채 호수 가장자리까지 밀어냈다. 진짜 매구가 있지 않고서는 그런 기적이 일어날 수 없었다. 그녀에게는 확신이 있었다.

몸이 점점 무거워졌다. 머리가 물속으로 몇 번이나 처박혔다. 수면 아래는 깜깜한 그림자와 침묵만 어른거렸다. 수면 위는 차가운 빗금과 소음으로 어렴풋했다. 그런데 매구는 얼마만큼 왔을까? 숨이 가빠졌다. 제발 나 좀 구해줘. 살려줘요.

모든 것이 까마득하게 멀어졌다. 영혼이 반쯤 빠져나간 몸이 깊고 깊은 어둠 속으로 천천히 가라앉았다. 정연은 저 앞에 둥둥 떠 있는 자신의 발끝을 보았다. 수면 위로 나가려고 두 팔을 내저어봤지만 둥글게 원을 그리며 제 자리를 맴돌 뿐이었다.

정연의 아버지가 호수로 뛰어들려는 순간, 두산이 그를 잡고 말렸다.

"계장님, 안 돼요. 매구가…."

"매구? 매구 같은 소리 하지 마. 놔!"

"계장님, 12년 전에 길군이 뛰어들어서 어떻게 됐는지 잊었어요?"

"놓으라고, 김두산 씨. 당신 딸이 빠졌어도 그렇게 말할 수 있어?"

움찔한 두산의 손이 느슨해졌다. 두산이 홍 계장의 팔을 잡고 실랑이를 벌이는 동안 이하는 고민에 빠졌다. 이런 거구나. 그는 길군을 보았다. 머뭇거리고 있었다. 정연이 아무것도 하지 말라며 못을 박고 자진해서 뛰어들었으니 갈등이 생기겠지. 하지만 나한텐 그런 말 하지 않았으니까.

이하는 더는 두고 볼 수가 없었다. 그가 호수로 뛰어드는 동시에 길군도 움직였다. 두산을 뿌리친 정연의 아버지가 마지막으로 뛰어들었다. 천둥이 번쩍였다. 뿌옇게 흩어지는 빗줄기 속에서 두산은 발을 동동 굴렀다.

"이러다 다 죽겠어!"

사람들은 입을 다문 채 수위가 무섭게 높아지고 있는 호수를 바라보았다. 호수에서 무슨 일이 벌어지고 있는지 그들은 알지 못했다. 조금 후에 이하가 정연을 끌고 호숫가에 나타나자 모두가 소리를 지르며 달려들었다. 이하는 기진맥진한 채 정연을 사람들 손에 맡기고 그대로 주저앉았다. 경찰들이 호수를 향해 붉은 경광봉 불빛을 흔들며 외쳤다.

"홍 계장님, 황길군 씨, 나오세요! 사람 구했어요!"

호수에 허리까지 담갔던 정연의 아버지가 돌아섰다. 그는 허겁지겁 달려와 정연을 끌어안으며 이하를 향해 말했다.

"네가 우리 정연이를 또 한 번 살렸구나. 고맙다."

흠뻑 젖은 길군이 호수를 나와 사람들쪽으로 걸어오자 정연의 아버지가 벌떡 일어섰다. 그는 길군의 어깨에 손을 얹으며 말했다.

"미안하다."

그는 그제야 길군의 마음을 이해할 수 있었다. 자신과 같은 마음이었던 것이다. 매구가 있든 없든 중요하지 않았다. 한 번 그렇게 수연을 죽였으니 이번엔 그냥 지켜봐야 했다. 그런데 이번에도 그러지 못했던 건 죽어도 그럴 수 없었기 때문이다. 그 순간 그가 그랬던 것처럼 길군 역시 물불 가리지 않고 진심으로 수연을 살리려 했던 것이다.

그들을 불러낸 살인자의 출현에 대비해 경찰이 인원을 남기고 철수했다. 정연과 정연의 아버지도 돌아갔다. 그때까지도 두산은 혼란스러운 얼굴로 멍하니 젖은 바닥에 앉아 있었다. 길군이 이하에게 물었다.

"괜찮냐?"

"괜찮아요. 근데 두산 형이 괜찮지 않아 보여요."

"지가 뭐 한 게 있다고. 야, 김두산. 일어나. 언제까지 자빠져 있을 거야."

길군은 두산을 억지로 일으켜 세워 데리고 갔다. 두 사람이 자리를 뜨고 난 후 이하는 호수로 시선을 돌렸다. 그 사이 호수의 물은 엄청나게 불어 바라보고만 있어도 겁이 났다. 저길 내가 어떻게 뛰어들었지? 생각해보니 아찔했다. 근데 내가 정연을 구한 것이 맞나? 하지만 이건 호수의 규칙이 아니잖아. 그 불문율은 한 번도 깨진 적이 없다고 했어.

지난번에 호수 북쪽에 버려진 정연을 물에서 데리고 나올 때도 자신이 구하려 들면 죽는 게 아닌가 걱정했다. 하지만 그때 그가 바로 발견하지 못했다면 정연은 그렇게 방치된 채로 결국 죽었을 것이다. 그렇다면 매구가 살려서 보내준 게 아니다. 그가 구한 것이다. 이번에도 저번에도. 뭐야, 이게? 그럼 내가 매구야?

머릿속으로 차가운 물이 흘러들었다. 매구호수에 들어간 것이 이번이 네 번째였다. 첫 번째는 그의 머릿속에 기억의 잔편들이 남아 있음에도 모두가 없었던 일이라고 말했다. 두 번째는 물가에 처음 나간 아이처럼 조심스럽게 발만 담갔고, 세 번째는 넘어져서 몸을 적신 채 환상을 보았다. 그리고 네 번째는 그의 의지로 자신을 호수에 던졌다.

호수가 지닌 마력의 물은 경계가 풀린 그의 내면을 마음 놓고 휩쓸었다. 거짓과 환상의 부유물들이 흩어지면서 가려져 있던 진실이 마침내 그 모습을 드러냈다. 이하는 빗속을 걸었다. 비탈길을 올라가며 호수를 돌아보았다. 시커먼 빗줄기 너머로 호수가 아른아른 흔들렸다. 집게손가락이 초조한 듯 떨었다. 비 내리는 호수 주변의 나무들이 한밤중에 깨어난 유령들처럼 춤을 추었다.

*

집에 도착한 이하는 툇마루에 걸터앉았다. 여태 어디에도 맞지 않아 생소해 보였던 과거 기억의 조각들이 현재의 이해할 수 없는 또 다른 조각들과 머릿속에서 짝을 맞춰갔다. 이하는 꼼짝하지 않은 채 그 작업들의 결과를 들여다보았다. 어느새 무섭도록 쏟아붓던 빗줄기가 서서히 약해졌다.

비탈 아래쪽에서부터 흥얼거리는 노랫소리가 나직하게 올라왔다. 그제야 이하는 자리에서 일어섰다. 얼큰하게 취한 아버지가 갈지자걸음으로 우산을 이리저리 흔들며 마당으로 들어섰다. 머리부터 발끝까지 흠뻑 젖은 아버지는 이하를 보고 웃으며 혀가 꼬부라진 소리로 말했다.

"아이구야, 너도 폭삭 젖었네. 나도 다 젖었다. 우산을 써도 소용이 없더라. 오다 보니 경찰들이 매구호수 주변을 수색하고 있던데. 누가 호수에 빠졌다면서. 호수에 빠진 애가 넌 줄 알고 하늘이 무너지는 줄 알았다. 그런데 군청 직원 딸이라더라."

아버지는 좀 전에 이하가 무슨 일을 겪었는지 전혀 알지 못한 채 떠들었다. 이하는 언제나 이야기가 현실이 되기를 갈망했다. 때론 그것이 잔인한 사실이 될 수도 있다는 것을 알지만 그럼에도 언제나 진실을 원했다.

"그 군청 직원 딸을 누가 구해줬는지 들었어요?"

"매구가 구해줬겠지."

아버지는 우산을 접어 툇마루에 기대 세웠다. 우산이 픽 쓰러졌다.

"아버지. 제가 누구예요?"

아버지는 쓰러진 우산을 다시 집어 세우며 말했다.

"누구긴, 내 아들이지."

우산이 또 쓰러졌다. 아버지는 씩씩거리며 불평했다.

"이놈의 우산이 왜 이렇게 말을 안 들어?"

이하는 아버지의 등에 대고 말했다.

"저예요."

아버지는 우산을 쥔 채 돌아보았다.

"그 호수에 사람이 빠지면 매구만 구해줄 수 있다면서요? 저 뭐예요? 제가 매구예요?"

"네가 무슨 매구야? 그리고 세상에 매구가 어딨냐?"

"방금 '매구가 구해줬겠지' 하고 말한 건 아버지잖아요."

"그거야 그냥 하는 말이지. 갑자기 왜 그러냐? 아무튼 장하다. 착실하게 수영 강습 시켜놨더니 결국 한 건 해냈네."

아버지는 평소처럼 웃어 보이려고 입을 벌렸지만 표정은 이미 일그러져 있었다.

"그냥 하는 말 아니잖아요. 아버지는 매구를 믿잖아요. 어려서 제가 호수에 빠졌을 때 죽어도 구해주지 않았던 건 그 때문이고요."

"아니야, 그래서가 아니야. 그게 그런 게 아니라고."

아버지는 낭패감에 젖은 눈동자를 이리저리 굴리며 말을 잇지 못했다.

"아니면 설명을 해봐요. 대체 뭐예요? 저한테 숨기고 있는 게?"

이래도 저래도 언제나 느른하던 아버지의 얼굴이 바짝 굳었다. 술에 취해 있던 흐리멍덩한 눈빛이 순식간에 찬물 세례를 받은 듯 깨어났다. 아버지는 이하의 시선을 피하며 말했다.

"내가 뭘 숨겨?"

아버지는 쥐고 있던 우산을 바닥에 천천히 내려놓았다. 아버지의 손이 덜덜 떨렸다.

"제가 매구호수에 빠진 사람을 구했다고요. 길군 형도 못 해낸 일을 해냈단 말이에요. 그건 매구만 할 수 있는 일인데 저는 매구가 아니잖아요. 하지만 매구의 아이라면 말이 되죠. 예를 들면 난숙 아줌마가 버린 매구의 아이요. 사람들은 그 아이가 아리라고 말하지만 아리는 아줌마를 닮지 않았어요. 누가 봐도 길군의 동생이죠. 어디까지가 진실인지 모르겠지만 이 동네 소문에 의하면 할아버지는 매구와 바둑 친구를 할 만큼 친밀한 사이였어요. 할아버지는 아리의 아버지가 호숫가에서 발견했다는 매구의 아이에 대해 알고 있어요. 아버지도 알죠? 누구예요?"

이하는 그가 맞춰본 이 황당한 퍼즐의 결과를 아버지가 부정해주기를 바랐다. 그러면 이 글러먹은 이야기는 절대 현실이 되지 않을 터였다. 그는 엄마를 닮지 않았다. 많은 것들 중에 하나쯤은 엄마를 닮은 것도 있어야 했는데 전혀 없었다. 봄빛이 엄마를 쏙 빼다 박은 건 딸이기 때문이라고 생각했다. 봄빛이 못된 짓을 하거나 말썽을 부릴 때 엄마는 말했다. 어릴 때 나도 그랬어. 이하에게는 한 번도 그런 말을 한 적이 없었다.

"이하야, 그게 어떻게 된 거냐면 말이다."

아버지는 거칠어진 양손으로 뺨을 문질렀다. 뭐라고 말해야 할지 궁리하는 듯 표정이 어지러웠다. 이야기가 기어이 현실이 되려고 꿈틀거렸다. 젠장, 이러면 안 되지. 아니라고 해. 제발 아니라고 말하란 말이야. 이하는 속으로 비명을 질렀다.

"그래서 엄마가 저를 버리고 봄빛이만 데려간 거죠? 저, 엄마 아들 아니죠? 아니, 아버지 아들인 건 맞아요?"

"무슨 소리, 넌 내 아들이야."

"그러니까 아버지가 매구였네요. 할아버지의 바둑 친구도 아버지겠네요. 아버지 바둑 잘 두신다면서요? 아버지, 언제부터 매구였어요? 아버지, 진짜 아버지 맞아요? 아버지가…."

그 순간 이하는 정말 믿고 싶지 않은 것을 떠올렸다. 매구는 둔갑을 한다. 죽은 사람의 인골을 덮어쓰고 그 사람인 척한다.

"아버지가 그랬어요?"

"뭘?"

"우리가 여기 온 후부터 사람이 죽어나가요. 12년 동안 잠잠했던 동네에 매구가 다시 등장했다고요."

"그게 정말 나 때문이라면 내가 재수가 없는 놈이라서야."

"아니면 제가 매구의 아이이기 때문이겠죠. 난숙 아줌마는 자기가 낳은 아이를 매구의 아이라고 했어요. 매구를 봤다고도 했어요."

"난숙이에게 나는 매구로 불릴 만하지."

아버지는 씁쓸하게 중얼거렸다. 그 한마디로 이하는 모든 상황을 깨달았다.

"혹시 엄마랑 사이가 틀어진 게 저 때문이에요?"

"아냐, 그건 절대 아니야. 그러니까 이하야, 제발 그런 오해는 하지 마라. 너 때문에 네 엄마와 내가 서로 좋아하게 된 거야. 어쩌면 네 엄마는 혼자 아이를 키우느라 고군분투하는 나를 이렇게 저렇게 돕다가 그만 동정하게 된 건지도 모르겠지만. 그래도 나는 상관없었다. 나는 네 엄마가 많이 좋았고 고마웠어. 하지만…."

아버지는 두 손으로 젖은 머리를 쥐어뜯었다.

"결국 나는 네 엄마를 불행하게 만들었어. 네 엄마와 내 문제는 너와는 상관없는 어른들의 문제일 뿐이야. 너는 나와 네 엄마를 이어준 끈이었다. 네가 없었으면 네 엄마가 나한테 관심이나 줬겠냐. 생각해봐라, 네 엄마가 널 얼마나 살뜰하게 챙겼는지. 이건 그냥 살다 보니 상황이 나빠져서…."

"아뇨. 아버지도 저를 원하지 않았어요. 그냥 어쩔 수 없었던 거죠."

"그렇지 않다니까."

"아줌마는 아이를 호수에 버렸어요. 아버진 호수에 던져진 절 손 놓고 구경만 했죠."

"아니야, 아니야."

아버지는 고개를 흔들며 말했다.

"네가 내 눈 앞에서 호수에 빠졌다면 사실 난 생각 같은 거 할 겨를도 없었을 거야. 무조건 널 구하러 뛰어들었을 테니까. 차라리 너랑 같이 죽는 한이 있더라도 말이다. 네가 호숫가에 버려졌던 건 맞아. 황 씨가 널 발견했고 난 나중에 널 봤다. 그러니 내가 호수에 빠진 널 지켜보고 있었던 기억은 잘못된 거야. 애초에 태어나서 눈도 제대로 못 뜬 갓난쟁이가 뭘 보고 기억할 수 있다는 게 말이 되지 않잖냐."

아버지는 가쁜 숨을 내쉬며 띄엄띄엄 진실을 털어놓기 시작했다.

"사실 난 처음엔 네가 있는 줄도 몰랐어. 당시 난 서울에 있는 친척집에서 고등학교를 다니고 있었어. 방학 때나 잠깐씩 내려오는 처지였지. 난숙이와는 딱 한 번 그런 일이 있었다만 그 결과에 대해 진지하게 생각해본 적은 없었어. 미안하다. 이런 비겁한 소릴 해서."

아버지의 젖은 입술 사이로 한숨이 새어나왔다.

"대학에 입학한 후엔 노느라 혼이 빠져 남바리에는 거의 발을 끊고 있었다. 그러다가 집에 내려왔는데 네가 있더라. 네 할아버지 말씀이 내가 아버지라는 거야. 정말 놀랍고 당황스러웠다. 난숙인 나와 연락이 되지 않자 내가 자기를 피한다고 생각했어. 아이를 어떻게 해야 할지 몰라 그런 어처구니없는 짓을 저지른 거지."

아버지는 혀를 차며 고개를 저었다.

"내가 모든 사실을 알게 됐을 땐 이미 난숙이 학준이랑 혼인신고를 마친 후였어. 학준이 어릴 때부터 난숙일 많이 좋아했거든. 난숙이는 그때 어머니까지 돌아가셔서 굉장히 힘든 상태라 학준이 돌봐주려고 제 부모님을 설득해서 서둘렀다고 하더라. 학준이 여러 번 널 달라고 했어. 난숙이 후회하고 있다면서 말이야. 하지만 네 할아버지께서 윤씨 핏줄은 윤씨가 키운다며 거절하셨지. 네 할아버지는 난숙이 아이를 낳자마자 버렸다는 것을 용서하지 못했어. 나도 거절했다. 앞으로 그 두 사람에게도 자식이 생길 건데 그렇게 할 수는 없다고 생각했어. 널 데리고 서울로 간 후 다시 여기로 발걸음하지 않은 건 이 망할 동네의 소문에서 안전하게 키우고 싶어서였다. 가끔 네 할아버지를 뵈러 나 혼자 몰래 내려오곤 했는데 학준이 아버지가 들를 때마다 뵐 면목이 없어서 매번 도망쳤지."

그렇게 송백중이 말한 할아버지의 숨겨진 바둑 친구는 매구가 되었다. 하지만 송백중은 죽기 전에 할아버지가 매구호수를 언급하자 바로 알아들었다. 오랜 친구였던 두 사람 사이에서 그 일은 두고두고 껄끄러운 문제로 남아 있었다.

"난 난숙이 잘 살기를 바랐다. 나머진 내가 책임져야 할 문제였지. 네 엄마는 자기 부모의 반대도 불사하고 나와 너를 모두 받아줬어. 그때 나는 네 엄마를 죽을 때까지 사랑하겠다고 맹세했다."

엄마도 그렇게 위대하고 순수한 사랑을 실천하려고 했지만 결국 지쳐버렸다. 그 사랑은 혼자 할 수 있는 것이 아니기 때문이다.

"가장이 되기 위해 대학을 그만뒀다. 어른이 되고 싶어 어른 흉내를 냈지만 진짜 어른이 된다는 건 무거운 책임이 따른다는 것을 그제야 깨닫게 됐지. 이하야."

아버지의 얼굴이 아래로 떨어졌다.

"무서웠어. 널 안은 채 난 길을 잃었다. 온 세상이 뱅뱅 도는 것 같았어. 어디로 가야 할지 알 수 없었지. 네 엄마가 없었다면 그때 나는 한 발짝도 앞으로 나아가지 못했을 거야. 너랑 그대로 굶어 죽었을지도 모르겠다. 살면서 어느 한순간도 무섭지 않은 적이 없었지만 네 엄마를 잃는 것이 제일 무서웠어. 용기 있게 다가온 네 엄마한테 더는 약한 모습 보이고 싶지 않았다. 그래서 무섭지 않은 척 가장하고 상처 입지 않은 척 담담하게 살기로 했지. 다른 사람들 눈에는 실실거리는 내 모습이 얼간이처럼 보일지 모르겠지만, 내가 얻은 모든 것들을 지키려면 그래야만 했어. 사는 게 뜻대로 풀리지 않았어도 나는 네 엄마 앞에서 어떤 앓는 소리도 낼 수 없었다. 그러다 보니 자꾸만 수렁으로 빠지게 되더라. 아무리 해도 발을 끄집어낼 수가 없어서…."

아버지의 어깨가 들썩였다.

"네 엄마가 헤어지자고 했을 때 사실은 죽으려고 했다. 근데 무섭더라. 여긴 그나마 익숙한 세상인데 저쪽은 어떤 세상인지도 모르겠고, 갔는데 아니다 싶으면 다시 돌아올 수 있는 것도 아니고, 너랑 네 엄마랑 봄빛이도 다시는 못 만나게 될 거고."

아버지는 마른 침을 꿀꺽 삼키곤 말했다.

"나는 말이다, 이제 낯선 것들이 무섭다. 그래서 갈 곳이 여기밖에 없었어. 학준이 날 때려 죽여도 별수 없다고 생각했지. 기왕 죽을 거면 여기서 학준이 손에 죽는 게 차라리 낫겠다 싶기도 했고."

아버지의 목소리는 땅속으로 빠졌다가 다시 기어 올라와 이하를 향해 사죄하며 슬금슬금 다가왔다.

"미안하다. 내가 다 잘못했다."

아버지는 기어이 굵은 울음을 터뜨렸다.

"그래도 네가 있어서 또다시 그 무서움을 이겨낼 수 있었다. 넌 오늘 매구호수에 빠진 누군가만 살린 게 아니야. 나도 살렸어. 너 없이 여기 나 혼자 버려졌다면 난 아마 버티지 못했을 거야."

툇마루에서 몸을 말고 흐느끼는 아버지를 내버려두고 이하는 자기 방으로 들어갔다. 젖은 옷을 입은 채로 방바닥에 벌렁 드러누웠다. 분노가 치밀었다. 아버지는 큰방으로 엉금엉금 기어들어 갔다. 문지방을 넘자마자 아버지는 방바닥에 엎어졌다. 아버지가 내뿜는 술 냄새가 사방 어둠에 들러붙어 좀처럼 떨어지질 않았다. 그래, 저렇게 취하지 않았더라면 그리 쉽게 고백할 수 없었겠지.

코 고는 소리가 들리지 않았다. 그렇게 취했는데도 잠을 이루지 못하는 것이다. 하긴, 이 마당에 잠이 오는 것도 웃기지. 가끔씩 달빛에 비친 아버지의 어깨가 파르르 떨렸다. 울고 있는 걸까. 뭣 때문에? 울어야 하는 건 나잖아. 몽땅 아버지가 저지른 짓이고 그 때문에 이렇게 된 거니까.

이하는 우는 것마저 선수를 빼앗겨 억울한 기분이 들었다. 하지만 그는 눈물이 나오지 않았다. 뭐가 이래. 우그러진 마분지가 새것처럼 펴지질 않아서 화가 나 미칠 지경이었지만 그걸 쥐고 울 나이는 지났다. 한번 구겨진 종이의 주름은 다시는 펴지지 않는다. 하늘을 두 쪽 낼 것처럼 요란한 천둥소리가 연달아 세상을 두드렸다.

아버지의 말이 사실이라면 내게 남아 있는 기억은 뭐지? 황인기가 날 발견했다. 소문에 의하면 그가 본 것은 아이를 안고 있는 매구였다. 온통 물에 젖어 있었다고 했다. 만약 매구가 나를 주워서 자신의 공간인 물에 데리고 들어갔던 거라면? 그러고 나와서 나를 들여다보고 있던 거라면? 시력이 없는 갓난쟁이는 눈을 통해 본 매구의 기억을 가지고 있는 게 아니다. 매구는 다른 방식으로 자신을 기억하게 했다.

공방에서 매구탈을 처음 마주한 순간, 이하는 무의식 속에 가라앉아 있던 모호했던 얼굴이 떠올랐다. 매구탈은 모두의 얼굴과 닮았다. 그러니 아버지의 얼굴이라고도 여길 수 있었다. 아마도 나는 매구를 보았나 보다.

길군의 매구탈은 황인기의 것과 똑같이 만들어졌다. 그걸 보고도 그렇게 느낄 정도면 진짜 황인기의 매구탈은 대체 어떤 물건인 거지. 길군이 말했다. 자기는 절대 매구탈을 쓰지 않는다고. 그게 얼마나 무서운 물건인지 알기 때문이라고. 그의 아버지의 경고라고 했다.

그렇다면 황인기는 자기가 만든 매구탈이 어떤 물건인지 알고 있었던 것이다. 호숫가 팽나무에는 황인기가 매구를 죽이려고 묶어둔 머리카락 밧줄이 아직 매여 있다. 나무가 뽑힐지언정 매구는 그 머리카락 밧줄을 끊을 수 없다.

매구가 있다. 매구탈을 쓴 살인자 말고 진짜 매구가. 이하는 그렇게밖에 생각할 수 없었다. 천 년 묵은 여우는 매구가 된다. 여우는 인골을 덮어쓰고 둔갑을 한다. 인골은 죽은 사람에게서만

얻을 수 있다. 호수 바닥에는 매구에게 끌려 들어간 죽은 자들의 시신이 묻혀 있다.

매구는 누구의 시신은 돌려주고 누구의 시신은 돌려주지 않는다. 만약 매구가 돌려주지 않은 시신들 중 누군가로 둔갑해서 우리 곁에 있다면? 아니야, 죽은 자가 돌아오면 사람들이 모를 수가 없어. 근데 이게 다 말이 되는 이야기야? 분명 뭔가 놓친 게 있는데.

이하는 벌떡 일어나 그동안 여기 와서 그려왔던 스케치들을 한 장 한 장 들여다보았다. 머리끝이 쭈뼛 섰다. 여태 모든 것을 보고 있었는데 알아차리지 못했다. 너무도 미묘하고 작은 것들뿐이라 간과했다. 그는 휴대폰을 집어들었다.

*

새벽이 희끄무레 밝아올 때까지 이하는 한숨도 자지 않은 채 빗소리를 들으며 깨어 있었다. 그는 내내 인터넷으로 뭔가를 검색하다가 설핏 잠이 들었다.

아침이 되자 간밤의 비는 말끔히 개고 점점이 흩어지는 구름들 사이로 환한 햇살이 드러났다. 선명해진 세상이 지난밤의 복잡하고 심란한 마음을 걷어냈다. 밤새도록 이하는 생각하고 또 생각했다. 그리고 이제 마음을 정했다.

일어나보니 아버지는 보이지 않았다. 이하는 씻고 옷을 갈아입은 후 집을 나섰다. 먼저 아리를 만나 황인기의 매구탈을 써본 적이 있는지 물어봐야 했다. 아리는 오빠와 자신은 아버지의 경고를 결코 어기지 않았다고 악착같이 부정했다. 하지만 길군은 매구탈에 손을 댔다. 아리의 강한 부정은 경고를 어긴 것에 대한 두려움의 본능적인 반증일 수 있다.

그가 매구를 본 것처럼 아리도 매구를 봤을 것이다. 아리에게도 그의 집게손가락과 같이 설명할 수 없는 흔적이 남아 있다. 악몽으로 눈썹이 다 빠졌다고 했다. 그 악몽이 아리가 잊은 기억이다. 기억은 못하지만 아리는 매구가 있다고 확신했다. 그냥 안다고 말했다. 매구뿐 아니라 전부 다. 이하의 깊은 의식 속에 잠겨 있는 매구의 모호한 얼굴처럼 아리 역시 자신 안에 흩어져 있는 매구에 대한 기억을 어렴풋이 인지하는 것이다.

지난밤에 무슨 일이 있었는지 전혀 모른다는 듯 호수는 고요했다. 호숫가를 빙 돌아 등정리 길로 막 접어들었을 때 뒤에서 자전거 소리가 났다. 돌아보니 현승이었다.

"어디 가?"

"네가 여기 웬일이야?"

"어디 가냐고 내가 먼저 물었다."

"아리에게."

"거긴 왜?"

자초지종을 현승에게 털어놓긴 해야 하는데 지금은 아니다.

"설명하자면 좀 긴데 나중에 말해줄게. 넌 어디 가는데?"

"너한테 가던 길이야. 조금만 늦었으면 엇갈릴 뻔했네."

"전화하지."

뭔가 어색했다. 그러고 보니 현승이 이런 식으로 다짜고짜 집으로 찾아오려 한 적은 한 번도 없었다. 아니, 먼저 불러낸 적도 없었다.

"난 네가 먼저 전화할 줄 알았어."

"그러고 싶었지. 근데 무슨 말을 어떻게 해야 할지도 모르겠고, 좀 그랬어."

"알아. 그래서 내가 온 거야. 아무래도 너하고 이야기를 좀 해야 할 것 같아. 너도 그러고 싶을 거라고 생각하는데. 그날 내가 좀 심했지?"

"그렇다기보다는…."

"그래도 사실을 털어놓은 걸 후회하지는 않아. 너라서 말한 거야."

아리를 만나러 가는 건 미뤄야겠다.

"지난번처럼 한잔할까."

"아침부터?"

"뭐 어때. 나 보러 온 거라며? 금방 돌아가야 해?"

"그건 아니고."

"팽나무 밑에서 기다려. 올라가서 술 가져올게. 다락에 할아버지가 묻어둔 약주 있어. 안 딴 거라 내용물이 어떨지 모르겠지만 괜찮을 거야."

"그럼 난 집에 가서 고기 가져올까?"

"아니, 됐어. 번거롭잖아. 과자 챙겨 올게."

*

현승은 팽나무 그늘에 앉아서 호기심 어린 눈으로 이하가 배낭에서 꺼내 놓는 것들을 보았다. 묵직한 술병과 종이컵, 감자칩 한 봉지. 두 사람의 머리 위로 무성한 나뭇잎들이 흔들렸다.

"뭔 술이냐? 되게 귀해 보인다."

"할머니가 담그신 건데 할아버지가 애지중지 하시던 거래. 아버지가 나중에 비싸게 팔겠다고 아끼는 거야."

"나중에 아버지 아시면 난리 나는 거 아냐?"

"알 게 뭐야."

이하가 먼저 한 잔 따라 맛을 보더니 썩 마음에 든 듯 현승에게 권했다.

"마셔봐."

현승도 받아 마셔보곤 입맛을 다시며 고개를 끄덕였다.

"나쁘지 않네. 아리 집에서 마셨던 썩은 맥주보다 낫다."

이하는 한 잔 더 따라주며 말했다.

"여기까지. 넌 술이 약해서 더 마시면 안 돼."

"나 생각해주는 거야?"

현승은 기분이 좋아진 듯 입꼬리가 휘었다. 그는 두 번째 잔을 비우고 빈 잔을 내밀었다.

"한 잔 더 줘."

"괜찮겠어?"

"응."

세 번째 잔을 비운 현승은 이내 나른한 듯 등을 바닥에 대고 털썩 누웠다. 뺨이 발그레했다.

"너 또 졸리지?"

"조금. 기분이 엄청 좋네."

"한 잔 더 할래?"

현승이 게슴츠레한 눈으로 이하를 바라보더니 고개를 끄덕였다. 한참 동안 둘은 말없이 그저 잔을 비웠다. 호수에 떨어지는 햇빛 부스러기에 감탄하고 미지근한 바람이 지나갈 때마다 나뭇가지가 흔들리는 소리를 들었다. 호수를 바라보던 이하가 천천히 현승을 돌아보며 입을 열었다.

"우경이 어디 있어?"

현승은 감았던 눈을 가늘게 떴다. 나직한 웃음소리와 함께 현승이 대답했다.

"저 아래."

"네가 데려갔어?"

"날 봤거든."

"죽였어?"

"딱히 그러려고 한 건 아닌데 뭐 어쩌겠어. 그냥 운이 나빴던 거야. 아, 날 원망하면 안 돼. 전적으로 내가 어쩔 수 없는 부분이니까. 존재를 들키지 않으려는 건 존재하기 위해서야. 모든 생명의 본능이지. 그 시간에 뭔가 물에서 나오면 뒤도 돌아보지 말고 도망갔어야지. 날 보자고든 건 그 아이야."

"물에 빠진 사람은 구해주면서 왜?"

"선의로 구해주는 거 아니야. 내 영역에 대한 침입으로 끌어내는 거지. 내 물이 더럽혀지는 것도 싫고. 그게 둘이 되면 둘 다 꺼낼 수가 없어. 너희도 갈림길을 동시에 갈 수는 없잖아. 뭐 그런 거지."

"우경이 휴대폰이 너한테 있어?"

"날 찍었거든."

현승은 머리 뒤로 팔베개를 하며 이하를 향해 싱긋 웃어보였다.

"그걸로 두산 형과 정연 누나에게 문자를 보낸 사람이 너구나. 그럼 죽은 홍수연인 척하면서 두산 형에게 보낸 문자들도 모두 네가 한 짓이야?"

"놀라우리만치 편리한 물건이 발명됐어. 이제 동에 번쩍 서에 번쩍 쏘다니지 않아도 하고 싶은 말을 아무데나 남길 수 있게 됐지."

"왜 그랬어?"

"수연을 죽인 범인이 누군지 알려주려고."

"길군 형은 아니야."

"그럼 아니지. 그 아인 착한 아이야."

"그럼 누구야? 설마 두산 형이야?"

"내 얼굴을 쓰고 내 흉내를 냈지. 그를 어떻게 가지고 놀지는 내 마음이야."

"없어진 진짜 매구탈을 두산 형이 훔쳤어? 그럼 정연 누나를 해치려고 한 게 두산 형이었어? 두산 형이 매구탈을 쓴 살인자라고?"

두산은 수연을 불러내려고 길군을 팔아 편지를 썼다. 그게 밝혀지는 게 싫어서 정연을 죽이려고 했다는 건 말이 안 된다. 하지만 없어진 매구탈을 두산이 가져갔고 12년 전 정연이 본 매구가 매구탈을 쓴 두산이라면 이야기는 달라진다. 수연의 죽음은 우연한 사고가 아니게 된다. 두산이 쓴 편지는 언젠가 매구탈을 쓴 사람이 두산이라는 것을 밝히는 단서가 될 테니까.

이하는 충격이 컸다. 두산이 그런 사람일거라고는 추호도 의심해본 적이 없었다. 두산은 세상에서 가장 반듯한 얼굴로 여태 거짓말을 하고 있었다. 믿을 수가 없었다. 두산이 길군에게 얼마나 잘했는데. 아니다. 돈 가방 사건 때도 그는 길군을 이용했다.

"엄마도 네가 그랬어?"

현승은 몸을 조금 일으키며 이하를 향해 고개를 돌렸다. 이하를 바라보는 눈빛이 묘해졌다. 갸름해진 눈매가 바짝 올라섰다. 이하는 그 시선을 피하지 않았다. 현승은 배시시 웃었다.

"넌 참 용감한 아이야."

"현승의 엄마 말이야. 네가 죽였냐고?"

현승은 팽나무에 몸을 기대며 바로 앉았다.

"뭐 그렇지. 현승이 하도 진저리를 내서 말이야. 나한테 이렇게 예쁜 머리빼를 줬는데 그 정도 값은 쳐줘야지. 내가 아니라 현승이 원한 거야. 다 이 아이 머릿속에 있던 거니까."

잔잔한 호수 수면 위로 빛이 뿌려졌다. 알 수 없는 한기가 현승으로부터 전해졌다. 이하가 여태 알고 지내던 현승이면서 현승이 아니었다. 무릎에 얹은 현승의 손가락들이 까닥까닥 움직였다. 이하는 그에 맞춰 떨어대는 자신의 집게손가락을 엄지로 꾹 눌렀다.

할아버지의 도화주를 다섯 잔이나 마셨는데 왜 아직 멀쩡하지? 아버지 말이 저걸 마신 사람은 행복하게 취하지만 짐승은 냄새만 맡아도 기절하고, 귀신은 흠향 한 번에 생전을 망각한다고 했다. 매구는 짐승이다. 천 살 먹은 여우니까. 근데 왜 아직 멀쩡해? 둔갑을 해서 더는 짐승이 아닌가. 이하는 등골이 선뜩선뜩해졌다.

"현승은 어떻게 된 거야?"

"엄마 살아 있을 때 말이야, 아버지와 다 같이 여길 온 적이 있어. 그때 난 엄마를 그 늙은이처럼 호수에 밀어버릴 생각이었지. 근데 엄마가 그만 내 옷자락을 붙드는 바람에 같이 빠졌어. 아버지는 엄마가 아니라 날 구하려고 했어. 엄마는 혼자 살아 나왔고, 나는 어떻게 됐을까?"

이야기대로라면 현승은 그때 죽었다. 매구가 호수 바닥으로 끌고 들어가 새까만 흙 속에 묻어버렸다.

"살리려 했으니 죽었어야 해. 예외는 없다더니 현승의 아버지는 왜 의심하지 않았지?"

"그저 자식이 살아 다행이라 여겼지. 아버지는 예외가 있다고 말할 수 없었어. 그게 또 어떤 소문을 만들어낼지 뻔했거든. 엄마야 뭐 당연히 어디 가서 말하기 싫었을 거고."

현승의 불그레한 눈가가 점점 짙어졌다. 웃고 있는 입꼬리가 뺨 쪽으로 길어지며 새까만 동공에 하얀 빛이 어렸다. 이하는 자리에서 일어섰지만 뒤로 물러서진 않았다.

"내가 무섭구나. 근데 도망은 안 가네. 기특하기도 하지. 언젠가 네가 날 알아볼 줄은 알았어. 근데 좀 더 정이 흠뻑 든 뒤였으면 좋겠다고 생각했지. 너무 빨라. 이럴까 봐 산삼이도 진작 치웠는데."

"산삼이도 네가 그랬어?"

이하는 경악했다. 지금 생각해보니 산삼이 죽었다고 말했을 때 현승은 별로 놀라지 않았다. 늘 컹컹 짖어대던 산삼이 여러 날 조용했는데도 이상하게 생각하지 않았다. 건강한 놈이 갑자기 죽으면 왜 죽었느냐고 묻기 마련인데, 심지어 산삼과 정이라곤 콩알만큼도 들지 않은 이하조차 그렇게 물었는데 현승은 전혀 궁금해하지 않았다.

"나만 나타나면 짖잖아."

"내가 있을 때도 짖었어."

"당연하지. 너한테 내 냄새가 나는데."

"뭐?"

"그 기억은 아직인가? 내가 아주 오래전에 널 살렸는데. 그 전에는 갓난쟁이를 구해본 적이 없었어. 인상적이었지. 윤이하…."

윤이하…. 머릿속으로 대숲의 바람이 밀려들었다. 심장이 덜컥 내려앉았다.

"너구나."

"오랜만에 내 아이가 돌아와서 반가웠거든."

"네 아이라고?"

"널 내 품에 안은 채 눈을 마주했지. 갓 태어난 인간의 아이는 짐승 새끼와 다르지 않아. 네가 기억하는 첫 얼굴은 나야. 그러므로 넌 내 자식이야. 그래서 나와 접촉한 흔적이 남은 거지."

현승은 이하의 집게손가락을 가리켰다.

"아리의 눈썹도 그런 거야?"

"그렇지. 그 아이는 내 얼굴을 썼어. 그걸 통해 나를 봤지."

"두산 형에게도 흔적이 있어?"

"어른에게는 그딴 거 남기지 않아. 내 컬렉션에 어른은 없어."

이하는 숨이 턱 막혔다. 그러고 보니 전익중과 김연진의 시신은 돌려주고 홍수연과 이우경의 시신은 돌려주지 않았다. 누구의 시신은 돌려주고 누구의 시신은 돌려주지 않는다. 알았다. 어른의 시신은 돌려주고 아이의 시신은 돌려주지 않는다. 현승은, 아니, 매구는 어른이 되고 싶지 않다고 했다. 언제까지나 아이로 살겠다고 했다. 이하는 매구호수에서 홍수연을 보았다. 언젠가 이우경을 보게 될지도 모르겠다. 아리도 때가 되면 데려가겠지. 나 역시.

이하의 생각을 읽은 듯 현승은 아름답게 웃으며 고개를 저었다.

"아, 넌 아니야. 넌 내 새끼잖아. 새끼는 컬렉션에 넣지 않아. 네 머리뼈는 쓸 생각이 없다고. 난 네가 자라서 어른이 되고 늙어 죽는 것까지 모두 볼 거야. 윤이평만큼 늙으면 나하고 바둑도 둬야지. 그 박달나무 바둑판 잘 가지고 있어라."

"왜 늙으면이야?"

"지금은 다른 거 할 거 많잖아."

"나 바둑 둘 줄 몰라."

"내가 가르쳐줄게. 금방 잘하게 될 거야. 윤가 핏줄이니까 소질 있어."

할아버지가 도화주를 왜 만들어놨는지 이제 알겠다. 진짜 매구도 할아버지의 바둑 친구였다. 현승이 도화주를 모르는 것을 보니 할아버지는 한 번도 도화주를 사용한 적이 없다. 기절은 무슨, 제대로 검증해보지도 않고. 하지만 여기서 이대로 물러설 수 없었다.

이하는 어제 밤새도록 어떻게 할지 골백번도 더 생각했다. 현승은 나무를 짚으며 천천히 일어섰다.

"달라지는 건 없어. 넌 완벽한 네 편을 얻은 거야. 그럼 개학하고 또 보자."

현승이 몸을 돌려 호수 쪽으로 한 걸음 옮기려다 비틀거렸다. 이하는 그 순간을 놓치지 않았다. 그는 몸을 제대로 가누지 못하는 현승을 팽나무 쪽으로 밀어붙이며 머리카락 밧줄을 당겨 두 손을 등 뒤로 잡아 묶었다. 현승은 휘어진 눈꼬리를 접으며 웃었다.

"너 지금 날 잡으려는 거야?"

"응, 널 잡을 거야."

"말했지. 넌 안 건드린다고."

"네가 죽게 생겨도?"

"설마 죽이겠어."

"죽일 거야."

"어쩌나. 죽일 수도 없고 죽여지지도 않을 텐데. 그만해. 이쯤했으면 됐다고."

이하는 혹시라도 자기 생각이 틀렸다면 어쩌나 두려웠다. 하지만 현승이, 아니, 매구가 자기 입으로 모두 말했다. 현승은 죽었다. 이것은 현승이 아니라 매구다.

"이하야. 너라서 다 이야기한 거야. 너라서 이렇게 마셔준 거고. 나 원래 술 안 좋아해. 항상 아이의 육신을 빌리기 때문에 술에 약하거든. 너를 믿고 무방비로 나를 내보였는데 이러면 안 되지. 너 여기 처음 왔을 때 웃으며 맞아준 사람이 누군지 기억해봐."

이하는 대답하지 않았다. 진짜 현승이라면 처음 보는 그를 향해 그렇게 친근하게 다가와 손을 내밀며 환하게 웃어주었을까. 말 몇 마디에 덥석 친구가 되어주었을까. 젠장, 흔들리지 마.

"네 친구는 죽은 현승이 아니라 나야. 달라질 거 없어. 지금까지 그랬던 것처럼 우린 계속 친구야. 난 제일 친한 친구에게 내 비밀을 털어놨을 뿐이야. 그냥 그랬던 거라고. 그 비밀을 듣고 나니 이제 나와는 친구가 될 수 없어졌어? 너무하네."

장난처럼 받아들이던 현승이 엎어진 자세에서 허리를 들썩이며 두 다리로 일어서려 했다. 그 힘이 지나쳐 이하는 하마터면 현승을 놓칠 뻔했다. 짐승은 냄새만 맡아도 기절한다더니. 게다가 왜 이렇게 즐거워해? 아무래도 사람 껍데기를 둘러써서 도화주가 효과를 발휘하지 못하는 것 같았다. 이하는 현승의 두 손을 묶은 머리카락 밧줄을 단단히 붙든 채 왼쪽 발목에 감았다. 이어 오른쪽 발목을 잡아끌어 함께 묶었다.

"아파. 적당히 해."

현승은 가슴을 활처럼 젖히고 등 쪽으로 두 손과 발목을 결박당한 채 몸을 움찔거렸다. 그러면서 여전히 피식피식 웃었다.

"재밌네."

이하는 현승의 운동화와 양말을 벗겼다. 누르께한 털로 뒤덮인 짐승의 발이 인간의 것처럼 벌어져 있다. 두 개의 큰 발가락과 양옆의 발가락까지 각각 네 개.

"그건 또 어떻게 알았대? 나에 대해 정말 많이 연구했구나. 그만큼 날 사랑한다는 거지."

오래 묵은 짐승이 둔갑을 할 때는 어딘가 반드시 원래 모습의 일부가 남는다고 했다. 이하는 여름 내내 맨발에 슬리퍼를 질질 끌고 다녔지만 현승은 언제나 목이 긴 양말에 운동화를 신었다. 휴일에도, 독서실에서 나올 때도 현승은 한 번도 맨발인 적이 없었다. 워낙 단정하고 반듯한 차림을 선호해서 그런 건 줄 알았지 이런 걸 감추고 있을 거라곤 꿈에도 생각하지 못했다.

이하가 배낭에서 정과 망치를 꺼냈다. 그제야 현승의 표정이 달라졌다.

"그만하지."

이하는 체중을 실어 현승의 정강이를 무릎으로 눌렀다. 접힌 다리가 비틀리면서 발목이 꺾였다.

"아!"

현승이 상체를 들썩이며 고통스럽게 소리쳤다. 하지만 하체는 이하가 누르고 있어 꿈쩍할 수 없었다. 두 발과 함께 묶은 손의 모양이 커졌다. 뼈마디가 굵어지면서 누른빛이 배어나왔다. 인간의 육신 아래 숨긴 천 년 묵은 어떤 것이 요동하기 시작했다. 그것이 두르고 있던 무언가가 그 몸을 빛으로 감쌌다. 팽나무 뿌리를 뽑아낼지언정 절대 끊어지지 않는다는 밧줄이지만 이하는 순간 두려워졌다. 저 두 손은 인간의 두 발목을 잡아 부서뜨릴 만큼 강한 힘을 가졌다. 서둘러야 했다.

매구가 제 본모습으로 돌아가면 머리카락 밧줄에 묶여 있더라도 이길 수 없다. 하지만 현승은 여간해서는 그 모습을 버리지 않고 있었다. 뭘 노리는지 알 것 같았다. 인간이 무엇에 약한지 잘 아는 영악한 짐승이다. 매구가 되어 힘으로 제압하기보다는 현승의 모습으로 동정과 가책을 사려는 것이다.

현승은 흙바닥에 얼굴을 비비며 이하를 돌아보려 애를 썼다. 필사적인 그 눈은 더는 인간의 눈이 아니었다. 붉은 기가 도는 금색 눈동자. 새까만 동공에 손톱만 한 하얀 얼음 조각이 박혀 있다.

이하는 현승의 왼발 바깥복사뼈에 정의 끝을 대고 망치를 내리쳤다. 퍽, 뼈가 부서지는 소리가 났다. 현승의 입에서 처절한 인간의 비명이, 섬뜩한 짐승의 울부짖음이 이어졌다. 왼발의 안복사뼈를, 다시 오른발의 바깥복사뼈와 안복사뼈를 차례로 부수고 구멍을 냈다. 그러곤 뒷발허리뼈를 지탱하는 발바닥 볼록살 자리에 정을 박았다. 살을 찢고 뼈를 부순 자리에서 붉은 피가 울컥울컥 흘러내렸다.

"이하야, 하지 마라."

온몸이 땀으로 축축하게 젖은 현승이 애원했다. 하지만 이하는 정과 망치를 집어던지고 팽나무에 걸린 또 다른 머리카락 밧줄을 풀어 내렸다.

"너, 진심이야? 내가 너를 살렸어."

"고맙다. 살려줘서."

"내가 준 삶이야."

"어떻게 얻은 삶인지 이제 잘 알아. 그래서 열심히 악착같이 잘 살아보려 해."

"이하야, 나는 네 편이야. 영원히."

"그래서 이러는 거야. 네가 내 친구라서."

그 말을 끝으로 이하는 입을 다물었다. 매구를 죽이는 법은 없다. 다만 매구의 발바닥과 복사뼈를 뚫어 인간의 머리칼을 꼬아 만든 밧줄로 두 발목을 엮어 묶은 후 제가 태어난 곳에 영원히 묻을 수 있을 뿐. 그런데 세상에 영원한 게 있을까.

박가네슈퍼에 현승과 함께 갈 때마다 산삼은 미친 듯이 짖어댔다. 난숙이 시끄럽다고 소리를 지를 만큼 거칠게 짖었다. 이하 혼자 있을 때도 산삼은 그리 짖어댔다.

하지만 그 영리한 개는 사람들의 발소리와 목소리를 기억했다. 처음 듣는 낯선 발소리와 목소리에 익숙해지면 그 다음부터는 짖지 않았다. 현승의 소리만 빼고.

난숙은 이하에게 산삼이 곧 네 소리에 익숙해질 거라고 했지만 그렇지 않았다. 이하는 여태 현승도 못 알아보고 짖으니 그 역시 시간이 걸리나 보다 여겼다. 현승은 산삼이 앞으로도 계속 그리 짖을 것을 알았다. 그래서 죽인 것이다. 모두가 그것을 이상하게 생각하기 전에.

처음 팽나무 아래에서 현승이 술에 취해 잠들었을 때 그의 코끝에 맺힌 콧물이 숨을 쉴 때마다 비눗방울처럼 커졌다 작아졌다 하는 것을 보았다. 그 모습이 웃겨서 스케치로 남겨뒀다. 그리고 나중에야 그게 혼쥐라는 것을 알았다.

그것은 낮에는 새처럼 보이고 밤에는 쥐처럼 보이는데 특정 형태가 없다. 꿈틀거리는 그림자처럼 보이기도 하고 물컹한 느낌의 젖은 물방울 같은 형태이기도 하다. 대숲에서 이하를 홀리듯 재주넘기를 하던 새 같은 검은 것은 박쥐가 아니라 혼쥐였다. 정연이 여덟 살 때 여우 무덤까지 가게 만든 파란빛과 두산이 애장터 수렁에 빠졌을 때 보았다던 들쥐도 모두 혼쥐다.

그날 현승이 그리 맛있게 먹어치웠던 내장은 온통 역한 냄새를 풍겼다. 아마도 상한 것이리라. 소주 맛을 보고 별로라고 했던 현승이 아리의 집에서 맥주에 호기심을 보인 건 썩었다는 말 때문이었다. 화장실에서 현승은 언제나 거울을 등지고 있었다. 이하가 기억하기로 그는 한 번도 거울을 마주본 적이 없었다. 그런 사소한 것들이 매 순간 있었지만 알지 못했다. 메모하듯 틈틈이 그려둔 스케치가 매구의 정체를 밝히는 열쇠였다.

이하는 밤새도록 매구 잡는 법을 찾았다. 사람들은 언제나 뭔지 모를 대상을 두려워했기 때문에 이들을 잡는 상세하고 요긴한 정보들을 수집하고 기록해왔다. 이하는 짐승의 두 발에 난 여섯 개의 구멍에 머리카락 밧줄을 끼워 넣어 정해진 방식으로 엮기 시작했다. 현승은 여전히 무엇으로도 변하지 않았다. 어쩌면 변하지 않으려고 애쓰는 것일지도 몰랐다.

이하가 머리카락 밧줄을 뼈에 난 구멍 사이로 밀어 넣을 때마다 현승은 몸부림을 쳤다. 여섯 개의 구멍을 통과하며 한 치의 틈도 없이 엮인 줄을 다시 이리저리 둘러 감아 매듭을 지었다. 두 발목이 단단히 조여졌다. 마침내 이하가 그에게서 몸을 떼고 일어섰다.

그 순간 현승의 활처럼 휘었던 몸이 죽 펴졌다. 엄청난 힘으로 팽팽하게 당겨진 밧줄이 가늘어졌다. 묶인 채로 현승이 두 손을 내뻗는 순간 이하는 제 손에 쥔 밧줄의 끝을 당겼다. 현승은 하늘을 바라본 채 바닥에 나동그라졌다.

현승이 순식간에 몸을 뒤집으며 펄쩍 뛰어올랐다. 이하는 다시 밧줄을 당겼다. 현승이 묶인 발로 일어서려 할 때마다 이하는 그를 쓰러뜨렸다. 현승은 바닥을 기며 애원했다.

"이하야, 풀어줘…."

두 발목이 잡힌 매구는 큰 힘을 쓰지 못했다. 발바닥을 뚫었을 때 이미 짐승의 허리는 반쯤 마비되었다. 이하는 그에게 천천히 다가섰다. 현승은 고개를 들어 이하를 올려다보았다.

"넌 아직도 내가 준 운동화를 신지 않았어."

이하의 손이 멈칫했다. 아까워서 신지 못했다. 그건 그가 친구에게서 받아본 첫 선물이었다.

"네가 새 운동화 신은 거 한번 보고 싶었는데."

이하는 울컥 올라오는 감정을 삼켰다. 그는 밧줄을 현승의 목에 감았다. 현승은 괴로운 듯 숨을 헐떡였다.

"이하야… 우리는 함께 학교에 다녔어. 우리는 함께 밥을 먹었고…."

그만해, 제발…. 이하는 입을 꾹 다문 채 묵묵히 하던 일을 계속 했다. 마지막 매듭을 지었을 때 현승은 울고 있었다. 이하는 매듭의 남은 줄을 끌고 현승을 호수 쪽으로 당겼다. 현승은 온 힘을 다해 사지를 뒤틀어봤지만 더는 힘을 쓸 수가 없었다. 이하는 현승을 물속으로 끌고 들어갔다.

그의 발목이, 무릎이, 허벅지가, 그리고 허리까지 물이 차올랐다. 이제 발밑에 바닥이 닿지 않았다. 이하는 한 손으로 물을 헤치며 계속 앞으로 나아갔다. 수면 위로 간신히 고개를 내민 현승이 하늘을 바라본 채 떠 있었다.

"아아, 날고기 한 점 씹고 싶네. 술은 있었는데 오늘 고기가 없었어. 우리가 오늘 마신 게 이별주인 걸 알았더라면…. 이렇게 헤어지면 보고 싶어서 어쩌지. 내 아들, 내 친구…."

햇빛이 눈부신 듯 현승은 눈을 가늘게 뜬 채 이하를 보았다. 이하의 시선도 잠시 현승에게 머물렀다.

"진짜 날 이렇게 만들어놓고 눈 하나 꿈쩍하지 않네. 용감할 뿐 아니라 냉정하기까지. 인간다우면서 인간답지 못해. 어쨌든 절대 날 못 봐주겠다는 거지. 알았어. 어쩔 수 없네."

이하는 단단히 틀어쥔 매듭의 끈을 놓으며 말했다.

"미안해. 잘 가."

현승의 몸이 천천히 가라앉기 시작했다.

"괜찮아. 우린 다시 보게 될 거야. 언젠가 어디선가 다른 모습으로 말이지. 말했잖아. 난 네가 자라서 어른이 되고 늙어 죽는 것까지 모두 지켜볼 거라고. 난 죽일 수도 없고 죽여지지도 않아. 이상한 것은 언제나 이 세상에 있어왔고 모두가 있기를 바라지.

이렇게 끝나지 않는다는 거 너도 알 거야. 그러니까 가끔 나 보러 올 거지? 우리 아버지한테 말하면 내가 좋아하는 내장이랑 고기랑 알아서 챙겨줄 거야. 술은 이제 그만 할래….”

현승의 말은 더 이어지지 못했다. 이하는 탁한 수면 아래로 머리를 박고 그가 멀어지는 것을 지켜보았다. 현승의 몸은 아득한 어둠 속으로 깊숙이, 더 깊숙이 가라앉았다. 이윽고 뿌연 안개처럼 흩어지며 사라졌다.

이하는 헤엄쳐서 호수를 나왔다. 그는 방금 하나뿐인 친구를 꽁꽁 묶어 산 채로 수장시켰다. 이마가 뜨거워지면서 무릎에 힘이 빠졌다. 그대로 바닥에 주저앉은 이하의 눈에서 눈물이 쉴 새 없이 흘러내렸다.

처음 만났을 때 손을 내밀며 단정하게 웃던 현승의 모습이 떠올랐다. 그와 거리를 걷고 함께 피자를 먹었던 날이, 흐르는 수돗물에 세수를 하다가 아리의 물세례를 받고 양손 가득 넘치는 물을 담아 흩뿌리며 웃던 그 여름날의 찬란했던 순간이, 물방울과 햇빛과 그들의 웃음소리가 어우러져 반짝반짝 부서지던 그 모든 시간들이.

이하의 집게손가락이 떨림을 멈췄다. 그는 멀쩡해진 제 손가락을 보았다. 현승이, 매구가 정말 가버렸다는 것을 깨달았다.

난 사실 네가 누구든 상관없었어. 나는 네가 좋아. 지금도 마찬가지고. 하지만 네가 있으면 이 호수가 가진 나쁜 습관을 끊어낼 수가 없어. 넌 사람들을 계속 죽일 거니까. 그래서 나는 이렇게 할 수밖에 없어. 네가 이해해줘.

종장

짧은 여름 방학이 끝나고 이하는 학교로 돌아갔다. 3주 동안 이하는 아버지를 몇 번 보지 못했다. 거의 말도 나누지 않았다. 아버지는 그날 일에 대해서는 아예 모른 척했다. 그는 여전히 슈퍼에 머물렀고 이하는 이원동을 오가며 알바를 하느라 정신없이 보냈다. 아무것도 생각하지 않으려 했다. 그냥 일하고 먹고 잤다.

교실에 들어서자마자 현승의 빈자리가 보였다. 그와 보냈던 모든 시간이, 그를 보냈던 마지막 순간이 생생하게 살아나며 가슴이 먹먹했다. 잊으려고 했지만 잊히지 않았다. 공기처럼 언제나 그의 곁을 맴돌며 숨이 되어 매 순간 스며들었다.

현승은 우경처럼 매구호수 근처에서 실종됐다. 사람들은 앞날이 창창한 동네 수재를 잡아먹은 매구를 탓했다. 호수 CCTV에서 등정리 쪽으로 가는 길에 찍힌 것이 현승의 마지막 모습이었다. 그는 거기서 이하와 잠깐 만난 후 헤어지고 사라졌다. 대숲

쪽으로도 등정리 쪽으로도 가지 않았다. 팽나무 언저리는 카메라 사각지대였고 이하가 현승을 밀어 넣은 자리는 호수 북쪽이었다.

매구호수에 아내와 아들을 빼앗긴 현승의 아버지는 반쯤 정신이 나갔다가 간신히 안정을 찾았다. 앞치마를 두른 채 평온하게 칼질을 하고 있는 아빠 곰의 마음속에서 무슨 일이 벌어지고 있는지는 아무도 몰랐다. 이하는 사실을 말해줄 수 없었다. 당신이 물에 빠진 아들을 구하려고 했을 때 그 아들은 이미 죽었다고. 당신이 아들이라고 아는 이는 아들이 아니라 매구라고 어찌 말할 수 있을까.

아리가 현승의 자리에 털썩 앉더니 돌아보며 물었다.

"무슨 생각하니?"

"아무것도."

아리의 민둥한 눈썹 자리에 솜털이 일었다. 눈썹이 새로 나고 있었다. 정연이 머쓱한 얼굴로 두 사람에게 다가왔다. 이하가 물었다.

"몸은 괜찮아요?"

"응. 처음부터 황길군의 말을 믿었더라면 좋았을걸. 아무도 내 말을 믿지 않았던 것처럼 나 역시 그의 말을 믿지 않았어. 저기, 아리야."

정연은 아리를 향해 쭈뼛쭈뼛 손을 내밀며 이어 말했다.

"진작 사과하고 싶었는데, 미안해. 늦었지만 사과할게."

"됐어. 우리 오빠에게 더는 뭐라 하지 않는다면 나도 너한테 감정 없어."

정연은 아리의 손을 덥석 잡았다.

"고마워."

"그만 놓지."

아리는 어색한 듯 정연의 손을 뿌리쳤다. 시간이 지나면 더는 아무도 아리를 매구의 아이라고 꺼리지 않을 것이다. 아리는 매구로부터 벗어났다. 이제 아리는 안전하다. 대신 정연을 구한 일로 이하가 매구라는 소리를 듣고 있었다. 상관없었다. 이제 매구는 없으니까.

여전히 마음 한편에 자리한 현승에 대한 기억이 그를 슬프게 하지만 다 괜찮아질 것이다. 정연은 더는 악몽을 꾸지 않았다. 그녀는 진짜 매구를 본 적이 없다. 그러므로 매구가 자기를 호수로 끌고 들어갈 거라는 두려움도 사라졌다.

경찰이 여전히 매구탈을 쓴 살인자를 찾고 있었다. 이하는 두산이 매구탈을 쓴 사람이었다는 것을 어떻게든 밝혀야 한다는 것을 알지만 어떻게 말해야 할지 고민 중이었다. 그 사실을 알게 된 경위를 설명할 수 없기 때문이다. 하지만 한편으로는 굳이 그가 나서지 않아도 해결될 것처럼 보였다.

시계 토끼가 그려진 편지는 정연을 노린 사람이 누군지 이미 말해주고 있었다. 현승은, 아니, 매구는 지속적으로 두산을 가지고 놀았다. 그 편지를 시신의 입에 물려 두산의 다리를 잡고 나오게 한 데에는 분명 어떤 암시나 경고가 담겨 있었다. 매구가 남겨두고 간 마지막 즐거움이었으니 결코 흐지부지 끝나지 않을 것이다.

"근데 누나, 한번 물어보고 싶었는데 전학 온 날 나한테 왜 그랬어요?"

"네가 먼저 그랬으니까."

"내가 뭘요? 교실에 처음 들어섰을 때부터 내가 누날 재수 없어 했다는 거예요?"

"우리가 처음 본 곳은 교실이 아니야. 교문 앞에서 네가 얼마나 무자비하게 미워하는 눈으로 내가 탄 차를 노려보고 있었는데."

"에? 아니에요, 그건 누나한테 그런 게 아니라고요. 누나가 탄 차가 우리 아버지에게 흙탕물을 튀겼기 때문에…."

정연은 미안한 얼굴로 이하를 쳐다보았다.

"그랬니? 몰랐어. 난 그저 이유 없이 누군가에게 미움을 받을 바에야 내가 먼저 미워해주겠다고 작정했던 것뿐이야. 그럼 주먹은 왜 쥐어 보였어?"

"그건 집게손가락 때문이었어요."

"아, 맞다. 너 손가락 떨지. 그것 때문에 기말고사 때 체육 선생한테 뺨 맞았지."

"그런 이야긴 굳이 다시 꺼낼 필요 없는데."

이하는 그때 맞은 뺨이 새삼 화끈거렸다.

"근데 지금은 떨지 않네?"

"산골 공기가 좋은지 나았어요."

"손가락 때문에 요양 온 거야?"

"그건 아니고요. 아무튼 그땐 이 손가락이 창피했어요. 그래서 주먹 속에 감춰둬야만 했죠."

멋쩍어진 이하는 그만 하지 않아도 될 말까지 하고 말았다.

"차에서 내리는 누나를 보고 굉장히 예쁘다고 생각했어요. 교실에서 누나를 다시 봤을 때 이건 운명이라고 느꼈죠. 그래서 우리 아버지에게 흙탕물을 튀게 한 것에 대한 복수는 접을 수밖에 없었어요."

정연이 웃음을 터뜨렸다. 이하도 따라 웃고 말았다.

낯선 것들이 익숙해져간다. 이 과정이 끝나면 그는 모든 것이 제 자리로 돌아갔다는 착각을 하며 안주하게 될 것이다. 그리고 원래 그의 자리가 있었다고 여겼던 그곳은 그리운 풍경이 되어 멀찌감치 물러나 있을 것이다.

"뭐가 그리 재밌냐? 눈꼴시려서 가야겠다."

아리가 샐쭉해져서 일어섰다. 자기 자리로 가던 아리는 돌아보며 이하를 불렀다.

"야, 윤이하."

"왜?"

이하가 대답하자 아리는 말했다.

"멍청이. 세 번 부를 때까지 돌아보지 말랬지."

"저게."

"이따 집에 같이 가자. 대숲에서 기다릴게."

"싫어."

*

슈퍼 앞 정류장에 내렸을 때 이하의 휴대폰이 울렸다.

"잘 지내니?"

엄마의 목소리를 듣자 왈칵 하고 감정이 솟구쳤다.

"이하야?"

"…잘 지내요."

"엄만 요즘 좀 바빴어."

"알아요."

"이해해줘서 고마워. 방학 했는데 한 번을 안 올라오니? 서운하다."

"방학이 너무 짧고 저도 여기서 할 일이 좀 많았어요."

"봄빛이 목이 빠져라 기다리고 있다. 엄마도 너 보고 싶고. 이번 주말에 올래?"

"상황 보고 전화할게요. 근데 엄마."

"응?"

"아니에요, 아무것도."

이하의 목소리에서 무엇을 느꼈는지 엄마는 잠깐 침묵했다. 엄마는 언제나 자기 할 말만 늘어놓고 전화를 끊었다. 그런데 갑자기 이렇게 입을 다문 채 반응을 기다리고 있자 이하는 불안감이 엄습했다.

"엄마?"

"어, 그래."

엄마는 머뭇거리며 다시 말했다.
“저기 있잖아, 이하야, 엄마가 말이야, 실은 너한테 할 말이 좀 있거든. 근데 지금 말고 나중에 할게. 그때까지 기다려줄 수 있지?”
“뭔데요?”
가슴이 콩닥콩닥 뛰었다. 아무래도 아버지가 엄마에게 그날 밤 있었던 일을 다 말해버린 것 같았다. 결국 나 때문에 아버지는 용기를 내 엄마에게 먼저 전화를 한 건가. 그럴 듯한 핑계를 잡았네.
“뭐 그렇게 중요한 건 아니야. 아무튼 엄마가 너한테 많이 미안해. 네가 거기 네 아버지랑 같이 가 있어도 넌 언제나 내 아들이야. 알지? 봄빛도 네 동생이고. 응?”
“저기, 엄마….”
엄마라는 말이 오늘따라 왜 이렇게 그의 가슴을 설레게 하는지 모르겠다.
“응, 그래. 왜?”
“아냐, 엄마.”
이하는 그저 엄마라고 부르는 것 외에는 달리 할 말이 없었다. 엄마는 이내 아무 일도 없었다는 듯 평소처럼 돌아왔다.
“오늘 유난히 엄마 타령이네. 어릴 때도 곧잘 그러더니. 그래, 난 누가 뭐라 해도 네 엄마야. 엄마라고 부를 수 있는 엄마가 있다는 거 잊지 마. 엄마 없다고 의기소침하지 말란 말이야. 알겠니? 하긴 뭐 이제 그렇게 엄마가 절실하게 필요할 나이는 아니다만. 그럼 또 전화할게. 공부 열심히 하고. 올라올 때 성적표 챙겨

오는 거 잊지 말고."

엄마는 할 말이 끝나자 여느 때처럼 그의 말을 기다리지 않고 먼저 전화를 끊었다. 엄마는 원래 마음에 없는 말은 하지 못했고 마음에 있는 말은 반드시 내뱉어야 직성이 풀리는 사람이었다.

그런데 지금까지 단 한 번도 입 밖으로 내지 않고 마음속에만 담아두었던 말이 있었다. 엄마가 그를 낳지 않았다는 것. 대신 엄마는 언제나 그에게 이렇게 말했다. 넌 내 아들이고 난 네 엄마야. 엄마로서의 권위를 내세우며 그를 간섭하려는 말이라고만 여겼다. 그래서 매번 되받아쳤다. 누가 아니래?

하지만 이제 이하는 엄마가 그런 의미로 그에게 그 말을 반복해서 강조했던 것이 아니라는 것을 깨달았다. 그는 전화기를 만지작거리다가 주머니 속에 집어넣었다.

"이하야!"

이하는 화들짝 놀라며 돌아보았다. 난숙이었다. 그가 전화 끊기를 기다리고 있었던 모양이다. 방금 엄마와 나눈 통화를 들었을까. 그는 아마도 난숙을 엄마라고 영원히 부르지 못할 것이다. 하지만 시간이 지나면 틀림없이 저 얼굴에서 나온 그의 일부를 알아볼 수 있게 될 것이다.

태풍주의보가 내렸던 날 난숙이 음식을 바리바리 싸들고 올라와 밥상을 차려주며 그에게 자신이 누군지 이미 반쯤 이야기하고 갔다. 하지만 그게 자신을 엄마로 알아달라는 의미는 아니었다. 그저 사실을 털어놓고 미안하다는 말을 하고 싶었던 것이다.

"냉면 말아줄게. 들어와서 먹고 가."

"아뇨, 괜찮아요. 생각 없어요."

"네 아버지가 오늘 새벽 댓바람부터 내려와 졸라댔다. 네가 냉면 좋아한다며 좀 말아달라고. 그리고 실은 네 아버지가…."

아버지가 뭘? 가슴이 졸아들었다. 아버지가 혹시 내가 다 알고 있다는 걸 아줌마에게 말했나?

"이리 좀 와봐라."

난숙은 그를 슈퍼 뒤쪽 공터로 데려갔다. 현승의 것보다는 한참 못 미치지만 아리의 것보다는 훨씬 나은 자전거 한 대가 있었다.

"어때? 괜찮지? 우리 집 양반이 타던 건데 전부 새로 손봤어. 타이어도 봐라, 얼마나 빵빵한지. 네 아버지가 이거 내놓으라고 떼를 쓰면서 뭐라는 줄 아니? 놔둬봐야 니들한테는 물려줄 아들도 없다, 그러니 고물되기 전에 나한테 줘라, 우리 아들 주게. 세상에, 이건 뭐 아들 없는 사람 어디 서러워서 살겠니. 네 아버지 우리 약 올리려고 여기 내려온 사람 같아. 어때? 마음에 드니?"

"네, 고맙습니다."

"뭘, 들어가자."

상황이 이렇게 되자 이하는 어쩔 수 없이 난숙의 손에 이끌려 슈퍼 안으로 들어서게 되었다. 그녀의 손에서 전해지는 체온이 어색했다. 학준은 이하에게 무뚝뚝한 인사를 건넸다.

"왔어?"

"자전거 고맙습니다."

"고맙긴, 아들한테 자전거 같은 거야 뚝딱이지."

별 굴곡 없는 어조로 학준은 담담하게 말했다. 그러나 이하는 이제 그 말에 담긴 뼈를 알기에 마음이 불편했다. 예전에 세 사람이 밥상 앞에서 그를 두고 주거니 받거니 빚 탕감을 운운하던 농담이 실은 농담이 아니었던 것이다.

"네 아들 아니야, 내 아들이지."

잘못했다고 펑펑 울었던 일 따위는 새까맣게 까먹은 얼굴로 아버지는 가겟방에서 고개를 쑥 내밀었다.

"네 아들이 내 아들이야. 네가 그랬잖아. 친구 아들도 아들이라면서?"

학준은 말했다.

"맞아, 형본이 아들은 우리 아들이나 같아."

난숙이 활짝 웃으며 이하의 등을 두드렸다. 아버지는 손짓하며 말했다.

"우리 아들, 얼른 들어와라. 이걸로 또 한 끼 해결이다."

아버지는 달라지지 않았다. 여전히 남의 가겟방에 퍼질러 앉아 남의 밥상을 축내고 있었다. 현재를 유지하기 위해서 아버지는 얼마든지 있었던 일을 없었던 일로 덮을 수 있나 보다. 하긴, 원래 그것이 아버지가 사는 방식이었다.

보아하니 아버지는 이들 부부에게 아무 말도 하지 않았다. 굳이 말할 필요도 없겠지. 어차피 그들은 처음부터 알고 있었을 테니까. 학준이 아버지를 때려눕히고 싶을 정도로 미워하고 또 용서할 수밖에 없었던 이유를 이제 납득할 수 있었다. 그 일을 잘못이라 탓하면 그가 태어나지 말았어야 한다는 뜻이 되니까.

난숙이 냉면을 새로 말아 오자 아버지는 자기 앞에 있는 빈 그릇을 가리키며 말했다.

"난숙아, 나 한 그릇 더."

난숙은 기가 차다는 듯 이마에 손을 얹었다.

"형본이, 너 그게 지금 몇 그릇 째인 줄 알아?"

"그 정도도 못 해주냐. 학준이가 내 코피 터뜨리고 우리 마누라가 사준 셔츠까지 다 찢어먹었는데, 아."

아버지는 질금하며 이하를 쳐다보았다.

"넘어졌다면서요? 근데 또 학준 아저씨에게 얻어맞았어요?"

"맞은 게 아니라 싸운 거다. 네 아버지가 약해빠져서 그래."

학준이 말했다.

"암튼, 그거 생각하면 냉면 한 그릇 정도는 미안해서라도 더 줄 수 있잖아. 못 주겠다면 내 셔츠 물어내."

"버려. 어차피 못 입게 된 거 갖고 있으면 뭐 할 거야."

"싫어. 됐어. 안 먹어."

아버지는 시무룩해졌다. 학준의 말은 그에게 아내와 잘 될 거라는 희망을 버리란 말과 같았다. 난숙은 말했다.

"그래, 그만 먹고 앞으로 뭐 할 건지나 생각해. 계속 그렇게 빈둥거리고 있으면 진짜 밥 안 줄 거야."

"나 굶어 죽고 나면 후회할 거면서."

"너무 느물거려서 점점 꼴 보기 싫어지려고 해."

"버섯 키워보려고. 학준이하고."

"누구 마음대로."

학준은 코웃음을 쳤다.

"학준이 너 예전에 네 아버지랑 같이 버섯 좀 키워봤잖아."

"그만 둔 지 오래야."

"하던 가닥이 어디 가냐."

"그렇다고 너하고 내가?"

반신반의한 표정으로 학준은 이하에게 물었다.

"넌 어떻게 생각하냐?"

"별로 권하고 싶지 않아요."

이하의 대답에 아버지는 큰소리로 외쳤다.

"야, 아들! 그렇게 말하면 안 되지. 이번엔 정말 심사숙고해서 결정한 거야."

"아저씨가 어떻게 생각하느냐고 물어서 전 솔직하게 제 생각을 말했을 뿐이에요."

"아무래도 네 아들, 내가 조금만 더 공들이면 금방 내 아들 되겠다. 자전거는 해줬고 또 뭘 해주면 될까나."

학준이 웃지 않고 말해 분위기는 제법 심각해졌다. 몹시 불편해진 이하는 3분 만에 냉면을 먹어치우고 얼른 일어섰다.

"먼저 가볼게요."

이하는 난숙이 바리바리 싸주는 봉지와 보따리 들을 엉겁결에 받아들고 슈퍼를 나왔다. 세 사람이 다투어 따라 나왔다. 그들은 이하가 자전거를 끌고 가는 모습을 바라보며 손을 흔들었다.

아버지는 앞으로도 계속 이렇게 어릴 적 친구들에게 빌붙어 살며 엄마와의 재결합을 기다리겠지. 어차피 삶은 반드시 해피엔딩으로 끝나지 않는다. 그렇다고 이걸 꼭 비극이라고 할 순 없지 않을까.

대숲에서 아리가 그를 기다리고 있었다.

"너랑 같이 안 간다고 했지."

"와, 자전거 생겼네. 내 거보다 못생긴 자전거."

"눈이 삐었구나. 네 거보다 훨씬 좋은 거야."

"울 아버지 거야. 오빠도 탔던 거고."

"고물이네."

"네 건 슈퍼 아저씨네 아버지가 타던 거야. 내가 봤어."

"유물이네."

둘은 자전거를 타고 바람을 가르며 대숲 길을 달렸다. 삐걱삐걱, 규칙적으로 들리는 아리의 자전거 소리가 편안했다. 아리의 휘파람 소리가 숲의 바람 소리와 어우러져 허공에 선을 그렸다.

"나 눈썹 나고 있다."

"나도 손가락 안 떨어."

"사람들이 너한테도 매구의 아이라고 하더라."

"그러든가 말든가."

"근데 아닌 게 아니라는 거 너도 알지?"

"넌 아니야."

"그럼 넌?"

이하는 대답하지 않았다.

"오빠는 날 무서워해. 그래서 집에 오지 않는 거야."

"돈 많이 벌어서 너 데리고 여길 뜰 거라고 했어."

"정말?"

"길군 형한테는 너뿐이야. 너한테도 그럴 거고. 솔직히 너 좀 무섭게 굴잖아. 나도 가끔 네가 무서웠어."

"현승은 안 무서워했는데."

"무섭다고 했어. 안 그런 척한 거야. 나한테 털어놨어."

"그랬어? 우정의 힘으로 극복했던 거네. 걔가 진짜 내 친구네."

"그러니까 길군 형한테 너무 그러지 마. 형이 진짜 네가 무서웠으면 연락 끊고 잠적했지. 만날 너한테 이것저것 사다 보내겠냐."

칫, 아리는 입을 비죽 내밀었다.

"근데 현승은 어떻게 된 걸까? 진짜 매구가 데려간 건 아니겠지? 그냥 공부하기 싫어서 도망친 거 아냐? 난 그렇게 생각할래."

아리는 핸들에서 손을 떼고 양쪽 팔을 벌렸다. 두 발도 페달에서 뗐다. 이하도 따라했다. 내친 김에 눈도 감았다. 아무려면 어때. 이대로 달리다가 어딘가에 처박히든 말든. 바퀴들끼리 신나게 질주했다. 서늘한 바람이 뺨을 훑고 지나갔다. 자전거는 흔들흔들 춤을 추며 제멋대로 달렸다. 그러다 결국 대나무들 사이에 걸려 멈췄다. 심장이 뜨거워지면서 머리 위가 아득해졌다. 아리는 자전거에서 내리며 말했다.

"걷자."

아리는 자전거를 끌고 앞으로 나갔다. 대숲 위로 펼쳐진 하늘의 파란빛이 동화 속 풍경처럼 예뻤다. 이하는 길을 잘못 들어 아리와 함께 그림 속으로 들어와 있는 것 같은 착각이 들었다. 그는 처음으로 대숲 길이 이대로 계속 이어지면 좋겠다고 생각했다. 문득 아리는 걸음을 멈추고 돌아보았다.

"너 뭔가 달라진 것 같아."

"뭐가?"

"그냥, 깨끗해졌어."

"언제는 더러웠냐?"

"그게 아니라 너를 가린 구름이 걷혔달까."

"네 눈이 맑아진 거겠지."

그날이 아리를 본 마지막 날이었다.

소문에 의하면, 그러니까 이하와 두산이 모험을 펼치러 들어갔던 그 일식집 직원의 입에서 흘러나온 말에 의하면, 이하가 집에서 아버지와 엄청난 대화를 하고 있던 그 시각에 길군은 두산을 집으로 보내놓고 그 일식집에서 혼자 업자들을 만났다. 길군은 돈이 든 가방을 보스 앞에 내놓으며 이렇게 말했다.

"니들이 원한 현금이야. 이거 받고 내 친구에게서 받았던 수표와 각서 내놔."

보스가 현금 가방을 열어보려 하자 길군은 왼손으로 가방을 꾹 누른 채 오른손을 내밀었다. 보스는 집게손가락 두 마디가 없는 그의 손에 수표와 각서를 쥐어주었다. 길군이 가방에서 손을 떼자 보스는 얼른 가방을 열었다. 그 순간 보스의 눈이 뒤집어졌다. 길군이 말했다.

"오백이야. 이게 원래 니들이 나 죽이고 받아갈 돈이었어. 물론 실패했지만. 니들도 알다시피 난 정당방위였어. 물론 내가 니들을 좀 심하게 패긴 했지. 인정해. 그래서 니들 사주한 놈 대신 내가 챙겨주는 거야. 이걸로 만족해."

보스는 가방을 발로 걷어찼다. 가방에 담겨 있던 찢어진 지폐 조각들이 공중으로 흩어졌다. 작은 나뭇잎들이 흩날리는 것 같았다. 이어 번쩍이는 칼날이 허공을 그었다. 길군은 재빠르게 뒤로 물러섰다.

일식집 직원이 문틈으로 찍은 그 동영상이 지금 화제였다. 길군이 시시덕거리며 말하는 모습이 고스란히 녹화되어 있었다.

"흥분할 거 없어. 그냥 퍼즐이라고 생각하고 맞춰봐. 차근차근 맞추는 동안 심신 수양도 되고 시간도 죽일 수 있어. 테이프로 잘 붙여서 은행에 갖다 주면 고스란히 새 돈으로 바꿔줄 텐데 왜 화를 내고 그래?"

보스가 문틈으로 휴대폰 카메라를 들이댄 채 숨죽이고 있던 직원의 기척을 알아챘다. 그는 눈살을 찌푸리며 자신의 병풍에게 명령을 내렸다.

"밖에 쥐새끼 치워!"

그 말을 듣자마자 직원은 걸음아 나 살려라 달아났다. 병풍은 방문을 벌컥 열고 밖으로 나왔다. 그는 피라미가 도망가는 것을 보았지만 보스 혼자 남겨둘 수 없어 다시 방으로 들어갔다. 그날 보스는 병풍을 하나만 달고 왔다. 아무튼 그래서 동영상은 거기까지만 찍혔다. 그 뒷이야기는 또 다른 입들을 통해 이어졌다. 한바탕 칼부림이 벌어지려는 찰나 길군은 그 자리에서 창문을 부수고 몸을 날려 튀었다. 이하의 기억에 그 일식집 창문은 아주 단단하고 촘촘한 나무 격자창인데다가 유리도 두꺼웠다. 그 방에 그걸 깰 만한 도구가 없었을 테니 맨주먹으로 깼을 것이다. 그게 가능할까.

이하는 여전히 의문스러웠지만 여하간 소문은 그랬다. 길군은 그길로 종적을 감췄다. 아리에게는 짧은 메모 한 장 남겨놓고.

〈그렇게 오래 걸리진 않을 테니 걱정하지 마. 무슨 일 생기면 오빠가 만든 매구탈 챙겨서 무조건 뛰어.〉

길군을 잡으려고 혈안이 된 보스는 아리의 집을 습격했다. 그 오빠의 그 동생이라고 대범한 아리는 마루에 놓여 있던 돈 항아리를 척 내놓으며 이렇게 말했다.

"돈 필요하세요? 그럼 이거 가져가세요."

"뭐래는 거야?"

보스는 돈 항아리를 걷어찼고 아리는 제 오빠처럼 달아났다. 술래잡기가 시작되었다. 가재도구들이 박살나고 토끼처럼 뛰던 아리는 기어이 보스의 손에 덜렁 잡혔다. 그 와중에 보스의 수하들은 아리에게 빰을 맞았고 다리를 걷어채였다. 그러곤 사람들 말에 의하면 아리는 매구처럼 순식간에 사라졌다. 매구처럼.

*

두산은 자신이 왜 여기 있는지 알 수가 없었다. 꿈을 꿨다. 시계 토끼가 달려가는 것을 보고 쫓아갔다. 한참 뛰다가 그는 생각했다. 난 앨리스가 아니야. 그 순간 앨리스처럼 구덩이에 빠져서 끝도 없이 떨어졌다. 꿈에서 깨고 보니 여기였다.

사방이 캄캄했다. 그는 수렁에 잠긴 채 얼굴만 나와 있었다. 그때 구해졌던 게 아니었나? 그럼 난 여기서 계속 꿈을 꿨던 건가? 몸이 아래로 당겨지면서 발목을 휘감은 차가운 손이 느껴졌다. 그를 붙들고 있는 것이 누군지 이제 안다.

그 편지를 쓴 것이 그라는 게 밝혀지기 전에 찾으려고 했다. 수연의 장례식 때 사람들이 모두 집을 비운 사이 정연의 방을 뒤졌지만 찾을 수가 없었다. 정연이 그 편지를 늘 가지고 다닌다고 여겼다. 그래서 정연이 다니는 박하초등학교 아이 하나를 물색해 부탁했다. 그가 시키는 것 말고는 다른 호기심을 보이지 않을 아이로. 정연의 가방에서 시계 토끼 그림이 있는 편지를 찾아서 가져다주면 형이 맛있는 거 사줄게.

그 멍청이가 정연의 가방을 뒤지다가 걸려서 도둑으로 몰렸다. 아이는 그걸 시킨 사람이 그라는 것을 아무에게도 말하지 말라는 말을 일단은 지켜주었다. 문제는 그 부모였다. 그들은 아이가 그런 짓을 하지 않았을 것이라는 확신이 있었다. 그 부모가 시간을 들여 아이를 설득하면 결국 털어놓게 될 것이다.

그보다 더 큰 문제는 그 아이가 그가 가진 매구탈을 봤다는 것이다. 그의 가방이 열렸을 때 털이 달린 가면을 보고 뭐냐고 물었다. 탈이야. 형 친구가 만든 거야.

정연이 수연의 사고 현장에서 매구를 봤다고 말했다. 수연이 받은 편지를 그가 썼고 그의 가방에 매구탈이 있었다는 것까지 알려지면 그는 꼼짝달싹 못 하고 수연의 죽음에 대한 책임을 덮어쓰게 된다. 그 순간 그는 결정해야 했다.

"형이 괜한 거 시켜서 부모님한테 야단만 맞고 억울하지? 미안하다. 그래서 형이 너한테 좋은 거 주려고. 우리 보물찾기 하러 가자."

아이를 데리고 애장터 근처로 갔다.

"형이 너 주려고 저기에 보물을 숨겨놨어. 저기 비석 보이지? 거기 지나서 백 걸음 들어간 자리에 있어."

아이는 기쁜 얼굴로 달려가다가 돌아보았다. 그는 손을 내저으며 말했다.

"형은 여기서 기다리고 있을게."

거기가 여긴가? 들쥐들이다. 파란빛을 띤 들쥐들이 혼불처럼 눈앞에서 아른거렸다. 코앞까지 다가온 들쥐 한 마리가 날카로운 이빨을 드러냈다. 무엇이든 갉아서 흔적도 남기지 않는 들쥐의 이빨이 말랑말랑한 두산의 한쪽 눈을 깨물었다.

뜨거운 아픔과 함께 피가 후드득 떨어졌다. 피 냄새를 맡고 또 다른 들쥐가 그의 다른 눈을 물어뜯었다. 두산은 비명을 내질렀다. 앞이 캄캄해지고 두 눈은 불타는 것 같았다.

미친 듯이 몸부림을 치자 수렁 속에 잠겨 있던 두 팔이 천천히 움직였다. 온 힘을 다해 무거운 흙더미를 헤치고 두 팔을 위로 끌어올렸다. 마침내 두 손이 허공으로 빠져나왔다. 그는 들쥐들을 쫓기 위해 보이지 않는 앞을 마구 휘저으며 잡을 것을 찾았다. 늘어져 내려온 나뭇가지가 손에 잡혔다. 그는 발버둥을 치며 매달렸다.

간신히 수렁을 빠져나온 두산은 정신없이 걸었다. 두 눈에서 뜨끈한 피가 계속 흘러내렸다. 머리가 어지러웠다. 누가 나 좀 구해줘. 차마 상처 입은 두 눈에 손을 대지 못한 채 두산은 암흑 속을 헤맸다. 그러다가 미끄러져서 물에 빠졌다.

매구호수구나. 두산은 허우적거리면서 매구가 구해주기를 기다렸다. 그는 이제 매구가 있다는 것을 안다. 하지만 지금은 없다는 것을 모른다.

*

아버지는 큰방에서 소주를 마시고 있다. 그는 여전히 패배자다. 어쩌면 다시는 바로 설 수 없을지도 모른다. 개구리처럼 납작하게 엎드려서 눈에 보이는 경계까지가 세상의 전부라고 생각하며 안주하려 든다. 아버지는 새로운 시작을 위해 출발점으로 돌아온 것이 아니라 숨을 곳을 찾아왔다.

이하는 아버지와 함께 묶여 있던 다리의 끈을 푼다. 늙지도 젊지도 않은 아버지는 거기 주저앉은 채 아무 곳으로도 가려 하지 않는다. 이하는 아버지를 두고 혼자 계속 앞으로 뛰어간다.

노트북을 켜고 〈한 청년이 있었다.〉라고 저장된 문장을 지웠다. 백의 공간으로 돌아온 바탕에서 까만 커서가 깜빡거리며 어찌할까요? 묻고 있다. 이하는 자판을 두드리기 시작했다.

〈그가 있었다. 그는….〉

이하는 그에 대해 생각했다. 영원히 어른이 되고 싶지 않은 그. 우리 중에 하나가 되고 싶은 그. 남자이기도 하고 여자이기도 한 그. 그냥 거기 있는 그.

저 깊은 호수 속에 오래된 이야기가, 매구가 있다. 그는 우리의 소망이고 소문이다.

밥 수저를 들며 여자가 목소리를 낮춰 내 이야기를 하네.

그러니까 그게 매구가 한 짓이지….

목소리를 실은 공기가 바람을 타고 대숲을 지나 매구호수의 수면을 흔들어. 뽀그르르 소리를 내며 물방울이 올라와 퍼져나가고, 물살이 뱅글뱅글 맴돌며 물이 점점 더 탁해져.

아득히 깊고 새까만 물속에서 나는 눈을 끔벅이며 귀를 기울이지. 발목뼈를 뚫은 머리카락 밧줄의 한 올이 기분 좋게 스르르 풀리는 것을 느끼며. 매구가 사람의 입을 오르내릴 때마다 단단히 땋은 머리카락의 매듭이 조금씩 헐거워져. 머리카락 밧줄의 매듭 수만큼 사람들이 매구를 이야기하고 나면 이윽고 며느리발톱을 단 털 달린 짐승의 젖은 발은 어둠을 박차고 수면 위로 올라와 이끼로 덮인 미끄러운 바위 위에 설 수 있게 돼.

그렇게 이야기는 다시 현실이 되는 거야.

죽은 호수는 다시 숨을 쉬고, 나는 너희 세상으로 돌아가지. 나의 더러운 호수는 사람들의 마음속 심연 같은 거야. 너희가 감추고 싶은 이야기가 나한테 있어.

나는 나로 존재하는 것이 아니라 너희가 부르는 이름으로 존재해. 이야기가 사라지지 않는 한, 이야기 속에서 내가 불리면 나는 계속 살아 있는 거야.

이상한 것은 스스로 너희에게 가지 않아. 너희가 필요해서 불러들인 거지. 너희가 원하는 한 나는 한결같은 모습으로 늘 그 자리에 있어. 나는 자라지 않아. 내가 아이들을 좋아하는 이유지.

아, 내가 마지막으로 남겨둔 유흥이 시작됐다. 보고 나면 버릴 거야. 그건 그렇고, 이제 이 머리뼈를 못 쓰게 돼서 아쉽네.

작가의 말

쓰고 보니 이 이야기는 소문에 관한 이야기였습니다.

인간의 이기심, 소심함과 비겁함이 매구를 핑계 삼습니다. 그러자면 매구는 있다고 믿어야죠. 매구가 사는 호수를 가진 동네에서는 그들이 하는 모든 이야기 속에 매구가 등장합니다. 매구로 대변되는 소문은 그 모든 이야기를 모호하게 만듭니다.

아무도 매구를 본 사람이 없습니다. 다들 입으로는 매구 같은 것은 없다고 말합니다. 하지만 진짜 없는지는 누구도 확신하지 못하죠. 그러면서 어느새 핑계는 진실이 되어갑니다.

사람들 이야기에 매번 엮여 드는 매구는 결국 소문이니 '매구를 죽이려고'는 바꿔 말하면 '소문을 죽이려고'입니다. 하지만 소문을 죽이는 것이 가능할까요?

이 이야기는 『아홉 소리나무가 물었다』(2018)에서 분리된 이야기입니다. 원래는 김이알과 윤이하가 등장하는 이야기였는데 어쩌다보니 윤이하는 매구면으로 갔습니다. 그래서 이 두 이야기는 맥락이 닿아 있습니다. 인간의 욕망이 사라지지 않는 한 소리나무 게임도, 매구의 이야기도 계속됩니다.

모든 이야기는 끝나는 자리에서 새로운 이야기가 시작됩니다. 왕자와 공주는 결혼을 하고 행복하게 잘 살았습니다, 의 다음 이야기는 그들의 치열한 육아 이야기일 테니까요.

저의 매구는 자연입니다. 그냥 거기 있는 것이죠. 자연은 지극히 공정하지 않고 짐승의 본능은 때론 잔인하지만 그것은 선악으로 구분할 수 있는 영역이 아니라 섭리에 속합니다. 이상한 것은 언제나 우리 곁에 있습니다. 그러므로 매구는 처음부터 우리와 함께했습니다. 다만 소문으로, 변명으로 그것을 입에 담을지 말지는 인간의 마음에 달렸겠지요.

조선희 드림

매구를 죽이려고

초판 1쇄 인쇄일 2023년 8월 11일
초판 1쇄 발행일 2023년 8월 25일

지은이 조선희
펴낸이 정은영
편집 방지민 박진혜 전유진
마케팅 이언영 한정우 전강산 최문실 윤선애 이승훈
제작 홍동근

펴낸곳 네오북스
출판등록 2013년 4월 19일 제2013-000123호
주소 10881 경기도 파주시 회동길 325-20
전화 편집부 (02)324-2347, 경영지원부 (02)325-6047
팩스 편집부 (02)324-2348, 경영지원부 (02)2648-1311
이메일 neofiction@jamobook.com

ISBN 979-11-5740-378-3 (03810)